Von Elizabeth Eyre sind außerdem erschienen:

Der Tod der Herzogin (Band 63047)
Mord in Montenero (Band 63054)
Tödliche Trauung (Band 63070)

Deutsche Erstausgabe April 1997
Copyright © 1997 für die deutschsprachige Ausgabe
Droemersche Verlagsanstalt Th. Knaur Nachf., München
Das Werk einschließlich aller seiner Teile ist urheberrechtlich geschützt.
Jede Verwertung außerhalb der engen Grenzen des Urheberrechts-
gesetzes ist ohne Zustimmung des Verlages unzulässig und strafbar.
Das gilt insbesondere für Vervielfältigungen, Übersetzungen,
Mikroverfilmungen und die Einspeicherung und Verarbeitung
in elektronischen Systemen.
Titel der Originalausgabe »Poison for the Prince«
Copyright © 1993 by Elizabeth Eyre
Originalverlag Headline Book Publishing, London
Umschlaggestaltung Manfred Waller, Reinbek
Umschlagfoto AKG, Berlin
Gemälde von Vittore Carpaccio, 1494,
»Der Patriarch von Grado heilt einen Besessenen«
Satz MPM, Wasserburg
Druck und Bindung Clausen & Bosse, Leck
Printed in Germany
ISBN 3-426-63069-9

2 4 5 3 1

ELIZABETH EYRE

Gift für den Fürsten

Roman

Aus dem Englischen von Ursula Bischoff

Inhalt

Personen

SCIPIONE, Fürst von Viverra
FÜRSTIN ISOTTA, seine Gemahlin
FÜRST FRANCESCO, sein Sohn
FÜRSTINMUTTER ELENA, Prinz Scipiones Mutter

DONATO LANDUCCI, ein Faustpfand
RIDOLFO RIDOLFI, genannt Gatta, ein Söldnerführer, zur Zeit
    in Diensten des Prinzen Scipione
DOKTOR VIRGILIO, ein Alchimist
LEONE LECONTI, ein Künstler
GINEVRA MATARAZZA, eine Hofdame
DER LEIBARZT des Herzogs
BISCHOF UGOLINO
SIGNOR LOREDANO, der venezianische Gesandte

MICHELOTTO DELLA CASA, Gattas Hauptmann
CATERINA RIDOLFI, Gattas Tochter
GRAF ANTONIO CARLOTTI, Herr von Mascia, ein Rebell
SCALA, ein Condottiere in seinem Sold
GRAF LANDUCCI, ein besiegter Aufrührer, Vater von Donato
GRÄFIN LANDUCCI, seine Gemahlin

BRUDER AMBROGIO, ein Franziskanermönch und
    Wanderprediger
BRUDER COLUMBA, sein Gehilfe
MEISTER BUSELLI, ein Bader
ROSARIA, eine Schankwirtin

Eine Hexe

Ein Barbier

Bürger, Soldateska, Handlanger, Pagen, Hofdamen, Ratgeber,
  Dorfbewohner

Aldo
Fracassa } Vettern, die einen Auftrag zu erfüllen haben
Pio

Sigismondo, ein Glücksritter

Benno, sein Diener

Biondello, ein Hund

1 »Sie wollten Euch umbringen!«

» S eid Ihr aus dem Grab auferstanden?«
Sie hatte trotz ihrer Leibesfülle in Windeseile den großen
Schankraum durchquert, in dem sich die Menschen drängten,
um ihn auf das herzlichste zu begrüßen. Die Umarmung gab ihr
die Gewißheit, daß er keine Erscheinung war, sondern leibhaftig
vor ihr stand. Sie blickte hoch in das Gesicht, das von der
Kapuze überschattet wurde, sah die dunklen Augen, die mar-
kante Nase, den lächelnden Mund, und warf ihm mit gespielter
Entrüstung vor: »Es hieß, Ihr wärt in Frankreich ums Leben
gekommen.«
Es war ihr nicht gelungen, die Arme um ihn zu legen, und um
dies wettzumachen, lehnte sie den Kopf an seine Brust. »Zwei
Jahre ist es her, seit es Euch in die Gegend verschlagen hat. Ich
dachte schon, es wäre das letzte Mal gewesen.«
»Frankreich hat mir ein Grab angeboten, aber ich habe abge-
lehnt.«
Sie lachte, ihr ganzer Körper bebte vor Vergnügen; sie ließ ihn
los und trat einen Schritt zurück, um ihn genau zu betrachten.
»Bekanntlich seid Ihr ein großzügiger Mann. Ich wette, daß Ihr
es jemand anderem geschenkt habt.«
Sie mußte laut sprechen, um das Scheppern der Töpfe, die
Gespräche, die Geräusche der Würfel, das Klappern des Ge-
schirrs und das Grölen eines Betrunkenen zu übertönen, und
nun schwoll ihre Stimme zu einem schrillen Kreischen an:
»Wein, hierher!« Sie nahm liebevoll seine Hand. »Das geht auf
Rechnung des Hauses, Schätzchen. Rosaria vergißt es nie, wenn
man ihr einmal einen Gefallen erwiesen hat.«

Es fand sich noch ein freies Plätzchen in der Ecke gegenüber den Sängern. Sie waren gerade bei einem Vers angelangt, an dessen Text sich niemand erinnern konnte. Den Verlust der Worte glichen sie durch Klopfen auf den Tisch aus, in einem Takt, der alles andere als gleichmäßig war. Rosaria, die sich selbst und ihrem seit langem vermißten Freund einen Becher Wein einschenkte, warf den Zechern einen ungeduldigen Blick zu.

»Fremde. Ich habe sie gefragt, woher sie kommen, und nicht einmal das wissen sie mehr. Einer nannte einen Ort, und die anderen widersprachen ihm. Auf Eure Gesundheit, Schätzchen.« Sie hob den Becher. »Ihr solltet auch in Zukunft Gräbern tunlichst aus dem Weg gehen.«

Sie tranken, und er sah sich in dem großen, schwach beleuchteten Schankraum um. »Das ist nicht so einfach. Euch ist zu Ohren gekommen, der Tod hätte mich in Frankreich ereilt, und ich habe vernommen, er würde Euch in Italien auf Schritt und Tritt begegnen. Wie nahe ist die Pest an Viverra herangerückt?«

Sie bekreuzigte sich. »Sie hat die Stadt noch nicht erreicht, aber im Osten gibt es die ersten Pesttoten, wie man hört. In manchen Dörfern soll niemand mehr übrig sein, um die Leichen zu begraben.« Ein brüllendes Lachen übertönte ihre nächsten Worte, und sie mußte sie wiederholen. »Man sagt, daß wir gewiß nicht verschont werden, als Strafe für unseren Fürsten.«

»Man sagt. Und was sagt Ihr?«

Sie musterte ihn prüfend. Sie besaß kluge, schwarze, schrägstehende Augen und ausgeprägte Wangenknochen. Trotz ihrer Leibesfülle – sie war eher breit als hoch – war sie hübsch, und ihr Gesicht spiegelte Beherztheit und Humor wider. Die Haube mit den seitlich bis auf die Schultern herabhängenden, langen Bändern war aus blütenweißem Leinen, und die fleckige, feuchte Schürze schützte ein blitzsauberes Kleid aus blauem Tuch.

»Was ich sage? Ein Mann hat das Recht auf ein bißchen Zerstreuung. Ein Fürst kann dafür zahlen, also sei sie ihm gegönnt.« Sie wischte den Tisch ab und schlang das Tuch wieder über ihre Schulter. »Wer zahlt, hat die freie Wahl.«

Er warf einen Blick in die Runde und lächelte. »Ihr habt hier viele Gäste, die sich an diesen Grundsatz halten.«

Eine Reisegesellschaft war auf der Schwelle des Schankraums erschienen und rief nach Bedienung. Sie stampften den Matsch von den Stiefeln und schüttelten Umhänge und Hüte aus. Die Schankkellnerin, die von einem der trunkenen Chorsänger behelligt worden war, riß sich los und eilte zur Tür. Rosaria stand achtunggebietend auf und begab sich auf die Suche nach einem freien Platz für die Neuankömmlinge.

Der Mann aus Frankreich, allein gelassen, schenkte sich noch einen Becher Wein ein und wartete. Da sich die Ankunft seines Dieners verzögerte, hatte es vermutlich Schwierigkeiten mit der Unterbringung der Pferde gegeben, die heute einen langen Weg zurückgelegt hatten und versorgt werden mußten. Er war vollauf damit zufrieden, dazusitzen und in Ruhe die menschliche Gesellschaft zu studieren.

Der weitläufige Schankraum platzte schier aus den Nähten. Hier und dort wurde er von Fackeln an den Wänden, ein oder zwei Kerzen in eisernen Ständern und den Unschlittkerzen in einem großen Eisenring an der Decke erhellt, der über dem langen schmalen Tisch hing. Rauchschwaden waberten im Dachgebälk und senkten sich beinahe bis zur Empore hinab. An dem langen Tisch, der das Ringmuster ungezählter Weinbecher aufwies und mit Kerben übersät war, die Männer beim Schneiden von Brot und Fleisch hinterlassen, drängten sich die Zecher und Würfelspieler. Die meisten Gäste unterhielten sich. Es war sicherer, in Gesellschaft zu reisen, und die Schänke war genau der rechte Ort, an dem man von den Einheimischen etwas über die nächste Stadt erfahren konnte, die am Wege lag.

Die drei Sänger in der Ecke hatten inzwischen ein Stadium erreicht, in dem sich die Rauflust ihre Bahn brach. Zwei stritten

11

sich zunehmend hitzig über die Worte ihres Refrains. Der dritte, dessen übertrieben ängstliches Benehmen darauf schließen ließ, daß er jeden Moment mit einer schrecklichen Begebenheit rechnete, die er weder zeitlich vorauszusehen noch zu beschreiben vermochte, bemühte sich, die beiden anderen zu beschwichtigen.

Sie wollten nichts davon hören.

»Pio: *Deine Mutter war eine Hure.*« Den Blonden hätte man als stattlich bezeichnen können, wenn sein Haar weniger fettig und sein Gesicht nicht so oft zur Grimasse verzogen gewesen wäre. Er schien eindeutig der Ansicht zu sein, daß mit der Frage der Abkunft auch die Frage der Melodie geklärt wäre.

Pio mit dem kurzgeschorenen Haar, der ein so ausdrucksloses Gesicht machte, als hätte er nie gelernt, eine Miene zu verziehen, starrte sein Gegenüber an. Auch er hatte die Antwort auf die musikalische Frage parat, die er nun mit einer gewissen Behutsamkeit zum Besten gab.

»Fracassa: *Deine* Mutter war eine Hure und *dein Vater ein Hurenbock.*«

Fracassas Reaktion auf die Beleidigung war so außergewöhnlich, daß sie echt wirkte: Gift und Galle spuckend, griff er mit beiden Händen hinter sich nach dem Heft seines Schwertes, einem nur beidhändig führbaren Ungetüm, dessen Schneide mit der Spitze den Boden berührte. Pio schenkte der bedrohlichen Bewegung nicht die geringste Beachtung. Er leerte einen Schnabelkrug in seinen Becher und diesen aus einiger Entfernung in seinen Mund. Der Dritte im Bunde riß ihm den Krug aus der Hand und stieß, als Pios Kopf nach vorne sackte, die Köpfe der beiden Männer mit voller Wucht zusammen. Während sie benommen dasaßen, redete er eindringlich auf sie ein und ließ seinen Blick rasch durch den Schankraum schweifen, um festzustellen, ob sie Aufmerksamkeit erregt hatten.

Der Mann aus Frankreich sah, daß Rosaria das Dreiergespann

von der anderen Seite des Schankraums genau beobachtete; an ihrer Seite stand ein nützlicherweise sehr hochgewachsener Mann fürs Grobe, ein gedungener Kraftmeier, der aus irgendeinem Winkel der Schänke aufgetaucht war und nur auf ein Zeichen von ihr wartete, das ihn zum Eingreifen aufforderte.

Der Ärger kam jedoch nicht von den drei Burschen, sondern vom langen Tisch. Die Würfel klackten, und sowohl Triumph- als auch Wutschreie übertönten den allgemeinen Lärm. Nun wurden Zurufe laut, die von Schlägen begleitet waren. Ein Handgemenge, Weinbecher flogen durch die Luft, irgend jemand schwang einen Stuhl, und Messer blitzten auf.

Die Rauferei griff um sich wie ein Lauffeuer. Die Zechkumpane mischten sich ein, danach diejenigen, die attackiert worden waren von Armen, die wie Dreschflegel geschwenkt wurden, von fliegenden Bechern und stampfenden Füßen. Rosarias Mann fürs Grobe hatte sich unverzüglich mitten ins Gewühl gestürzt, trieb zwei Männer mit roher Gewalt auseinander und warf einen anderen zur Tür hinaus. Rosaria hatte einen schweren Prügel ergriffen und bewachte den Eingang zum Weinkeller. Sie verteilte lähmende Schläge an jeden, der auch nur in ihre Nähe wankte.

Das Gefecht zog immer weitere Kreise. Ein kräftig gebauter Bursche lief auf dem Tisch entlang und stürzte sich auf den gedungenen Kraftmeier, der wankte und zu Boden ging. Der Mann aus Frankreich stand auf.

Ein junger Bursche mit wild rollenden Augen und einem Messer so lang wie sein Unterarm war auf den Tisch gesprungen und teilte Hiebe an die Kämpfer zu beiden Seiten aus; er sonnte sich in seiner Fähigkeit, Zerstörung anzurichten. Er stürzte sich auf einen Mann, doch fand er sein Handgelenk in einem so eisernen Griff wieder, daß sich die ganze Hand taub anfühlte. Er wurde hochgehoben und auf die Empore geschleudert, wo sein Flug auf einer Bank und mit einem gebrochenen Handgelenk endete.

13

Ein kleiner, bärtiger Mann in schäbiger Kleidung, der über die Außentreppe vom Stall hereingekommen war, stieg über den sich windenden Körper hinweg und spähte vorsichtig auf das Gewimmel hinunter. In Schienbeinhöhe steckte ein kleiner Hund seinen Kopf durch die Querbalken des Geländers auf der Empore.

Der Mann aus Frankreich wehrte einen Kämpfer ab, der sich im Gedränge überschlug, fing einen fliegenden Stuhl und ließ ihn krachend auf eine Schulter hier und einen Vorderarm dort niedersausen. Irgend jemand packte ihn an der Kapuze und riß diese zurück, in der Absicht, ihn zu erdrosseln, aber das Band im Nacken gab nach, und der Angreifer landete mit dem Stück Stoff in der Hand auf dem Boden. Es zeigte sich, daß der Mann aus Frankreich einen völlig kahlgeschorenen, gebräunten Kopf hatte.

Die drei in der Ecke waren erstaunlicherweise nicht in den Kampf verwickelt, sondern beobachteten das Geschehen mit gespannter Aufmerksamkeit, als ob sie auf eine günstige Gelegenheit warteten. Plötzlich fiel der Blick des einen Mannes auf den geschorenen Kopf.

»Michelotto!« Der Ruf übertönte den Lärm der Schläge und Schreie und erregte die Aufmerksamkeit des Mannes aus Frankreich. Als er die drei prüfend betrachtete, schienen sie sich in ein unsichtbares Schneckenhaus zurückzuziehen: Der eine beäugte eifrig den Inhalt seines Bechers, Fracassas fettiges Haar bedeckte sein Gesicht, und Pio bückte sich, um seine Stiefel hochzuziehen.

Irgend jemand versuchte, den Mann aus Frankreich mit einem Überraschungsangriff außer Gefecht zu setzen, und als dieser sich duckte, um den Angreifer über die Schulter zu schwingen und gegen einen Mann mit einem eisernen Leuchter krachen zu lassen, der an ihm hochkriechen wollte, tauchten die drei aus ihrer Ecke auf.

Pio, in den plötzlich Leben kam wie bei einem Räderwerk, das in Gang gesetzt wird, zog ein Messer mit einer häßlich gebogenen Klinge und stieß es in einen vorübergehenden Mann, als habe er nach einem Ziel Ausschau gehalten. Der Mann fiel lautlos zu Boden, und Pio stieg über den Körper hinweg, als er sich näherte. Fracassa folgte ihm; er trat auf den Körper. Als letztes setzte sich der Friedensstifter in Bewegung, ein ungewöhnlich hochgewachsener, hagerer Mann mit einem Messer, das in keiner Weise seiner schmächtigen Statur entsprach. Er hob ebenfalls die Beine und stapfte über den am Boden Liegenden hinweg. Das Ziel des Dreiergespanns war der Mann aus Frankreich.

»MICHELOTTO!« Diesmal klang der Name wie ein Schlachtruf. Fracassa zog sein Schwert in einer einzigen, ebenso glanz- wie kraftvollen Bewegung; die Klinge schwang in einem weitläufigen Bogen herum und näherte sich dem geschorenen Kopf. Der Mann aus Frankreich drehte sich genau in dem Augenblick herum, als das Schwert zitternd im tiefgezogenen Gebälk der Empore steckenblieb. Er ließ sich auf ein Knie hinab, und mit einem eisernen Kerzenständer, den er gerade erworben hatte, stieß er nach Fracassa, der nach dem Knauf seines Schwertes griff, seine Beine mit einem Ruck anzog und wie eine Spinne über dem wilden Getümmel auf dem Boden hing. Der Mann aus Frankreich ging weiter, um Rosarias Kraftmeier zu helfen. Dieser bemühte sich gerade, einen Raufbold mit schwarzem Bart und muskulöser Gestalt vor die Tür zu befördern, der zwei Männer mit einem einzigen Schlag seiner Faust, die einem Prügel glich, niedergestreckt hatte.

Fracassa, der noch immer verzweifelt versuchte, sein Schwert freizubekommen, war ringsum von den unterschiedlichsten Kämpfern umgeben. Ein ehrwürdiger verhutzelter Greis schwang einen Krückstock beinahe auf gleicher Höhe mit dem Fußboden und brachte ein Knäuel von Ringern zu Fall. Fracassa sah das Holz kommen, umklammerte mit aller Kraft das Heft seines Schwertes und zog blitzschnell die Füße hoch. Der Krückstock schwang harmlos unter ihm hin und her, und er setzte seinem Erfolg noch eins drauf, indem er nach dem gefährlichen kleinen grauhaarigen Kopf trat. Durch den Ruck löste sich das Schwert: Fracassa wurde in hohem Bogen über den Greis hinweggeschleudert und landete in Rückenlage auf dem einen Ende des langen Tisches. Da dieser auf Böcken ruhte, kippte er an einer Seite hoch und traf den eisernen Kerzenring, woraufhin Becher, Steingutkrüge, Kerzenstummel, Schmalzklumpen, Brot, Würfel, drei Äpfel, fünfzehn Olivenkerne, sechs Radieschen und ein Schöpflöffel auf Fracassa fielen, der am Boden lag.

Sein hochgewachsener Freund kam ihm zu Hilfe, aber Pio ergriff seine Chance. Er machte sich nicht die Mühe, von hinten anzugreifen, und ließ den Schlachtruf »Michelotto« weg, doch war seine Absicht die gleiche. Er sah sich indessen der Schwierigkeit gegenüber, das verteufelt gefährliche Messer am Hüter des eisernen Kerzenständers vorbeizustoßen; er schien die einzige Waffe zu sein, die der Mann aus Frankreich zu benutzen geruhte.

Der kleine bärtige Mann auf der Empore hatte das Geschehen aufmerksam verfolgt. Nun duckte er sich und streckte einen Prügel in Wartestellung durch die Querbalken des Emporengeländers. Der Mann aus Frankreich grinste, trieb Pio mit dem Kerzenständer vor der Nase zurück und sah zu, wie der Knüttel niederkrachte.

Das Handgemenge neigte sich langsam seinem Ende zu. Rosaria hatte gerade einen Eimer Wasser über zwei Streithähnen ausgekippt. Der Mann fürs Grobe beförderte die Raufbolde in schneller Abfolge hinaus in die dunkle Nacht, und der Mann aus Frankreich reichte ihm so manchen zu: Einer hatte seine Kampflust noch immer nicht eingebüßt, zwei torkelten auf unsicheren Beinen näher, und einer war tropfnaß und nieste bereits. Der hochgewachsene, hagere Mann hatte Fracassa beim Aufstehen geholfen, sein Schwert eingesammelt und half ihm nun, in Richtung Tür zu wanken; er landete mit einem Tritt auf dem Straßenpflaster. Er kehrte noch einmal zurück, um nach Pio zu suchen, den der Mann fürs Grobe hochhievte und auf die Schulter seines Freundes lud. Rosaria hielt sie auf dem Weg zur Tür an und knöpfte Pio die Geldbörse ab.

»Der Kampf geht aufs Haus, Fremder, aber Ihr zahlt für die Getränke und den angerichteten Schaden.« Sie gab dem schwerbeladenen Freund einen heftigen Stoß, und er verschwand unter lautem Protest und mit unsicherem Laufschritt in die Nacht.

Der Mann aus Frankreich stellte den Kerzenständer auf den wieder aufgestellten Tisch zurück. Einige Überlebende des Getümmels rappelten sich hoch oder wagten sich aus ihren dunklen Schlupfwinkeln hervor.

»Was habt Ihr den dreien angetan, Schätzchen? Sie wollten Euch ohne Frage ans Leder. Und warum haben Sie Euch Michelotto genannt?«

Ein Mann hatte die Schänke betreten, als die Gäste nicht länger in hohem Bogen hinausflogen; er stand reglos da und beobachtete das Treiben. Seine Reaktion beim Anblick des Mannes mit dem kahlgeschorenen Schädel verriet die gleiche Überraschung, wie sie Fracassa gezeigt hatte. Er trat einen Schritt vor, und seine Stimme klang hoffnungsvoll.

»Sigismondo?«

2 »Ich brauche unbedingt einen Sieg«

Ich bin Sigismondo.«
»Der Mann, der dem Herzog von Rocca geholfen hat, den
Mörder seiner Gemahlin zu finden?«
Der kahlgeschorene Kopf senkte sich bejahend. Rosaria hatte
sich an den Arm ihres Freundes gehängt, und der Fremde wies
auf sie.
»Als ich vor ein paar Monaten hier war, schwor sie Stein und
Bein, nie von Euch gehört zu haben.«
Rosaria neigte den Kopf zur Seite, und die Bänder ihrer Kappe
hüpften wie die Ohren eines Spaniels auf ihren Schultern auf
und ab. »Ich hatte keine Ahnung, warum Ihr ihn sprechen
wolltet. Und *ihm* ist es auch noch nicht klar. Drei Männer
haben heute abend versucht, ihn zu töten. Woher soll man da
wissen, ob nicht auch Ihr ihm ein Messer in dem Leib rammen
wollt?«
Sigismondo tätschelte ihr beruhigend die Hand, dann hob er sie
an seine Lippen und machte seinen Arm frei. »Ich führe meine
eigenen Kämpfe, meine Liebe, und stelle meine eigenen Fragen,
wenn ich schon hier bin. Ihr habt vor einige Monaten nach mir
gesucht, mein Herr? Jetzt habt Ihr mich gefunden.«
Der Fremde sah Rosaria an, die wieder ihren Kopf neigte,
Sigismondo ein unerwartetes strahlendes Lächeln schenkte und
die beiden Männer allein ließ, um die Aufräumarbeiten zu
überwachen. Sie rief ihm über die Schulter zu: »Gott befohlen,
Schätzchen, und laßt den Mann Euch das Vermögen zahlen, das
Ihr wert seid.«
»Ihr werdet entlohnt, Meister Sigismondo, so reich, wie Ihr es

nur wünschen könnt. Ich bin befugt, Euch dieses Angebot zu machen. Aber ich bin nicht befugt, Fragen zu beantworten. Das wird jemand anderer tun, wenn Ihr mich begleitet.«

»Wohin wollt Ihr mich bringen?«

»In die Stadt.«

Sigismondo setzte die Kapuze wieder auf und lächelte. »Nun, damit habt Ihr mir gleich eine weitere Frage beantwortet.« Er wandte sich zu dem kleinen, bärtigen Mann um, der sie aus gebührender Entfernung mit offenem Mund anstarrte. »Ist das mein Umhang, den du da hast, Benno? Warte hier auf mich. Rosaria wird ein Bett für dich finden.«

Der Fremde, der vorausging, verschwendete keine Zeit darauf, sich zu fragen, warum ein Mann von Sigismondos Ruf einen Schwachsinnigen als Diener beschäftigte. Ihm entging auch der kleine wuschelige Hund, der ihn aus seiner Zufluchtsstätte in dem ausgebeulten Wams des Schwachsinnigen beäugte.

Draußen, jenseits der zerknirschten Reisegesellschaft, die darauf wartete, wieder eingelassen zu werden, um die Nacht in der Schänke zu verbringen, rief der Fremde seinen Diener herbei. Er führte einen hochbeinigen Rappen am Zügel, den er Sigismondo höflich anbot. »Es ist nicht weit bis zur Stadt.« Er selbst nahm mit einem Pferd vorlieb, das offenbar dem Diener gehörte, und der Mann marschierte zu Fuß neben den Reitern her. Es war inzwischen dunkel, sobald man den Lichtkreis der Fackeln verließ, die den Gasthof erhellten. Sie ritten an Katen, deren Umrisse man mehr ahnte als sah, und Einheimischen vorbei, die von der Schänke nach Hause strebten. Der Wind trieb die Wolken weg, die den Mond verdeckt hatten, und ließ klar den gefurchten Weg erkennen, der vom Dorf in die Stadt führte. Die Wolken waren verschwunden, als sie die Stadtmauer erreichten, und der Mond tauchte die dunklen Zinnen, die hoch über ihnen aufragten, in silbernes Licht. Hier zeigte sich, daß Sigismondos Bemerkung über die Beantwortung seiner unausgesprochenen

Frage berechtigt war. Der Fremde legte dem Wachposten ein Schreiben mit einem Siegel vor, und schon durften sie passieren. Das bewies, was Sigismondo geahnt hatte: Wer auch immer ihn mitten in der Nacht zu sprechen wünschte, war sehr wohl in der Lage, ihn angemessen für seine Dienste zu entlohnen.

Sie ritten eine schmale Gasse hinunter, die parallel zur Stadtmauer verlief. Das Klappern der Pferdehufe auf dem Kopfsteinpflaster wurde von den hohen Häuserfronten zurückgeworfen. Nur wenige Menschen begegneten ihnen; ein Pferd und ein Diener warteten vor der Tür eines Hauses, aus dessen oberem Stockwerk Musik und Gesang zu ihnen herüberwehte, obwohl die Fenster zur Straße hinter ihren eisernen Gitterstäben dunkel waren.

Sie gelangten über eine gepflasterte Straße zu einem Wachhäuschen in einer weitläufigen Mauer, wo sie erneut anhielten. Auch diesmal gab ihnen das Siegel wieder den Zugang frei, und hier ließen sie Pferd und Diener zurück und gingen zu Fuß weiter. Sie durchquerten eine Parklandschaft. Die Stadtmauer zu ihrer Linken beschrieb einen Kreis, der sich von ihnen entfernte. Auf der rechten Seite, jenseits des weiten, symmetrisch angelegten Parterres mit den exakt beschnittenen Hecken und gestutzten Bäumen, den Treppenanlagen und Blumenrabatten, den Springbrunnen und einer Reihe von Terrassen war der strahlend erhellte Palast sichtbar. Vor ihnen führte ein Wandelpfad rund eine Viertelmeile über unebenen Boden, zwischen Zypressen hindurch, zu einer Ruine.

Sie kamen an den Schlund einer riesigen Eingangstür in der halbzerfallenen Mauer. Auf der einen Seite erhob sich ein gezackter Turm wie ein vom Meer ausgewaschener, schroffer Felsen. Aus diesem Winkel schien der Mond glitzernd auf die Eisenbeschläge in der Eichentür. Sigismondos Eskorte klopfte einigemal kräftig, und die Tür wurde einen Spaltbreit geöffnet, um die Besucher in Augenschein zu nehmen. Dann schwang sie weit auf.

Sigismondo folgte seinem Begleiter einen steinernen Gewölbegang entlang, in dem eine kräftige Zugluft wie der Atem eines Riesen herrschte, angefüllt mit beißendem Schwefelgeruch. Sigismondo hob den Kopf und schnupperte. Sie hatten jetzt eine Treppe erreicht, deren steinerne Stufen durch jahrhundertelange Benutzung ausgetreten waren. Oben angekommen, gelangten sie an eine Türschwelle hinter einem schweren Ledervorhang, wo der Geruch wie Säure in den Lungen brannte und ein Mann von der Kleinwüchsigkeit eines Gnoms aufgeweckt werden mußte, um ihre Ankunft zu melden. Aus dem Inneren des Raumes drang ein merkwürdig lautes Keuchen herüber, als ringe ein Riese um Atem.

Der Raum, den sie gleich darauf betraten, hatte große Ähnlichkeit mit der Hölle. Öfen und Feuerstellen tauchten ihn hier und dort in ihren rotglühenden Schein, der heller war als Fackeln. Ihr Spiegelbild loderte noch schärfer in der Mitte der vielfältigen Glasbehältnisse auf, wie das Auge eines Dämonen. Das Keuchen des Riesen stammte zum einen von einem riesigen Blasebalg, der von einem schwitzenden Knaben mit dem Fuß betätigt wurde, und zum anderen von einem kleinen Schmelzofen, der bei jedem Luftstrom weißglühend aufheulte. Am eisernen Arm einer Presse, die quietschte, wenn der Handhebel bedient wurde, strich ein Mann eine grüne Flüssigkeit aus einem Auffangbehältnis unter dem Schraubengewinde durch ein Sieb; sie tropfte in eine Schüssel, die unter dem Ausguß stand. Ein dumpfer Ton, abgeschwächt und regelmäßig, erklang von dem Stößel, den ein rußgeschwärzter Mann in einer Lederschürze im Mörser bewegte. Und über allem lag wie eine Glocke ein schwerer, blauvioletter Dunst und dieser beißende Geruch, der einem die Tränen in die Augen trieb.

»Meister Sigismondo! Endlich hat man Euch gefunden. Ich habe Männer in ganz Italien auf die Suche nach Euch geschickt. Ich hörte, Ihr wäret tot, Mönch geworden, in die Tatarei gegangen.«

Der Mann war aus den Schatten hervorgetreten. Er war um einen Kopf kleiner als Sigismondo und trug ein wallendes, fleckiges Gewand aus grobem Sackleinen, doch Sigismondo zögerte nicht, sich tief vor ihm zu verbeugen.

Der Mann lächelte, was sein blasses Gesicht völlig verwandelte. Er hatte einen leicht schiefen Mund, furchteinflößende, buschige Augenbrauen und hellbraunes Haar, das sich an der Stirn lichtete. Er zog einen Handschuh aus und reichte Sigismondo die Hand zum Kuß. Auf dem Zeigefinger blitzte ein schwerer Goldring mit einer Smaragdgemme auf, und Sigismondo mußte keinen Blick auf die eingravierte Zibetkatze werfen, das Wahrzeichen Viverras, um zu wissen, wen er vor sich hatte.

»Wie kann ich Euer Hoheit zu Diensten sein?«

Hinter dem Fürsten drehte sich ein Mann, der den Kopf hoch erhoben und in einem Winkel geneigt hatte, als strenge er sein Ohr an, um ein bestimmtes Geräusch zu vernehmen, zu Sigismondo um und warf ihm einen raschen Blick zu; er hatte ein tief zerfurchtes Gesicht und stechend dunkle Augen, die Sigismondo musterten und gleich darauf abschweiften. In einem Glasgefäß neben ihm stiegen plötzlich Blasen auf, dann schoß ein Dampfstrahl hoch; der Fürst drehte sich jäh und mit großem Interesse um, doch dann richtete er seine Aufmerksamkeit wieder auf Sigismondo zurück.

»Kommt. Hier können wir nicht reden.« Er zog den zweiten Handschuh aus und warf beide auf einen Folianten mit Schaubildern und seltsamen Zeichen, der aufgeschlagen zwischen den Glasphiolen mit den farbigen Flüssigkeiten und Pulvern lag. Gehilfen verneigten sich ehrerbietig, als sie vorübergingen, aber niemand ließ sich bei seiner Arbeit stören. Der Gnom, der den Raum bewachte, hatte vermutlich schon nach ihnen Ausschau gehalten, denn der Ledervorhang wurde in dem Augenblick zur Seite geschoben, als der Fürst ihn erreichte. Sigismondo folgte ihm die ausgetretenen Stufen hinunter und einen weiteren

Gewölbegang entlang. Der Fürst öffnete eine Doppeltür, die in das grobe Mauerwerk eingelassen war. Sie betraten ein Vestibül, mit Binsenmatten und einer Sitzbank ausgestattet, auf der ein Teppich lag; erst hier schien sich der Fürst daran zu erinnern, daß er immer noch das wallende Sackleinengewand trug, er zog es beim Gehen aus. Es wurde von einem Pagen aufgefangen, der aus dem Nichts aufgetaucht zu sein schien und vorauseilte, um die Tür am anderen Ende des Vestibüls zu öffnen.

In dem großen Gemach, das sich dahinter befand, war der stechende Geruch nur noch schwach vorhanden. Er wurde überdeckt von den Düften aus einer Majolikaschale mit Nelken, Thymian und Rosmarin; sie befand sich auf der Estrade der Studierstube, die eine Art Raum im Raum bildete. Das erhöhte Podium aus Zedernholz schützte den Gelehrten vor Zugluft und enthielt in eigens abgeteilten Fächern alle seine Bücher und Papiere; es war außerdem mit einem Stuhl und einem Schreibpult ausgestattet. Federhalter, Zirkel und Richtscheite befanden sich in Armeslänge. Eine Öllampe an einem Scharniergelenk konnte so geschwenkt werden, daß sie die schräge Fläche des Schreibpultes erhellte; eine Uhr an der Wand tickte unter der Last ihrer Gewichte gemessen vor sich hin. Eine kleine graue Katze erhob sich von einem der Regale, streckte sich und bahnte sich vorsichtig ihren Weg zwischen den Papieren zum Fürsten hinüber, der sie am Hals kraulte.

»Setzt Euch, Meister Sigismondo, setzt Euch.« Sigismondo nahm auf einer Truhe neben dem Schreibpult Platz, während der Fürst ein großes Lesepult schwungvoll zur Seite schob. Auf beiden Seiten war je ein großes Buch eingeklemmt, geöffnet, als hätte er abwechselnd darin gelesen.

Der Fürst sah Sigismondo eine Weile aufmerksam und schweigend an. Seine schwarze Samtrobe, mit goldenen Borten verbrämt, ließ sein Gesicht noch blasser erscheinen.

Endlich brach er die Stille. »Ich habe viel von Euch gehört, und selbst wenn die Hälfte reine Erfindung sein sollte, da sich die Geschichten anhören, als wären sie sattsam ausgeschmückt, flößt mir der Rest Vertrauen ein. Ihr wißt, in welchem Zustand sich Viverra befindet, Meister Sigismondo?«

Sigismondo hob die Schultern. »Ich weiß, daß die Pest nicht mehr weit entfernt ist, Hoheit.«

Der Mund des Fürsten zuckte ungeduldig. »Das liegt in Gottes Hand. Ich meine vielmehr, daß sich meine Feinde gegen mich verschworen haben. Mein Vasall Carlotti hat Anspruch auf die Stadt Mascia erhoben, die meiner Herrschaft untersteht. Und Seine Heiligkeit könnte jeden Moment einen Nachfolger benennen, falls er glaubt, ich sei zu schwach, Viverra als päpstliches Lehen zu verteidigen.«

»Ich hörte, Hoheit, daß Ridolfo Ridolfi in Eurem Sold steht.«

Der Fürst verzog wieder den Mund. »Gatta. Ja, ich habe Gatta auf meiner Seite; deshalb bin ich noch imstande, Viverra zu halten.«

»Ich hörte auch, daß er den Grafen Landucci in Eurem Auftrag besiegte, und daß er Mascia belagert, genauso wie er die Städte belagert hat, die Euch von Landucci abgenommen worden waren.«

Der Fürst blätterte gereizt in den Papieren, die vor ihm lagen. »Er steht mit seinem Heer seit Monaten vor den Mauern von Mascia. Wahrscheinlich ist er vor Langeweile dort *eingenickt.*«

Sigismondo streckte die Hand aus, um die kleine graue Katze zu streicheln, die näher gekommen war, um den Fremden zu begutachten. »Denkt Ihr, er gäbe nicht sein Bestes, Hoheit?«

Der Fürst seufzte und betupfte seine Nase mit einem Leintuch, das er aus dem Ärmel nahm. »Ich denke, daß ich unbedingt einen Sieg brauche. Söldnerführer wechseln, wie allgemein bekannt, bisweilen die Seiten.« Beide Männer schwiegen. Ein Condottiere verkaufte sich an den Meistbietenden, und die Erfolgreichsten ihrer Zunft waren natürlich darauf bedacht, ihren Preis in die Höhe zu treiben. Die Frage, ob der Fürst weiterhin zahlen konnte, was Ridolfo verlangte, hätte von mangelndem Einfühlungsvermögen gezeugt.

Der Fürst ergriff wieder das Wort, und seine Stimme klang verärgert. »Eines Tages werde ich Gold in unvorstellbarer Menge besitzen, das ich ihm als Lohn bieten kann ... aber derzeit ...«

Sigismondo hatte genug gesehen, um zu verstehen: Der Fürst hoffte, wie viele, mit seinen alchimistischen Experimenten dem Geheimnis auf die Spur zu kommen, Gold zu gewinnen. In der Zwischenzeit kosteten diese Experimente ihn genau das Gold, das er so dringend benötigte.

Die kleine Katze, zufrieden mit Sigismondos Liebkosungen, kletterte auf seinen Schoß und lag da, schnurrend und mit eingezogenen Krallen. Der Fürst deutete auf das Tier. »Seht Ihr. Sie nennen Ridolfi auch die Katze, und was ist launischer als eine Katze? Sie sucht nur ihren Vorteil und ihr Vergnügen.« Sein Gesicht wurde düster, als sei ihm ein unangenehmer Gedanke gekommen. »Meister Sigismondo. Ich möchte, daß Ihr herausfindet, ob er mich zu verraten beabsichtigt.«

»Euer Hoheit möchte, daß ich mich nach Mascia begebe?« Die tiefe Stumme klang sanft; nichts deutete darauf hin, wie das Ansinnen, sich als Spion zu betätigen, aufgenommen wurde.

Der Fürst betupfte erneut seine Nase und griff nach einer Pergamentrolle. Er nahm ein Paar Augengläser von einem Nagel, klappte sie am Scharnier auseinander und klemmte sie auf die Nase. »Seht her.«

Sigismondo hob die Katze auf seine Schulter, als er näher trat, um einen Blick auf das Pergament zu werfen. Das Schriftstück, ausgerollt und an einem Ende mit einem Stundenglas beschwert, zeigte den Stadtplan eines Baumeisters. Es war ein Vieleck, das Festungsmauern darstellte, mit Kreisen für die Wachtürme an den Eckpunkten. Der Finger des Fürsten, der in weitausholendem Bogen über den Plan fuhr, war rot verfärbt und vernarbt. Offenbar neigte er dazu, seine Handschuhe zu vergessen, wenn er in seiner Alchimistenküche arbeitete.

»Mascia. Ich habe diesen Plan erst letzte Nacht entdeckt. Mein Großvater lebte früher in diesem Flügel. Sein Gemach wurde Dottore Virgilio überlassen, der dort chemische Stoffe aufbewahrte, und diese Papiere, die ihm gehörten, wurden dort gefunden und mir überbracht. Seht her, hier und dort, das sind die Brunnen. Und seht Ihr diese Linien?« Sein Finger folgte den gepunkteten Linien, die quer über die Straßen zwischen den Türmen und von dort beinahe bis zur Mitte der Stadt verliefen. »Geheimgänge, die der Versorgung dienten. Um schnellstmöglich Männer und Munition in die Festung zu bringen, ohne die Straßen zu benutzen. Gatta würde sein Augenlicht dafür geben … Seine Sappeure, wahre Fachleute, wenn es gilt, Stollen zu graben, versuchen schon seit Wochen, diese unterirdischen Gänge zu finden.« Er hielt inne; dann fügte er hinzu: »So heißt es zumindest in seinen Berichten.« Er schob ein Schreiben beiseite, bei dem gerade noch die hingekritzelte Unterschrift sichtbar war. Dann blickte er zu Sigismondo auf. »Könntet Ihr ihm den Plan bringen? Und Euer Bestes tun, um ihn zu nutzen?« Sigismondo nickte. Er betrachtete die schräg verlaufende Handschrift auf dem Plan, die Anmerkungen des Baumeisters, die vor annähernd hundert Jahren verfaßt worden waren.

»Gatta ist keine zahme Katze wie das Tier, das Ihr auf dem Arm haltet«, fuhr der Fürst fort. »Ich würde Euch um meines Seelenfriedens willen niemals ohne Warnung zu ihm schicken. Er ist ein Leopard oder Tiger, jederzeit zum Sprung bereit.«

Großkatzen sind mißtrauisch gegenüber Fremden. Heerführer kommen nicht ohne Spione aus, aber sollten sie einen in ihrem eigenen Lager finden, töten sie ihn ohne Erbarmen.

3 *»Wir haben sie«*

Benno hatte nach ihrer Rückkehr aus Frankreich, wo Sigismondo in einige haarsträubende Ereignisse verwickelt war, nicht angenommen, daß sein Herr eine Verschnaufpause einlegen würde. Als er hinter ihm herritt, den schnarchenden Biondello in seinem Wams, überlegte er schläfrig, daß sein Herr vielleicht deshalb immer die Ruhe und Gelassenheit selbst gewesen war, weil er keine Haare besaß, die ihm zu Berge stehen konnten. Warum sich Sigismondo den Kopf kahl scheren ließ, zählte zu den weiteren Geheimnissen, die seinen Herrn umhüllten, und Benno war froh, daß Sigismondos Verhalten anderen Menschen oft genauso viele Rätsel aufgab wie ihm selbst. Beispielsweise hatte er nicht die leiseste Ahnung, warum sie nach Mascia ritten, da die Stadt, wie Rosaria gestern abend erzählt hatte, belagert wurde. Er erwartete nicht wirklich, daß sich die Tore von Mascia wie von Zauberhand öffneten, sobald Sigismondo hoch zu Roß auftauchte. Sein Herr war imstande, der belagerten Stadt Hilfe zu bringen, aber es hätte ebensogut möglich sein können, daß er die ordnungsgemäße Kapitulation vorbereitete.

Während des Rittes mehrten sich die Anzeichen, daß ein Krieg das Land heimgesucht hatte. Benno, in Rocca aufgewachsen, dessen Herzögen es stets gelungen war, den Frieden zu wahren, hatte nie zuvor eine derart verwüstete Landschaft gesehen. Als er eine Rauchsäule auf einem Berg vor ihnen aufsteigen sah, hatte er als erstes an ein Feuer zum Kochen gedacht und gehofft, sie würden anhalten und eine warme Mahlzeit zu sich nehmen. Doch als sie näher kamen, merkte er, daß es nicht nach Essen roch, und als sie den Kamm des Hügels erreichten, sah er, wie das dahinterliegende Dorf im eigenen Saft schmorte.

Das Dorf hatte sich nie durch besonderen Ehrgeiz hervorgetan; die Bauern waren vermutlich rechtschaffene Leutchen, die hofften, mit ihrem kargen Stück Ackerland ihren Lebensunterhalt zu bestreiten, und von der Hand in den Mund lebten. Und nun irrten die Überlebenden ziellos zwischen den schwelenden Balken und brennenden Strohdächern ihrer armseligen Behausungen umher. Ein alter Mann saß, den Kopf in den Händen vergraben, vor einem noch glimmenden Geröllhaufen. Er sah nicht auf, als die Pferde der Fremden sich ihren Weg zwischen den Trümmern hindurch bahnten. Ein Mädchen, halbnackt und die Beine weit gespreizt, starrte mit blicklosen Augen in den Himmel empor. Unter ihrer Hüfte lugte der Fuß eines Kindes hervor. Benno schauderte und schloß zu Sigismondo auf. »Wer hat das getan? Und warum?«

»Es ist Krieg. Wer was getan hat und warum, zählt nicht. Vermutlich Gattas Männer, die zu dem Hauptmann gehören, den wir treffen werden. Vielleicht hat sich einer der Toten hier geweigert, ihnen Brot zu geben, oder sie verflucht.«

»Aber stehen sie denn nicht auf derselben Seite?«

»Es ist Krieg. Da fragt man nicht lange nach der Vernunft. Solche Greueltaten dienen der Abschreckung. Die Bewohner anderer Dörfer hören davon und zeigen mehr Wohlverhalten.« Eine alte Frau streckte ihnen beinahe unwillkürlich die Hände entgegen, als sie vorüberritten; Sigismondo griff in die Satteltasche und warf ihr einen flachen Laib Brot zu. »Wir werden verhindern, daß weitere Untaten wie diese geschehen.«

»Gatta daran hindern?« Benno hatte in Rosarias Schänke einiges über Gatta gehört, und nun hatte er mit eigenen Augen gesehen, wozu der Mann imstande war. Ihn an einem Vorhaben zu hindern, war wohl ein Bravourstück, das ihm sogar bei einem Mann von Sigismondos Kaliber unwahrscheinlich erschien.

»Du wirst genau das tun, was du immer getan hast: Augen und Ohren aufsperren und den Mund halten. Ich bringe Gatta etwas, worüber er sich sehr freuen wird.«

Benno, erleichtert, daß sie von Gatta also wohl freundlich empfangen würden, schwieg. Es fiel ihm schwer, das Dorf zu vergessen.

Es war später Nachmittag, als sie die Zelte erspähten. Sie waren auf einem Abhang mit Blick auf Mascia errichtet worden; die Stadt lag auf dem Kamm eines steilen Hügels, der sich in der Mitte der Talsenke erhob. Die Sonne im Westen tauchte die hohen Mauern und Türme in rotgoldenes Licht, ließ die großen Kanonen schimmern, die in Reih und Glied weiter unten am Abhang aufgestellt waren. Ihre Öffnungen wiesen auf die Stadt, aber nun waren sie verstummt. Gewaltige Einkerbungen im Mauerwerk und abblätternde Zinnen zeigten, wo man versucht hatte, die Verteidigung zu durchbrechen, aber bisher waren keine Breschen geschlagen, die den Männern gestattet hätten, die Festung zu stürmen.

Als sie weiterritten, entdeckten sie, daß reglose Stille sie umgab; nur im Feldlager vor ihnen herrschte eifrige Geschäftigkeit. Rauch stieg von den Feuerstellen zwischen den Zelten auf, Pferde wieherten, doch die Stadt duckte sich auf dem Schanzhügel, verstockt, ohne Lebenszeichen.

Ein Wachposten versperrte ihnen gleich darauf den Weg. Er verstärkte den Griff um seine Pike, als würde er sie lieber benutzen als halten.

»Was ist Euer Begehr?«

»Ich bringe Gatta etwas, worauf er seit langem wartet.«

Dem Wachposten fiel es leicht, Benno verächtlich links liegenzulassen, er fand es indessen schwer, über Sigismondos imposantes Erscheinungsbild hinwegzusehen. »Er erwartet Euch?« Die höhnische Bemerkung, die ihm im Hals steckenblieb, verwandelte sich in eine Frage.

»Wer ist das?« Es war eine gebieterische Stimme, selbst wenn sie obenhin und spöttisch klang. Benno drehte sich um, und sein Mund öffnete sich ein Stück weiter als gewöhnlich. Ein Mann näherte sich auf einem Rotschimmel, der unter seiner zügelnden Hand zu tänzeln begann. Er war barhäuptig, und sein Schädel glänzte wie Seide, das genaue Gegenstück zu Sigismondos Kopf unter der Kapuze. Das Gesicht war indessen hohlwangig, mit vorspringendem Kinn und einem breiten Mund, ein lebhaftes Gesicht, doch mit verschleierten Augen. Er lächelte. Benno fühlte sich deshalb keinen Deut sicherer. »Besucher mit *Geschenken*? Gatta *liebt* Geschenke.« Der Tonfall seiner Stimme ließ Benno zu der Schlußfolgerung gelangen, daß dem Söldnerführer Geschenke in Form abgetrennter Köpfe, mit bunten Bändern aneinandergereiht, die liebsten waren. »Kommt mit.«

Sie folgten dem Mann mit dem kahlgeschorenen Schädel durch das Lager. Sie bahnten sich ihren Weg zwischen Biwaks und Zelten, zwischen aufwendigen Pavillons und geflickten braunen Leinwandplanen, die nur von Pflöcken hochgehalten wurden und übergroßen Unterständen für Kühe ähnelten. Einige Männer, die im Kreis um einen großen Holzklotz saßen und Karten spielten, sprangen auf, als Sigismondos Führer mitten durch die Gruppe ritt, und winkten freundlich, als sie auseinanderstoben. Andere Männer waren damit beschäftigt, ihre Waffen zu reinigen, karrten Handwagen mit Nahrungsmitteln herum, trieben mit der Peitsche ein Pferdegespann an, das ein Weidengeflecht, beladen mit Steinen für die Geschütze, hinter sich herzog, oder versammelten sich zum Kochen und Essen um die Feuerstellen. Reiter rissen einen Gaul, der sich mit seiner Last abmühte, eiligst an der Trense aus dem Weg, als die Männer weiterritten. Benno stellte sich plötzlich vor, er ritte auf einem Leichenteppich in die Schlacht.

Das große pavillonartige Zelt hatte grüne und goldene Streifen. Vergoldete Quasten hingen an den Kanten hinunter, und die hochgeklappte Plane, die den Eingang bildete und an einem Pfosten befestigt war, besaß ein Innenfutter aus scharlachroter Seide. Ein weiterer Pfosten mit einem Banner, das im Wind flatterte, war in den Boden neben dem Eingang gerammt, der von zwei Soldaten mit Helmen und stahlnietenbesetztem Wams bewacht wurde. Benno wurden die Zügel von Sigismondos Graubraunem und von dem hochgewachsenen Rotschimmel zugeworfen, als ihr Führer vom Pferd stieg und in das Zelt voranging. Benno war dankbar, daß er nicht mitkommen und Gatta von Angesicht zu Angesicht gegenübertreten mußte.

Gatta war beschäftigt. Er nahm gerade ein Bad. Dampf hüllt das Innere des Zeltes wie Nebelschwaden ein, und die roten Seidenwände, die nur verschwommen zu erkennen waren, ähnelten einem Blutstrom. Zwei schwitzende Pagen trugen Eimer mit heißem Wasser herbei und füllten es in den Zuber, in dem Gatta halb saß, halb lag. Als Sigismondo und sein Führer eintraten, packte ein Paar riesiger Pranken die mit Leinen ausgeschlagenen Innenwände des Zubers, und Gatta setzte sich auf, um sie durch den Dampf anzustarren.

»Was zum Teufel soll das? Haben sie sich ergeben?« Es war keine ernstgemeinte Frage, und er lehnte sich zurück, während er sie beobachtete. Auf den ersten Blick schien er seinem Spitznamen nicht gerecht zu werden. Das großflächige Gesicht und die massigen Schultern schienen wenig Katzenhaftes zu besitzen, es sei denn, man dachte an die bullige Gestalt eines Straßenkaters. Da schüchterte der Blick aus den Schlitzaugen schon mehr ein.

»Ein Fremder mit einem Geschenk, Gatta.« Die Verbeugung war das spöttische Zerrbild eines höfischen Kratzfußes. Der Mann im Zuber schenkte ihr keine Beachtung. Seine halb geschlossenen Augen musterten Sigismondo sehr sorgfältig.

»Ihr habt recht getan, ihn herzubringen, Michelotto.«

Sigismondo lächelte plötzlich, und Gatta hievte sich wieder in eine aufrechte Stellung, wobei ein kräftiger Wasserschwall, nach

Kräutern duftend, auf den Boden spritzte. Einer der Pagen eilte herbei und reichte Gatta den Arm als Stütze, falls dieser aufzustehen gedachte. Er ignorierte ihn, wie Michelottos Verbeugung, und bedeutete Sigismondo mit einer Kopfbewegung, näher zu treten. Als Sigismondo der Aufforderung Folge leistete, zog Michelotto ein Messer, eine reine Vorsichtsmaßnahme, da Gatta unbewaffnet war; nur der Mann, der es in Händen hielt, ließ die Geste bedrohlich erscheinen.

Gattas Neugierde war gewerbsmäßig. »Wo habt Ihr gekämpft?«

»Frankreich, Schottland, in den Niederlanden, in Belgien und Luxemburg, im Heiligen Land. Und andernorts.«

Gatta schwieg einen Augenblick lang und spritzte müßig Wasser mit einer Hand über sein erhobenes Knie. Sein Haar klebte ihm in dunklen Strähnen an der Stirn und hinter den Ohren, wo der Haarschnitt eines Soldaten, dem Helm angepaßt, den muskulösen Hals frei ließ.

»Was hat es mit dem Geschenk auf sich?«

»Ich bringe Euch die Pläne von Mascia. Sie zeigen, wo die unterirdischen Gänge verlaufen.«

Eine Riesenwelle schwappte auf den Boden und durchnäßte Sigismondo und Gattas Pagen, der wieder herbeigeeilt war, um seinen Arm als Stütze anzubieten. Gatta kletterte aus dem Zuber und gestattete dem Pagen, ihn in ein Leintuch einzuwickeln, während seine Augen unablässig auf Sigismondo ruhten. Er war gedrungen, ohne Fett – ein Körper, der daran gewöhnt war, das Gewicht einer Rüstung zu tragen.

»Woher habt Ihr sie?« Eine nasse Hand ergriff Sigismondo am Handgelenk.

»Von einem Toten.«

»Wie angenehm.« Michelotto war unruhig von einem Fuß auf den anderen getreten, bereit, jederzeit einzugreifen und den Fremden wenn nötig zu hängen. »Tote Männer sind nicht mehr sehr gesprächig.«

Gatta hob Einhalt gebietend die Hand. »Schweigt, Michelotto. Laßt ihn reden.« Die Pagen bearbeiteten ihn, klopften und rubbelten ihn mit dem Leintuch trocken. Gatta brummte und beugte die Schultern.

»Er griff mich auf der Straße nach Viverra an und schrie: *Michelotto!*« fuhr Sigismondos tiefe Stimme fort. Gatta und Michelotto krümmten sich vor Lachen. Michelotto umklammerte mit beiden Händen das Heft des Messers und schüttelte es, als gefalle ihm dieser Witz ganz besonders gut. »Ich fand den Plan bei ihm und dachte, Ihr würdet gut dafür zahlen.«

»Zahlen?« Michelotto trat einen Schritt zurück und hob die Hände in gespielter Überraschung. »Ihr befindet Euch in Gattas Heerlager, inmitten seiner Männer. Warum sollte er dafür zahlen?«

Gatta wurde in ein grünes Samtgewand gesteckt, nachdem man ihn aus dem feuchten Leintuch geschält hatte. Ein Klappstuhl aus geschnitztem Holz mit Einlegearbeiten aus Elfenbein wurde für ihn zurechtgerückt. Er dachte angestrengt nach.

»Dieser Mann, den Ihr getötet habt. Wohin wollte er?«

Sigismondo zuckte die Achseln. »Er sagte nur das eine Wort.«

Keiner der Männer hatte einen Grund, ihm nicht zu glauben, und beide waren belustigt, aber nur ein Narr hätte sich auf ihre Leichtgläubigkeit verlassen. Einem der Pagen, der mit einem silbernen Deckelkrug an Gattas Seite verharrte, wurde mit einer Geste bedeutet, Sigismondo zu bedienen.

»Ein Becher Wein gefällig? Zeigt mir die Karte.« Gatta mochte sich dann und wann die Zeit für ein Bad nahmen, aber Geschäft war Geschäft. Ein Page schaffte einen Klappstuhl und silberne Trinkbecher herbei; dann legten beide Pagen blitzschnell eine Tischplatte auf zwei Böcke. Gatta stützte den Arm darauf und wartete. Michelotto schnitt seine Nägel mit dem Messer und pfiff leise durch die Zähne. Draußen wieherten und stampften die Pferde. Eine Trompete in der Ferne veranlaßte Gatta, den

Kopf ruckartig zu drehen, und Michelotto lief vor das Zelt, um nachzusehen. Er kam zurück und wedelte verneinend mit der Hand.

»Falscher Alarm. Sie dachten, eine der Ausfallpforten würde sich öffnen.«

»Das zeigt, daß sie nicht geschlafen haben.« Gatta klopfte ungeduldig auf den Tisch. »Die Karte, mein Herr. Wenn sie etwas taugt, werdet Ihr Euer Geld erhalten.«

Sigismondo holte die flache Schriftrolle aus seinem Wams und faltete sie auseinander. Gatta hielt das eine Ende mit seinem Schwert fest, das ein Page beim Klang der Trompete auf den Tisch gelegt hatte. Es war keine Prunk-, sondern eine Alltagswaffe. Ihr Gewicht und ihre Größe sagten einiges über die Kraft in Gattas Schultern aus.

»Das ist das Siegel des Fürsten.« Gattas plumper Finger deutete darauf. Sein Blick kehrte zu Sigismondo zurück – er hatte seltsame, beinahe gelbe Katzenaugen. »Die Karte stammt vom *Fürsten?*«

Sigismondo zuckte erneut die Achseln. »Zweifellos wurde sie aus seiner Dokumentensammlung entwendet. Der Plan ist alt; die Festung steht schon seit mehr als einem Jahrhundert, wie man mir sagte.«

»Es war der alte Fürst, der Vater des jetzigen Herrschers, der die Wehrtürme bauen ließ. Vielleicht hat man ihm die Pläne gestohlen.« Michelotto trat näher, um einen Blick über Sigismondos Schulter zu werfen; das Messer war zu nahe, um Wohlgefühl zu verbreiten.

»Was steht dort?« Gatta war den gepunkteten Linien der unterirdischen Gänge gefolgt, deren Bedeutung er auf Anhieb verstanden hatte. Nun strengte er seine Augen an, um den Sinn der geschriebenen Zeilen darunter zu erfassen. Lesen und Schreiben waren ein Luxus für einen Soldaten; die Botschaft, die Sigismondo auf dem Schreibtisch des Fürsten gesehen hatte, war unzweifelhaft von einem Sekretär verfaßt worden, und vielleicht beschränkte sich Gattas Bildung auf die gekritzelte Unterschrift unter dem Schriftstück. »Der Plan ist eindeutig genug«, befand er zufrieden und lehnte sich zurück, um mit seinem Schwert zu spielen, als warte er ungeduldig darauf, es endlich zu benutzen. »Wir sind dem Ziel an zwei Stellen sehr nahe, wenn diese Karte stimmt, obwohl es möglich gewesen wäre, daß Lorenzo monatelang gegraben und trotzdem nie die andere Seite erreicht hätte. Diese Zahlen zeigen die Tiefe des Mauerwerks an, nicht wahr? Und die Worte?«

»Die Worte erläutern die Pläne nicht weiter.« Sigismondos Hand fuhr entschlossen über das ausgebreitete Pergament. »Sie geben Auskunft über die Materialien, die der Baumeister verwendet hat, wie dämmendes und verstärkendes Gestein, und über seine Berechnungen und Einschätzungen der Arbeitszeit, die benötigt wurde.«

»Aha, nun gut . . .« Gatta gab einen kehligen Laut von sich, der große Ähnlichkeit mit dem Schnurren einer Katze besaß.

Michelotto trat näher. »Antonio Carlotti und diese Ratte Scala wissen, daß diese Geheimgänge existieren. Sie glauben, sie wären seit Jahren verschüttet und stellten keine Bedrohung dar. Das Gaunerpärchen, das wir vor zwei Tagen bei seinen Raubzügen erwischt haben, hat es uns erzählt, nach einigem Hin und Her.«

Aus dem Schnurren wurde ein lautes Auflachen. Gatta schlug mit beiden Händen auf den Plan. »Wir haben sie! *Wir haben sie!* Michelotto, schickt Lorenzo zu mir. Seine Truppe muß sofort mit dem Graben beginnen. Wir werden diese Ratte Scala morgen früh zur Hölle schicken.« Er wandte sich an Sigismondo, als Michelotto unverzüglich das Zelt verließ. »Und nun zu Euch, mein Herr.« Seine Hand klopfte auf den Plan. »Hattet Ihr an einen bestimmten Preis gedacht?«

»Ihr wißt am besten, was er Euch wert ist. Die Entscheidung liegt ganz allein bei Euch.« Die tiefe Stimme klang gelassen, nicht drängend. Um gar nichts zu bitten, hätte ein Höchstmaß an Verdacht erregt, und zuviel zu fordern, wäre gleichermaßen unklug gewesen.

Gatta dachte nach. »Wenn ich Mascia mit Hilfe dieser Pläne einnehmen kann, werde ich Euch einen Beutel Gold überlassen, das wir gewiß dort finden. Und zwei, wenn Ihr mir weiterhin helft.«

»Wie?«

»Kämpft an der Seite meiner Männer.«

In diesem Zeltlager läßt es sich recht gut leben.« Benno leckte sich noch immer die Finger. Er hatte den Teller leer essen dürfen, nachdem er seinem Herrn während der Mahlzeit aufgewartet hatte. An gebratenem Fleisch herrschte kein Mangel, und der Wein war von nicht zu verkennender Güte. Benno wurde, nachdem sie in das ihnen zugewiesene Zelt zurückgekehrt waren, billiger Landwein zugestanden, aber er trank ihn begeistert und in tiefen Zügen.

»Das gilt nur für einige wenige, die Anführer. Wenn du ein gemeiner Soldat wärst, hättest du Bohnen vorgesetzt bekommen.«

Benno stöpselte die lederne Feldflasche zu und legte Holzscheite nach. Ihr Zelt war nur ein Nachtlager. Einige unwillige Soldaten waren von dem lächelnden Michelotto höflich aufgefordert worden, es ihnen zu überlassen, und hatten ihre Siebensachen eilends hinausgeschafft. Grobe Leinwand, an Pfosten geknüpft, hielt den Nachtwind ab, während die kleine Feuerstelle an der offenen Seite sie wärmte. Die gedrungenen Türme und Mauern von Mascia, die sich dunkel gegen den Himmel abzeichneten, an dem ein sanft glühender Mond seine Bahn zog, fesselten seine Aufmerksamkeit. »Wetten, daß *die* nicht einmal Bohnen zu essen haben.«

»Antonio Carlottis Jagdhundmeute befindet sich in der Stadt. Er würde eher die Bewohner abschlachten, als seine Tiere opfern. Ein Haus, in dem es viele Ratten gibt, darf sich in solchen Zeiten glücklich preisen.«

Benno rückte die Satteltaschen hinter seinem Rücken zurecht.

Seide umhüllt und dann in eine reichverzierte, mit Samt ausge-
schlagene Kiste gelegt. Nun war er mit einer Eskorte und einem
Brief an den Rat der Zehn in Venedig unterwegs. Er hatte doch
recht gehabt, daß Gatta mit Bändern zusammengeknüpfte Köpfe als Geschenk am liebsten waren.

»Gatta wird Antonio Carlotti mitbringen, wenn er in ein oder
zwei Tagen nach Viverra reist. Das ist ein gutes Geschenk, vor
allem mit Mascia als Zugabe. Gatta hat sich seinen Lohn mehr
als verdient. Zwischen den Söldnerführern herrscht ziemlich
große Rivalität.«

»Aber warum Venedig?«

»Ich dachte, du hättest deine Ohren besser aufgesperrt. Die
Geschichte ist folgende: Scala wurde letztes Jahr von den Venezianern in Dienst genommen, um die Truppen des Papstes zu
bekämpfen, doch weil der Heilige Vater mehr Geld bot, wechselte er die Seiten, nun, ziemlich *unvermutet,* würde ich sagen.
Der Rat der Zehn war seither sehr erpicht darauf, ihn in die
Finger zu bekommen. Das ist eine nettes Präsent von Gatta.«

Scalas Kopf hatte, nach seinem Triumphzug durch Mascia, die
Runde durch Gattas Heerlager gemacht, wo er von der Verpflegungsstelle, dem Troß und den Verwundeten bestaunt werden
konnte. Es war eine anschauliche Lehre darüber, was es bedeutete, in einem Krieg auf der Seite der Sieger zu stehen. Benno
war stolz, daß sein Herr ihnen diesen erbaulichen Anblick
ermöglicht hatte. Die Belohnung, drei schwere Beutel Gold, war
hinter ihnen im Gepäck auf dem Maultier verstaut, bewacht von
zwei Soldaten aus Gattas Truppe, die Sigismondo den gebührenden Respekt erwiesen. Benno wußte, daß sein Herr dank
seiner Dienste in verschiedenen Städten Bankkonten unterhielt,
aber Geldgeschäfte dieser Art waren für ihn ein Buch mit sieben
Siegeln.

Er strahlte vor Stolz. »Gatta hat Euch die Lorbeeren überlassen,
richtig?«

»Gatta kann es sich auch leisten. Er heimst selber genug ein. Der Fürst kann von Glück sagen, einen Mann wie ihn zu haben.«

Benno verscheuchte die Fliegen, während sich die Pferde den Weg an Dunghaufen vorbei zum nächsten Dorf bahnten.

»Wenn Scala Venedig an der Nase herumführen und überlaufen konnte ... Ich meine, ist sich der Fürst sicher, daß Gatta ...?«

»Ein Condottiere lebt von seinem tadellosen Ruf. Er geht ein Abkommen ein. Scala war eine Ausnahme, aber du hast recht, die Möglichkeit besteht natürlich immer.«

»Der Fürst sollte Gatta weiterhin ein hübsches Sümmchen zahlen, denke ich. Hoffentlich beeilt er sich und findet den Stein, von dem Ihr erzählt habt.«

Sigismondo brummte zustimmend.

Dieses Dorf war von den Soldaten in Gattas Heer, die für die Verpflegung zuständig waren, verschont geblieben. Die Bewohner zeigten kaum mehr als gelinde Neugierde, mit Vorsicht gepaart, als sie durch die Hauptstraße ritten. Eine Frau lief herbei, um ein kleines Kind vor den Hufen der Pferde in Sicherheit zu bringen, und beobachtete die Kavalkade mit dem Sprößling auf der Schulter. Die Soldaten riefen ihr gutgelaunt deftige Bemerkungen zu, als sie vorüberritten. Was hätten die Dorfbewohner gemacht, wenn sie von dem Gold gewußt hätten, das sie mit sich führten, genug, um ein Dutzend Dörfer zu kaufen? Aber Benno hatte miterlebt, was mit Dörfern geschah, die ihre guten Manieren vergaßen.

Die Türme von Viverra tauchten vor ihnen am Horizont auf. Benno kam zu dem Schluß, er könne nun gefahrlos seine nächste Frage stellen, die ihm seit Verlassen des Heerlagers keine Ruhe gelassen hatte.

»Warum wolltet Ihr nicht, daß Gatta den Venezianern erzählt, wer Scala in Wirklichkeit getötet hat, nämlich Ihr?«

Sigismondo legte einen Finger auf den Mund.

»Das nennt man Diplomatie. Gatta wünscht sich, daß sein

Geschenk von ihm allein kommt, ohne die Ehre mit jemandem teilen zu müssen.« Er lächelte. »Und die Venezianer werden wahrlich etwas zu hören bekommen.«

»Und deshalb schickte Gatta Euch an seiner Stelle mit der guten Nachricht zum Fürsten? Die Überbringer einer guten Nachricht werden oft belohnt, stimmt's?«

»Werde ja nicht goldgierig, Benno. Du weißt doch, was es Scala eingebracht hat.«

Auf der Straße zum Südtor von Viverra waren mehr Menschen unterwegs, als sie je zuvor gesehen hatten. Es handelte sich nicht um Händler oder Dorfbewohner, die zu einer Lustbarkeit in die Stadt strömten. Ein psalmodierender Gesang ertönte, von Stöhnen und Schreien untermalt. Manche der Pilger hatten Staub von der Straße auf ihr Haupt gestreut; einige schlugen sich an die Brust, und ein Mann, der kniete, schlug den Kopf immer wieder auf den Boden, in der Haltung eines Büßers.

»Was ist denn hier los?« Benno wurde unruhig. War der Fürst etwa gestorben, so daß sie ihre Belohnung ein für allemal in den Wind schreiben konnten? War die Pest ... er mochte gar nicht daran denken.

Sigismondo deutete nach vorne.

Ein Mann mit Tonsur und Mönchskutte bahnte sich seinen Weg durch die dichte Menge und strebte dem Stadttor zu. Sigismondo und Benno machten ihm Platz, soweit es in dem Gedränge eben ging. Über ihnen, auf einem langen Stecken, den er trug, schwankte ein mit Lehm befestigter Totenschädel hin und her.

Benno mußte sich gewaltsam von der gräßlichen Vorstellung befreien, daß Scalas Kopf auf dem Weg nach Venedig irgendwie dem verschnürten Bündel entflohen und ihnen bis hierher gefolgt war, wobei er unterwegs sein Fleisch und Blut verloren hatte. Der grinsende Totenschädel vor ihnen sah vergilbt und glänzend aus, als sei er schon vor geraumer Zeit von seinem Körper getrennt worden und genieße seine Freiheit in vollen Zügen. Benno bekreuzigte sich hastig.

Sigismondo drehte sich im Sattel um und beschirmte die Augen mit der Hand; er blickte angestrengt die Straße entlang, die sie gekommen waren, und sein Blick suchte die Ferne ab.

»Was ist? Kommt da jemand?«

»Dieser Schädel ist sowohl ein Versprechen als auch eine Warnung, Benno. Soweit ich weiß, wird Viverra in Kürze eine Predigt über sich ergehen lassen müssen, die es in sich hat, oder viele Predigten. Wenn die Pest vor der Tür steht, besinnen sich die Menschen plötzlich wieder auf das Höllenfeuer.«

Das Wehklagen der Menge, die sich um ihre Steigbügel drängte, war so laut, daß sogar Sigismondos volltönende Stimme schwer auszumachen war. Benno war sich nicht ganz sicher, ob er richtig verstanden hatte, was sein Herr sagte, als sie auf der Woge eines *Miserere* durch die Stadttore gespült wurden. Er hörte noch, daß er draußen warten und sich die Predigt anhören solle, statt in den Palast mitzukommen. Benno wußte, daß er einen kläglichen Eindruck auf die hohen Herrschaften machte, trotz der neuen Kleider, die er in Frankreich erworben hatte. Gleichwohl hatte er sich darauf gefreut, einen Blick auf diesen Fürsten

werfen zu können, der nach einem magischen, Reichtum verhei-
ßenden Stein suchte. Dem Totenschädel nach zu schließen,
würde die Predigt indessen auch nicht von schlechten Eltern
sein. Benno war für jede Form der Belustigung zu haben.

Als sie die Tore zum Palast erreichten, konnte es über das »Warte
hier!« keinen Zweifel geben. Das Gedränge wurde immer dich-
ter; das Volk schien magisch angezogen vom einlullenden Sing-
sang des Bußpsalms und dem Totenschädel, der Entsetzens-
schreie ausgelöst hatte, als er auf seinem Weg an einigen Fenstern im ersten Stock vorüberhüpfte. Sigismondo und Gattas
Männer ritten durch das große Palasttor und führten Bennos
Pferd am Zügel mit sich. Sigismondo stieg eine lange Freitreppe
hinauf und verschwand durch einen riesigen Torbogen, über
dem das Wahrzeichen von Viverra, eine in Stein gemeißelte
Zibetkatze, drohend aufgerichtet war. Die im Sprung geduckte
vergoldete Katze auf Gattas Helm sah gefährlicher aus.

Innerhalb des Palastes sorgte das Schreiben mit Gattas Siegel
dafür, daß Sigismondo unverzüglich vorgelassen wurde. Die
Wachposten senkten die gekreuzten Piken, Vorhänge wurden
hochgehoben, Türen geöffnet, bis die letzte Flügeltür Sigismondo in einen Audienzsaal und vor den Fürsten führte.

Fürst Scipione hörte gerade Musik, seine Familie und sein
Hofstaat waren um ihn geschart. Zwei Lautenspieler auf den
Stufen der Estrade hatten die Köpfe dicht zusammengesteckt,
um ihre Töne aufeinander abzustimmen, als ob sie sich nur auf
die Schwierigkeit ihrer Melodien zu konzentrieren vermochten,
wenn sie die Zuhörer aus ihrem Bewußtsein ausschlossen. Über
ihnen, auf der Estrade, befanden sich drei Thronsessel, mit
blauem Samt überzogen und mit Goldtroddeln verziert. Der
Fürst, in der Mitte, war in maulbeerfarbenen Samt gekleidet
mit Ärmeln aus Golddamast; er wirkte zerbrechlich und machte
den Eindruck, als fühle er sich nicht wohl in seiner Haut. Er
blickte sofort auf, als Sigismondo hineingeführt wurde, und ein

Page durchquerte den Raum, um ihm das Begehren des Neuankömmlings mitzuteilen.

Er hob die Hand, um die Musikanten zum Schweigen zu bringen.

»Aus Mascia?«

Es war, als hielte die ganze Gesellschaft den Atem an; aller Augen wandten sich Sigismondo zu, der näher trat und sich auf der untersten Stufe der Empore auf einem Knie niederließ. Die tiefe Stimme war klar in der plötzlichen Stille. »Hoheit, Mascia gehört Euch. Ridolfi hat die Stadt erobert. Scala ist tot, Graf Antonio Carlotti gefangengenommen.«

Überall wurden freudige Rufe laut. Sigismondo, der mit einer Handbewegung vom Fürsten aufgefordert wurde, sich zu erheben, verbeugte sich und händigte Gattas Depesche einem Pagen aus, der sie dem Fürsten überbrachte.

»Und wie lautet Euer Name, mein Herr?« Der Fürst nahm das Schreiben und hielt inne. Seine müden Augen unter den leicht hochgezogenen Brauen blickten Sigismondo an. Dieser verbeugte sich erneut, als er seinen Namen nannte, und gab mit keinem Zeichen zu erkennen, daß er dem Fürsten kein Unbekannter war.

»Ihr seid Sigismondo *von Rocca*?« Die Sprecherin, die sich in ihrem Thronsessel ein wenig vorbeugte, in kostbaren goldenen und grünen Brokat gekleidet, konnte nur die Fürstin selbst sein. Ihr Gesicht war ein längliches Oval, sie hatte große dunkle Augen, eine schmale Nase und einen kleinen vollen Mund. Das Gesicht wirkte kühl, als sei sie sich ihrer Schönheit voll bewußt. Ihr Haar, zu hochaufgetürmten, üppigen Flechten und Ringellocken frisiert, war dunkelrot: das echte venezianische Rot.

»Ich war in der Lage, dem Herzog von Rocca einen Dienst zu erweisen, aber ich gehöre nicht zu seinen Untertanen.«

»Wessen Untertan seid Ihr dann?«

»Mit Verlaub, Hoheit, ich gehöre mir allein.«

»Warum kommt Ihr von Gatta?« Sie zwirbelte einen Anhänger aus Gold, mit Sternen aus Perlen besetzt, der ihr bis zur Taille reichte. Der Fürst las sein Schreiben und schenkte den Fragen seiner Gemahlin keine Beachtung.

»Ich komme von Gatta, Hoheit, weil ich in Mascia an seiner Seite gekämpft habe. Ein Söldner bietet seine Dienste dort an, wo man sie benötigt.«

»Also hättet Ihr auch für Scala kämpfen können?« Die Fürstin lächelte, was den Mitgliedern des Hofstaats gestattete, hinter vorgehaltener Hand zu lachen. Sich auf die Seite der Feinde des Fürsten zu schlagen, war ein Scherz, solange die Fürstin es dafür hielt.

Der Fürst hatte zu Ende gelesen und warf einen flüchtigen Blick in die Runde. »Er wird Carlotti in ein paar Tagen herbringen. Gatta hat ihn aus dem Bett gezerrt.«

Dieser Umstand, der Gattas Überraschungsangriff erläutern und in allen das Bild eines nackten, zu Tode erschrockenen Mannes wachrufen sollte, war wirklich ergötzlich; der Fürst selbst lächelte, und ringsum wurde Gelächter laut. Eine ältere Matrone mit grauem Haar, Witwe des früheren und Mutter des jetzigen Landesfürsten, die auf dem dritten Thronsessel Platz genommen hatte, wollte wissen: »Was werdet Ihr mit Carlotti machen?«

Der Fürst betupfte sich mit dem Leintuch, das er in seinem Ärmel aufbewahrte, die Nase. »Das werden wir in der Ratsversammlung besprechen, Madame. Dort werden wir über sein weiteres Schicksal abstimmen.«

Nachhaltiges Nicken einer Gruppe älterer Männer zeigte an, daß sie die Mitglieder des Rates waren, aber der Fürst lehnte sich ungeduldig zurück, die Augen noch immer auf Sigismondo geheftet.

»Auch wenn es reine Zeitverschwendung sein wird. Carlotti ist ein Verräter, soviel steht fest. Meine Empfehlung lautet, ihn zu hängen.«

Der Fürst benutzte sein Leintuch, um sich die Stirn unter der purpurfarbenen Samtkappe abzuwischen. »Wir werden eine Entscheidung treffen ... vielleicht ein menschliches Unterpfand –« Er warf einem jungen Mann, der fast in der ersten Reihe der Höflinge stand, einen raschen Blick zu; wieder wirkte er irritiert. »Sigismondo, Ihr werdet Euren Lohn erhalten. Das sind in der Tat gute Neuigkeiten.« Er stand auf, und auch seine Gemahlin und seine Mutter erhoben sich, und als sich alle Anwesenden tief verneigten oder einen Hofknicks machten, verließ der Fürst den Audienzsaal durch eine Seitentür, gefolgt von einem einzelnen Pagen. Sigismondo nahm an, daß er sich sofort wieder in sein Laboratorium begeben und vielleicht später nach ihm schicken würde.

In der Zwischenzeit galt es, einen weiteren Botengang für Gatta zu erledigen.

Benno, der die Anweisung hatte, sich die angekündigte Predigt anzuhören, verbrachte die Wartezeit damit, eine Tüte mit fettgebackenem Schweinefleisch zu kaufen und bis zum letzten Krümel zu verspeisen. Er hatte es sich auf einer Lafette bequem gemacht und ließ Biondello herumtollen, denn der war kein Hund, der sich weit von seinem Herrn entfernte. Außerdem machte er die Bekanntschaft eines riesengroßen Büßers mit einem Gesicht wie ein Bulle, der gegen ein Scheunentor gerannt war, und der vermutlich eine ganze Menge zu büßen hatte. Plötzlich lief eine Welle der Erregung durch die Menge: Die Leute drängten sich, um die besten Plätze zu ergattern, was Benno veranlaßte, sich auf seine Lafette zu stellen, Biondello der Sicherheit wegen hochzuheben und in seinem Wams zu verstauen. Ein Name wurde immer wieder gerufen. Allem Anschein nach hatte die Warterei nun ein Ende. Der Klosterbruder, der den Totenschädel getragen hatte, stieg auf das Holzpodest, auf dem sonst die öffentlichen Bekanntmachungen verlesen wurden. Benno fragte sich, ob sich Sigismondo diesmal nicht geirrt haben könnte und dieser Mann der Prediger sei, aber er hob nur den Totenschädel hoch, der einen weiteren bedrohlich prüfenden Blick über die Menge zu werfen schien, und rief: »Bereut Eure Sünden, denn das Reich Gottes ist nahe!«

Was in jedem Fall nahte, war ein zweiter zaundürrer Mönch mit zerzaustem weißen Haar, das infolge der frischen Brise seine Tonsur verdeckte. Bereitwillige Hände halfen ihm nun auf das Holzpodest. Er trug ein Kruzifix, das er als erstes der Menge entgegenstreckte, was ein langgezogenes Stöhnen um Erbarmen und rege Geschäftigkeit hervorrief, als sich die Versammelten bekreuzigten und reuevoll gegen die Brust klopften. Der Mann neben Benno versetzte sich dabei einen solchen Schlag, daß nur jemand von seiner robusten Statur imstande war, ihn hinzunehmen, ohne das Gleichgewicht zu verlieren und gegen die hinter ihm Stehenden zu prallen.

»Bereut, liebe Kinder!« Es war eine tragende, aber keine kreischende Stimme, bebend, aber mit einer merkwürdigen Sanftheit im Tonfall. »Ich bin von Gott gesandt, um euch auf den Pfad der Tugend zu geleiten. Oh, denkt stets an den Tod, liebe Kinder, der auf jeden von uns wartet.« An dieser Stelle reckte der Klosterbruder, der Hilfsdienste leistete, mit einem Ausdruck genüßlicher Grausamkeit den Totenschädel hoch in die Luft, um jeden einzubeziehen, der sich in Sichtweite der leeren dunklen Augenhöhlen befand. »Der Tod wartet auf euch, auf jeden einzelnen, am Ende des Weges« – ein paar Ängstliche wandten die Köpfe um –, »in der Schänke, auf dem Markt, vielleicht schon heute nacht in euren Betten.« Eine Frau in der Nähe brach in heftiges Schluchzen aus. »Niemand von euch ist imstande, dem Tod zu entgehen.« Der Mönch hielt inne und blickte mit funkelnden schwarzen Augen über die Versammelten hinweg; er hatte die hohlen Wangen eines Asketen, und in seinem Gesicht spiegelte sich ein beinahe schmerzliches Mitgefühl. Er hob seine lange, knochige Hand. »Der Tod – der Tod verweilt nur einen kurzen Augenblick. Er kommt und geht. Die Hölle, meine Freunde, die Hölle währt dagegen ewig. Besinnt euch, denkt an jene Flammen, an die fortwährenden Flammen; riecht, wie euer Fleisch brennt, denn Gott läßt nicht zu, daß eure unsterbliche Seele zerstört wird wie eure sterbliche Hülle. Spürt die Flammen, fühlt die Flammen, die brennen und euch Jahr um Jahr, in einer unvorstellbar langen Zeit der Qualen, nicht verschlingen! Denn wenn ihr sterbt, wie ihr seid, mit Sünden, die eure Seele belasten, in einem Land, das sich im Krieg befindet, in einer Stadt, in der sich die Männer befehden und die Frauen den Eitelkeiten frönen, in dem der Fürst mit Hexenmeistern Umgang pflegt, dann werdet Ihr bis in alle Ewigkeit im Höllenfeuer schmoren.«

Er hielt wieder inne, während das Stöhnen der Menge lauter wurde und der Gehilfe in der braunen Kutte den Totenschädel in alle vier Himmelsrichtungen hob und senkte, um die unmittelbare Bedrohung des Todes zu untermalen. Dann streckte der Prediger erneut das Kruzifix hoch in die Luft und sah zu ihm auf, während sein weißes Haar zu einem Heiligenschein verweht wurde. »Betet, liebe Kinder, betet, betet, daß sich eure Herzen wandeln mögen. Blickt nicht auf irdische Fürsten, denn Sicherheit kann Euch allein der Himmlische Friedensfürst gewähren. Schenkt euer Vertrauen nicht denen, die sich auf Schwarze Magie verstehen. Vertraut Christus die Herrschaft über eure Stadt an.«

Das Stöhnen hatte einen anderen Beiklang erhalten, zuversichtlicher, hoffnungsvoller. Was mit der Herrschaft Christi über die Stadt gemeint war, wußte vermutlich niemand genau, aber die kühne Behauptung, daß ihr eigener Landesfürst kein Gewinn, sondern eher eine Last für Viverra war, fand weitgehend Zustimmung. Benno zog die Luft zwischen seinen Zähnen ein: Dort drüben im Palast war Sigismondo damit beschäftigt, die Nachricht von der Rückgabe Mascias an den rechtmäßigen Besitzer, den Fürsten, zu überbringen, und hier sah es ganz so aus, als würde dieser sein Land an einen wesentlich gefährlicheren Gegner als Antonio Carlotti verlieren. Benno starrte den Mönch an. Wenn dieser Mann Gottes eigene Heerscharen anführte, wer konnte dann etwas gegen ihn ausrichten?

»Oh, gebt euer sündiges Leben auf, meine Kinder! Wollust, Trägheit, Gefräßigkeit, Geiz, Zorn, Neid und die schlimmste, verruchteste Sünde von allen, die Eitelkeit. Weiber! Ihr, die ihr kraft eurer angeborenen Schwäche besonders anfällig dafür seid, laßt ab, laßt ab von eurer Eitelkeit. Was nützen euch Liebeszauber, Sirenengesang, Masken und Tand, wenn Satan Besitz von eurer Seele ergreift? Wird die Schminke und das falsche Haar euch gut zu Gesicht stehen, wenn Ihr so ausseht?« Gehorsam hob und senkte sein Gehilfe den Totenschädel auf das Stichwort des mahnenden Zeigefingers. Benno, der mit offenem Mund dastand und zitterte wie alle anderen, fragte sich zum erstenmal, ob die Predigt nicht sorgfältig eingeübt war. »Ihr Weiber! Weiber! Denkt daran, *ihr* tragt die Schuld am ersten Sündenfall. Hat Eva nicht Adam und alle seine Söhne auf immer des Paradieses beraubt?«

Die schluchzende Frau am unteren Ende der Lafette brach beinahe zusammen. Sie wurde von der Menge gestützt, die laut jammerte, und sämtliche Frauen im Umkreis brachen in Wehgeschrei aus. Der hünenhafte Mann, der neben Benno stand, versetzte der Frau neben ihm einen kräftigen Stoß, um auszudrücken, was er davon hielt, daß sie ihn um das Paradies betrogen hatte. Unmittelbar vor Benno wiegte sich eine Frau hin und her, die Hände in die kostbare Spitzenhaube gekrallt, unter der eine Fülle goldener Ringellocken hervorlugte. Diese hatten bereits die lüsterne Aufmerksamkeit eines kleinen dunklen Mannes erregt; er wurde von der Menge hoffnungsvoll gegen sie gepreßt und ließ seinen Blick zwischen seiner Nachbarin und dem Prediger hin- und herwandern.

»Verbrennt den Tand, liebe Kinder, verbrennt ihn, bevor Satan euch brennen läßt. Euer Landesfürst steht mit dem Teufel im Bunde, aber Ihr müßt dem Bösen für immer abschwören.«

Der Hilfsbruder, der die Stange mit dem Totenschädel einem Zuhörer übergab, der verdattert und nicht sonderlich erfreut über die Ehre wirkte, begann eilends, einen Holzstoß auf dem Podest zu errichten, während der Prediger das Kruzifix einem hübschen Mädchen in der ersten Reihe entgegenstreckte.

»Wischt die Schminke fort, liebe Tochter. Trennt Euch von den Haarflechten, bevor Euch der Teufel daran in die Hölle hinabzieht. Ihr wollt sie nicht verlieren, ich sehe schon, daß Ihr nicht bereit dazu seid; zeigt das nicht, liebes Kind, wie teuer sie Euch sind? Sind sie Euch mehr wert als der Heiland, der für uns gekreuzigt wurde? Er sehnt sich danach, oh, wie er sich danach sehnt, eine reine Seele zu schauen, nackt in all ihrer Demut.«

Sein Ziel war vielleicht nicht besonders gut gewählt, denn sie versuchte zwar, ihr Gesicht mit der Seidenschürze abzuwischen, und löste ein Band aus ihrem üppigen Haar, aber damit wollte sie es anscheinend auch bewenden lassen.

Eine besorgte Matrone zu ihrer Linken bemühte sich nach besten Kräften, ihr zu helfen: Sie griff mit ihren Händen in die Haarflechten und zerrte daran, aber sie erreichte nur, daß das Mädchen laut aufschrie.

Andere waren entgegenkommender. Ein Samtumhang wurde über den Köpfen der Menge weitergereicht, und eine mit kirschroten Bändern geschmückte Laute trat mißtönend ihren Weg zum Podest an.

»Laßt ab, sage ich euch, laßt ab von euren Eitelkeiten. Jede einzelne ist für Satan ein Werkzeug, um euch Gott zu entfremden!«

Irgend jemand hatte ein Liederbuch mit sich herumgetragen, andere Karten, einige weinende Frauen opferten Ketten und Broschen, eine ganze Handvoll Haare ging von Hand zu Hand wie ein lockiger Schoßhund, und ein Brusttuch aus Gaze oder auch zwei wurden nach vorne durchgereicht. Die Menge, an einem Wochentag und ziemlich unvorbereitet, trug keinen besonderen Putz oder nennenswerte Besitztümer am Leibe. Das würde später kommen. Der Prediger stimmte bebend ein Buß- gebet an, die Menge fiel psalmodierend ein, und der Hilfsbruder fügte die Gaben fortwährend und geschickt dem aufgeschichte- ten Berg hinzu. Benno fragte sich, woher das Holzgestell so plötzlich kam, das mit Tüchern und Bändern geschmückt war und die Laute stützte. Doch nun warf der Mönch einen Blick in sein Ränzel und holte eine bemalte Teufelsfigur heraus, mit Hörnern und Dreizack. Er setzte sie in eine Astgabel, die er oben in den Haufen steckte, und jetzt war offensichtlich, daß man das Spektakel sehr sorgfältig vorbereitet hatte.

»Und nun, meine lieben Kinder, vergebt einander, wie Gott euch vergeben wird, wenn ihr aus tiefstem Herzen bereut und euer Leben ändert. Betet, daß ER Barmherzigkeit walten lassen möge, und gebt eurem Nachbarn den Friedenskuß.« Der Predi- ger hob das Kruzifix und rief mit lauter Stimme »*Misericordia!*« Der Ruf wurde von den Häuserfronten zurückgeworfen, schreckte die Tauben auf, die sich erregt flatternd und in Scharen in die Lüfte schwangen, was zur Folge hatte, daß die Bewohner in anderen Teilen der Stadt neugierig zu ihren Fen- stern eilten.

Der Friedenskuß schloß Benno ein, der gegen den mächtigen Brustkorb des kräftig gebauten Büßers neben ihm gequetscht wurde, während Biondello, der aus Gründen der Sicherheit im Wams verstaut worden war, sich wand und trat, als der Kuß auf Bennos Haupt landete. Benno wurde gerade rechtzeitig losgelas- sen, um zu sehen, wie der kleine, dunkelhäutige Mann die Gelegenheit und seine Nachbarin mit den goldenen Ringel- locken ergriff. Einen Augenblick zuvor hatte die Reue allerdings den Sieg über ihre Eitelkeit davongetragen. Er spitzte die Lippen zu einem herzhaften Kuß, den er nun einer kahlköpfigen Frau geben mußte, die ihre Lockenpracht und ihre Haube geopfert hatte. Überall hallten schmatzende Küsse wider, es herrschte Friede und Eintracht, und der Mönch, der das Kruzifix gegen die Brust gepreßt hielt, blickte mit tränenüberströmten Wangen auf die Menge nieder.

Der Klosterbruder neben ihm hatte inzwischen Zunder und Flintstein hervorgeholt, und das Feuer war sogleich entfacht. Die Bänder drehten sich in den Flammen, Rauch stieg aus der Laute auf, und der Teufel auf der Spitze des Scheiterhaufens wand sich, als versuche er, der Gluthitze zu entkommen. Die Läuterung Viverras hatte begonnen.

Sigismondo konnte sich mittlerweile davon überzeugen, daß die Botschaft vom Teufelswerk der Eitelkeit noch nicht bis zum Palast vorgedrungen war. Er führte soeben ein Gespräch unter vier Augen mit Ginevra Matarazza, Kammerfrau der Fürstin, Witwe des Gaspare Matarazza und Mätresse des Söldnerführers Gatta. Nur ein Selbstbewußtsein wie das der Fürstin konnte eine solche Schönheit neben sich dulden. Ginevra war eine kleine, zierliche Person, mit üppigen Rundungen an den richtigen Stellen, und alle ihre Gesten und Verschönerungskünste zeigten, welchen Wert sie darauf legte, Aufmerksamkeit und Bewunderung zu wecken.

Der Raum war gerade groß genug für ein Bett auf einem mit Sitzkissen geschmückten Podest, auf dem sie sich selbst nebst einer flachen Kohlenpfanne und Sigismondo befand. Hinter ihm bot ein Fenster, dessen Läden halb zugezogen waren, Ausblick auf den großen Innenhof des Palastes, und im Fenster hing ein Vogelkäfig. Hänflinge oder Finken waren zu gewöhnlich für Ginevra Matarazza: In ihrem Käfig hielt sie einen Papagei mit prachtvollem, buntem Gefieder, der Sigismondo mit hochgezogenen Flügeln und zur Seite geneigten Kopf feindselige Blicke zuwarf.

Ginevra sah ihn mit einem ganz anderen Gesichtsausdruck an.

Auch sie hatte den Kopf zur Seite geneigt; die vollen Lippen waren geöffnet, und sie beobachtete seinen Mund, als bemühe sie sich in aller Unschuld, seine Worte zu verstehen. Gleichzeitig vermittelte sie den Eindruck, daß diese gewiß zu hoch für ihren hübschen kleinen Kopf sein würden. Die geöffneten Lippen waren sorgfältig geschminkt und mit Öl geglättet, so daß sie glänzten. Sie hatte die Hände um ein Knie verschränkt, während sie sich vorbeugte, die Aufmerksamkeit in Person, eine Pose, die ihren Busen in dem tief ausgeschnittenen Mieder zusammenpreßte. Das unnatürliche Silberblond ihrer Haare wurde von einem Halbschleier aus Silbergaze betont, der in den Flechten festgesteckt war, genauso wie die weiße Haut von dem indigofarbenen Seidenkleid besonders vorteilhaft zur Geltung gebracht wurde. Es fiel nicht schwer, sich auszumalen, warum Gatta sie als Gespielin für seine Mußestunden auserwählt hatte.

»Ihr habt etwas für mich, mein Herr?« Sie unterbrach seine Schilderung von Gattas Schnelligkeit und Mut im Kampf, die, wie man annehmen durfte, für sie von Interesse war. Sie hatte eine sanfte, girrende Kinderstimme.

»*Dirne!*«

Der Ausruf stammte nicht von Sigismondo, der beinahe aufgesprungen wäre, als die kreischende Stimme hinter ihm ertönte, sondern von dem Papagei. Weit davon entfernt, die Bemerkung als Schmähung zu betrachten, hob Ginevra die verschränkten Hände und kicherte. »Schenkt ihm keine Beachtung, mein Herr. Perro bringt jeden zum Lachen.«

In diesem Augenblick tauchte ein geschmeidiger kleiner Affe aus der Falte des Bettvorhangs auf, offensichtlich eifersüchtig auf die Beachtung, die dem Papageien entgegengebracht wurde. Er turnte an Ginevras Arm hinunter und biß ihr in die Hand. Sie schrie genauso gellend auf wie der Papagei und schlug nach dem Affen. Dieser kletterte in Windeseile die grünen Seidenvorhänge bis zum Baldachin hoch, ergriff die Kordeln, die an den Ösen des Himmels hingen, und schaukelte an ihnen hin und her. Er schnatterte und schnitt Grimassen, während Ginevra an ihrer Hand saugte.

Eine Waschschüssel und eine Kanne, über der malerisch ein Leintuch drapiert war, standen ebenfalls auf dem Podest. Sigismondo goß Wasser in die Schüssel, nahm ihre Hand und tauchte sie ein, um sie zu baden.

»Autsch! Es brennt.«

»Die Wunde ist nicht tief. Ich habe eine Salbe bei mir.«

Ihr Handgelenk fiel schlaff hinunter, als er es losließ, um einen Blick in den Beutel an seinem Gürtel zu werfen. Sie lehnte sich gegen ihn, schwach, als sei sie einer Ohnmacht nahe, während er ein kleines Hornbehältnis hervorholte. Er trocknete die Hand ab und strich ein wenig Salbe auf die punktförmigen Vertiefungen, welche die Zähne des Affen hinterlassen hatten, während sie zusammenzuckte und aufbegehrend wimmerte.

Er holte ein zweites Kästchen hervor, diesmal aus getriebenem Silber, und legte es auf seine offene Handfläche.

»Was ist das, mein Herr?« Ihre Lebensgeister schienen wieder zu erwachen und sie blickte zuerst das Behältnis, dann ihn an. »Ist das für mich? Was befindet sich darin?« Sie streckte die Hand danach aus, ihr Körper hatte auf einen Schlag von Kopf bis Fuß seine Spannkraft wieder. »Ein Geschenk von Gatta?«

Sigismondo brachte seine Hand in ihre Reichweite und lächelte. Sie mühte sich einige Minuten mit dem Schloß ab; da er sich nicht zu helfen erbot, gelang es ihr schließlich, das Kästchen selbst zu öffnen. Sie stieß einen Freudenschrei aus und starrte völlig reglos auf die Brosche, ein Saphir mit Cabochonschliff, eingebettet in sternenförmig angeordnete, mit Tafelschnitt versehene Diamanten – noch vor sehr kurzer Zeit der kostbare Besitz einer reichen Mascianerin.

Sie nahm die Brosche aus ihrem roten Samtbett und hielt sie

probeweise bald hier, bald dort gegen ihr Mieder, blickte an sich hinunter, um die Wirkung zu prüfen, und sah dann mit der selben Absicht Sigismondo an.

Plötzlich hefteten sich ihre Augen auf das Fenster hinter ihm. Sie öffnete den Mund, ließ die Brosche fallen und schrie gellend auf. Ein Totenschädel bewegte sich schwankend vor dem Fenster und starrte zu ihnen herein.

Dem Papageien, der vor dem Eindringling zurückgewichen und die Stange entlanggehüpft war, fehlten die Worte.

6 »Wer ist dieser Mann?«

Ginevras Schreie schreckten ihre Zofe auf, die sofort hereingelaufen kam. Sigismondo überließ die Behandlung der hysterischen Anwandlung einer Person, deren Geschicklichkeit verriet, daß ihr ein solcher Zustand bei ihrer Herrin nicht unbekannt war. Er wußte, wer vor dem neugierigen Totenschädel im Palast angekommen sein mußte, aber bisher hatte er den Prediger selbst noch nicht zu Gesicht bekommen. Wie würde man den Mann im Palast empfangen? Wenn auch Benno Einlaß gefunden hatte, konnte er ihm die Predigt schildern. Sigismondo hatte das kreischende *Misericordia* vom Platz her vernommen, Ginevra, die selig in die Betrachtung von Gattas Geschenk vertieft war, hatte nicht erkennen lassen, ob auch sie es gehört hatte. Überraschend war die Selbstsicherheit des Mönchs, der sich in den Palast gewagt, und noch überraschender, daß man ihn überhaupt hereingelassen hatte. Bischöfe und Kardinäle waren in Palästen stets willkommen, Wanderprediger, die mit glühendem Eifer Bekehrungsversuche unternahmen, sah man nicht gerne.

Ein Korridor führte von Ginevras Gemach entlang des Hauptwohntrakts des *piano nobile,* das am Ende Ausblick auf die marmorne Empfangshalle mit der breiten Freitreppe und den Innenhof bot. Sigismondo lehnte sich über die Brüstung und spähte in die Halle hinunter.

Der Majordomus des Fürsten hatte offenbar Anweisung erhalten, den Prediger vorzulassen, den Totenschädel wollte er indessen verbannen. Der Mönch, hochgewachsen, ja sogar imposant inmitten all der vergoldeten, marmornen Pracht, stand ein

61

wenig abseits. Seine Hände hielten das Kruzifix umklammert, das nun von seinem Hals hing; er lächelte milde, als habe er keinen Anteil an dem Streitgespräch. Die weltliche Macht behielt die Oberhand: Der Hilfsbruder, der aussah, als hätte er vor Zorn am liebsten mit dem Fuß aufgestampft, ging hinaus und lehnte den Holzpfahl gegen die Außenmauer, wo der Totenschädel höhnisch vor sich hinstarrte, als spotte er über den Gedanken, daß der Sensenmann in Palästen nichts zu suchen habe.

Er war natürlich das erste, was eine Gruppe Reiter zu Gesicht bekamen, die plötzlich mit klappernden Hufen in den Innenhof ritten. Sie riefen und schrien durcheinander und waren bester Laune, die vom Anblick des Totenschädels nicht im mindesten gedämpft wurde. Im Gegenteil, er schien die allgemeine Stimmung sogar noch zu heben. Der eine zog sein Schwert, nachdem er einen Schluck aus einer Feldflasche getrunken hatte, die an seinem Sattelbaum hing, und hieb mit einem Jagdruf auf den Pfahl ein, während sein Pferd tänzelte und sich im Kreis bewegte. Die anderen klatschten laut Beifall. Ein weiterer Hieb, dann kippte der Pfahl um, und der Schädel, in den er hineingetrieben war, lag im Rinnstein und grinste zu ihnen hinauf.

Weit davon entfernt, die Gesellschaft zu ernüchtern, rief dies wieherndes Gelächter und unflätige Herausforderungen hervor. Bauchige Schnabelkrüge mit Deckel wurden von Hand zu Hand weitergereicht.

Der junge Mann, der den Totenschädel zu Fall gebracht hatte, sah wie achtzehn oder jünger aus; sein dunkles Haar ringelte sich in modischen Locken, sein Umhang und Wams waren mit Borten aus scharlachroter Seide eingefaßt. Der Anführer der Gesellschaft, der ihn angestachelt und bewirkt hatte, daß sein Pferd nervös im Kreis tänzelte, nahm nun eine Jagdlanze von einem seiner Kumpane entgegen und zielte damit auf den Schädel. Er war ungefähr im gleichen Alter; er trug goldbestickte, mit Zobel gefütterte Kleider, und die Haare, die ihm glatt auf die Schultern fielen, waren dunkelrot, venezianischrot.

In der Empfangshalle überließ der Haushofmeister die Mönche sich selbst und hielt sich bereit, die Jagdgesellschaft in Empfang zu nehmen, sobald diese Anstalten machen würde, abzusitzen und hereinzukommen. Der Prediger mußte seinen jüngeren Amtsbruder davon abhalten, hinauszustürzen und den Totenschädel zu verteidigen. Sigismondo sah, daß eine Hand auf dem Ärmel seines Gehilfen und ein strenger, unerschütterlicher Blick genügten. Dieser Mann verstand sich darauf, Macht auszuüben. Inzwischen hatten die Belustigungen im Innenhof ihren Höhepunkt erreicht. Der junge Mann hatte den Totenschädel mit einem Speer durchbohrt, der jetzt in einer Augenhöhle steckte, und hochgehoben. Dann ergriff er den Pfahl, der dank der Schärfe seiner Schwertschneide knapp unterhalb seiner Hand zerbrach, und zog den Speer heraus. Er schwenkte den Schädel, drängte sein Pferd die flachen Stufen hinauf in die Empfangshalle, wo das Geräusch der beschlagenen Hufe, die den Marmor splittern ließen, laut widerhallte und eine Schar Frauen auf den oberen Treppenabsatz lockte. Sigismondo zog sich in eine Fensternische zurück. Die Fürstin bahnte sich einen Weg durch die Frauen und blickte auf ihren Sohn hinunter.

»Ist das Euer Eigentum, Vater?« Der junge Fürst brachte sein Pferd dazu, einmal rund um den Prediger zu stampfen, und streckte ihm mit einem Ruck den Totenschädel entgegen. Der Gehilfe beeilte sich, dem Pferd aus dem Weg zu gehen, doch der Prediger stand reglos, gefaßt, ja er lächelte sogar sanft, als sich der Schädel seinem Gesicht näherte. »Ihr könntet Zwillinge sein, ihr beide!«

Zweifellos besaß der Prediger mit seinen hohlen Wangen und eingesunkenen Augen mehr als nur eine flüchtige Ähnlichkeit mit dem Totenschädel. Einige der Hofdamen kicherten. Unerwartet griff der Mönch nach oben und riß dem jungen Mann die Trophäe aus der Hand, drehte sie herum, so daß sie ihm ins Gesicht blickte. »Ein Zwilling, mein Sohn, auch für Euch. Am Ende werdet Ihr genauso aussehen. Glaubt nicht, ich sei dem Tod näher als Ihr. Er befindet sich stets an Eurer Seite, wie weit oder schnell Ihr auch reiten mögt.« Seine Stimme übertönte mühelos das Klappern der Hufe, und das Kichern verstummte auf einen Schlag.

»Wer ist dieser Mann? Was hat er hier zu suchen?« Auch die Fürstin hatte eine Stimme, die sich Gehör zu verschaffen wußte, dabei klang sie leicht und melodisch. Sie stand nicht weit von Sigismondo entfernt, die Hände hingen an den Seiten herab, und sie erschien kühl und unberührt von dem Trubel in der Halle, gelöst und selbstsicher wie der Prediger. Obwohl sich Sigismondo nicht unmittelbar neben ihr befand, wehte ihr Duftwasser, eine Mischung aus Jasmin und Moschus, zu ihm hinüber, ohne daß er sich diesen Wohlgeruch zufächeln mußte.

»Hoheit.« Der Majordomus war ein Mann, der das Verhalten bei Hof beherrschte. Er war daran gewöhnt, die Wogen zu glätten, aber selbst ihn hatte das Klappern der Hufe und die Schwierigkeit, den Reitern Vernunft beizubringen, aus der Fassung gebracht. »Sein Name ist Bruder Ambrogio. Ich hatte verstanden, daß Hoheit ihn zu sehen wünscht.«

»Ich habe keine derartige Anweisung gegeben.« In ihrer Stimme schwang gelindes Erstaunen mit, und auch kein Beobachter hätte es für wahrscheinlich gehalten, daß sie eine Frau war, die nach jemandem wie Bruder Ambrogio schicken würde. Ihr Sohn war mittlerweile vom Pferd gestiegen und warf nun die Zügel einem wartenden Stallknecht zu. Das Tier scheute, als es die Stufen hinuntergeführt wurde, und gehorchte erst nach einigem Zureden.

Der Freund gesellte sich zu dem jungen Mann, und nachdem sich beide vor der Fürstin verbeugt hatten, starrten sie den

Prediger an, als hofften sie auf weitere Belustigungen. Pater Ambrogio übergab den Schädel der Obhut des Hilfsbruders und stand reglos und schweigend da; seine entrückte Miene erschreckte sogar die beiden weinseligen jungen Männer. Der Fürst schlang einen Arm um die Schulter seines Freundes, und sie schwankten beide leicht.

»Wer hat Euch hierhergebeten, Bruder Ambrogio?« Die Fürstin kam die Stufen hinunter und erfüllte die Luft mit ihrem Duft, ihre Hofdamen im Gefolge. Es entging Sigismondo nicht, daß sie es war, die sich dem Prediger näherte, und nicht umgekehrt. »Wen sucht Ihr hier?«

Bruder Ambrogio schenkte ihr sein freundliches Lächeln. »Ich suche niemanden, meine Tochter. Es ist Gott selbst, der die Seelen aller Anwesenden sucht. Wenn er mich hierhergeführt hat, dann verfolgt er damit einen bestimmten Zweck. Lebt der Teufel nicht auch hier?«

Der junge Fürst fand das außerordentlich komisch. »Zeigt mir, wo er lebt, und wir werden ihn für Euch schnappen, Vater. Das wäre ein Fang, auf den Ihr stolz sein könnt, wenn Ihr ihn auf dem Marktplatz zur Schau stellt.«

Bruder Ambrogio bedachte nun den jungen Fürsten mit einem Lächeln. »Er lebt in Euch, mein Sohn. Und die Welt weiß, daß er Euren Vater, den Fürsten, auf Schritt und Tritt begleitet.«

Dem Schweigen, das plötzlich herrschte, folgten allerseits Ausrufe der Empörung. Eine Ausnahme war die Fürstin. Sie wies einfach mit der Hand zur Tür.

»Werft sie hinaus.«

Der Majordomus trat näher, sein Stab mit der goldenen Spitze deutete ebenfalls auf die Tür. Der junge Fürst ergriff den Prediger an seinem Ärmel aus grobem Wollzeug, und sein Freund beeilte sich, den anderen Ärmel der Kutte zu packen. Bruder Ambrogio leistete keinen Widerstand. Das Mönchlein hinter ihm setzte sich verzweifelt gegen drei Lakaien zur Wehr, behindert allerdings durch den Schädel, der sich in seiner Obhut befand.

Lärm und Aufruhr fanden ein jähes Ende, als die Mutter des Fürsten auf dem oberen Treppenabsatz erschien. Sie klatschte in die Hände, um die Aufmerksamkeit auf sich zu lenken.

»Laßt Bruder Ambrogio los. Er ist auf meine Einladung hier.«

7 »Ist er für mich?«

Benno war es tatsächlich gelungen, im Kielwasser des Predigers in den Palast zu gelangen. Das lag nicht daran, daß der Türwächter dachte, Benno habe irgend etwas mit der religiösen Erweckung Viverras zu tun, sondern daß Sigismondo ihn als seinen Diener ausgewiesen hatte, als sie am Morgen angekommen waren. Er trat unterwürfig ein, die Mütze in der Hand, Biondello außer Sichtweite unter dem Arm und dem Umhang versteckt, in der Hoffnung, der Aufmerksamkeit des Mönches zu entgehen.

Wenn er ehrlich war, mußte er zugeben, daß die Predigt auf dem Marktplatz auch ihn aufgewühlt hatte. Er durchforstete seine Seele nach Eitelkeiten, von denen er ablassen könnte, nach etwas Kostbarem, das sich opfern ließe, und das einzige, was ihm einfiel, war Biondello. Zugegeben, er besaß inzwischen zwei neue Jacken, ein Hemd und eine Hose, die Sigismondo für ihn erstanden hatte, aber das nur, um seinem Herrn keine Schande zu bereiten, wenn er ihn bediente. Diese Kleider gehörten eigentlich nicht ihm, sondern seinem Herrn. Kleider und andere Äußerlichkeiten bedeuteten Benno nichts. Doch die Perücke mit dem lockigen Haar, die über den Köpfen der Menge dem Scheiterhaufen zustrebte, hatte ihn an den kleinen wolligen Hund in seinem Wams erinnert. Er konnte sich nicht vorstellen, daß sich der Prediger ihm zuwenden und Biondello als Nahrung für das nächste Feuer bestimmen würde, aber er hatte das unbestimmte Gefühl, daß er Biondello, wenn überhaupt, einer ehrenvolleren Sache oder einem hehren Zweck opfern sollte, wie immer dieser auch aussehen mochte. Vielleicht wäre es keine schlechte Idee, ein Almosen zu geben, falls ihm zufällig das von Sigismondo gerade erst erworbene Gold über den Weg laufen sollte.

Während ihm alle diese Gedanken im Kopf herumgingen, blieb er ein wenig zurück, als die beiden Mönche in den Palast eingelassen wurden. Er drückte sich unauffällig im Hof herum, in der Hoffnung, unbemerkt hineinzuschlüpfen, sobald die Aufmerksamkeit des Majordomus einen Augenblick abgelenkt war. Als einer der Mönche herauskam, um den Pfahl mit dem Totenschädel gegen die Wand zu lehnen, fand sich Benno plötzlich am Rande der Lustbarkeiten wieder, denen die Jagdgesellschaft frönte, und tauchte in der Schar der Stallknechte und Bediensteten unter, die sie zu Fuß begleitet hatten. Er ergriff die günstige Gelegenheit, als das Pferd des jungen Fürsten hinausgeführt wurde, und so gelang es ihm, den Tumult in der Halle unbeobachtet mitzuerleben.

Die beiden Fürstinnen beeindruckten ihn tief. Fürstin Isotta besaß alles, wovon ein Mann nur träumen konnte: Sie war schön, prachtvoll gekleidet und huldvoll. Er bewunderte ganz besonders die Art, wie sie die Klosterbrüder hinausgeworfen hatte. Ihm selbst war dieses Schicksal so oft widerfahren, daß er als wahrer Kenner solcher Anweisungen gelten konnte. Und als die grauhaarige Fürstinmutter in die Hände klatschte, um die Aufmerksamkeit auf sich zu lenken, war Benno umgehend ganz Auge und Ohr. Sie war eine Dame, die sich im Schönheitswettbewerb zwar nicht mehr mit den anderen messen konnte, ihren Wünschen aber zweifellos Gehör zu verschaffen vermochte. Benno entging nicht der ärgerliche Blick des jungen Fürsten, als die Fürstinmutter die Treppe hinunterschritt, während die Hofdamen in einen tiefen Knicks versanken und ihr Platz machten. Der Mönch trat näher, um sie zu begrüßen, und leises Gemurmel erklang, als sie, anstatt ihm die Hand zum Kuß zu reichen, ehrerbietig die seine an die Lippen führte.

»Ihr erweist uns eine große Ehre, Vater. Möge Euer Aufenthalt uns allen Segen bringen.«

Daraufhin tauschte der Hofstaat verstohlene Blicke aus, einige verdrehten die Augen angesichts der langweiligen Tage, die vor ihnen lagen, während andere boshaft an die mögliche Belustigung dachten, die der Prediger für sie abgeben könnte. Benno, der aus allernächster Nähe die Juwelen auf der fließenden schwarzen Samtrobe betrachtete, fragte sich, ob die alte Dame auch nur die leiseste Ahnung haben mochte, auf was sie sich da einließ. Nach seinem Dafürhalten reichte das, was sie an Eitelkeiten mit sich herumtrug, für einen eigenen Scheiterhaufen von beachtlichem Umfang aus.

Er blickte den beiden Mönchen nach, als sie von Dienern hinausbegleitet wurden, die ihnen etwas zu essen und ein Nachtquartier geben sollten. Fürstin Isotta – nach einem Wort mit ihrem Sohn, der beinahe hinfiel, als ihm sein Freund die Unterstützung entzog, weil er sich bei ihrem Näherkommen tief verbeugte – nahm die Fürstinmutter mit einem frostigen Kopfnicken zur Kenntnis und eilte die Treppe hinauf; dabei sammelte sie ihre Hofdamen wieder ein, denen es schwerfiel, ihr Kichern zu unterdrücken, während sie miteinander flüsterten. Auf dem Treppenabsatz hielt Fürstin Isotta inne und nickte jemandem zu, während sie nach rechts blickte. Benno war froh, Sigismondo zu entdecken, der hinter einer Säule hervortrat und sich verbeugte.

Es war nicht einfach, Sigismondo aus den Augen zu verlieren. Benno wußte, ihm selbst würde nicht gestattet werden, dem Gespräch mit der Fürstin beizuwohnen, aber er mußte vor der Tür warten, sobald sein Herr den Raum verließ, und ihm von der Predigt berichten. Die Suche des Fürsten nach dem Stein der Weisen würde ganz sicher keine Unterstützung bei Bruder Ambrogio finden. Die Hofdamen erwiesen sich bei diesem Unterfangen von Anfang an als Hindernis; sie scharten sich um die Fürstin, und eine von ihnen ahmte Bruder Ambrogio nach, als sie die anderen scherzhaft beschwor, sich daran zu erinnern, daß der Tod hinter ihrem Rücken lauerte. Ein Mädchen, weiter hinten in der Gruppe, blickte sich verstohlen um und stieß bei Bennos Anblick einen Schreckensschrei aus. Zum Glück befand sich der Haushofmeister noch in der Empfangshalle. Er überwachte die Beseitigung der Schäden, die das Pferd des jungen Fürsten verursacht hatte, und jammerte laut über die Splitter im Marmorboden. Das war Bennos Glück, denn sonst hätte er sich draußen vor der Tür wiedergefunden, innerhalb kürzester Zeit, sogar nach seinen eigenen Maßstäben.

Als er endlich die Treppe hinaufgestiegen war, ohne die Hofdamen dadurch zu erschrecken, daß er ihnen zu dicht auf dem Fuß folgte, waren die Anführerinnen des kleinen Trosses und sein Herr verschwunden. Er hoffte, Sigismondos Verbleib auszumachen, wenn er in einigem Abstand folgte.

Die Dame, die das Schlußlicht bildete und mit Bennos Anblick konfrontiert worden war, machte scheuchende Handbewegungen, als sie um eine Ecke bog. Er verfiel in Laufschritt, um aufzuholen. Eine Tür zu seiner Linken öffnete sich, und heraus schoß eine außerordentlich hübsche junge Frau, die in ihn hineinlief und dann keuchend zurückwich. Benno klammerte sich an seinen Umhang und begann, eine Entschuldigung zu stammeln.

Ginevra hatte an diesem Tag schon Schlimmeres zu Gesicht bekommen als Benno, und so war sie bei seinem Anblick nicht ungebührlich erschrocken. Und überhaupt wanderten ihre Augen augenblicklich von seinem Gesicht zu dem kleinen Hund, der nun sichtbar wurde.

»Oh, wie süß! Ist der für mich?« Ginevras erste Reaktion auf alles, was ihr gefiel, war die Annahme, es sei ein Geschenk für sie. Sie zog Biondello unter Bennos Arm hervor und drückte ihm einen herzhaften Kuß auf die Stirn. Zum Glück hatte er erst gestern gebadet, was sonst höchst selten vorkam, und sein wolliges Fell war kuschelig wie das eines Lämmchens. »Ach Gott, ich muß mich sputen, man hat nach mir geschickt. Oh, so ein süßes kleines Hündchen!« Während Benno dastand und die Arme ausstreckte, um Biondello in Empfang zu nehmen, eilte sie davon, den kleinen Hund im Arm streichelnd, der seinen Kopf einen Moment lang hinter ihrer Armbeuge anhob, um einen Blick zurückzuwerfen.

Benno hatte die ganze Zeit schon fast erwartet, daß irgend etwas geschehen würde, seit Bruder Ambrogios Predigt so große Schuldgefühle in ihm ausgelöst hatte. Doch mit einer Entführung Biondellos hatte er nicht im Traum gerechnet.

Der junge Fürst und sein Freund hatten die Gemächer erreicht, die er bewohnte. Die Zimmerflucht war gemäß dem letzten Schrei in der Mode im neoklassizistischen Stil gehalten, mit korinthischen Säulen und, im Schlafgemach des Fürsten, einem Fresko an der Decke, das eine Jagdszene darstellte. Er lag auf dem Rücken und betrachtete sie gerade.

»Ein herrlicher Zeitvertreib heutzutage.« Er streckte sich und gähnte. »Ihr habt dem alten Teufel ganz schön eingeheizt. Was für Hauer der besaß!«

Sein Freund wurde gerade von seinem Wams und Hemd befreit, während ein Page eine Silberschüssel von einem Wandbord brachte und ein anderer Kannen mit heißem, dampfendem Wasser hereintrug. Bis zur Taille entkleidet, zeigte er erstaunliche Muskeln für einen Achtzehnjährigen. Er ließ seine Hände prüfend über seine Oberarme und Schultern gleiten. »Ich werde morgen steif wie ein Brett sein, da gehe ich jede Wette ein. Ich habe mich nach besten Kräften bemüht, ihn zu halten.« Er stellte sich hin, um gewaschen zu werden, während der Fürst noch auf dem Bett lag und die Pagen auf ihn warteten.

»Donato, wer waren diese drei jungen Männer, mit denen Ihr

am Waldrand gesprochen habt? Sie sahen aus wie Dorfburschen. Ich wollte schon Landro zu ihnen hinüberschicken, um sie zu verscheuchen. Haben sie gebettelt?«

Donato hatte einen beinahe unmerklichen Augenblick lang aufgehört, sich das Gesicht mit Wasser zu benetzen. »Welche Männer?«

»Die am Waldrand. Der große – ein richtiger Hüne – und der andere mit diesem lächerlichen Schwert. Sahen in meinen Augen wie Wegelagerer aus.« Der junge Fürst stützte sich auf einen Ellbogen und deutete auf einen Becher, der auf dem Tisch stand; er wurde eilends gefüllt und ihm gebracht. »Was um Himmels willen wollten sie?«

Donato rubbelte sich kräftig die Haare ab, wobei seine Locken wie ein Heiligenschein um seinen Kopf lagen. Seine Stimme war unter dem Leintuch nur undeutlich zu vernehmen. »Oh, Geld natürlich. Sie haben gebettelt, wie Ihr sagtet. Soldaten, für die man derzeit keine Verwendung hat, nehme ich an.«

Der junge Fürst streckte dem Pagen den Becher entgegen, um sich nachschenken zu lassen. »Dann müssen sie Idioten sein. Es gibt Kriege genug, um jeden Soldaten auf der Welt in Lohn und Brot zu halten, selbst einen Narren mit einem Schwert, das viel zu groß für ihn ist. Vermutlich gehörte es seinem Großvater; die Leute benutzen die alten Waffen heute ja wieder. Warum verdingen sie sich nicht bei Gatta?« Er erhob sich, träge und nicht allzu sicher auf den Beinen, damit die Pagen beginnen konnten, ihn zu entkleiden. »Habt Ihr gehört, was sie sich am Stadttor erzählt haben? Daß er Mascia eingenommen hat? Die Nachricht muß gekommen sein, als wir noch auf der Jagd waren.«

»Ein weiterer Sieg für diesen dünkelhaften Bastard.« Donato wurde in ein sauberes, besticktes Hemd gekleidet, und ein Page fädelte ringsum die Bänder in die Häkchen. »Euer Vater hat nichtsdestotrotz mit ihm eine glückliche Hand bewiesen. Wieder einmal.«

Fürst Francesco schwieg, während man ihn wusch, weil er die Bitterkeit in der Stimme seines Freundes bemerkt hatte. Sie sprachen nur selten über Gattas letzten Sieg: Er hatte ihn gegen den Grafen Landucci errungen, Donatos Vater, und das war der Grund, warum Donato im Palast von Viverra lebte. Er war ein Faustpfand, das gewährleisten sollte, daß sein Vater keinerlei Unbotmäßigkeiten mehr beging. Der junge Fürst wechselte sogleich das Thema.

»Diese Vogelscheuchen in ihren Mönchskutten! Einer meiner Hauslehrer war ein Mönch, aber er trug keine zerlumpten Kleider. Meine Großmutter hat offensichtlich keine Ahnung, worauf sie sich einläßt. Er wird ihr sämtliche Juwelen abknöpfen und sie an die Armen verteilen.«

Donato trank einen Schluck Wein, während man ihm die Haare kämmte. »Ihre Hoheit, Eure Mutter, sah auch nicht gerade entzückt aus.«

»Diese Eiferer entsprechen ganz und gar nicht ihrem Geschmack. Wenn sie es meinem Vater erzählt, werden die Fetzen fliegen. Ich hoffe, daß sich meine Mutter nicht dauernd einmischt, wenn ich erst verheiratet bin. Höchstwahrscheinlich wird sie meinen Vater überleben; sie ist einige Jahre jünger als er, und er kränkelt dauernd.«

Nun war es an Donato, zu schweigen. Ein Page hielt sein blaues Brokatwams bereit, aber er stand da, als ob er träumte. Der Fürst wusch sich das Gesicht, wobei er Wasser auf den Boden spritzte und blind die Hand nach dem Leintuch ausstreckte. »Unter meiner Herrschaft werden die Fürstentümer Viverra und Landucci in Freundschaft miteinander leben, das sage ich Euch. Wir werden ein Bündnis schließen, und Ihr sollt eine meiner Schwestern zur Frau nehmen.«

»Ich werde nie heiraten.« Donatos Stimme zitterte vor Erregung. »Niemals. Ihr wißt, daß ich die eine, die ich wirklich liebe, niemals heiraten kann.«

Francesco hatte es in diesem Augenblick und infolge der Freude über seine blendende Idee völlig vergessen. Er hatte nicht mehr daran gedacht, weil er nicht wirklich glaubte, was ihm der trunkene Donato in der vorherigen Nacht anvertraut hatte: Die einzige Frau, hatte ihm Donato mit Tränen in den Augen immer wieder gestanden, die einzige Frau, die er abgöttisch liebe, sei die Fürstin Isotta.

8 Ein Wind, der stark genug ist?

Ihr müßt uns von der Belagerung erzählen, mein Herr. Alle meine Damen warten schon gespannt auf den Bericht.«
Die Fürstin blickte ihre Hofdamen an, die sich zu ihren Füßen auf Kissen niedergelassen hatten. Sie sahen wiederum unter dem Vorwand, ihre Spitzen, Biesen und Bänder zu glätten, Sigismondo verstohlen unter Wimpern an, die mit Öl und Ruß geschwärzt waren. Fremde, die in ihrem Äußeren römischen Imperatoren glichen – und nicht aus kaltem Marmor waren, in dem man sie fortwährend zu Gesicht bekam – und Schultern wie Atlas besaßen, so breit und stark, daß sie die Welt tragen konnten, waren eine Seltenheit bei Hofe. Der kahlgeschorene Kopf bot, wie immer, Anlaß zu einigem Rätselraten. Eine der Hofdamen gelangte auf der Stelle zu der Ansicht, die sie gerade zum besten geben wollte, daß der Fremde ein Gelöbnis abgelegt hatte, sein Haupthaar nicht eher wachsen zu lassen, bis er von seiner Geliebten erhört worden sei. Sie selbst hätte ihn keine Minute länger leiden lassen, als es die Schicklichkeit erforderte, vielleicht eine Woche, möglicherweise auch nur einen einzigen Tag. Und was für eine wundervolle Stimme er besaß, als er der Fürstin Rede und Antwort stand! Sie schien dafür geschaffen, Schmeicheleien und Liebesschwüre in das Ohr seiner Angebeteten zu flüstern! Einige Hofdamen beschlossen, ein wenig mit ihm zu tändeln. Schließlich hatte Ginevra ihre Krallen schon nach Gatta ausgestreckt, der den gleichen Hauch von Abenteuer und Gefahr in das langweilige Leben bei Hofe brachte.
»Euer Hoheit. Ich möchte Euch keineswegs enttäuschen, aber es gibt wenig zu erzählen, was sich für die Ohren einer Dame

eignen würde. Das Kriegshandwerk ist allerorts auf der Welt das gleiche: Der Anblick der Kampfhandlungen ist gräßlich, und die Beschreibung abscheulich.« Ein Page trug, auf ein Zeichen der Fürstin hin, einen geschnitzten Klappstuhl herbei. Sigismondo dankte mit einem Kopfnicken für diese Huld, nahm Platz, die Hände auf den Knien, lächelte, den kahlgeschorenen Kopf ehrerbietig geneigt. Zwischen den ausgebreiteten Röcken der Hofdamen fiel er mit seinem Hemd aus feinem Leinen, dem geprägten schwarzen Lederwams und den hohen Schaftstiefeln genauso aus dem Rahmen wie ein Bulle im Blumenbeet.

Die Fürstin hob unmutig die schmalen, gewölbten Brauen. Sie erkannte, daß ihre Bitte abschlägig beschieden worden war, wie höflich die Formulierung auch klingen mochte. Sie hatte gerade das Haar ihrer jüngsten Tochter zurückgestrichen, eines hübschen achtjährigen Mädchens, und nun drehte sie das Kind herum und übergab es der wartenden Kinderfrau. »Ihr seid ein Philosoph, mein Herr, wenn Euer Handwerk der Kampf ist und Ihr das Kämpfen als abscheulich beschreibt.«

»Der Kampf selbst ist nicht abscheulich, Hoheit. Obwohl es nicht gerade christlich erscheinen mag, es einzugestehen, aber es liegt auch etwas Erhabenes darin, das eigene Leben zu retten, indem man das eines anderen Menschen nimmt.«

Ein flüchtiges, belustigtes Lächeln huschte über das Gesicht der Fürstin; dann schürzte sie die Lippen. »Solche Reden solltet Ihr Bruder Ambrogio nicht hören lassen. Er ist gekommen, wie mir die Fürstin Elena berichtete, um den Palast von Sünde und Hader zu befreien. Diejenigen, die vom Schwert leben und behaupten, dem Töten wohne ein erhabenes Moment inne, werden sich nicht gerade beliebt bei ihm machen.«

»Auch wenn sie, wie Ridolfo Ridolfi, für Seine Hoheit die Städte zurückerobern, die rechtmäßig zu seinem Besitz gehören?«

Sigismondos Frage, so harmlos sie auch klingen mochte, warf weitere Fragen auf, die sich im Augenblick gleichwohl nicht näher erörtern ließen. Ein kleiner Aufruhr an der Tür erregte mehr Aufmerksamkeit als beabsichtigt. Ginevra, die versucht hatte, unbemerkt hereinzuschlüpfen, verfing sich mit ihrem Gazeschleier im kostbar gewirkten Türbehang und konnte sich, durch einen kleinen wuscheligen Hund behindert, nicht alleine befreien. Ein Page mußte ihr beistehen. Sie eilte herbei und versank in einen Hofknicks vor der Fürstin; bei der Bewegung lösten sich ihre blonden Ringellocken, die ihr über den Hals in den tiefen Ausschnitt des Mieders fielen.

»Ich bitte um Vergebung, Hoheit. Ich war – ich war unpäßlich.« Die Augenbrauen schnellten erneut in die Höhe. »Ihr scheint Euch rasch erholt zu haben. Waren es die Nachrichten aus Mascia, die Eure Genesung beschleunigt haben?« Gattas Brosche blitzte an Ginevras Busen auf, wie es nur ein großer Saphir, umgeben von Diamanten, vermag. Die Damen rafften die Röcke, damit sie an ihnen vorbei zu ihrem gewohnten Platz gehen konnte. Sie flüsterten und stießen sich heimlich an, während sich Ginevra ihren Weg bahnte, sich hinsetzte und sich bemühte, Biondello auf dem Arm zu halten. Die Fürstin war erheitert. »Euer kleiner Hund hat ein Ohr verloren. Wurde er in Mascia verwundet? Seid Ihr Gatta nicht mehr wert?«

Niemand konnte der Aufforderung widerstehen, laut zu kichern. Ginevra blickte bestürzt auf Biondellos Kopf, und als sie den Mangel an Gleichmaß entdeckte, lockerte sie den Griff. Biondello hüpfte mit einem Satz von ihrem seidenen Schoß und stürmte über die Röcke hinweg, die ausgebreitet auf seinem Weg lagen, um an Sigismondo hochzuspringen. Sigismondos Hände schlossen sich um das Fellknäuel.

»Er scheint Euch zu kennen, mein Herr.« Die Anspielung war unmißverständlich: Sigismondo, der eine Zeitlang verschwunden war, nachdem er dem Fürsten die Nachricht vom Sieg und das Schreiben Gattas überbracht hatte, hatte Gattas Geschenk offenbar beizeiten ein eigenes hinzugefügt. Ginevras Bemühen, ihr Mieder und ihre widerspenstigen Locken glattzustreichen, ermutigte alle Anwesenden zu der Annahme, diese Gabe sei die Gegenleistung für erwiesene Dienste gewesen. Sigismondo lächelte und kraulte Biondello hinter dem Ohr.

»Wir sind beide Soldaten, Hoheit. Der Hund gehört mir.«

Ginevra schlug überrascht die Hand vor den Mund und bereute, sich eines verwundeten Kriegers entledigt zu haben. Sie hatte indessen keine Gelegenheit, ihn erneut für sich zu beanspruchen. Ein Page war mit einer Botschaft des Fürsten eingetreten. Der Maler, der die neue Kapelle des Fürsten mit Fresken ausschmücken sollte, begehre zu wissen, ob die Fürstin nun Zeit für ihn habe. Sie hatte ihm versprochen, ihm als Modell für das dreiteilige Altarbild zur Verfügung zu stehen.

»Führ ihn herein.« Die Fürstin ergriff den Handspiegel an der Goldkette, der an ihrer Taille hing, und betrachtete ihr Spiegelbild mit der Unparteilichkeit eines Menschen, der sich ein Meisterwerk ansieht, zu dem er keine persönliche Beziehung hat. Der Spiegel warf Licht auf ihr schmales, ovales Gesicht, ließ die makellose Blässe ihrer Haut in mattem Glanz erstrahlen und zauberte ein Leuchten in die großen dunklen Augen. Sie berührte die kunstvoll zerzausten Schläfenlocken, die ihr Gesicht umrahmten und die strenge Linie ihrer glatten roten Haare auflockerten, zupfte sie aber nicht zurecht. Sie ließ den Spiegel fallen und faltete die Hände, als der Maler eintrat.

Leonello Leconti war daran gewöhnt, schöne Frauen aus allernächster Nähe zu betrachten, und viele trugen wenig oder gar keine Kleider. Dennoch stand er reglos da und starrte, als der Page seine Ankunft meldete. Die Fürstin blickte ihn prüfend an. Er war ein Mann, der den Dolch vermutlich genauso geschickt zu handhaben verstand wie den Pinsel. Seine Augen, groß und rund wie die einer Eule, ließen angestrengte Aufmerksamkeit erkennen. Der Bart unterstrich die eigenwillige Linie des Mundes und das kräftige Kinn. Er wirkte drahtig, wenn nicht sogar gestählt.

Endlich besann er sich auf seine Manieren und verbeugte sich tief; dann trat er über die ausgebreiteten Röcke der Hofdamen näher, denen er genausowenig Beachtung schenkte wie Biondello. Sein Gehilfe war umsichtiger, ein schüchterner junger Bursche, der eine Mappe, ein Brett, einen Klappstuhl und eine Schachtel mit Zeichenkohle trug.

»Welche Pose soll ich einnehmen?«

Leconti nahm die Mappe, öffnete sie und zog eine Skizze hervor, die sie einen Augenblick lang betrachtete; sodann wandte sie ihm ihr rechtes Profil zu. Als sie das Blatt zurückgab, sah man, daß es die Fürstin zeigte, die auf dem einen Flügel des Triptychon kniend und im Profil dargestellt war, gegenüber Fürst Scipione. Eine der Hofdamen griff rasch nach der Skizze, bevor sie an den Besitzer zurückging, und reichte sie herum. Auf dem Hauptflügel in der Mitte zwischen den Abbildungen des Fürsten und der Fürstin war der heilige Franz von Assisi zu sehen; er erweckte gerade einen Jungen, der aus einem Fenster in die Tiefe gestürzt war, von den Toten. Das Gesicht des Heiligen wies große Ähnlichkeit mit Leconti auf: Entweder war ein Selbstporträt billiger, oder der Meister meinte, er besäße die Tugenden eines Heiligen.

Nach dem Blick zu urteilen, mit dem er die Fürstin ansah, als er ihr mit geneigtem Kopf bedeutete, wie sie den ihren halten solle, täuschte er sich in dieser Beziehung.

Sie machte keine weiteren Anstalten, sich in Positur zu setzen, sondern schien bereits eine gelassene Haltung einzunehmen, als sie auf den Gewölbebogen des Fensters mit seinen Lünetten in Burgunder und Blau sah. Leconti stellte seinen Klappstuhl auf, setzte sich und nahm das Brett entgegen, auf dem ein Bogen Papier befestigt war. Der gehorsame Gehilfe reichte ihm ein Stück Zeichenkohle und zog sich dann zurück, was ihm weitere finstere Blicke der Hofdamen eintrug, obwohl er ihre Kleider mied, nur weil er ein willfähriger Diener war.

Leconti begann mit schnellen kräftigen Strichen die Konturen des fürstlichen Profils auf das Papier zu bannen. Als er sein Modell nun betrachtete, hatte sich sein Blick geändert. Es war ein strenger, rein gewerbsmäßiger Blick; er sah die Fürstin an, danach die Skizze, und seine flinken Augen wanderten fortwährend hin und her.

»Dieser Scala.« Sie sprach, ohne die Augen zu bewegen, aber ihre Worte galten Sigismondo. »Ihr habt ihn gesehen. Was für ein Mann war er?«

Sigismondo zögerte. »Er war sehr groß, Hoheit. Ein Hüne.«

»Carlotti, dieser arme Tor, glaubte sicher, er sei unverwundbar dank eines solchen Kämpfers, den er für die Verteidigung der Stadt angeworben hatte. Dachte wohl, er könne Mascia gegen Gattas Ansturm halten und sich dann anschicken, Viverra zu erobern. Warum hat er nichts aus Landuccis schmachvoller Niederlage gelernt?«

»Er meinte zweifellos, er sei stärker und besser für den Kampf gerüstet als Landucci, Hoheit. Manche Männer wollen nicht erkennen, was auf der Hand liegt. Die Besitzgier ist wie die Gier nach Wein – oder Frauen.« Sigismondo lächelte die versammelten Hofdamen liebenswürdig an. »Sie machen Männer blind für die Wirklichkeit. Sie sehen nur noch ihre Träume.«

»Hat Gatta Scala mit seinen eigenen Händen getötet?«

Sigismondo, den alle ansahen, bis auf die Fürstin und den Maler, zuckte mit den Schultern. »Euer Hoheit, ich war zu diesem Zeitpunkt beschäftigt. Es wäre möglich.«

Die Fürstin wandte den Kopf zu ihm um, und der Künstler verhielt mitten im Strich.

»*Möglich?* Wenn Gatta ihn getötet hätte, wüßten alle seine Männer davon, und diejenigen, die den Handstreich miterlebt haben, würden die Geschichte schleunigst überall erzählen.«

Ein lautes, bestätigendes Murmeln war zu vernehmen. Ginevra, die ihren Kopf zustimmend neigte, preßte die Lippen zusammen. Ihr Geliebter war ein Mann, den man nicht so leicht übersah, gleichgültig was er auch tun mochte.

Sigismondo hätte vielleicht weiterhin versucht, die Angelegenheit zu verschleiern, aber die Antwort blieb ihm durch den Eintritt des jungen Fürsten und seines Freundes Donato Landucci erspart. Die Hofdamen erhoben sich, einige mit großer Mühe, andere anmutig infolge langer Übung. Ginevra stolperte und fiel gegen Donato, der ihr mit unerwarteter Gleichgültigkeit auf die Füße half.

Fürst Francesco trat näher und küßte seiner Mutter die Hand und die Wange. Als er sich aufrichtete, musterte sie ihn prüfend. In seinem Gewand aus Silberbrokat war er ein ausnehmend hübscher junger Mann, mit blasser Haut und großen Augen wie sie, aber mit breiterem Mund und hohlen Wangen. Das dunkelrote Haar rahmte sein Gesicht ein. Er hielt dem forschenden Blick stand und versuchte, eine gelassene Miene aufzusetzen.

Sigismondo, der die menschliche Natur wie kein zweiter kannte, sah in dem kühlen Gesichtsausdruck der Fürstin eine Maske, hinter der sich leidenschaftliche Gefühle verbargen, leidenschaftlicher noch, weil sie stets kaschiert werden mußten. Das stellte den Fürsten Scipione möglicherweise vor die Frage, ob seine Frau sie vor jedem verbarg, der für ihn selbst und sein Land eine Gefahr sein könnte. Die Fürstin hatte großes Interesse für Gattas Beutezüge bekundet, vielleicht in aller Unschuld. Es hatte ihr gefallen, über Gattas Mätresse zu spotten. Diese beiden Umstände waren möglicherweise zusammengenommen ein winziger Strohhalm, der gleichwohl anzeigte, woher der Wind wehte. Und ein solcher Wind war vielleicht stark genug, den Fürsten aus Viverra zu vertreiben. Sich über diesen Punkt Gewißheit zu verschaffen und einen solchen Verlauf der Ereignisse zu verhindern, war Sigismondos Aufgabe.

»Ihr eßt heute abend mit uns, mein Sohn?«

»Es tut mir leid, aber ich esse mit Freunden in der Stadt.« Die unaufrichtigen Worte des Bedauerns kam ihm glatt über die Lippen; seine Augen sagten indessen, daß er sich freute, einen Abend ohne seine Familie und die forschenden Blicke des Hofstaates zu verbringen. Die Fürstin gestattete sich nicht, ihr makelloses Gesicht durch ein Stirnrunzeln zu verunzieren.

»Euer Vater möchte mit Euch sprechen.«

»Seine Hoheit mag jederzeit über mich verfügen.« Unausgesprochen blieb der Nachsatz: lieber morgen als heute. Francesco, der hinter Donato stand, hatte seine Augen unverwandt auf die Fürstin gerichtet. Er trug eine kleine, geflochtene Schachtel, um die scharlachrote Bänder geschlungen waren. Eine der Damen entdeckte sie, sah hastig zu Boden, schürzte die Lippen und bebte am ganzen Körper, während sie versuchte, ein Kichern zu unterdrücken. Der junge Fürst verbeugte sich erneut vor seiner Mutter und wandte sich zum Gehen, als zwei Pagen den Türbehang zurückschlugen und Fürst Scipione selbst über die Schwelle trat.

Er bedachte sämtliche Anwesenden mit einem unbestimmten Blick, der scheinbar ohne ein Anzeichen des Wiedererkennens über Sigismondo hinwegglitt, und er schenkte auch seiner Gemahlin und seinem Sohn keine Beachtung.

Er trat ein paar Schritte vor in den Raum, in dem sich die Menschen drängten; dann sank er, nicht formvollendeter als ein ganz gewöhnlicher Mann aus dem Volke, zusammengekrümmt zu Boden.

9 Der Schachzug des Bischofs

Sigismondo war neben dem Fürsten, noch bevor die Frauen die Situation erfaßt und Schreckensschreie ausgestoßen hatten. Der Fürst wand sich vor Schmerzen und hielt sich den Magen; sein Gesicht war kreidebleich, Schweißtropfen perlten auf seiner Stirn, und als Sigismondo sich neben ihn hinkniete, würgte er. Aus seinem verzerrten Mund quoll Schaum. Sein Sohn kniete an seiner Seite und nahm die Hand seines Vaters.

»Vater, was ist mit Euch? Wieder die giftigen Dämpfe?«

»Natürlich sind es die Dämpfe.« Fürstin Isotta hatte ihre Hofdamen beiseite geschoben und blickte auf ihren zusammengekrümmten Mann hinunter, so gelassen, als säße sie noch immer Modell für ihr Bildnis. »Es ist immer das gleiche. Man spielt nicht mit dem Feuer, ohne sich die Finger zu verbrennen.«

»Das ist das Werk des Teufels.«

Kein Zweifel, die schrillen Töne, die Lärm und Verwirrung übertönten, stammten von Bruder Ambrogio. Er stand auf der Schwelle, und hinter ihm wurde die Fürstinmutter sichtbar, die sich danach sehnte, zu ihrem Sohn zu gelangen, aber zuviel Respekt vor dem Prediger besaß, um sich an ihm vorbeizudrängen.

»Wir müssen ihn in sein Gemach bringen, in sein Bett.« Sigismondos tiefe Stimme klang beruhigend und schien das Stimmengewirr sanft zu unterlaufen statt schrill zu übertönen wie Bruder Ambrogios. Fürstin Isotta schien sich indessen mehr Sorgen über die Herausforderung des Predigers zu machen; sie ging zu ihm hinüber und bot ihm die Stirn.

»Ihr solltet den Teufel in Eurem eigenen Herzen suchen. Euer Stolz ist es, der Euch in diese Stadt geführt hat.«

Die dunklen Augen in den tiefen Höhlen glommen auf, als habe sie mit einen Flintstein Funken geschlagen, doch Bruder Ambrogios Lächeln war voller Mitgefühl. »Täuscht Euch nicht, meine Tochter. Der Stolz in Eurem eigenen Herzen veranlaßt Euch, solche gotteslästerlichen Reden zu führen.«

Sigismondo hatte inzwischen den stöhnenden Fürst hochgehoben, der wie ein Federgewicht in seinen Armen lag. Er schritt kräftig aus mit seiner Bürde, die ihnen auch ohne sein Zutun den Weg bahnte. Der Prediger und die Fürstin Isotta konnten nicht Schritt halten, als er den Fürsten unter den Türbehängen hindurch und, von ängstlichen Pagen geleitet, den Gang entlang zum Schlafgemach trug. Der junge Fürst schien ihnen folgen zu wollen, aber seine Mutter sprach mit ihm, woraufhin er sich umwandte und die Treppe hinunterging. Nur Benno trabte hinter Sigismondo drein; er hatte Biondello bereits an die Leine genommen, weil dieser wie ein ausgetriebener Dämon an Bruder Ambrogio vorbeigeflitzt war. Niemand hinderte ihn in der allgemeinen Konfusion daran, sich den Lakaien anzuschließen und das Schlafgemach zu betreten, wo er gespannt zusah, wie sein Herr den Fürsten auf das Bett legte, von dem die Diener in Windeseile die Felle entfernt hatten. Der Leibarzt wurde gerufen, und er eilte umgehend herbei. Zwei Gehilfen folgten ihm mit einem hölzernen Tragekasten, in dem sich Phiolen und Gläser befanden, die sofort auf dem Tischchen am Kopfende der Bettstatt aufgestellt wurden.

»Der Zustand ist ernst. Sehr ernst.« Der Leibarzt schüttelte den Kopf, fühlte den Puls des Fürsten, zog die Augenlider herunter, um die Pupillen zu untersuchen und wappnete sich mit der üblichen Versicherung der Ärzte gegen den Tod eines Patienten. »Genauer gesagt, überaus ernst.« Je schwerer die Krankheit, desto weniger konnte man von einem Medicus erwarten, ein Heilmittel zu finden; falls er doch eines entdeckte oder der Patient aus eigener Kraft genas, desto größer waren sein Ruhm und sein Lohn. »Das ist wieder einer der üblichen Anfälle, an denen Seine Hoheit leidet, und ein schwerer obendrein.« Er bemerkte plötzlich, daß seine Worte an einen Fremden auf der anderen Seite des sich windenden Körpers gerichtet waren. »Wer seid Ihr, mein Herr?« verlangte er mit einem entrüsteten Blick zu wissen, der anzudeuten schien, Sigismondo sei imstande, allein durch seine Anwesenheit einen Herzanfall herbeizuführen.

»Ich wurde mit einer Botschaft aus Mascia zu Seiner Hoheit entsandt.« Die schlichte Aussage entbehrte jeder Erklärung, warum er eben jetzt am Bett des Fürsten weilte, da die Nachricht schon vor Stunden überbracht worden war. Der Leibarzt war verwirrt und spürte, daß ihm irgendein wichtiger Punkt entgangen sein mußte. Er erteilte Anweisungen, alles für einen Aderlaß vorzubereiten, während er ein Leintuch auf Stirn und Schläfen des Patienten drückte und unwirsch nach einer Schüssel verlangte, weil der Fürst erneut erbrach. Nachdem sich Sigismondo einige Minuten lang über den stöhnenden Fürsten gebeugt hatte, die Nasenflügel gebläht und den Mund geöffnet wie eine Katze, die einem flüchtigen Duft nachspürt, zog er sich in den Schatten der Bettvorhänge zurück. Endlich öffneten die Pagen die beiden Doppeltüren; die Fürstinnen traten ein, die Mutter aufgeregter als die Ehefrau, und näherten sich den einander gegenüberliegenden Seiten des Bettes. Bruder Ambrogio befand sich nicht in ihrer Gesellschaft. Vielleicht hatte er versucht, sich an ihre Fersen zu heften und dabei eine Predigt über ihr nicht unbeträchtliches Sammelsurium der Eitelkeiten aus dem Ärmel zu schütteln.

»Wie geht es meinem Sohn? Was könnt Ihr für ihn tun?« Die Fürstinmutter strich das feine, feuchte Haar zurück, das an der Stirn des Fürsten klebte. Sie beugte sich liebevoll über ihn, ohne Sigismondo zu bemerken, der nicht mehr als einen Fuß von ihr entfernt stand. Der Leibarzt gab eine Reihe mißbilligender Laute von sich, die seine Angst um den Patienten andeuten sollten und, bei allem gebotenen Respekt, vor jeglicher Einmischung in seine Behandlung warnten. Fürst Scipione antwortete mit einem Stöhnen, das unvermittelt seinen Höhepunkt erreichte, als er sich in eine Schüssel erbrach, die mit großem Geschick vom Gehilfen des Medicus gehalten wurde. Das veranlaßte die Fürstinmutter, eilends einen Schritt zurückzutreten, wobei sie um ein Haar mit Sigismondo zusammengeprallt wäre, den sie auch jetzt nicht wahrnahm. Und es war ein ausgefallener Empfang für einen Schwarm Hofschranzen, denen offenbar weitere sensationelle Neuigkeiten vom Zustand des Fürsten zu Ohren gekommen waren. Das Wort »stirbt« war klar in ihrem Gemurmel zu vernehmen, und sie schienen höchst erpicht darauf zu sein, einem Ereignis beizuwohnen, das einen so betrüblichen Nervenkitzel versprach.

»Euer Hoheit, ich bitte Euch. Der Patient braucht Ruhe.« Der Leibarzt wandte sich unwillkürlich an Fürstin Isotta als oberste Entscheidungsinstanz, ein Punktgewinn, den die Zuschauer des Kräftemessens zwischen den Fürstinnen sehr wohl registrierten. »Wenn er nicht ganz und gar in Frieden gelassen wird, kann ich die Verantwortung nicht übernehmen.«

»Frieden!« Das Wort hallte mit dramatischem Klang von der Türschwelle wider. Fürstin Isotta, die Hand erhoben, um alle hinauszuscheuchen, setzte sich ausnahmsweise der Gefahr aus, ihr makelloses Gesicht durch Falten zu entstellen, und runzelte die Stirn. Bruder Ambrogio schickte sich an, die Anwesenden seines nächsten großen Auftritts teilhaftig werden zu lassen. »Frieden! Was der Fürst mehr als alles andere braucht, ist Seelenfrieden. Laßt uns gemeinsam beten, daß ihm die Gnade zuteil werden möge, den Werken des Teufels abzuschwören, bevor seine Seele vor dem Thron des Allmächtigen zur Rechenschaft gezogen wird.«

Der Prediger näherte sich dem Bett und stieß diejenigen, die ihm den Weg versperrten, ganz nebenbei auf die Knie. Am Bett angekommen, hob er den Körper des schweißüberströmten, stöhnenden Fürsten an und lehnte ihn gegen die aufgetürmten Brokatkissen, während der Leibarzt nur schwachen Widerstand leistete. Die Haltung schien den Schmerz ein wenig zu lindern. Dann zog er dem Fürsten mit unerwarteter Sanftheit die ledernen Handschuhe aus, warf sie auf den Boden, preßte die Hände des Fürsten zum Gebet zusammen und umschloß sie mit seinen eigenen. Er erhob die Stimme zu einer Lautstärke, in der alle Einwände untergingen.

»Allmächtiger Vater im Himmel, unser aller Herr und Retter, sieh auf DEINEN sündigen, verlorenen Sohn herab und sei ihm gnädig in dieser Stunde der Not, einer Stunde, die seine letzte sein könnte. Vertreibe Satan aus seinem Herzen und aus seinem Herrscherpalast, läutere seine Seele und diese Stadt. Ich flehe DICH an, Herr, erlöse ihn von seinen sündigen Begierden und gewähre ihm wieder jenen Zustand der Unschuld, der ihm gestattet, mit kindlichem Staunen DEIN Werk zu betrachten statt DEINE Schöpfung in allen ihren Daseinsformen ergründen zu wollen. Wir sind alle Sünder und flehen zu DIR kraft des geheiligten Blutes, welches das Lamm Gottes für jeden von uns vergossen hat.«

Alle Anwesenden lagen auf den Knien, da sie ohnehin keine Wahl gehabt hatten, und murmelten beifällig, mit Ausnahme der Fürstin Isotta, die den Prediger nur kalt anblickte. Sigismondo, der im Schatten des Bettvorhangs hinter Bruder Ambrogio mit respektvoll geneigtem Kopf kniete, hielt zwischen den gefalteten Händen einen der Handschuhe, den der Prediger zu Boden geworfen hatte. Seine fromm niedergeschlagenen Augen sahen, daß er befleckt und von Säure zerfressen war, die Oberfläche abgeschabt und aufgerissen, sogar hier und da angesengt. Seine Nase sagte ihm aufgrund des stechenden Geruchs nach Chemikalien, daß der Fürst ihn im Labor getragen hatte und die giftigen Dämpfe durchaus die Ursache der Krankheit sein konnten, an der ihr Besitzer litt.

Seine Nase nahm einen weiteren Geruch wahr: Weihrauch. Eine Tapetentür neben dem Bett, die vermutlich zu einer privaten Treppe führte, öffnete sich. Als erstes erschien ein Meßdiener auf der Schwelle, der ein Weihrauchfaß schwenkte, gefolgt von weiteren, die brennende Kerzen trugen; danach betrat ein hochgewachsener, ehrfurchtgebietender Priester in besticktem Meßgewand und Stola den Raum, der Beichtvater des Fürsten. Ihm folgte der junge Fürst, der damit bekundete, daß er und seine Mutter im Hinblick auf Bruder Ambrogio einer Meinung waren.

Keiner der Knienden hatte die Augen noch geschlossen oder zum Himmel erhoben. Alle warteten gespannt, wie der nächste Zug des Kräftemessens aussehen würde.

»Meine Tochter –« Fürstin Isotta trat geschwind vor, um seinen Ring zu küssen, einen Amethyst, der den Beichtvater des Fürsten als keinen Geringeren als den Bischof Ugolino von Viverra auswies. Die Stimme, volltönend und barsch, war daran gewöhnt, Befehle zu erteilen. Das Gesicht, dem Bett zugewandt, um Fürst Scipione und den Prediger anzublicken, hätte einem wilden Eber angestanden, wenngleich einem schwergewichtigen; die Augen waren kühn und blutunterlaufen, die Wangen hingen in schweren Falten herab. Das war kein Mann, der einen Eindringling in seinem angestammten Territorium willkommen zu heißen pflegte. »Der Fürst sagte mir, sein Vater sei in Gefahr. *Wer ist dieser Mann?*« Die Frage wurde mit gebieterischer Stimme gestellt. Ein oder zwei Höflinge, die weiter hinten im Raum knieten, erhoben sich, um eine bessere Sicht zu haben.

Was nun geschah, verblüffte sämtliche Anwesenden. Bruder Ambrogio ließ die Hände des Fürsten los und richtete sich zu voller Höhe auf, wobei er den Bischof noch überragte, verbeugte sich tief und küßte den Ring des Kirchenfürsten.

Der Bischof, dessen starrer Blick sanfter wurde, ließ die Geste der Ehrerbietung zu, während seine freie Hand auf Fürst Scipione deutete und seine Worte den Anwesenden galten. »Alle verlassen den Raum, bis auf den Leibarzt. Seine Hoheit darf durch nichts gestört werden.«

»Durch nichts« schien die Familie des Fürsten miteinzubeziehen, aber Fürstin Isotta hatte die Verbannung höchstpersönlich heraufbeschworen, als sie Bischof Ugolino rufen ließ, und sie war zufrieden, weil sie Bruder Ambrogio einschloß. Den Arm um die Schultern ihres Sohnes gelegt, verließ sie das Schlafgemach, ohne einen weiteren Blick auf den Mann zu werfen, der auf dem Bett lag. Nun, da seine Hände wieder frei waren, preßte er sie erneut krampfhaft auf seine Leibesmitte und krümmte sich vor Schmerzen. Der Leibarzt, unter dem strengen Blick des Bischofs, der seine Machtbefugnisse wiederhergestellt hatte, begann, den Fürsten zur Ader zu lassen; sein Gehilfe, der sich der ersten Schüssel entledigt hatte, hatte eine neue herbeigeholt, die er dem Fürsten unter den Arm zu halten versuchte. Sigismondo glitt verstohlen aus dem Schatten, ohne die Aufmerksamkeit des Bischofs zu wecken, und folgte den Röcken der Fürstinmutter, die weinte und von Bruder Ambrogio getröstet wurde. Die Mitglieder des Hofstaates, die sich von den Knien erhoben, um dem Troß zu folgen, wurden nur von dem strafenden, funkelnden Blick des Bischofs Ugolino abgehalten, miteinander zu tuscheln. Ginevra brauchte, wie üblich, besondere Hilfestellung, um sich wieder hochzurappeln, die ihr von zwei jungen Männern eilfertig geboten wurde. Selbst dann gelang es ihr noch, zu taumeln und ein Kästchen mit kostbaren Intarsienarbeiten, das auf einem bemalten Tischchen neben der Tür stand, zu Boden zu werfen. Die Fähigkeit, anmutig Verwirrung zu stiften, war ihr in Fleisch und Blut übergegangen, so daß sie beinahe als selbstverständlich galt. Ihre ungezählten Mißgeschicke nahmen indessen niemals solche Ausmaße an, daß sie Schmuckstücke verlegte oder vergaß, was Freunde ihr nach einem Kartenspiel schuldeten.

»Euer Hoheit, dürfte ich mit Euch unter vier Augen sprechen?«
Der junge Fürst war froh, dem Arm seiner Mutter zu entschlüpfen, obwohl er Sigismondo einen verdutzten Blick zuwarf, als er an ihm vorüberging. Die Fürstin verschwand in einem Alkoven, dessen Fenster Ausblick auf den Innenhof bot. Sie sah Sigismondo mit ihren dunklen Augen nachdenklich an.

»Was gibt es?«
»Euer Hoheit, ich bin sicher, daß man dem Fürsten Gift verabreicht hat.«

10 *Die erste Runde geht an den Teufel*

Sie hat Euch nicht geglaubt?« Bennos Gangart erweiterte sich um einige schnelle Trippelschritte, als er versuchte, mit Sigismondo Schritt zu halten, während sie die kunstvolle Gartenanlage des Palastes durchquerten. Vor ihnen ragte in der beginnenden Herbstdämmerung drohend die Silhouette der alten Burg auf. Benno hatte sich die Fürstin genau angesehen; er dachte, falls irgend jemand so vermessen sein könnte zu glauben, daß sich sein Herr jemals irrte, dann war sie es.

»Warum sollte sie auch? Der Fürst ist schon früher von derartigen Krämpfen befallen worden. Jedesmal genas er, sobald er sich eine Zeitlang von den Experimenten fernhielt. Sie ist der festen Überzeugung, daß er vergiftet wurde, aber vergiftet von den Dämpfen in seiner Alchimistenküche.«

»Wäre das nicht möglich? Als ich ihn zum erstenmal zu Gesicht bekam, dachte ich auch, er würde auf der Stelle das Zeitliche segnen.«

»Beim ersten Anfall war vermutlich jeder dieser Meinung.« Sigismondo schlenderte langsam weiter und hielt einen Zweig an seine Nase, den er von einem Busch gepflückt hatte. »Es gibt natürlich Substanzen, deren Geruch allein eine Erkrankung herbeiführen kann. In der Fachsprache der Gelehrten heißt es, sie strömen toxische Gase aus. Aber ich bin kein Alchimist und kann dir nicht sagen, um welche es sich im einzelnen handelt.«

Bennos Vertrauen in das Allgemeinwissen seines Herrn war derart, daß er diese Behauptung umgehend als Bescheidenheit abtat. Er wandte sich um und warf einen prüfenden Blick auf Biondello, der gerade auf dem Rasen herumtollte und nach

Fliegen schnappte. Plötzlich schoß ihm ein Gedanke durch den Kopf. »Werden wir etwa auch krank, wenn wir da hineingehen? Ich lasse Biondello wohl besser draußen ... Warum tritt bei den Leuten keine Wirkung ein, die dort arbeiten? Sie halten sich doch bestimmt viel länger in den Räumlichkeiten mit den Giften auf. Es ist schließlich für sie kein gelegentlicher Zeitvertreib, wie für den Fürsten. Ist ein Herrscher anfälliger für Erkrankungen?«

Sigismondo brummte, beinahe im gleichen Tonfall wie eine Hummel, die aus einer verwelkten Blume fällt und in steilem Bogen davonfliegt. »Du hast es erfaßt, Benno. Doch wahrscheinlich werden wir herausfinden, daß auch sie nicht dagegen gefeit sind. Aber Handwerker sind leichter zu ersetzen als Fürsten.«

»Ihr habt gesagt, hier gäbe es einen Alchimisten, der nach dem Stein der Weisen sucht. Wenn er sich ständig im Palast aufhält, ein Fachmann ist und immer wieder erkrankt, würdet Ihr es sicher herausfinden, oder?«

Sie hatten das große Tor zum verfallenen Turm erreicht, in den man Sigismondo schon einmal eingelassen hatte. Benno verstaute Biondello unter seinem linken Arm und bekreuzigte sich vorsorglich mit der freien Hand. Sigismondo hatte nicht gesagt, was den Fürsten vergiftet haben könnte, falls es keine Dämpfe waren, und so war es besser, mit der nächsten Frage noch eine Weile zu warten. Nach Bennos Dafürhalten war die Alchimie, auch wenn sie von Herrschern ausgeübt wurde, Teufelswerk. Bruder Ambrogio hatte es in aller Deutlichkeit ausgesprochen.

Ein Page empfing sie im Innern des Turmes. Er war in ein Knöchelspiel vertieft, um sich die endlose Wartezeit zu vertreiben, wobei er nur noch einen Knochen aufnehmen mußte. Er verbeugte sich, als er des Schriftstücks mit dem Siegel ansichtig wurde, das der Fürst Sigismondo als Passierschein überreicht hatte, und bedeutete ihnen, durch die schmale Pforte einzutreten. Er nahm eine Münze von Sigismondo entgegen, nachdem er sich bereit erklärt hatte, auf den kleinen Hund aufzupassen. Er langweilte sich auf seinem Posten und war froh, sich um Biondello kümmern zu können. Der kleine Hund nahm dies dankbar mit einem Kunststück zur Kenntnis, das er bei vielen Festlichkeiten vorgeführt hatte: Er ging auf den Hinterbeinen, was Benno als »Hofzeremoniell« bezeichnete. Benno blickte sich neidvoll nach ihm um, als sie um die Ecke bogen, aber er wurde von anderen Gedanken abgelenkt, als er zum ersten Mal den fauligen Atem des Riesen in dem steinernen Gewölbegang in die Nase bekam. Sofort hielt er die Annahme, daß Gerüche tödliche Krankheiten hervorrufen konnten, für die wahrscheinlichste Erklärung.

Seit Sigismondos letztem Besuch hatte sich einiges verändert, was Benno nicht wissen konnte. Der Gnom mit der Lederschürze tauchte viel früher auf, nicht am ledernen Türvorhang, sondern am Fuß der Treppe. Er saß mit weit gespreizten Beinen auf den ausgetretenen Stufen und hielt sich den Kopf. Ein dünner Blutfaden rann zwischen seinen Fingern hindurch. Sigismondo war blitzschnell die Treppe hinuntergeeilt.

Der Vorhang war zur Seite geschoben, und dahinter ertönte nicht das Geräusch des großen Blasebalgs, sondern eine einschüchternde Stimme.

Die Feuer glühten noch in den Öfen und Kesseln, Rauchsäulen stiegen auf, aber die Männer, die zwischen den Flammen so geschäftig hin- und hergelaufen waren, standen nun müßig herum und starrten auf eine Gestalt, die auf einen Stuhl geklettert war, um eine beeindruckende Rede zu halten. Sigismondo und Benno erkannten das ausgemergelte Gesicht, das hellbraune Haar, die rollenden Augen, den Schlund, der brennende Begeisterung spie, die grobe braune Mönchskutte, den Gefährten von Bruder Ambrogio.

»Bereut eure Sünden! Eure Taten sind des Teufels! Die Stunde der Entscheidung ist gekommen! Euer Schirmherr stirbt, von der Hand des Herrn niedergestreckt, weil er Anteil an diesem schändlichen Treiben hatte! Auch ihr werdet vernichtet werden, und eure Schlechtigkeit mit euch! Bereut eure Sünden. Verlaßt diesen satanischen Ort und fleht zu Gott um Vergebung!«

Der Klosterbruder genoß seinen Auftritt. Sein Vortrag war vielleicht nicht ganz so flüssig und geschliffen wie die Predigt von Bruder Ambrogio. Auch konnte seine Stimme, die brüchig und schrill war, einem Vergleich nicht standhalten, aber das war ihm nicht wirklich bewußt und seine Überzeugung verlieh ihm innere Stärke. Speichel flog, während er seine Worte hinausbrüllte. Er hatte die Kapuze seiner Mönchskutte nach hinten geschoben, die wiederum den Haarkranz hob, der rund um die Tonsur stehengeblieben war, so daß er sich sträubte. In den Rauchschwaden und von einem Behältnis beleuchtet, in dem eine grünliche Flüssigkeit über einer offenen Feuerstelle blubberte, sah er aus wie ein Geist, den man heraufbeschworen hatte, oder wie der Inbegriff des Wahnsinns.

»Der Fürst stirbt nicht.« Die Bemerkung erfolgte leidenschaftslos, unerwartet und brüsk. Der Alchimist war in seinem Sackleinentalar näher getreten; er hielt einen Stechzirkel in der behandschuhten Hand. Er sah wie ein Adler aus mit seiner gebogenen Nase, dem zerfurchten Gesicht und den stechenden schwarzen Augen. Benno hatte einen weisen Alten mit weißem Bart erwartet. Dieser Mann war kraftvoll, trug keinen Bart, und seine Haare, schwarz wie Bennos eigene, hatten einen Topfschnitt, der über den Ohren in einer geraden Linie endete. »Der Fürst wird genesen. Wie immer. Wer hat Euch hereingelassen? Ihr habt hier nichts zu suchen.«

Er legte den Stechzirkel auf einem Zeichentisch ab, einer Platte auf Schragen, zwischen umfangreichen Folianten, Destillierkolben und dicken, gekürzten Federkielen, streckte die Hand aus und zerrte unsanft am Saum der braunen Mönchskutte.

»Teufel! Ihr seid alle Teufel!«

Der Alchimist zog noch einmal kräftig, und der Mönch, der mitten in einer weitausholenden Geste das Gleichgewicht verlor, fuchtelte wild mit den Armen, um sich auf dem Stuhl zu halten, verlor das Ringen, fiel zu Boden und prallte gegen einen Tisch, wobei er einen dicken Wälzer und einen riesigen Glaspokal zu Boden riß. Als dieser zersprang, hob der Alchimist den Mönch ganz einfach auf und brachte ihn vor den herumfliegenden Scherben in Sicherheit. Die Flüssigkeit, die über den Boden rann, dampfte und brodelte; ein dürres kleines Männlein sprang mit einem Kasten herbei, aus dem es ein Pulver verstreute. Die Steinfliesen zischten, und wieder stieg Dampf auf, doch nach etwa einer Minute beruhigte sich die Oberfläche.

Der Mönch wies mit zitterndem Zeigefinger auf die Lache. »Des Teufels ureigenes Zeichen!«

»Dummes Gewäsch. Eine ganz gewöhnliche chemische Reaktion. Zum Glück befand sich nur noch wenig in dem Kessel —«

»Schindluder mit der Schöpfung des Herrn zu treiben! Ruchloser Wicht!« Der Mönch zitterte, entweder weil er mit knapper Not dem Feuer entronnen war, oder aufgrund seiner Überzeugung, daß diese Begebenheit nur ein weiterer Beweis für die Bosheit des Teufels war. Der Alchimist blickte ihn verächtlich an und verzog die Mundwinkel.

»Ist es ruchlos, Gottes Werk zu erforschen? Warum sonst hätte er dem Menschen seinen Verstand gegeben? Ihr mögt es vorziehen, die Augen zu schließen, wenn Ihr Eure Gebete sprecht, aber ich ziehe es vor, meine Augen offenzuhalten und nicht genauso unwissend durch die Welt zu stolpern wie an dem Tag, an dem ich geboren wurde.«

Bennos Nase kribbelte vom Rauch und dem stechenden Geruch der verschütteten Säure. Nun kam auch noch ein krampfhaftes, andauerndes Niesen dazu. Der Alchimist wirbelte herum, und seine Augen zeigten, daß er Sigismondo auf Anhieb erkannt hatte. »Hat Euch der Fürst geschickt? Wünscht er mich zu sehen?«

»Der Fürst wird von seinem Leibarzt betreut und kann im Augenblick niemanden empfangen.« Sigismondo bot keine Erklärung für seine Anwesenheit im Turm und stand gelassen da, während Bennos Nieser von den Wänden widerhallten.

Der Alchimist bemerkte plötzlich, daß seine Helfer untätig herumstanden. »Was haltet ihr Maulaffen feil? Luigi, das Feuer! Wie oft habe ich dir schon gesagt, daß die Hitze immer gleich sein muß! Piero, an die Pumpe, damit Luft zugeführt wird. Laß dich ja nie wieder dabei erwischen, wie du den Blasebalg vernachlässigst.« Er warf einen strengen Blick in die Runde, und alle begaben sich wieder mit Feuereifer an die Arbeit, was die Schlußfolgerung zuließ, daß der Alchimist entweder über die Gabe verfügte, seine Mannen anzuspornen, oder die Kunst beherrschte, Unbotmäßigkeit entsprechend zu bestrafen.

Der Mönch war wie vom Donner gerührt, als der Alchimist zum Gegenangriff ansetzte. Wahrscheinlich hatte er nicht oft mit Männern zu tun gehabt, die beredt und gebildet waren. Er stand wie zur Salzsäule erstarrt, als das Feuer nach Betätigung der Blasebälge hoch aufflammte und das schauerliche Röcheln der Pumpe die Alchimistenküche wieder in das gewohnte Gleichmaß reger Geschäftigkeit versetzte.

»Das werdet ihr noch ... noch bedauern! Wartet nur, bis Bruder Ambrogio kommt!« Mit dieser vagen Drohung, die im unpassendsten Augenblick erfolgte, als nämlich der Riese seinen Atem ausstieß, bahnte sich der Mönch seinen Weg hinaus. Dabei achtete er tunlichst darauf, wie Benno bemerkte, daß er keinem der Gerätschaften zu nahe kam. Die erste Runde war an den Teufel gegangen.

»Und nun, mein Herr –« Der Alchimist hob den dicken Wälzer auf, der auf den Boden gefallen war, glättete die zerknüllten

Seiten und untersuchte liebevoll den Buchrücken. Er legte den Band auf den Rollwagen zurück und schlug ihn auf; die Seiten, so schien es Benno, der sich die tränenden Augen rieb, zeigten magische Zeichen. »Seid Ihr aus Neugierde oder einem anderen Beweggrund gekommen?« Die stechenden schwarzen Augen musterten sie beide, und obwohl Benno den leeren Blick eines Schwachsinnigen aufsetzte, hatte er das unangenehme Gefühl, daß der Mann sich nicht täuschen ließ.

Sigismondo zeigte ihm das Schreiben mit dem Siegel. Der Alchimist warf einen flüchtigen Blick darauf.

»Von der Fürstin. Und was wollt Ihr?«

»Den möglichen Ursachen für die Erkrankung Seiner Hoheit auf den Grund gehen. Hatte er viele derartige Krampfanfälle?«

Der Alchimist verzog schicksalsergeben das Gesicht. »Das ist nicht der erste. Seine Hoheit belieben, jegliche Vorsichtsmaßnahmen zu mißachten. Wir alle wissen, daß man es tunlichst vermeiden sollte, bestimmte Substanzen einzuatmen, aber Seine Hoheit denkt nicht daran. Sein brennendes Interesse treibt ihn näher, als es ihm guttut. Manchmal, wenn ich einen wichtigen Vorgang überwache und mich umdrehe, muß ich feststellen, daß er schon viel zu lange mit einem anderen befaßt ist. Er ist auch nicht in gleichem Maß abgehärtet gegen die giftigen Dämpfe wie wir.«

»Ihr selbst und die anderen erkrankt also nicht, im Gegensatz zu Seiner Hoheit.«

»Wir sind auch nur Menschen, mein Herr, obwohl es heißt, daß wir Teufelswerk verrichten. Es geschehen natürlich hin und wieder Unfälle.«

Sigismondo murmelte und nickte zustimmend. Er hob einen weggeworfenen Handschuh auf, der über einem Skript mit Schaubildern auf dem Tisch lag. »Ihr müßt daran denken, Euch jederzeit bestmöglich zu schützen.« Der Handschuh war fadenscheinig und noch rissiger als derjenige, den Bruder Ambrogio dem Fürsten abgestreift hatte. Er hatte einen Hauch seiner früheren Eleganz bewahrt, eine verschlungene Stickerei auf dem Handrücken, die darauf schließen ließ, daß auch er dem Fürsten gehörte.

Das Lachen des Alchimisten klang eher wie ein Bellen. »Seine Hoheit vergißt bisweilen, die Handschuhe zu *wechseln*, aber in aller Regel trägt er sie. Eine schlimme Brandwunde hat ihn eines Besseren belehrt.« Er näherte sich Sigismondo und hielt inne, um zu beobachten, wie ein Gehilfe ein Gemisch aus einer bauchigen Glasflasche in eine Flüssigkeit goß, die in einem Tiegel auf einem Holzkohleofen gewärmt wurde. Sigismondo trat näher und bückte sich, um gebannt zuzusehen, wie die purpurne Flüssigkeit auf wundersame Weise die Farbe wechselte und rot wurde.

»Ihr interessiert Euch für die Wissenschaft, mein Herr?« Der Alchimist hielt inne, die Hände auf dem Rücken verschränkt, und hob fragend die Augenbrauen. In seinem Tonfall schwang ein leiser Anflug von Spott mit.

»Ich weiß, daß es sich um eine Geheimlehre handelt, und daß die Begriffe, die Ihr benutzt, mehr als eine Bedeutung haben.«

Die Hand des Alchimisten schoß hinter seinem Rücken hervor; er zog Sigismondo vom Schmelztiegel weg und den Gehilfen am Ärmel. Angesichts des Zitterns und Keuchens des Blasebalgs nahm seine Stimme einen drängenden Klang an. »Was wißt Ihr, mein Herr? Von welchen Begriffen sprecht Ihr?«

Sigismondo betrachtete ihn mit mildem Erstaunen. »Nun, der Stein der Weisen ist ein Sinnbild für das, was alle klugen Menschen suchen, nämlich Selbsterkenntnis. Die reinigende Kraft des Feuers und der Druck des formenden Prinzips, das die Urmaterie verwandelt, ist eine greifbare Manifestation dessen, was der Geist erdulden muß, wenn er die Essenz schaffen will, die er sucht, das reine Gold seiner wahren Natur.«

Der Alchimist nickte heftig. »Ihr seid ein Kenner der Materie, wie ich sehe. Aber wißt Ihr auch, daß es heißt«, und er sprach Worte in einer Sprache, die Benno nicht verstand, »wie im Himmel so auf Erden? Wenn das reine Gold des Geistes tatsächlich gefunden werden sollte, dann wird greifbares Gold als seine Entsprechung in dieser Welt entstehen. Ist es nicht so?« Er trat näher und blickte zu Sigismondo auf, als suche er eine Bestätigung. Sigismondo sah mit ernster Miene zu ihm hinab.

»Habt Ihr diese Feststellung gemacht, Doktor Virgilio? Ist es Euch gelungen, Gold herzustellen?«

Der Alchimist wich zurück, seine Augen verengten sich mißtrauisch. »Hat Euch der Fürst eingeweiht?«

»Seine Hoheit und ich haben nicht über diese Angelegenheit gesprochen. Falls Ihr je Gold erzeugt habt, Doktor Virgilio«, fuhr Sigismondo mit leiser Stimme fort, »dann seid Ihr für jeden, der Euch in seine Dienste nimmt, von unschätzbarem Wert. Wer war der Glückliche, bevor der Fürst von Viverra Euer Gönner wurde?«

Die schwarzen Augen hielten Sigismondos prüfendem Blick unbeirrt stand.

»Mein früherer Dienstherr«, erwiderte Virgilio unverblümt, »war Rodrigo, Graf Landucci.«

11 *Manches verschwindet, sobald man die Augen abwendet*

Die Stadt Viverra war nach der Predigt des Bruder Ambrogio in der Mittagsstunde so aufgewühlt wie ein Ameisenhaufen. Diejenigen, die seine Worte gehört hatten, wurden durch das Erlebnis von Grund auf verändert. Die meisten faßten den festen Vorsatz, von nun an ein gottgefälliges Leben zu führen; die unmittelbare Schwierigkeit war indessen die Entscheidung, was dieses gottgefällige Leben beinhalten sollte.

Etliche gelangten zu der Schlußfolgerung, daß die Menschen im allgemeinen, und die Nachbarn und Familienangehörigen im besonderen, ihre Pflicht erkennen und mehr christliche Nächstenliebe üben sollten. Entrüstung und hochtrabende Worte folgten, als sie entdecken mußten, daß Nachbarn und Familienmitglieder von ihnen erwarteten, den Anfang zu machen.

Einige waren so tief beeindruckt, daß sie aus eigenem Antrieb beschlossen, von ihren Eitelkeiten abzulassen. Falsche Haarteile, Gesichtswässerchen, Schmuckbänder, Wangen- und Lippenrot, Juwelen und kostbare Kleider wurden aus Schränken und Regalen gezerrt und für den nächsten Scheiterhaufen beiseite gelegt – denn die Mönche hatten weitere angekündigt.

Die Gottesfürchtigen, bestürzt angesichts der Drohung des Predigers, der Fürst verwehre ihnen durch seine Beteiligung an den Teufelskünsten die Aussicht auf das Himmelreich, zerbrachen sich den Kopf darüber, wie sich ihr Landesvater bekehren ließe, und die weniger Glaubensstarken schlossen Wetten dahingehend ab. Das Volk verstand nicht viel von der wahren Beschaffenheit dieser fürstlichen Zerstreuung, aber nun war ihm unmißverständlich bedeutet worden, daß diese zum einen von höllischen Kräften beseelt und zum anderen keineswegs, was bequemer und einfacher gewesen wäre, seine ureigene Angelegenheit sei.

Menschen, die für gewöhnlich ihren Lebensunterhalt mit den Schwächen anderer verdienten, wie die Verkäufer von Perücken, Schmuckbändern, Musikinstrumenten, Brokatstoffen und anderen kostbaren Wirkwaren, aber auch die Schankwirte, Weinhändler, Falschspieler und Freudenhausbesitzer waren auf der Hut und zögerten, statt des Landesfürsten Christus als Herrscher über ihre Stadt willkommen zu heißen. Sie hatten ihre Zweifel an der Duldsamkeit beider Gebieter. Diejenigen unter ihnen, die über mehr Abgeklärtheit und Lebensweisheit verfügten, glaubten, der Anfall von Frömmigkeit sei etwas, dem man nur geduldig zusehen müsse. Bruder Ambrogio würde irgendwann seine Zelte abbrechen und zur nächsten Stadt und religiösen Erweckungsversammlung weiterziehen. Dann stünden die alten Kunden sehr bald wieder vor der Tür, zweifellos mit noch dringlicheren Gelüsten, da ihnen die Befriedigung eine Zeitlang verwehrt worden war.

Einige Viverraner, ob sie nun der Predigt beigewohnt hatten oder nicht, schickten sich an, den Abend in der üblichen Weise zu verbringen, ungetrübt von Gedanken an das Leben im Jenseits, solange das diesseitige noch ihre ganze Aufmerksamkeit forderte. Der junge Fürst, zufrieden darüber, daß sein Vater nicht mehr als einen seiner üblichen Krampfanfälle gehabt hatte, beschloß, mit seinem Freund Donato ein elegantes Etablissement am Flußufer aufzusuchen, just unterhalb der Stadtmauern von Viverra. Im Verlauf der Jahre war der Fluß immer wieder gegen den Felsen angebrandet, auf dem die Mauern der Festung Viverra errichtet worden waren, aber die jenseitige Biegung des Flusses und die große Menge Treibsand, die er mitführte, hatten unterhalb der Klippen Land angeschwemmt und nach und nach

Viehzüchtern, Gemüsegärtnern, Häuslern, einem Schmied, einem Bäcker, Fähr- und Bootsleuten, einem Kirchlein und einem Freudenhaus eine Heimstatt geboten.

Das Freudenhaus zählte nicht zu denjenigen, denen die Freunde bisher die Ehre ihres Besuches erwiesen hatten, doch besaß es einen guten Ruf, sofern diese Bezeichnung zutreffend sein konnte, und sie freuten sich auf die Zerstreuung. Die Wirkung des Weines, den sie während und nach der Jagd getrunken hatten, ließ gegen Abend allmählich nach. Vor allem der junge Fürst hatte das Gefühl der Ernüchterung, als sein Vater vor seinen Füßen zusammengebrochen war. Deshalb suchten sie, Abhilfe zu schaffen, was wiederum zu einem freundlichen Wortgefecht darüber führte, wer die Gunst der hübschesten Dirne erringen würde.

Donato behauptete, sein Freund müsse nur in seinen prächtigen Kleidern erscheinen, und schon erkenne man ihn auf Anhieb an seinem roten Haar. Das sei eine Gewähr dafür, daß man ihm den Vorzug vor jedem anderen gebe, ungeachtet dessen, welche natürlichen Vorzüge der Nebenbuhler in die Waagschale werfen könne. Fürst Francesco leugnete dies, lachte, trank einen weiteren Schluck Wein und wies seinen Pagen an, die Kleider zu tauschen: Er würde Donatos, und Donato seine Kleider tragen, und er wollte seine roten Haare unter einer Kappe verbergen. Dann würde man ja sehen, wer die Hübscheste zu erobern vermöchte! Die Pagen, die an diesem Tag mindestens zum drittenmal die Kleidung ihrer Herren wechselten, gaben mit keiner Miene zu erkennen, daß die hübscheste Dirne in einem Freudenhaus vermutlich demjenigen gehören würde, der sich das Beste vom Besten leisten konnte, und das war der junge Fürst. Jede gewitzte Bordellmutter würde dafür Sorge tragen.

Der Stallknecht, dem Donato Landuccis Pferde anvertraut waren, hörte von dessen Pagen, daß sein Arbeitstag noch nicht zu Ende war. Nachdem er die Jagdpferde abgerieben und gefüttert hatte, mußte er ein anderes Roß satteln und nachts aus der Stadt hinausreiten, und vermutlich würde er sich bei der Warterei unten am Fluß das Wechselfieber holen. Er beklagte sich bei seinem Kumpan, Fürst Francescos Stallknecht, ebenso bei Ladro, der hünenhaften Leibwache des Fürsten, und bei dem Mädchen, auf das er ein Auge geworfen hatte, der niedlichen Bonaventura, einer Näherin im Palast.

Infolge dieser Klagen schmiedeten drei Männer in Viverra eilends ihre eigenen Pläne. Das leidige Geld war das erste Thema, das zur Sprache kam, da zumindest zwei Angehörige des Dreiergespanns nicht die leiseste Ahnung von wirtschaftlichen Zusammenhängen besaßen. Sie waren von ihrem Anführer bei den Ausgaben für Wein und Weib knappgehalten worden, und das, obwohl sie bei beidem mit der wohlfeilen Sorte zufrieden gewesen wären und Fracassa, der auf seine eigene Weise recht stattlich aussah, wenn man einen Blick unter sein struppiges Haar werfen konnte, seine Frauen oft ohne zu zahlen bekam, wie die kleine Bonaventura. Die beiden anderen wußten jedoch, daß es ihnen nicht an Geld mangelte, was bedeutete, daß sie es auch unters Volk bringen konnten. Einige Sonderausgaben in jüngster Zeit hatten gleichwohl ein tiefes Loch in die Barschaft gerissen, und so feilschte Aldo unerbittlich mit dem Eigner des Bootes, das sie zu mieten gedachten. In Wirklichkeit zahlten sie als Ortsfremde natürlich den vollen Preis: Der Besitzer hatte sie mit einem raschen Blick als unsichere Kantonisten eingestuft, denen zuzutrauen war, daß sie das Boot überhaupt nicht zurückbrachten, selbst wenn sie nicht so tölpelhaft waren, es aus Ungeschicklichkeit untergehen zu lassen. Zum Glück bestand kein Bedarf, auch noch Pferde zu mieten, da sich ihr Ziel in unmittelbarer Nähe der Stadttore befand. Aldo verlangte mit Nachdruck, daß Fracassa beim Boot blieb, obwohl er keinen Grund dafür nannte. Vielleicht stand dahinter die unbestimmte Angst, daß Fracassa während des ersten Teils ihrer Aufgabe versucht sein könnte, sein Schwert zu benutzen, eine Waffe, die seine Freunde noch mehr fürchteten als seine Feinde.

Als es dunkelte, machte sich der junge Fürst in Donatos Kleidern, verborgen unter einem viel weniger kunstvoll bestickten Umhang als seinem eigenen, der Donatos Rücken zierte, auf den Weg. Er verließ Viverra, begleitet von seiner Leibwache, seinem Freund und ihren Stallknechten. Er sah keine Notwendigkeit, irgend jemandem Mitteilung davon zu machen, wohin er ritt. Zugegeben, seine Mutter, seine Großmutter und sein Hauslehrer hatten ihn gewarnt, daß sein Vater Feinde besaß, von denen ein jeder ihn mit Freuden töten würde. Der einzige Feind seines Vaters, den er kannte, besser gesagt dessen Sohn, war der junge gleichaltrige Donato. Er war sein bester Freund geworden, und er zog seine Gesellschaft der sämtlicher Höflinge vor, die man ihm als offizielle Gefährten bestimmt hatte. Darüber hinaus machte er sich keine Gedanken darüber, daß diejenigen, die sein Verhalten tadeln würden, überhaupt erfahren könnten, daß er sich in einem Freudenhaus zu vergnügen beliebte, während sein Vater krank darniederlag. Es war nicht so herzlos, wie es auf den ersten Blick scheinen mochte, redete er sich selbst ein, denn wenn er bei jedem Krampfanfall seines Vaters in Sack und Asche gehen würde, gäbe es in seinem Leben überhaupt keinen Spaß mehr. Und es bestand kein Grund, sich um sein eigenes Wohlergehen Sorgen zu machen. Ladro war ein Hüne, der über herkulische Kräfte verfügte. Es war vernünftig gewesen, Ladro mitzunehmen.

Donato, nicht ganz so betrunken wie Fürst Francesco, da er nicht nur mehr Willenskraft, sondern auch eine bessere Konstitution besaß, war begeistert von der Aussicht, den Fürsten zu spielen. Als menschliches Faustpfand wurde er ständig an seine eigene Machtlosigkeit erinnert; sobald er sein Wort gegeben hatte, daß er nicht fliehen würde, behandelte man ihn wie einen Gast, was allerdings nicht das gleiche war, wie als Herr im eigenen Haus betrachtet zu werden. Er war ein stolzer junger Mann, der bei den Feinden seines Vaters lebte. Der alte Graf Landucci wurde nur im Flüsterton, hinter seinem Rücken und mit einem boshaften Lächeln erwähnt, denn seine ehrgeizigen Pläne, Viverra zu erobern, waren schändlich durchkreuzt worden. Donato konnte sich auf die Ankunft Gattas nicht recht freuen. Diesem Söldnerführer hatte er es zu verdanken, daß er ein Faustpfand und sein Vater nicht Herrscher von Viverra geworden war. Wenigstens heute nacht wollte er in die Rolle des künftigen Landesfürsten schlüpfen, und er hatte sich fest vorgenommen, keinen Gedanken daran zu verschwenden, was die Zukunft für ihn bereithalten mochte.

Die Zukunft hatte für beide einige Überraschungen im Ärmel.

Die erste war für sie in diesem Augenblick noch nicht sichtbar. Wie die Pagen geahnt hatten, ließ sich die Bordellmutter mit ihrer Spürnase für Geld, die der eines Trüffelschweins alle Ehre gemacht hätte, nicht einen Augenblick durch Donatos Kleider, Francescos bescheidene Miene oder das großspurige Auftreten seines Freundes täuschen. Sie wies das hübscheste, geschickteste Mädchen dem blassen, gutaussehenden jungen Mann mit der Kappe zu, die sein Haar verdeckte, und beschwichtigte den prächtig gekleideten Burschen mit Komplimenten, dem besten Wein und der zweitbesten Dirne. Sie hatte auf Anhieb bemerkt, daß der Leibwächter sein Augenmerk ausschließlich auf einen der beiden richtete. Das war ein Punkt, den die jungen Männer nicht in Betracht gezogen hatten, da keiner Ladro Beachtung geschenkt hatte. Sie lächelte, schmeichelte und wußte, daß junge Herren von Stand ihren Spaß haben und sich anziehen mochten, wie es ihnen gefiel, aber unwichtige Personen wurden nicht bewacht.

Fürst Francesco erhielt auch den besten Raum des Hauses zugewiesen.

Rund zwanzig Minuten später, er war gerade auf das Köstlichste beschäftigt und lief Gefahr, seine Tarnkappe zu verlieren, klopfte es leise an die Tür. Zuerst war er verärgert; dann dachte er, er habe vielleicht vergessen, irgend jemandem ein Trinkgeld zu geben, oder es würde noch Wein gebracht. Diese maskierten Ausflüge bedeuteten noch mehr Schwierigkeiten, als ein Fürst ohnehin schon bewältigen mußte. Die Botschaft, die ihn indessen erreichte, mit rauher Stimme durch die Ritzen der Türbretter geflüstert, bewirkte, daß er sich aus der Umarmung löste, aufsprang und zur Tür eilte, während er in aller Hast seine Kleider ordnete.

».... Nachricht draußen, mein Herr. Von Eurem Vater, hat er gesagt, wie ich glaube, oder über Euren Vater.«

Der Fürst war schlagartig klar bei Sinnen. Ein Eimer Wasser ins Gesicht hätte ihn nicht so schnell ernüchtern können. Sein Vater lag im Sterben. Ausgerechnet in dieser Nacht, in der er die Stadt verließ und ein Freudenhaus besuchte, beliebe sein Vater, das Zeitliche zu segnen. Er wunderte sich nicht, daß man ihn aufgespürt hatte. Seine Diener würden seinen Aufenthaltsort in einem solchen Notfall natürlich preisgeben. Er mußte sofort Donato Mitteilung machen, aber erst einmal lief er zur Haustür, wo der Bote wartete, wie er verstanden hatte, während der Hausdiener losrannte, um dem Ruf nach Wein Folge zu leisten. Francesco kam an der Bordellmutter vorbei, die gerade neue Kunden empfing und den jungen Mann, der ins Freie ging, vermutlich um seine Notdurft zu verrichten, keines Blickes würdigte. Er hatte seinen Obolus schließlich schon entrichtet, dafür hatte sie gesorgt. Ladro, dessen eigentliche Aufgabe darin bestand, den jungen Fürsten im Auge zu behalten, hatte beide Augen auf etwas anderes gerichtet, nämlich auf ein junges Mädchen mit einem Busen, der die üblichen Ausmaße und das Kleid zu sprengen drohte. Die Pferdeknechte waren im Stall und würfelten mit verbissener Miene.

Als der junge Fürst in die feuchte Abenddämmerung des Flußufers hinaustrat, war also niemand da, der ihn vor den Ereignissen schützen konnte.

Und diese Ereignisse überschlugen sich förmlich. Ein Mann
packte plötzlich seine Arme, während ein anderer einen Sack
über seinen Kopf stülpte, der ihm bis zu den Ellbogen reichte.
Der Sack hatte einst Mehl enthalten, und einige Reste fanden
sogleich ihren Weg in die Nase. Blind beugte er sich vor und
nieste lautstark. Lärm war das letzte, was das Gaunerpaar mit
dem Sack gebrauchen konnte, und eher beseelt, es ihm gleichzutun, als besonnen, prallten der niesende Fürst und der niesende
zweite Mann mit ihren vorschnellenden Köpfen zusammen. Pio
war daran gewöhnt, daß man ihm sagte, er sei ein Holzkopf, und
die Folge des Zusammenstoßes bewies es. Der Gefangene sank
in seinem Sack auf der Stelle zu Boden.

»Idiot!« zischte Aldo, sein Gesicht wutverzerrt. »Ich habe nicht
gesagt, daß du ihn *niederschlagen* sollst. Was ist, wenn du ihn
jetzt umgebracht hast?«

Pio, von dem Aufprall selbst halb benommen, hatte einen leeren
Ausdruck im Gesicht. Aldo beugte sich hinunter, schob die
Hände unter die Achseln des Opfers und schrie Pio zu: »Nimm
die Beine! Los jetzt! Ins Boot!« Das Bild von Fracassa, der allein
im Boot saß, peinigte ihn. Die Möglichkeiten, daß sich eine
Katastrophe anbahnte, waren schier unbegrenzt.

Als sie zum Ende der hölzernen Mole gelangten, hing der
Gefangene leblos zwischen ihnen, das Boot befand sich an der
verabredeten Stelle, und weder dem Gefährt noch Fracassa war
etwas geschehen. Er hatte sein Schwert auf das Deck zu seinen
Füßen gelegt, da dessen Gewicht auf dem Rücken ihn beim
Staken ins Wasser zu ziehen drohte. Sie hievten den Gefangenen
an Bord und legten ihn flach nieder, wobei sie sich gegenseitig
ermahnten, weniger Lärm zu machen. Fracassa gelang es, das
Boot vom Steg abzustoßen, ohne es mit Mann und Maus zu

versenken. Vom Ufer her war kein Geräusch zu hören, das auf ihre Entdeckung oder Verfolgung schließen ließ. Sie hatten ihre Sache gut gemacht.

Dennoch wartete das Schicksal in dieser Nacht mit einem Sack voller Überraschungen auf, und sie sollten ihren Anteil erhalten. Sie hatten sich aus dem hochaufragenden Schatten von Viverras Stadtmauern entfernt und waren im Licht des Neumondes ein gutes Stück flußabwärts gelangt. Die kühle Nachtbrise entlockte dem Schilfgras ein verdächtiges Rascheln und wehte den Modergeruch von Schlamm und faulender Vegetation zu ihnen herüber. Aldo war gereizt, weil sie langsamer als erwartet vorangekommen waren; nun hatte er Zeit, über die Bequemlichkeit und Sicherheit des Fürsten nachzudenken.

»Nehmt ihm den Sack ab. Sonst erstickt er uns noch.« Seine Stimme erhob sich plötzlich von einem scharfen Flüstern zu einem halben Aufschrei, als er sich an Pios unfreiwillige Kopfnuß erinnerte. »Hoffentlich ist er nicht schon *tot!*« Er zerrte an den Stricken, mit denen der Sack zugebunden war, riß sich dabei einen Nagel ein, fluchte und entfernte den Sack mit Pios Hilfe. Mit ihm verschwand auch die Kappe des Gefangenen, und das lange Haar quoll heraus, dunkel im Mondlicht, aber unverkennbar glatt. Aldo und Pio starrten das Gesicht an, die noch geschlossenen Augen und die Züge, die pflichtschuldigst von den blassen Strahlen des Mondes hervorgehoben wurden. Fracassa hörte auf zu staken und beugte sich vor, um es genau in Augenschein zu nehmen.

Alle drei waren wie vom Donner gerührt. Aldo griff nach dem weggeworfenen Sack, den er dem Gefangenen wortlos und gemeinsam mit Pio wieder über den Kopf stülpte. Fracassa trat erschrocken einen Schritt zurück und verlor dabei die Schifferstange.

Sie trieben auf eine Uferböschung rund eine Meile flußabwärts zu. Aldo und Pio packten den Gefangenen rechts und links und zerrten ihn an Land, nachdem ihn Aldo klugerweise um mehrere Gegenstände erleichtert hatte. Fracassa krabbelte auf allen vieren herum und hätte fast auch noch sein Schwert ins Wasser gestoßen, doch nun entdeckte er die Schifferstange. Er packte sie, stieß das Boot mit einem kräftigen Ruck vom Ufer ab, und weg waren sie.

In dem Haus mit dem guten Ruf, das unter einem schlechten Stern stand, war die Dirne des Fürsten mittlerweile eingeschlafen, während sie auf seine Rückkehr wartete. Donato, vom Wein und der körperlichen Anstrengung erschöpft, lag ebenfalls in tiefem Schlummer. Erst gegen Morgengrauen entdeckte Ladro, der sich vom üppigen Busen seines Mädchens trennte, um die jungen Herren in die Stadt zurückzubegleiten, daß manches verschwindet, sobald man die Augen abwendet.

12 *Der Palast schläft, oder auch nicht*

Während der junge Fürst mehr Abenteuer erlebte, als man ihm versprochen hatte, schlief die Stadt so friedvoll wie möglich. Viele litten unter den Folterqualen eines erwachten Gewissens wie unter einer Seelengicht oder Frostbeulen; sie lagen wach und wägten die Verlockungen dieser Welt gegen den erschreckenden Preis ab, den sie dafür in der nächsten zahlen mußten.

Ihr Landesvater befand sich, wie Gerüchte besagten, an der Schwelle des Todes. Diesmal würde der Sensenmann die Höllenpforte möglicherweise öffnen und ihn eigenhändig dem ewigen Feuer der Verdammnis anheimgeben. Viele dachten daraufhin an ihr eigenes Ende, und obwohl man niemanden beschuldigen konnte, der Alchimie zu frönen, hatte jeder die eine oder andere Missetat begangen. Zusätzlich bestand noch die Möglichkeit, daß Bruder Ambrogio recht hatte und die Untertanen für die Sünden ihres Herrschers büßen mußten. Einige waren empört, daß die Kirche nicht schon vorher eingeschritten war, und andere fragten sich entrüstet, warum Bruder Ambrogio das Thema ausgerechnet jetzt zur Sprache brachte. Falls der Prediger recht hatte, wäre es vielleicht für das Seelenheil aller Betroffenen besser gewesen, wenn Graf Landucci letztes oder Antonio Carlotti dieses Jahr Viverra erobert hätte, da keiner von beiden Alchimist war, soweit man wußte. Gatta, der als Gottes verlängerter Arm galt, weil er Fürst Scipione vor seinen Feinden schützte, wurde nun wie das Werkzeug des Teufels betrachtet, der dafür gesorgt hatte, daß dieser das Seelenheil seiner Untertanen auch weiterhin mit seinem gotteslästerlichen Treiben gefährden konnte. Es gab vermutlich nicht mehr als sechs Einwohner in ganz Viverra, die überhaupt wußten, was man unter Alchimie verstand, aber die ganze Stadt war sich in dieser Nacht darüber im klaren, daß es sich um eine gottlose Kunst handelte, die ihnen allen ewige Verdammnis eintragen würde. Der eine oder andere murrte, daß man die Messen, die zum Dank für die Genesung von früheren Erkrankungen gehalten wurden, an die falsche Adresse gerichtet habe: Satan besaß gewiß ein größeres Interesse an der fortgesetzten Herrschaft des Fürsten.

Fürst Scipione, zu krank, um zu fragen oder sich darum zu scheren, ob seine Untertanen für ihn beteten, wurde gewissenhaft von seinem Leibarzt betreut. Seine entzündeten Augen waren mit einer Eibischtinktur behandelt worden, die sowohl Plinius als auch Discorides als linderndes und erweichendes Mittel empfahlen. Dasselbe Kraut wurde aus demselben Grund als Arznei gegen den Husten des Fürsten verwendet, da sein Hals ebenso gereizt war wie seine Augen. Obwohl der Leibarzt imstande gewesen wäre, den Eibischsud auch noch gegen die Koliken zu verabreichen, oder Beinwurz, wie sein eigener Lehrherr in einem solchen Fall verordnet hätte, bevorzugte er einen Absud aus Fingerkraut. Es war üblich, diesen mit Zucker oder Honig zu versüßen, und der Fürst, der eine Vorliebe für Naschwerk besaß, war infolgedessen eher bereit, die Medizin einzunehmen. Honig konnte man auch dem Salbeiaufguß beigeben, den er dem Fürsten gegen die Kopfschmerzen einflößte. Und dann war da noch das Odermennigöl für die Hände des Fürsten, die sich, wie der Doktor nach Entfernen der Handschuhe entdeckte, in einem schlimmeren Zustand befanden als je zuvor. Sein Glanzstück war gleichwohl der Angelikawurzelaufguß, *archangelica officinalis*. Er diente, wie er seinem Gehilfen erklärte, nicht nur dazu, die Giftstoffe aus dem Patienten herauszuschwemmen, sondern zählte auch von Haus aus zu den sogenannten Herrscherdrogen, mit denen sich die Mächte der Finsternis bekämpfen ließen, welche mit den alchimistischen Dämpfen Eingang in den Körper gefunden haben mußten.

Die Fürstin, die ihrem Gemahl einen Krankenbesuch abstattete, bevor sie sich zur Ruhe begab, stellte fest, daß man alles nur Erdenkliche für ihn getan hatte. Der Leibarzt selbst, der mit einem Kissen im Rücken auf einem Stuhl neben dem Bett saß, war gerüstet, die ganze Nacht lang über seinen Patienten zu wachen. Sein Gehilfe war damit beschäftigt, ein Heilkräutergemisch mit einem stechenden, aber nicht unangenehmen Geruch in einem kleinen, langstieligen Topf über dem Feuer in dem großen offenen Kamin zusammenzubrauen. Das Feuer war trotz der lauen Nacht angezündet worden, um die nächtliche Feuchtigkeit zu vertreiben, die im Krankenzimmer schädlich sein konnte. Fürstin Isotta stand neben dem Bett und blickte auf das blasse Gesicht und den verzerrten Mund hinunter, der sie anzulächeln versuchte, obwohl der Fürst offensichtlich zu schwach war, um auf ihre bohrenden Fragen zu antworten.

»Alles weitere liegt in Gottes Hand, Hoheit.« Der Arzt fügte nicht hinzu: auch in den meinen – was immer Grund zur Hoffnung gab. »Der Fürst ist bereits ruhiger geworden und der Darm purgiert. Die Krankheit nimmt nun ihren natürlichen Lauf, und wir können nichts weiter tun als beten, daß die von mir verabreichten Arzneimittel zur Genesung beitragen und Hoheits früheren Gesundheitszustand wiederherstellen.«

Die Fürstin schwieg. Der frühere Gesundheitszustand ihres Gemahls war selbst in seinen Glanzzeiten alles andere als robust gewesen. Sie fragte sich vielleicht, ob ihr nicht letzten Endes doch verfrüht die Witwenschaft drohte, ob es dann zwei Herrscherwitwen am Hofe geben würde und, wichtiger noch, ob ihr Sohn genug Verantwortungsbewußtsein oder Stärke besaß, Viverra gegen die Feinde seines Vaters zu verteidigen, die dann seine eigenen sein würden.

Gatta befand sich auf dem Weg nach Viverra. Würde die

Versuchung, selbst das Zepter an sich zu reißen zu groß für ihn sein?

Bevor sie das Schlafgemach ihres Gemahls verließ, beugte sie sich hinunter und küßte den Fürsten auf die Wange, wobei sie die bestickten Laken mit den dunkelroten Locken streifte, die vor ihren Ohren hingen. Dann winkte sie mit einer Kopfbewegung ihre Kammerzofe zu sich, die neben der Tür gestanden hatte, nahm von ihr eine kleine geflochtene Schachtel entgegen, mit rotem Schmuckband umwickelt, und stellte sie ungeachtet der Gegenstände, die sie entfernen mußte, auf eine Truhe am Bett, unmittelbar neben einen irdenen Krug mit Blutegeln. Der Leibarzt verbeugte sich, als sie mit raschelnden Röcken hinausging. Er wartete eine Minute, bevor er den Inhalt der Schachtel untersuchte. Konfekt! Er hätte es wissen müssen. Natürlich war das eine reizende, freundliche Geste, aber völlig verkehrt, wie er seinem Gehilfen erklärte. Fürst Scipione durfte nur eine sehr leichte und strikt überwachte Kost zu sich nehmen, bis die Gifte aus seinem Körper entwichen waren. Seine Gier nach Näschereien, die seine Gemahlin mit solcher Nachsicht betrachtete, mußte derweil mit Honig gestillt werden, der den Heiltränken beigemischt wurde.

Danach eilte die Mutter des Fürsten an das Krankenlager ihres Sohnes. Ihr Besuch war sorgfältig geplant; die Pagen waren angehalten, ihr Meldung zu erstatten, sobald Fürstin Isotta in ihr Gemach zurückgekehrt war. Fürstin Elena hatte nicht die Absicht, ihren Sohn mit dessen Frau zu teilen, und sie wollte auch nicht gestört werden, wenn sie den Doktor ins Verhör nahm. Sie war immer noch besorgt über das letztendliche Ergebnis, denn jeder dieser Krampfanfälle mußte seinen ohnehin bedenklichen Gesundheitszustand zusätzlich schwächen. Welche Sorgen hatte sie gehabt, ihn großzuziehen! Und doch, welch ein Trost war ihr das Wissen, daß sich nun jemand um das Heil seiner Seele wie auch seines Körpers kümmerte! Es war Gottes Fügung gewesen, als sie Bruder Ambrogio nach Viverra, in den Palast, eingeladen hatte, damit er versuchte, ihren Sohn von seinem teuflischen Treiben abzubringen, das eine Gefahr für sein Seelenheil und sein Staatswesen darstellte.

Da sie an diesem Tag Bruder Ambrogios Predigt auf dem großen Platz versäumt hatte, wußte sie nicht, daß dieser die Gefahr noch erhöht hatte, seit er den Fürsten als Bürde für das Seelenheil seiner Untertanen darzustellen beliebte.

Sie strich ihm sanft über die Stirn, und ihre Hand berührte etwas Klebriges, einen Überrest der Letzten Ölung. Bischof Ugolino hatte ihrem Sohn die Sterbesakramente gereicht ... wenn er in dieser Nacht aus der Welt scheiden sollte, dann würde er in eine bessere gelangen. Er hatte vermutlich seine Sünden gebeichtet und befand sich im Zustand der Gnade, sofern seine Reue aufrichtig gewesen war; und falls sie aufrichtig gewesen war und er genas, dann würde er der teuflischen Alchimie ein für allemal entsagen.

Es war allein ihre Schuld. Er hatte ihr forschendes Wesen geerbt, und sie hatte ihn sogar noch dazu ermuntert. Sie war immer wißbegierig und erpicht darauf gewesen, den Dingen auf den Grund zu gehen. Oft hatten die Kinderfrau, die Gouvernante und die Mutter sie gescholten, weil sie dem Gesinde bei der Arbeit zusah und Fragen stellte, die sich für eine Fürstentochter nicht ziemten. Es gehörte zum guten Ton, die Dinge hinzunehmen und an nichts anderes als sich selbst zu denken, wie ihre schöne Schwiegertochter.

Fürstin Elena schnitt eine Grimasse bei der Vorstellung und wandte sich um. Der Leibarzt stand aufmerksam vor seinem einladenden Stuhl, und sie nahm einen Gegenstand nach dem anderen und die Fläschchen und Schachteln in die Hand, die auf der Truhe neben dem Bett lagen. Sie fragte nach ihrem genauen Verwendungszweck und wie hoch die Wahrscheinlichkeit war, daß sie heute nacht noch gebraucht wurden. Dann stand sie eine

Weile reglos da und betrachtete ihren schlafenden Sohn. Sie kniete nieder, betete und bemühte sich – mit nicht mehr als dem üblichen Erfolg –, kraft ihres Glaubens und echter Niedergeschlagenheit, alles weitere in Gottes Hand zu legen. Danach ließ sie den erschöpften Leibarzt mit seinem Patienten alleine und begab sich zur Ruhe.

Nach und nach fiel der Palast in den Schlaf, obwohl außer dem Medicus auch noch andere wach lagen. Bruder Ambrogio hatte den Weg zur Kapelle gefunden und betete vor dem Altar, wo das sanfte Glühen des Ewigen Lichts sein hageres Gesicht in einen goldenen Schein tauchte. Zwei Priester knieten auf Anordnung der Fürstinmutter neben ihm, um für die Genesung des Fürsten zu beten, und von Zeit zu Zeit wagten sie einen Blick auf den Prediger, den sie um seine selige Versunkenheit beneideten.

Der jüngere Mönch, Bruder Columba, ein wenig niedergeschlagen nach seinem Erlebnis in der Alchimistenküche, über das er gegenüber Bruder Ambrogio Stillschweigen zu wahren gedachte, kniete weiter hinten im Schatten. Er hatte das Gefühl, unbefugt in ein Gebiet eingedrungen zu sein, das für eine spätere Lossprechung mit mehr Zuschauern bestimmt war. Er bezichtigte sich der Hoffart und hatte seine Kutte absichtlich über seine Knie hochgezogen. Der harte Marmor war sehr kalt, und während er sich bemühte, den Schmerz als Buße für seine Sünden anzunehmen, empfand er gleichzeitig Befriedigung, daß der Alchimist, sobald er starb und merkte, daß ihn der Teufel geholt hatte, Qualen kennenlernen würde, gegen die seine kurze Kasteiung das reinste Paradies war.

Der Alchimist beherrschte auch Sigismondos und Bennos Gedanken. Der Kämmerer des Fürsten hatte sie in einer winzigen Kammer am entlegenen Ende des Gesindetraktes aufgespürt, von deren Fenster sie die Lichter im Turmgemach der alten Burg auf der gegenüberliegenden Seite der weitläufigen Gartenanlage sehen konnten.

»Vergiftet er den Fürsten?« Benno kaute noch immer an einem Stück Kuchen, das er sich in die Tasche gesteckt hatte, als der Kämmerer ihnen etwas zu essen brachte. Es sei eine Delikatesse aus Siena, klärte ihn Sigismondo auf, reich an Früchten und Gewürzen, und seine Achtung vor der Bevölkerung dieser reichen Stadt wuchs mit jedem Bissen. »Doktor Virgilio? Er stand im Sold des Grafen Landucci und könnte doch auch heute noch insgeheim mit ihm im Bunde stehen, oder etwa nicht? Er behauptet, der Fürst würde immer wieder vergessen, daß man nicht so dicht an die Dämpfe herangeht. Vielleicht hat er ihm überhaupt nicht gesagt, daß er sie meiden soll. Oder er läßt wirklich schlimme Dämpfe eigens für ihn aufsteigen.«

Sigismondo schwieg eine Weile, und Benno sagte sich, er habe wohl eine zu unverblümte Frage gestellt und werde keine Antwort erhalten. Schließlich wandte sich Sigismondo, der an dem schmalen Fenster gestanden hatte, um. »Schließ die Fensterläden. Es war Fürst Scipione, der Doktor Virgilio dem Grafen abspenstig gemacht hat; er bot ihm mehr Geld für künftige Dienste. Ein Mann wie Doktor Virgilio hält aller Wahrscheinlichkeit nach nur einem die Treue – der Suche nach der Wahrheit.«

Benno leckte sich genüßlich die Finger, während ihn Biondello zu seinen Füßen enttäuscht anblickte, da sich seine Hoffnungen zerschlagen hatten. Er war ein Hund, der noch eine lange Wartezeit vor sich hatte, bevor er nach Siena gelangen und die Gelegenheit erhalten würde, sich an *panforte* gütlich zu tun. »Ihr glaubt also wirklich, daß er nach diesem Stein sucht. Es könnte sich ja auch um einen Schwindel handeln. Aber er ist wirklich aus sich herausgegangen, als Ihr sagtet, Ihr verstündet, was in Wirklichkeit damit gemeint ist und so. Hält er nicht einfach Ausschau nach dem Stein, damit er Gold erzeugen kann? Ich meine, das ist kein Geheimnis, sondern Schwarze Magie.«

Sigismondo lachte. »So einfach ist das nicht. Vergiß nicht, er wird Stein der Weisen genannt. Du hast gehört, wie wir uns über die Suche nach der materiellen, greifbaren Substanz unterhalten haben, die von der geistigen begleitet wird.« Er erbarmte sich, als er bemerkte, wie Bennos Blick plötzlich leer wurde. »Wenn man nach Gold sucht, findet man es auch in den Menschen.«

Bennos Gesicht hellte sich auf. Er dachte nach. »Ihr meint, der Fürst gibt sich in Wirklichkeit gar nicht mit dem Teufel ab? Er versucht, gut zu sein?«

»Mmmm ... Ich glaube, daß wir nicht mit Sicherheit sagen können, welche Beweggründe Fürst Scipione hat. Das einzige, was wir zuverlässig wissen, ist, daß die beiden von ihrer Tätigkeit begeistert sind und der Fürst froh wäre, wenn er mehr Gold besäße. Und nun laß uns endlich schlafen.« Sigismondo rollte sich auf der Pritsche auf die Seite, deckte sich mit seinem Umhang zu und schloß die Augen. Biondello, der sich den Befehl zu Herzen nahm, sprang gehorsam neben ihn auf das Bett, umrundete ihn, kuschelte sich zusammen, legte den Kopf auf Sigismondos Schenkel und verdrehte die Augen, um Benno anzusehen, bevor er einen leisen Seufzer ausstieß und Sigismondos Beispiel folgte.

Benno merkte, daß er nicht einen Deut klüger als zuvor hinsichtlich der Frage war, wer den Fürsten vergiften wollte. Er löschte die Kerze und rollte sich auf dem Fußboden zusammen, wobei er Biondellos weisen Entschluß billigte, sich lieber von selbigem zu entfernen. Wenn irgend jemand den Herrscher von Viverra umbringen wollte, dann würde Sigismondo es herausfinden, vielleicht noch rechtzeitig, um es zu verhindern, wenn der Fürst Glück hatte. Kurz darauf war Benno eingeschlafen.

In einem Raum, kaum größer als der ihre, obwohl er eine hohe Decke besaß und wesentlich weniger Platz bot mit dem großen Himmelbett und dem Bettkasten – der wiederum prall mit verschiedenen Besitztümern gefüllt war –, schlief Ginevra Matarazza. Ein seidenes Laken war bis zu den weißen Schultern heraufgezogen, die goldenen Locken ringelten sich malerisch auf dem Kissen, die dichten Wimpern beschatteten die Wangen, und ihre Lippen hatte sie zu dem gleichen Schmollmund verzogen, den sie aufsetzte, wenn sie wach war. Ihre Hand neben ihrem Gesicht hatte den Griff gelockert, und der Saphir in seinem Bett aus sternförmig angeordneten Diamanten glitzerte im Mondlicht. Die Salbe, die Sigismondo auf den Affenbiß aufgetragen hatte, hatte einen Flecken auf dem Laken hinterlassen, und die Wunde an ihrer Hand sah immer noch empfindlich und entzündet aus. Der Affe, der seit langem Vergebung erlangt und einen Kuß erhalten hatte, schlief am Fußende des Bettes; seine Kette klirrte leise, wenn er sich bewegte. Der Papagei hatte den Kopf unter den Flügeln verborgen. Alles das hätte jeder sehen können, der den Kopf zur Tür hereinsteckte; unsichtbar für das Auge war indessen, was unter dem Kopfkissen lag. Ginevras jüngste Errungenschaft war, wie die von Gatta gesandte Brosche, noch zu neu, um schon bei den Schätzen im Bettkasten zu landen. Es handelte sich um ein paar goldbestickte Handschuhe aus feinstem Rehleder, mit goldenem Besatz, die nach Sandelholz und Moschus dufteten. Mit diesem Wohlgeruch, der in ihre Nase drang, während sie schlief, wandelte Ginevra selig durch das Land der Träume, ein Paradies, in dem sie von ihrem zurückgekehrten Liebsten Gatta mit Juwelen in allen Farben des Regenbogens überschüttet wurde.

Von allen Menschen, die in dieser Nacht im Palast schliefen, war nicht einem vom Schicksal beschieden, sehr viel länger als bis zum Morgengrauen zu ruhen. Das war der Zeitpunkt, als Donato kam und der Fürstin ausrichten ließ, daß ihr Sohn verschwunden sei. Sein Kummer, als er zu ihr vorgelassen wurde, war so groß, daß er den ungewohnten Anblick einer zerzausten Fürstin zunächst kaum zu würdigen wußte. Ihr aufgelöster Zustand war in seinen Augen dann aber doch so köstlich, daß er genauso große Wirkung hatte wie ihre sorgfältige Aufmachung in jeder anderen Situation. Mit dem dunkelroten Haar, das ihr in zwei dicken Flechten auf die Schultern fiel, bot sie ein Bild, das Donato trotz seiner Besorgnis und Furcht anrührte. Zum erstenmal schien es ihr gleichgültig zu sein, wie sie aussah.

»Verschwunden? *Außerhalb der Stadt?* Wo war Ladro? Habt Ihr nicht an seine Feinde gedacht?« Sie hielt inne, und er erkannte an ihren Augen, daß sie sich daran erinnerte, mit dem Sohn eines Feindes zu sprechen. »Warum tragt Ihr seine Kleider?«

»Es war ein Scherz...« Jetzt war nicht der richtige Zeitpunkt für langwierige Erklärungen, die auch nicht erforderlich schienen, denn die beiden jungen Männer waren für ihren Hang zum Schabernack bekannt. Die Fürstin verzichtete darauf, weitere Fragen über dieses neue törichte Abenteuer zu stellen. Ihr Sohn mußte gefunden werden. Vielleicht hatte man ihn entführt, um Lösegeld für ihn zu fordern, oder ermordet...

Sie sandte nach dem Hauptmann der Palastwache. Pferde wurden eilends gesattelt, Männer ritten im Zwielicht des Morgens auf klappernden Hufen durch die Straßen zur Stadt hinaus, um in der ländlichen Gegend nach Spuren und Anhaltspunkten zu suchen, um jeden Besucher des Freudenhauses in Arrest zu nehmen und alle Bewohner des Flußufers eingehend zu befragen. Die Gänge des Palastes und die Audienzsäle füllten sich alsbald mit unvollständig angekleideten, tratschenden Mitgliedern des Hofstaates und Gesinde. Die Fürstinmutter suchte ihre Schwiegertochter auf, eingehüllt in blaues Leinen mit Damastmuster und Zobelbesatz an den Säumen.

»Warum werde ich als letzte benachrichtigt?« Als Trostspender hatte die Fürstin Elena einen betagten kleinen Schoßhund an ihren Busen gepreßt, dessen Augen empört aus kleinen grauen Wülsten hervorlugten, ein Spiegelbild des Gesichtes über ihm. »Welche Maßnahmen wurden ergriffen? Mein Sohn darf nichts davon erfahren. Es würde ihn umbringen.«

Es gelang ihr, den Eindruck zu erwecken, als warte Fürstin Isotta nur darauf, loszulaufen und ihm die tödliche Nachricht zu überbringen. Der aufgelöste Donato war in seine Gemächer geeilt, und die Fürstin kleidete sich gerade an. Dann schoß der Fürstinmutter ein anderer Gedanke durch den Kopf, und sie starrte ihre Schwiegertochter über den Kopf des Hundes hinweg an. »Woher wißt Ihr, daß der Bursche die Wahrheit sagt? Was ist, wenn er Ladro bestochen hat – was für ein nutzloser Nachtwächter dieser Mann doch ist – und der arme Francesco in diesem Augenblick zu Landucci gebracht wird? Habt Ihr daran schon gedacht?«

»Nun, wäre Donato in diesem Fall zurückgekommen, um uns Bericht zu erstatten? Dann befände er sich längst auf dem Weg zu seinem Vater und hätte sich nicht wieder brav als Unterpfand für Landuccis Wohlverhalten zur Verfügung gestellt. Natürlich hatte ich daran auch schon gedacht.« Sie schenkte ihrer Schwiegermutter jenes rätselhafte Lächeln, für das sie bekannt war. Die Fürstinmutter sah sich daraufhin veranlaßt, in ihre Gemächer zu flüchten, wobei sie auf dem Weg haltmachte, um nach ihrem Sohn zu sehen, zu überprüfen, daß niemand ihm ein Sterbenswörtchen gesagt hatte, und den Leibarzt ins Verhör zu nehmen. Fürst Scipione hatte mit Hilfe von einigen Tropfen Baldrian eine ruhige Nacht verbracht und war in der Lage, seine Mutter anzulächeln und zu fragen, was es mit dem Tumult draußen vor seiner Tür auf sich habe. Daraufhin brach sie in Tränen aus, die sie tapfer wegwischte und ein Lächeln zustande brachte, das er glücklicherweise der Erleichterung zuschrieb, ihn auf dem Weg der Besserung zu sehen. Er lag da mit friedvollen Empfindungen, die dem Genesungsprozeß zu eigen sind – ein Zustand des Menschen, der zu den angenehmsten zählt –, und hörte dem Gezwitscher der Vögel draußen im Garten und den weiter entfernten Geräuschen der erwachenden Stadt zu. Daß seine Mutter in aller Herrgottsfrühe kam, um ihm einen Besuch abzustatten, führte er auf die Schwere seiner Erkrankung zurück, und er faltete die Hände und dankte Gott, daß es ihm heute soviel besser ging. Der Herr hatte ihn mit seiner Güte bedacht. Vielleicht hatte ER die Gebete des Mönches mit den brennenden Augen erhört, der am Vorabend mir nichts dir nichts hereingeplatzt war und, wie er sich verschwommen erinnerte, ihm die Hände gefaltet hatte. Möglicherweise war seine Pechsträhne endlich vorüber. Seine Vasallen würden sich künftig bestimmt nicht mehr gegen ihn auflehnen. Und vielleicht fand er gar den Stein der Weisen.

Als Fürstin Isotta endlich angekleidet war, hatte sie die Lage gründlich überdacht. Das Verschwinden ihres Sohnes war ein Notfall, bei dem sie der Hilfe eines Menschen vom Format und mit der Erfahrung eines Gatta bedurfte. Die Ratgeber und Hofschranzen ihres Gemahls waren bei einem solchen Unterfangen völlig nutzlos. Gatta, der täglich zurückerwartet wurde, war noch nicht eingetroffen, aber ihr fiel der Mann ein, der ebenfalls bestens damit vertraut war, den Mächtigen dieser Welt bei der Lösung ihrer Probleme zu helfen. Ihn mußte sie nicht lange suchen.

Sigismondo, von der Unruhe im Palast aus dem Schlaf gerissen, hatte gerade die langwierige und schwierige Verrichtung beendet, seinen Kopf frisch zu scheren, als der Page der Fürstin an seine Tür klopfte. Benno hatte mit den Fingern seinen Bart gekämmt und seinen zweitbesten Kittel angezogen, aus Ehrerbietung, da er sich in einem Palast befand. Er dachte gerade darüber nach, daß er noch einmal sein Glück versuchen wollte, sich der Fürstin Isotta zu nähern, da er festgestellt hatte, daß es in einem ganzen Leben keinen lohnenswerteren Anblick gab. Er griff nach Sigismondos mit Goldborten gesäumtem kurzen Umhang, legte ihn vorschriftsmäßig über dessen Schulter und Arm, wie ein Leibdiener, und folgte seinem Herrn.

»Wozu ratet Ihr mir?« Fürstin Isotta fühlte sich, als sie den hochgewachsenen Mann mit einem prüfenden Blick musterte, unerklärlicherweise weniger verzweifelt; die Fassade der Ruhe und Gelassenheit, die sie nach außen hin zeigte, ließ sich jetzt ein wenig leichter aufrechterhalten. Falls ihr Sohn nicht schon umgebracht worden war – und er war sicher ein zu wertvolles Faustpfand, um sich seiner einfach zu entledigen –, dann war dieser ruhige, aufmerksame Zuhörer genau der richtige Mann, um Francesco zurückzubringen.

»Euer Hoheit haben bereits alles Menschenmögliche getan. Auch ich halte es, da Graf Landuccis Sohn zurückgekehrt ist, für höchst unwahrscheinlich, daß seine Männer Fürst Francesco in ihre Gewalt gebracht haben. Mit Verlaub –«

Er bat um die Erlaubnis, sich zurückziehen zu dürfen. Es hatte keinen Sinn, dem Grafen Donato weitere Fragen über den Kleidertausch zu stellen, ein beunruhigendes Element, bis die Ereignisse von selbst klarer wurden. Sigismondo, nun im Dienst sowohl des Fürsten als auch der Fürstin von Viverra, die beide nichts vom anderen wußten und ihn mit unterschiedlichen

Aufgaben betraut hatten, machte sich an die nächstliegende. Gattas Absichten zu erkunden, stand im Augenblick nicht in seiner Macht, und so konnte er seine ganze Energie darauf verwenden, für die Fürstin tätig zu werden.

Im Wachraum hörte er, daß am Vorabend ein Boot von einem Fremden gemietet worden war, für ein romantisches Stelldichein, wie der Bootsmann verstanden hatte. Sigismondo saß einen Augenblick lang still im Sattel, bevor er den Palast verließ, als spüre er die magnetischen Kräfte in der Luft; dann ritt er von dannen. Rund eine Meile außerhalb der Stadtmauern hielt er einen Karren an, der sich holpernd den Stadttoren näherte, und weckte den jungen Mann auf, der im Halbschlaf zusammengerollt unter dem Sackleinen lag, das die Zwiebeln auf der Ladefläche bedeckt hatte. Der Bauer, der das Ochsengespann lenkte, hatte nicht die leiseste Ahnung, wer der junge Mann war, den er beförderte, und der sich zu sehr sowohl seines Zustandes als auch der Umstände schämte, die dazu geführt hatten, um seine Herkunft preiszugeben. Das war nicht mehr als recht und billig, denn es hätte ihm ohnehin niemand Glauben geschenkt. Der junge Fürst, der zu Sigismondo hinaufblinzelte, sah genau wie ein Mensch aus, der einen Schlag auf den Kopf erhalten hatte, zweimal fast erstickt war, unsanft auf dem steinigen Ufer des Flusses gelandet und in den Schlamm des Flusses gerollt war, und danach eine ordentliche Tracht Prügel auf Kopf und Schultern einstecken mußte. Und das alles hatte sich tatsächlich zugetragen.

Als man ihn eilends aus dem Boot geworfen hatte, den Sack noch immer über Kopf und Schultern, war er in den Schlamm und auf Kieselsteine gefallen, halb benommen und nach Atem ringend. Er versuchte, sich aus dem Sack zu befreien, dessen Stricke sich knapp oberhalb der Ellbogen befanden und nicht fest verknotet zu sein schienen.

Einige Frauen kamen im Morgengrauen mit ihren Körben voll

Schmutzwäsche zum Fluß hinunter, um sie an den seichten Stellen zu waschen und auf den Steinen zu walken. Im Dämmerlicht und Nebel, der über dem Fluß lag, sahen sie, wie sich eine Art lebender Findling vom Ufer zu ihren Füßen erhob, ein Geschöpf mit einem monströsen Kopf, an den Seiten spitz zulaufend wie die Ohren eines Dämonen, das fremdartige Laute ausstieß, als es auf sie zusprang, während es mit den kurzen, ungelenken Stummelarmen wild ruderte und scharrte. Die Mehrzahl der Frauen rannten kreischend davon. Bruder Ambrogio, von dessen Predigt die meisten zumindest hatten reden hören, hatte den Teufel aus Viverra vertrieben, aber offenbar nicht weit genug. Eine der Wäscherinnen, die mutiger war als die anderen, harrte lange genug aus, um den Teufel mit dem Schlegel zu prügeln, der sonst zum Walken des Tuchs diente. Dann lief auch sie schreiend davon, erschrocken über ihre eigene Verwegenheit.

Als er sich endlich aus dem Sack befreit hatte, fühlte sich der junge Fürst viel zu elend, um die Aufmerksamkeit auf sich zu lenken oder um Hilfe zu bitten. Nachdem er eine Zeitlang, alle viere von sich gestreckt, auf den Steinen gelegen hatte, kroch er mühsam ans Ufer und ruhte sich dort tief atmend eine Weile im Schlamm aus, der seine Prellungen und Wunden kühlte. Die Welt zeigte noch immer die Neigung, sich wie rasend zu drehen und hinter seiner linken Schulter abwärts zu gleiten, und er verlor erneut das Bewußtsein. Während dieser Zeit hielt die Palastwache bereits nach ihm Ausschau, und zwei Wachsoldaten hatten den Besitzer einer Kate und eines Schweines ein Stück flußaufwärts in die Mangel genommen, aber sie versäumten es, das Flußufer nach leblosen Gegenständen abzusuchen. Wären sie imstande gewesen, das Schwein zu befragen, hätten sie vielleicht eine aufschlußreichere Antwort erhalten. Das Tier, das einen langen Strick am Hinterbein nachzog, war zum Flußufer hinuntergelaufen und hatte, stets neugierig bei seiner

Suche nach Nahrung, die Schnauze in das Ohr des jungen Mannes gesteckt. Vermutlich war es dieser Anstoß, der ihn befähigte, prompt sein Bewußtsein wiederzuerlangen, bis zur Straße zu stolpern und den vorbeirumpelnden Karren anzuhalten.

»Er gehört zu Euch?« wollte der Bauer wissen. »Hab ihn mitgenommen, weil er da oben nichts anrichten kann. Oh, danke Euer Gnaden, zuviel der Ehre. Hat seine guten Kleider verdorben, das Bürschchen, und ist berauscht wie ein Bürstenbinder.«

Der Fürst war nicht in der Lage, auf einem Pferd zu sitzen, und da er vollauf damit zufrieden schien, den Weg auf dem Karren fortzusetzen, wie an seinem auf die Zwiebeln gebetteten Rükken und den geschlossenen Augen abzulesen war, stimmte Sigismondo dieser verschwiegenen Möglichkeit zu, den jungen Mann in den Palast zu schaffen. Der Fürst gewahrte, daß sie das Stadttor passierten, wo ihn der Widerhall der Hufe und Füße und Stimmen unter dem Torbogen aufweckte, denn er regte sich, wurde unruhig und flehte Sigismondo in seiner Verwirrung an, dafür zu sorgen, daß eine Dame namens Lucia ihn in diesem Zustand keinesfalls zu Gesicht bekäme. Sigismondo hatte nicht beabsichtigt, zu gestatten, daß gleich wer ein Auge auf ihn warf; an einem schmalen Seiteneingang des Palastes hob er ihn von den Zwiebeln und trug ihn hinein, vom Umhang verhüllt. Dann hatte die Geheimnistuerei beinahe ein Ende, als er ihn in sein Gemach brachte, damit die Pagen sein äußeres Erscheinungsbild verbessern konnten, bevor seine Mutter, der Sigismondo nun Bericht erstattete, ihn in Augenschein nahm.

Fürstin Isotta war nicht erpicht darauf, die schmutzigen Einzelheiten zu hören, wie und wo man ihren Sohn gefunden hatte. In die Erleichterung über seine Rückkehr mischte sich Zorn über die Sorgen, die er allen gemacht hatte.

»Warum kann er nie hören? Er nimmt nichts ernst. Er und Donato Landucci führen sich auf wie Kinder, wenn sie beisammen sind.«

Die Klage war die aller Eltern, seit Adam Kain und Abel betrachtet hatte, aber die Zeiten hatten sich geändert. Seit die Kinderfrau kein Gängelband mehr an ihre Kittel nähte, wurden die Kinder wie Erwachsene gekleidet und freuten sich darauf, endlich wie Erwachsene behandelt zu werden, denn das war in ihren Augen der Augenblick, in dem die wirkliche Freiheit begann. Ein junger Mann mit siebzehn wie Fürst Francesco wäre imstande gewesen, schon mindestens seit vier Jahren ein Heer zu befehligen. Die Fürstin hatte allen Grund zur Klage.

»Hoheit, er wird eines Tages seinen Platz im Leben finden.« Sigismondos tiefe Stimme klang zuversichtlich. Jeder fand seinen Platz, und wenn es die Gosse war, nicht weit von einer Ladung Zwiebeln auf einem offenen Karren entfernt. Trotz allem war die Fürstin beruhigt, und eine Weile später, als sie Sigismondo die Hand zum Kuß und einen Perlenring von ihrem Finger als Lohn für seine Mühen gereicht hatte, war sie imstande, ihren angeschlagenen Sohn, der sich in ihre Gemächer begeben hatte, mit Gleichmut zu betrachten. Unter dem dunkelroten Haar nahm die Beule, die ihm der Holzkopf Pio beigebracht hatte, tiefbraune und lila Schattierungen an, die sich gegen die helle Haut abzeichneten. Das Blut aus seiner Kopfwunde war sorgfältig abgewaschen worden, und der Medicus, vom Krankenbett des Vaters herbeigerufen, um den Sohn zu versorgen, hatte Heilsalben aufgetragen. Doch trotz der sauberen Kleider und einiger Becher Wein, die seine Genesung beschleunigen sollten, sah er nicht besonders gesund aus. Die Fürstin ließ ihren mütterlichen Gefühlen ausnahmsweise freien Lauf.

»Was haben sie mit Euch gemacht?« Sie umarmte ihn und hob

das Haar von der sichtbarsten Platzwunde. »Habt Ihr Euch die Gesichter der Entführer einprägen können?«

»Sie haben mir einen verdammten Sack übergestülpt.« Der Fürst war, verständlicherweise, entrüstet. ›Ich konnte nicht das geringste erkennen.«

»Und bevor Sie Euch den Sack über den Kopf gezogen haben, Euer Hoheit«, war Sigismondos Stimme zu vernehmen, so diplomatisch, daß keiner der beiden es als ungebetene Einmischung empfand, »war es da ziemlich dunkel?«

Fürst Francesco zögerte. »Einer von ihnen schien sich über mich zu beugen, das war alles, was ich sehen konnte. Danach wurde ich herumgedreht und dann«, in seiner Stimme schwang Abscheu mit, »war auch schon der Sack über meinem Kopf. Und gleich darauf erhielt ich einen Schlag.« Seine Finger tasteten über sein Gesicht und hielten unmittelbar vor der Platzwunde inne. »Später, im Boot, nahmen sie mir den Sack ab, glaube ich zumindest. Ich war benommen, aber ich meine, es war ein Boot; ich konnte Wasser plätschern hören und das Knarren von Holzplanken. Wahrscheinlich habe ich das Bewußtsein verloren, als sie den Sack abnahmen, und ich kam gerade wieder zu mir, als sie ihn mir erneut überstülpten.« Er streckte die Hände aus und betrachtete sie, mit den Handflächen nach unten. »Alle meine Ringe sind weg, und auch die Geldbörse und die Halskette. Aber Donato hat wenigstens meinen Hut mit der Brosche zurückgebracht.«

»Also war es doch ein Raubüberfall.« Die Fürstin lehnte sich erleichtert in ihrem Stuhl zurück. »Ladro wird für seine Unachtsamkeit Prügel beziehen. Warum war er nicht an Eurer Seite?«

Der junge Fürst hob den Kopf; er war sich seiner eigenen Schuld bewußt. »Ich werde Euch nie wieder Kummer machen, Madame«, verkündete er mit feierlicher Miene, und wahrscheinlich hätte er sich zu weiteren, noch übereilteren Versprechungen hinreißen lassen, wenn er nicht unterbrochen worden wäre. Eine der Hofdamen der Fürstin stürzte herein und kreischte, als folgte ihr eine Schar Ratten auf den Fersen.

»Hoheit! Oh, verzeiht, Euer Hoheit! Ginevra Matarazza. Ich wollte sie zum Dienst holen, weil sie nicht erschienen war, und *dabei ist sie tot!*«

Die Fürstin sprang auf, der junge Fürst starrte sie an, und Sigismondo handelte. Er eilte zu dem weinenden, zitternden Mädchen und legte ihr den Arm um die Schultern. Dann sah er zur Fürstin hinüber.

»Mit Verlaub, Hoheit, davon sollten wir jetzt kein Aufhebens machen.« Er fügte nicht hinzu, daß Gatta zurückerwartet wurde. Was seine Mätresse anging, betraf auch ihn, und es stand zu viel auf dem Spiel; Gatta bei Laune zu halten, war die wichtigste Aufgabe jedes seiner Dienstherren. »Würdet Ihr mir gestatten, nachzusehen, was zu tun ist?«

Die Erlaubnis wurde ihm unverzüglich gewährt. Die Fürstin wußte auf Anhieb, wie heikel die Angelegenheit war, und als das Getuschel der Frauen im Vestibül, die einen Bruchteil der Neuigkeit aufgeschnappt hatten, lauter wurde, stand sie an der Verbindungstür und untersagte ihnen, umgehend in Ginevras Kammer zu laufen.

Sigismondo brauchte keinen Wegweiser, um Ginevras Kammer zu finden, und als er hineinging, war es gut, daß sich ihm schon der eine oder andere schlimme Anblick geboten hatte. Dennoch war es ein trauriges Bild, und er bekreuzigte sich, als er auf der Türschwelle stand. Benno, der ihm auf den Fersen gefolgt war, wurde zurückgestoßen und hörte ein Klicken, als Sigismondo die Tür verriegelte.

Auf dem Boden zwischen ihm und dem Bett lagen zahlreiche Dinge verstreut, durch die er sich seinen Weg bahnen mußte – Seidenstoffe, Halstücher, Bänder, Stickereien, Handschuhe, Gazeschleier, Ärmel, Samt, ein seidiger Zopf in der Farbe von

Ginevras Haar, juwelenbesetzte Kragen und Ohrgehänge. Ihre Schatztruhe stand weit offen. Sie selbst, nur mit einem dünnen persischen Seidengewand bekleidet, durch das ihre Haut hindurchschimmerte, lag mit dem Gesicht nach unten auf dem Bett. Eine Faust umklammerte den grünseidenen Bettvorhang, der vom Baldachinhaken gerissen worden und erschlafft, wie trunken, auf die Kissen gesunken war. Erbrochenes fand sich auf dem Boden und der Zudecke aus Brokat, und im Raum herrschte ein Geruch vor, der einem den Magen umdrehte. Von dem Affen war keine Spur zu sehen. Der Papagei hüpfte verstört auf der Stange auf und nieder und kletterte an den Gitterstäben seines Käfigs im Fenster empor. Zwei Augenpaare sahen Sigismondo verständnislos an, als er Ginevra behutsam hochhob. Sie baumelte in seinen Armen wie eine zerbrochene Gliederpuppe, das Halstuch glitt zu Boden ähnlich einer Schlange, und ihr Kopf fiel zurück. Ihre Augen blickten ihn schreckerfüllt an, aber sie waren gebrochen. Er drückte sie sanft zu und hielt sie einen Augenblick lang geschlossen. Ginevras Pechsträhne hatte begonnen, als sie einen Spiegel zerbrach, in einer anderen Welt als dieser.

Plötzlich ein Hämmern an der Tür, unmittelbar gefolgt von einem Stiefel, der gegen gegen den Bolzen trat. Die Tür neigte sich und fiel krachend in den Raum; sie verfehlte Sigismondo und die nackte Ginevra um Haaresbreite, und Gatta stand auf der Schwelle, der die beiden anstarrte.

»Dirne!« Der Papagei besaß ein hervorragendes Gespür dafür, im richtigen Augenblick das richtige zu sagen.

Gatta stürmte mit einem Dolch in der Hand in die Kammer, bevor er den Geruch wahrnahm und innehielt. Sigismondo hatte Ginevra wieder auf das Bett gelegt. Irgend etwas war an ihm, als er dort so stand, die Hände an den Seiten, und keinen Finger rührte, um sich zu verteidigen, das Gatta ebenfalls in der Bewegung erstarren ließ.

»Ich habe sie so vorgefunden. Sie wurde vergiftet.«

Gatta steckte langsam den Dolch in die Scheide zurück und blickte sich um. »Gift . . .! Wurde sie beraubt?« Die Unordnung legte diese Schlußfolgerung nahe, ebenso wie die leere Truhe mit dem verstreuten Inhalt, aber auf dem Boden und dem Bett lagen zu viele Kostbarkeiten herum, die im Widerspruch zu der Annahme standen, hier sei ein Dieb mit Erfolg seinem Handwerk nachgegangen. Sigismondo zog pietätvoll die Zudecke aus Brokat über Ginevras Körper, sie lag in fast sinnlicher Pose auf dem Bett, das Haar auf dem Kissen ausgebreitet, mit gespreizten Gliedmaßen, als wolle sie den heimkehrenden Krieger willkommen heißen.

»Ich glaube nicht, daß sie beraubt wurde. Eine Hofdame der Fürstin hat sie gefunden.«

Gatta bahnte sich mit knirschenden Schritten seinen Weg über die Spiegelscherben. Sein Fuß verfing sich in einem langen seidenen Band, er stolperte und wäre fast bäuchlings auf seine Mätresse gefallen, wenn er nicht seine Fäuste rechts und links neben ihrem Kopf abgestützt und den Sturz abgefangen hätte. Das massige Gesicht wandte sich jäh zu Sigismondo um und wurde finster. »Warum war die Tür verschlossen? Was habt Ihr hier alleine gemacht?«

»Die Fürstin hat mich gebeten, nachzusehen, was passiert war. Ich habe die Tür verschlossen, um Neugierigen und Klatschbasen den Zutritt zu verwehren.« Die tiefe Stimme klang überzeugend. Gatta stand auf und entspannte sich. Er kam auf die Worte zurück, die Sigismondo ganz zu Anfang gesagt hatte.

»Gift. Wegen des Erbrochenen . . . Aber wer würde ihr so etwas antun?« Er strich mit dem Finger sanft über eine blonde Locke, die ihr in die Stirn hing. »Sie hat niemandem etwas Böses getan. Sie war wie ein Kind.« Er sank neben Ginevras Bett auf die Knie und schluchzte unerwartet laut auf. Tränen strömten über sein zerfurchtes Gesicht. »Nichts weiter als ein hübsches Kind, das erpicht darauf war, geliebt zu werden.« Er vergrub seine Finger in dem blonden Haar. Sigismondo, der sich einen Weg zwischen den Beweismitteln suchte, dachte, daß Liebe gewiß nicht das einzige war, wonach es sie gelüstet hatte. Er fand die kleine Waschschüssel und den Krug auf der anderen Seite der Bettempore und befaßte sich damit, ihr das verkrustete Erbrochene von Lippen und Wangen zu waschen. Er kreuzte ihre Hände über der Brust auf dem rosenfarbenen Brokat; dann hielt er plötzlich inne, drehte die Handflächen nach oben und untersuchte sie sorgfältig. Gattas Kopf schoß in die Höhe.

»Seht Ihr?« Sigismondo hielt ihm eine Hand hin, die mit dem Affenbiß. Sie war geschwollen, nicht nur in unmittelbarem Umkreis der Bißwunde, sondern überall, und mit einem nässenden, blutigen Ausschlag bedeckt. Gatta wollte gerade ihre Hand nehmen, um besser zu sehen. »Nicht berühren!« rief Sigismondo und legte sie auf die Brust zurück. Er beugte sich über die Schüssel, goß Wasser über seine Hände, spülte sie ab und trocknete sie mit einem Leintuch, das zurechtgelegt worden war für die Frau, die jetzt keine Verwendung mehr dafür hatte.

»Das Gift befindet sich auf ihren Händen?«

Sigismondo deutete auf ein Paar Rehlederhandschuhe mit goldenem Besatz, die in der letzten Nacht unter Ginevras Kopfkissen gelegen hatten und nun, das Innere zur Hälfte nach außen gekehrt, so daß man das verfärbte Seidenfutter sah, an verschiedenen Stellen des Kammerbodens lagen. »Auf diesen Handschuhen, würde ich sagen.«

»Wer tut so etwas?« Gattas Gesicht war gerötet; die Wut fachte seinen Kummer an. Seine Mätresse ermordet, das war, abgesehen von der Seelenpein und dem Verlust einer vertrauten Annehmlichkeit, ein Schlag für seine Selbstachtung. Irgend jemand hatte es gewagt, seinen ureigenen Besitz zu zerstören. Die breiten Schultern waren gekrümmt. »Ich werde denjenigen finden, der das getan hat, und ihn in Stücke hacken, und zwar ganz langsam.«

Einen Augenblick dachte er darüber nach, während er ihr das Haar über die Schultern breitete. Dann rümpfte er die Nase, sah sich um und stand auf. »Ihre Kammerfrau muß hier Ordnung schaffen. Kommt mit mir zum Fürsten.«

»Der Fürst wird möglicherweise nicht in der Lage sein, uns zu empfangen. Er ringt mit dem Tode.«

Gatta, der durch die schief in den Angeln hängende Tür trat, drehte sich um und wandte Sigismondo sein Gesicht zu, auf dem ein grimmiges Lächeln lag. »Der Fürst wird uns empfangen. Er ist nicht zum erstenmal dem Tod nahe und von der Gefahr bedroht, Viverra zu verlieren.« Es war nicht klar, ob er damit auf frühere Herausforderungen durch Carlotti und Landucci anspielte oder auf die gegenwärtige, die von ihm ausging. Gatta war zuversichtlich, daß sein Dienstherr ihm Gehör schenken würde, selbst auf dem Sterbebett. Falls Fürst Scipione das Zeitliche segnen sollte, dann würde Viverra höchstwahrscheinlich in Gattas tüchtige Hände fallen. Weder die Fürstin Isotta noch ihr Sohn waren beliebt in der Stadt; beide galten als überheblich. Und die zurückhaltende Art der Fürstin betonte nach Dafürhalten des gemeinen Volkes noch, daß sie eine Fremde aus dem Veneto war.

Gattas größter Konkurrent hinsichtlich der Herrschaft über Viverra war möglicherweise, wenn es nach Bruder Ambrogio ging, Christus höchstpersönlich. Es stand zu bezweifeln, daß Gatta eine Vorstellung davon hatte, gegen welchen Gegner er würde antreten müssen.

Benno litt inzwischen seit geraumer Zeit. Als Sigismondo die Tür verriegelt hatte, sah er darin kein mangelndes Vertrauen in seine Fähigkeit, seinen Herrn vor einer Störung zu bewahren. Er wußte, daß niemand von ihm erwartete, Widerstand gegen eine Respektsperson zu leisten. Es stand indessen auf einem ganz

133

anderen Blatt, eine solche Respektsperson in Gestalt von Gatta den Gang entlangkommen zu sehen. Benno dachte kurz daran, an die Tür zu klopfen, um seinen Herrn zu warnen, aber im gleichen Augenblick überlegte er noch einmal gründlich und schlenderte gemächlich davon, wobei er mit den Fingern nach Biondello schnippte. Nichts wäre peinlicher, als dabei ertappt zu werden, wie er seinem Herrn ein Zeichen gab, um Gattas Ankunft anzukündigen. Unweit der Tür befand sich, was sehr nützlich war, eine Säule, und Benno verbarg sich mit dem Geschick eines geübten Lauschers dahinter. Als Gatta gegen die Tür hämmerte, fragte er sich, ob es nicht doch besser gewesen wäre, Sigismondo zu warnen, indem er sich von Gatta bewußt entdecken und kurz anschreien ließ. Aber er tröstete sich damit, daß sein Herr eigentlich nicht so leicht zu überraschen und durchaus imstande war, sich aus jeder vertrackten Situation durch Reden oder Kämpfen herauszuwinden. Andernfalls wäre er längst nicht mehr unter den Lebenden.

Nachdem er sich anstrengt hatte, um die Unterhaltung der beiden Männer zu verstehen, sich ihnen gleichwohl nicht zu nähern wagte, war er nun erleichtert, daß sie unverletzt aus der Kammer herauskamen. Sigismondo, der immer zu spüren schien, wo Benno gerade steckte, blickte direkt auf die Säule und gab ihm mit dem Kopf ein Zeichen, während Gatta den Gang entlang zu den fürstlichen Gemächern eilte.

»Hol ihre Kammerfrau und sag ihr, sie möchte die Unordnung beseitigen; dann warte vor dem Gemach des Fürsten auf mich.« Als Sigismondo Gatta mit weitausholenden Schritten folgte, bemerkte Benno, daß sein Herr im Gürtel ein Paar sehr feingewirkte Rehlederhandschuhe mit Goldbesatz und Stickerei trug. Er fragte sich, wer sie ihm wohl geschenkt haben mochte.

Der venezianische Gesandte hatte eine Audienz beim Fürsten Scipione. Der ausdrückliche Befehl des Leibarztes, Seine Hoheit werde niemanden empfangen, war vom Fürsten selbst völlig unverhofft aufgehoben worden, er fühlte sich beträchtlich besser. Nun lag er auf ein dickes Kopfpolster gestützt da, sein Gesicht kaum blasser als sonst und die Augen unstreitig klarer. Sein Haar, sehr fein und ungewöhnlich glänzend für einen Mann, der die Vierzig bereits überschritten hatte, war ordentlich gekämmt und fiel unter der leinenen Schlafhaube beinahe bis auf die Schultern. Er hatte sich geweigert, nochmals zur Ader gelassen zu werden, und das Glasbehältnis mit den Blutegeln umgekippt. Der Doktor erkannte, daß sich sein Landesfürst auf dem Weg der Genesung befand, und gab nach. Sich mit dem Patienten zu entzweien, war nicht die richtige Methode, seine Gesundheit wiederherzustellen; Herrscher müssen selbst entscheiden können, wie krank sie sein wollen. Am klügsten war es, in Gegenwart eines Gesandten nicht zu krank zu erscheinen – bekanntlich wechselten manche Verbündeten die Seiten, wenn sie meinten, die Macht des von ihnen unterstützten Lagers sei im Schwinden begriffen.

»Ich bin entzückt, Hoheit auf dem Weg der Besserung vorzufinden.« Nichts war schärfer als die schwermütigen Augen des venezianischen Gesandten, die unter den schweren Lidern beinahe verschwanden. Er bemühte sich, das Zucken seines Mundwinkels unter Kontrolle zu bringen und es in ein schiefes Lächeln zu verwandeln. Mit honigsüßer Stimme fuhr der Gesandte fort: »Ich hätte schon früher um eine Audienz ersucht, um Euch meinen Glückwunsch über die Rückeroberung von Mascia auszusprechen. Euer Hoheit können sich glücklich schätzen, über ein so wehrhaftes, fähiges Heer zu verfügen wie das von Ridolfo Ridolfi geführte.«

Der Fürst las zwischen den Zeilen, daß der Rat der Zehn, der in Venedig herrschte, begeistert gewesen wäre, Gatta selbst in seine Dienste zu nehmen, und daß er darüber grübelte, woher wohl die Mittel stammen mochten, um einen so berühmten Condottiere zu entlohnen. Er bedankte sich für die schmeichelhaften Worte.

In das Gespräch flossen viele untergründige Töne ein: Die Venezianische Republik stand bekanntermaßen auf denkbar schlechtem Fuß mit dem Papst; der Heilige Vater wartete nur darauf, daß er Fürst Scipione durch einen stärkeren Mann ersetzen konnte, der über den Kirchenstaat Viverra in seinem Namen herrschte. Und die Venezianer warteten darauf, ob ihr Bündnis mit Fürst Scipione den Papst von seinen Plänen bezüglich des Ersatzes abbringen würde, doch wenn der Fürst unterging, dann war auch ihr Schicksal besiegelt. In diesem Augenblick hatten Gattas Erfolg und derzeitige Ergebenheit die Waagschale sich zugunsten von Fürst Scipione neigen lassen. Gatta mußte zufrieden sein, koste es, was es wolle.

Daß ein sichtbar unzufriedener Gatta nun in das Schlafgemach stürmte, hätte bei den meisten Patienten genügt, um einen Rückfall zu bewirken. Die Einwände des Leibarztes waren in den Wind gesprochen, und so zog er sich an das andere Ende des Raumes zurück, wo er sich wie Pontius Pilatus die Hände in einer Messingschüssel wusch, die der unterwürfige Gehilfe hielt. Gatta befand sich, ebenfalls wie Pontius Pilatus, auf der Suche nach der Wahrheit.

»Sie ist tot! Ginevra ist ermordet! Wer war das?« Niemand sprach die Frage der Moral an, jeder wußte von der Beziehung. Der Venezianer hatte einen Bericht an die Republik gesandt, in dem die Vorzüge der Dame Matarazza beschrieben waren, nebst Mutmaßungen über ihr einnehmendes Wesen und die Möglichkeit, sie zu bestechen, mit dem Hintergedanken, Gatta zu beeinflussen. Der Fürst wies auf den Gesandten, der sich noch immer im Raum befand, und Gatta deutete eine knappe Verbeugung an und fuhr fort. Sowohl der Fürst als auch der Gesandte lauschten gebannt, als Gatta ihnen den Tod seiner Mätresse schilderte.

»Es muß schlimm für Euch gewesen sein, sie so vorzufinden. Ich werde veranlassen, daß man der Sache sofort auf den Grund geht. Wer hat die Tote entdeckt? Ihr?«

»Eine Hofdame der Fürstin, wurde mir gesagt. Ich habe diesen Mann bei ihr angetroffen.« Gatta deutete auf Sigismondo, der noch immer in der Tür stand und seinen Kopf bestätigend neigte. »Er glaubt, daß sie mit einem Paar Handschuhe vergiftet wurde.« Der venezianische Gesandte schüttelte den Kopf. Handschuhe! Eine uralte Methode. Die Republik hatte vor langer Zeit dann und wann einmal dazu gegriffen.

Alles andere als todsicher; es hatte einige arge Enttäuschungen gegeben – und einige wenige Erfolge. Was hatte dieser Mann, den Gatta bei seiner toten Mätresse angetroffen hatte, dort zu suchen? Er mußte noch einige nähere Erkundigungen einziehen, bevor er seinen Bericht verfaßte, unter anderem auch über diesen Mann. Er sah aus wie der Agent, der Rocca für den regierenden Fürsten gerettet hatte und danach in Frankreich gesichtet worden war; seine Beschreibung hatte der Gesandte neulich erst erhalten. Männer mit kahlgeschorenen Köpfen waren keine Seltenheit, Michelotto della Casa war nur einer von vielen. Doch der Gesandte hatte die ausgeprägten Gesichtszüge bemerkt, die kühne Nase, den vollen Mund, der ein Geheimnis zu bewahren verstand, und den unmißverständlichen Blick, der Macht verriet – ein Gesicht, das vor allem so interessant war, weil es außerdem von völliger Beherrschung zeugte. Den Mann mußte man im Auge behalten.

»Ein Paar Handschuhe!« Der Fürst setzte sich in den Kissen auf, während ein Page herbeilief, um ihm zu helfen. Er verscheuchte den jungen Mann mit einer ungeduldigen Handbewegung. »Wo sind sie? Wer hat sie ihr gegeben?«

Sigismondo nahm die Rehlederhandschuhe aus dem Gürtel und zeigte sie ihm. »Ich würde Hoheit nicht raten, sie zu berühren. Das Gift befindet sich natürlich im Futter, aber es ist trotzdem besser, sorgsam damit umzugehen.«

Gatta nahm die Handschuhe, drehte und wendete sie und starrte auf den Goldbesatz. »Sie stammen nicht von irgendwem. Sie sind für eine hochgestellte Persönlichkeit gemacht. Es dürfte nicht schwer sein, herauszufinden, für wen. Könnt Ihr denjenigen aufspüren, der sie vergiftet hat?« Diese Frage wurde Sigismondo direkt gestellt, als befände sich sonst niemand im Raum. »Ich werde Euch fürstlich entlohnen.«

Es entging dem venezianischen Gesandten nicht, daß Gatta seine Bitte – seinen Befehl – vortrug, ohne sich mit seinem Dienstherrn zu besprechen, der in seinem eigenen Fürstentum eigentlich als höchstrichterliche Instanz gelten sollte.

»Möglich.« Sigismondo erriet, daß seine Aussprache von dem Gesandten eingehend geprüft wurde, aber er wußte auch, daß daraus keine Schlußfolgerungen abzuleiten waren. Italienisch war nur eine der vielen Sprachen, die er fließend beherrschte, wie auf der Hand lag, aber es war nicht seine Muttersprache. Die Zurückhaltung, die aus seiner Antwort sprach, gefiel dem Gesandten, Gatta allerdings ganz und gar nicht; er packte Sigismondo am Wams und kam drohend näher.

»Findet ihn.« Mehrere Zähne waren bei Gattas früheren Kämpfen abgebrochen, was seinem Fauchen ein gewisses Maß an bösartiger Kraft verlieh. Sigismondos Gelassenheit war durch nichts zu erschüttern.

»Oder sie?«

Die Antwort bewirkte, daß Gatta ihn langsam losließ und mit nachdenklichem Gesicht einen Schritt zurücktrat. Daß unter Umständen eine Frau auf Ginevras Liebreiz und besonders auf eine ganz bestimmte Eroberung neidisch war, erschien ihm sowohl möglich als auch schmeichelhaft für seine Selbstachtung. Er nickte. »Tut Euer Bestes. Seine Hoheit wird das ebenfalls wünschen.«

Der Fürst bestritt diese Einschätzung nicht. Er war leicht in den Kissen nach unten gerutscht. Er war blasser geworden, und

Schweiß glänzte unter dem Haaransatz. »Ich gebe Euch jede Ermächtigung für die Nachforschungen. Jede Ermächtigung.« Sein Mund zuckte. Der Gesandte fragte sich, ob ein weiterer Krampfanfall bevorstand. Damit würde sich ihm eine Gelegenheit bieten, eine genaue Beschreibung zu liefern, die den Ärzten in seiner Heimatstadt dienen konnte, den Zustand des Fürsten zu diagnostizieren und seine Zukunftsaussichten einzuschätzen.

Nun sah der Leibarzt, der seine Brille auf die Nase geklemmt und das Geschehen von der Stelle aus verfolgt hatte, wo er stand, daß der Zeitpunkt gekommen war, um seine Einfluß geltend zu machen. Er wollte schließlich nicht zum Sündenbock gestempelt werden, falls der Fürst einen Rückfall erlitt. Er nahm all seinen Mut zusammen und hielt sich vor Augen, daß er in Salerno und Padua seinen Abschluß gemacht hatte; die beiden Männer mochten imstande sein, Königreiche und Fürstentümer zu Fall zu bringen, aber sie waren hilflos im Angesicht von Dingen, die er verstand und beherrschte. Er trat näher.

»Seine Hoheit —« Er verbeugte sich, vor jedem der Anwesenden und sehr rasch. »Seine Hoheit bedarf nun dringend der Ruhe.« Ein Ausdruck grenzenloser Erleichterung huschte über das Gesicht des Fürsten. Der Gesandte verabschiedete sich unverzüglich, wobei er sich dafür entschuldigte, Zeit und Kräfte des Fürsten so unbedacht beansprucht zu haben.

»Sigismondo.« Sigismondo, der nach Gatta das Gemach verlassen wollte, drehte sich um und kam zurück. Der Leibarzt, der gerade einen Heiltrank abmaß, erhob keine Einwände. Dieser Sigismondo war ein Mann, der seinen Patienten zu beschwichtigen vermochte: ruhig, unaufdringlich, und mit einer Stimme, die für ein Krankenlager wie geschaffen schien. Er näherte sich gerade mit dem Becher, als ihm der Fürst mit überraschend kraftvoller Stimme befahl, außer Hörweite zu bleiben. Er zog

sich zurück, den Becher in der Hand, und ließ erkennen, daß er
dem Befehl nur widerwillig Folge leistete.

»Sigismondo ... diese Handschuhe.«

»Hoheit?«

»Die Handschuhe gehören mir.«

15 *Das nächste Opfer?*

D iese Handschuhe gehören Euer Hoheit? Ist kein Zweifel
möglich?« Man äußert einem Fürsten gegenüber nicht so
unverfroren die Vermutung, daß er sich geirrt haben könnte.
»Die Goldborte, ich besinne mich.« Die Hand des Fürsten, die
stärker zitterte als gewöhnlich, strich fahrig über die Stirn, als
versuche sie, die Erinnerung auszulöschen statt heraufzube-
schwören. »Sie lagen in der Intarsienschachtel neben der Tür.
Wo sich die Handschuhe immer befinden.«
»Wer legt sie dort hinein, Hoheit?« Die Hand wedelte verdrossen vor dem Gesicht herum. »Oh, Pagen, Pagen, nehme ich an.
Ich soll sie im Laboratorium tragen. Irgend jemand reicht sie
mir, oder ich nehme sie aus der Schachtel, wenn ich ein
zerschlissenes Paar wegwerfen muß. Ihre Hoheit möchte nicht,
daß ich mir die Hände verbrenne oder Narben davontrage.«
Sigismondo trat näher; seine Stimme war nur für den Fürsten
hörbar. »Ihre Hoheit schickt Euch die Handschuhe? Sie läßt sie
für Euch anfertigen? Hat sie Euch diese hier auch gegeben?«
»Sie sorgt dafür, daß immer Handschuhe da sind.« Er hielt inne
und sah zur Tür hinüber; den Becher mit der Arznei noch
immer in der Hand, räusperte er sich übermäßig laut. »Diese
hier waren zu kostbar. Ich habe sie nicht genommen, sondern
das alte Paar getragen. Ich wollte noch mit ihr darüber sprechen ...«
Plötzlich wurde ihm die Bedeutung seiner Worte bewußt. Er
starrte Sigismondo mit entsetztem Blick an. »Nein, nein. Nicht
sie.« Er schloß die Augen und rutschte im Kissen hinunter, als
sei er einem Zusammenbruch nahe.

Sigismondo stützte ihn unverzüglich und sah den Leibarzt an, der sich näherte. »Ihr müßt gehen, mein Herr. Wie Ihr seht, kann Seine Hoheit nicht reden.«

Sigismondo verließ den halb besinnungslosen Fürsten, dem der Leibarzt nun einen Federkiel zwischen die Zähne schob, damit er die Medizin nehmen konnte, die zu schlucken er kaum imstande war, wie ein Pferd, dem man gewaltsam einen Arzneitrank verabreicht.

Benno wartete draußen, Biondello sicher in seinem Wams verwahrt. Obwohl die hübsche Hofdame, die sich den Hund angeeignet hatte, tot war, wollte er kein Risiko eingehen und Biondello an diesem merkwürdigen Ort, wo sich jeder in ihn vergaffen konnte, lieber unter seinem Arm tragen. Benno hatte gemerkt, wie hilflos er selbst in einer solchen Situation war. Der Hund war zwar nicht größer, dafür aber kräftiger geworden, seit Benno ihn erworben hatte, und es fiel ihm nicht mehr so leicht wie früher, ihn im Wams mit sich herumzutragen, doch es blieb keine andere Wahl.

Zuerst hatte er gedacht, Biondellos kurzfristiger Verlust sei vielleicht ein Wink des Himmels, den Hund als Sinnbild des Überflusses zu opfern. Doch wenn er schon nach einem himmlischen Fingerzeig Ausschau hielt, dann mußte es auch ein Zeichen von oben sein, daß Biondello zu ihm zurückgekehrt und die Entführerin so grausam bestraft worden war. Zweifellos hatte die hübsche Dame – mochte die Gebenedeite Jungfrau sich ihrer erbarmen – noch andere Missetaten auf dem Kerbholz, die schlimm genug waren, um den Tod zu verdienen. Vielleicht hatte auch die Angewohnheit, sich Dinge anzueignen, die ihr nicht gehörten, ihr Schicksal besiegelt.

Wie der Zufall es wollte, pflichtete Sigismondo ihm bei.

Es war Zeit fürs Mittagessen, kein guter Zeitpunkt, um gleich wem mit Fragen zu Leibe zu rücken. Sie verließen die Stadt durch das Tor, das Fürst Francesco erst vor wenigen Stunden in seinem Zwiebelversteck passiert hatte, und entdeckten ein kleines Wirtshaus am Fluß, in dem vor allem Fischer und Händler verkehrten, die ihre Waren auf dem Wasserweg beförderten. Sie bestellten eine köstliche Mahlzeit, bestehend aus mehreren Scheiben Polenta, über dem offenen Feuer geröstet, und Aalen, in Essig, Rosmarin und Knoblauch mariniert. Den krönenden Abschluß bildeten in Fett gebackene Bergkastanien, und sie nahmen einen zweiten Krug Landwein mit nach draußen ins Freie, wo sie auf einer Bank saßen und müßig den Fluß betrachteten. Biondello hatte sich an einem Brei aus Brot und Wurst gütlich getan, den Benno aus Dankbarkeit für seine wundersame Rückkehr spendiert hatte, und nachdem er einige Minuten schläfrig zu ihren Füßen gesessen hatte, besaß er kaum noch die Kraft, zum Fluß hinunterzulaufen, um zu trinken.

»Mmm ... sie hat die Handschuhe wahrscheinlich in der Aufregung mitgehen lassen, als der Fürst erkrankte. Ich sah, wie sie stolperte und gegen eine Schachtel prallte, die aus dem Bücherbord fiel. Als man ihr wieder auf die Füße half, muß sie die Handschuhe genommen und blitzschnell versteckt haben, in den Falten ihres Kleides, würde ich meinen.«

»So eine diebische Elster! Ihr hättet sehen sollen, wie sie sich mit Biondello aus dem Staub gemacht hat. Hat ihn mir blitzschnell aus den Händen gerissen, ich war so verdattert, daß ich ihr mit offenem Mund nachstarrte.«

Sigismondos breites Lächeln spiegelte seine Ansicht wider, daß sich Bennos üblicher Gesichtsausdruck durch diese Gefühlsregung nicht merklich verändert haben dürfte. »Ich glaube, sie hat genommen, was immer sie in die Finger bekommen konnte und wann immer sich eine Gelegenheit dazu bot. Vielleicht waren viele der Schätze, die wir in ihrer Kammer gefunden haben, in Wirklichkeit Diebesgut ... Gatta war ihre größte Beute. Als sie die Handschuhe stahl, hätte sie sich bestimmt nicht träumen lassen, daß sie damit ihren eigenen Untergang heraufbeschwor.«

Bennos Gesicht wurde ernst. »Ich wette, daran ist nur Bruder Ambrogio schuld. Er hat den Leuten gestern gepredigt, daß der Tod an jeder Ecke lauert. Hat er ihn heraufbeschworen, als er nach Viverra gekommen ist?«

Gegen den Aberglauben ist kein Kraut gewachsen, und Sigismondo versuchte gar nicht erst, Benno eines Besseren zu belehren. Benno hatte Ginevras hysterischen Anfall nicht miterlebt, als der Totenschädel zum Fenster hineinspähte. Er schenkte sich Wein nach und reckte sein Gesicht der warmen Herbstsonne entgegen.

»Ich glaube nicht, daß Bruder Ambrogio Ursache von Ereignissen ist, die sich lange vor seiner Ankunft im Palast zugetragen haben.«

Während sich Sigismondo hinunterbeugte, um ein Stöckchen aufzuheben, einen kurzen, zerfledderten Zweig, und es ins Wasser zu werfen, wartete Benno, ob ihm diese rätselhafte Bemerkung doch noch enthüllte, was im Palast vor sich ging. Das einzige, was geschah, war, daß Biondello den Zweig als Aufforderung zu einer Heldentat betrachtete und sich in die Fluten stürzte, um das Leben des Stöckchens zu retten. Benno wagte eine unverblümte Frage.

»Irgend jemand versucht seit einiger Zeit, den Fürsten um die Ecke zu bringen, richtig? Gehörten ihm die Handschuhe?« Er kratzte sich nachdenklich den Bart. »Warum ist dann die arme Hofdame auf der Stelle gestorben und er nicht?«

»Mm-mm. Dafür könnte es verschiedene Gründe geben.«

Biondello schleppte sich mühsam die Böschung herauf. Er hatte sich nach dem opulenten Wurstmahl reichlich früh verausgabt und streckte sich nun diplomatisch zwischen Bennos derben, abgenutzten und Sigismondos eleganten, gepunzten Lederstiefeln aus. Da er seinen Auftrag erledigt hatte, lief er ein paar Schritte zurück und schüttelte sein wolliges Fell in alle Himmelsrichtungen, so daß er sie in den weitläufigen Sprühregen einbezog. Sigismondo lachte. »Bedauerlicherweise hatte sie eine offene Wunde an der Hand. Dadurch konnte das Gift in die Blutbahn eindringen –«

»Aber die Hände des Fürsten haben überall Risse und Schrunden.« Benno war so in Gedanken versunken, daß er seinen Herrn unterbrach. »Warum hat das Gift bei ihm nicht so schnell gewirkt?«

Sigismondo zuckte mit den Schultern. »Ich glaube, der Fürst ist seit geraumer Zeit Giften ausgesetzt und gewissermaßen vor der Wirkung gefeit.«

Benno starrte ihn mit offenem Mund an. »Er hat sich an das Gift *gewöhnt?*«

»In grauer Vorzeit lebte einmal ein berühmter König, sein Name war Mithridates. Er wußte, daß man ihn vergiften wollte, um an den Thron heranzukommen, und deshalb schulte er sich darauf, zu überleben, indem er sich selbst verschiedene Gifte in kleinen Mengen verabreichte. Der Körper kann lernen, mit Gefahren zu leben. Er mag es gleichwohl nicht, wenn diese überraschend für ihn kommen.«

Beispielsweise den Kopf vom Hals getrennt zu bekommen, dachte Benno. »Falls ihm wirklich jemand nach dem Leben trachtet, muß der Mörder es inzwischen ziemlich satt haben, auf seinen Tod zu warten. Müßte er nicht jedesmal denken, jetzt ist es endlich soweit, wenn der Fürst wieder einen Krampfanfall hat? Und was ist mit den giftigen Dämpfen? Haben sie nichts damit zu tun?«

»Wer weiß das schon. Ich bin kein Arzt. Doch eines ist sicher, Benno: Der Krug geht so lange zum Brunnen, bis er bricht. Ein- oder zweimal kommt man möglicherweise noch ungeschoren davon, aber dann naht die Strafe! Beim nächstenmal ist es um einen geschehen. Vielleicht kann der Fürst nur ein gewisses Maß an Gift und keinen Deut mehr verkraften, dann machen ihn die Dämpfe krank. Er erholt sich jedesmal, wenn er sich eine Weile vom Laboratorium fernhält, aber die Handschuhe, die man ihm zurechtlegt, trägt er ausschließlich *im* Laboratorium.«

»Wer legt sie ihm zurecht?«

»Er sagt, seine fürsorgliche Gemahlin.«

Benno verschluckte sich und hustete, wobei er Wein auf den Boden verspritzte. Er rieb sich die Augen und wischte sich den Bart ab. »Sie versucht, ihn umzubringen? Warum?«

»Schwer zu sagen. Wie es scheint, würde sie dadurch nur ihren Rang und ihre Sicherheit verlieren.«

»Ihr Sohn würde dann über Viverra herrschen, oder? Und sie hätte die gleiche Stellung wie die alte Fürstinmutter. Macht bestimmt nicht viel Spaß. Obwohl sie sicher blitzschnell einen neuen Ehemann finden würde. Und ihr Sohn sieht nicht so aus, als ob er zum Regieren taugt, ich meine, wenn er sein Volk gegen Spießgesellen wie Gatta verteidigen müßte. Gatta würde ihn zum Frühstück verspeisen.« Benno konnte Gatta regelrecht vor sich sehen, ein großer zufriedener Kater, der den Sahnetopf geleert hat und sich genüßlich die Lippen leckt.

»Oder Gatta zieht es vor, die Fürstin zu vernaschen.«

Benno dachte nach. »Ihr meint, er macht sich was aus ihr?« Er starrte auf den Fluß, dann wandte er sich Sigismondo zu. »Könnte er sie angestiftet haben, den Fürsten zu vergiften? Er wird einen Tobsuchtsanfall bekommen haben, als seine Herzallerliebste die Handschuhe irrtümlich an sich genommen hat.«

»Es war sicher ein Fehlgriff ihrerseits. Aber *er* bat mich, herauszufinden, von wem die Handschuhe stammen. Ob er wohl gemeint hat, es fiele mir schwer, die Spur zu verfolgen?«

Benno sah Sigismondo aufmerksam an. Ohne Menschenkenntnis wäre Gatta außerstande gewesen, als Söldnerführer so große Erfolge zu erringen; er war gewiß nicht davon ausgegangen, daß Sigismondo bei gleich welcher Aufgabe versagen könnte. Dieses Vorurteil zugunsten seines Herrn führte ihn zu einer weiteren Frage. »Dachte er vielleicht, Ihr würdet Euch nicht trauen, die

Wahrheit zu sagen, wenn Ihr herausgefunden hättet, daß es die Fürstin war?« Bennos Kenntnis der Welt hatte sich vertieft, seit er Sigismondo begegnet war, aber er hatte es noch nie für einen geschickten Schachzug gehalten, die Mächtigen dieser Erde offen eines Vergehens zu bezichtigen. Es war der eigenen Sicherheit nicht einmal zuträglich, anzudeuten, daß man von ihrer Verfehlung wußte. Dabei lief man Gefahr, in einer Schlangengrube zu enden, wo einem nicht viel Zeit blieb, die eigene Unbesonnenheit zu bereuen.

Sigismondo schüttelte den Kopf. »Möglicherweise wußte er nicht einmal, woher Gräfin Ginevra die Handschuhe hatte. Vielleicht war mehr als eine Hofdame eifersüchtig, daß sie sich Gatta als Liebsten geschnappt hatte ... Es ist Zeit, wir müssen nach Viverra zurück.« Sigismondo erhob sich, als zwei Männer in den zerlumpten, ausgebeulten Kitteln der Fischer von ihrem verwitterten Boot zum Gasthaus hinaufstapften. Sie trugen einen tropfenden Weidenkorb, aus dem Heringsgeruch drang, und sie näherten sich schweigend, mit ihrem Durst beschäftigt. Ein Junge, der an Bord zurückgelassen worden war, sah seinen beiden Herren, die das Gasthaus betraten, und den beiden Fremden mit dem kleinen Hund nach, die den Weg zum Stadttor einschlugen. Er beneidete sie um die unsägliche Freiheit, tun und lassen zu können, was sie wollten, und sorglos in den Tag hineinzuleben!

In Benno, der Sigismondo folgte, regte sich plötzlich Besorgnis. Wenn bekannt wurde, daß sein Herr Nachforschungen wegen der Handschuhe anstellte, die den Tod der Gräfin Ginevra verschuldet hatten, wäre er dann nicht möglicherweise das nächste Opfer, auf das der Mörder es abgesehen haben könnte?

16 *Farbe, Gebete und Probleme*

Leone Leconti war daran gewöhnt, daß man ihm beim Malen zusah. Er fand es nicht erbaulich, Zuschauer zu haben, aber seine Gönner blickten ihm gerne über die Schulter – nachdem sie ihn freundlich aufgefordert hatten, sich nicht stören zu lassen und weiterzuarbeiten. Sie empfahlen ihn Freunden, Verwandten und anderen weiter, die das Motiv, seine Darstellungsweise, seine Maltechnik und die meisterhafte Farbgebung bewunderten. Während sie, was ersteres anging, sich gut auskannten, weil sie das Motiv für gewöhnlich selbst ausgewählt hatten, waren sie in aller Regel bei letzterem völlig unwissend, obwohl sie sich den Anschein von Fachkundigkeit gaben.

Und so pflegte er weiterhin seine Farben zu mischen – aus den Pigmenten, die auf das sorgfältigste von seinem Gehilfen zerstoßen und zubereitet wurden – und sie aufzutragen, während er mit einem Ohr zuhörte, wie seine Wohltäter unter dem beeindruckten Gemurmel ihrer Begleiter schilderten, was er nicht tat. Er war auf das Wohlwollen seiner Gönner angewiesen, und da er sowohl ein begabter als auch inzwischen ein erfahrener und manchmal von Inspirationen beflügelter Maler war, wußte er, wie man es erringt. Selbst Förderer der schönen Künste, die nicht den geringsten Kunstverstand besaßen, waren stolz darauf, seine Dienste beansprucht zu haben, und er erhielt beinahe soviel Lob und Lohn, wie er nach seiner eigenen Auffassung verdiente. Er hatte bereits einige Auftragsarbeiten für den Fürsten Scipione durchgeführt, der einiges von Kunst verstand, auch wenn diese nicht sein liebstes Steckenpferd war. Und Leconti hoffte, daß die Bezahlung ihn auf einen Schlag von einem Großteil seiner Schulden befreien und ihm obendrein ermöglichen würde, die prächtigsten Kleider zu kaufen, die in der Stadt zu haben waren.

Im Augenblick sah er sich gleich mehreren Schwierigkeiten gegenüber. Da waren natürlich die rein handwerklichen, die mit seiner Arbeit in Zusammenhang standen. Doch diese meinte er mit ein wenig Geduld und Eifer lösen zu können. Nahezu jede Hoffnung aufgegeben hatte er dagegen, die Schönheit der Fürstin in ihren wesentlichen Zügen jemals auf die Leinwand zu bannen.

Die zweite Schwierigkeit war die Krankheit des Fürsten. Alles schön und gut, dieses Gerede von den Krämpfen, die ihn angeblich schon früher befallen hatten und von denen er jedesmal wieder genas. Doch eine Zeitlang, als Leconti erstmals von den Gerüchten hörte, hatte er seine prächtigen neuen Kleider in unerreichbare Ferne entschwinden sehen. Einmal hatte er einen Auftrag für einen Mann durchgeführt, der mitten in der Arbeit an seinem Bildnis gestorben war; sein Erbe hatte zum einen kein Interesse daran, daß es beendet wurde, und weigerte sich zum anderen auch noch zu zahlen, *weil* es unvollendet war. Dieser Kummer lastete noch immer schwer auf seiner Seele. Er versetzte Leconti in Unruhe. Obwohl man ihm versichert hatte, der Fürst fühle sich besser, war ihm noch immer bang zumute, daß die kostbaren neuen Kleider – die bereits bestellt waren und von einem Schneider in einer Seitengasse von Viverra gerade mit Silberpaspel verziert wurden – nicht so leicht in seinen Besitz gelangen würden, wie er geglaubt hatte.

Diese Gedanken gingen ihm durch den Kopf, weil der Mann, der ihm über die Schulter sah, ein scharfäugiger Beobachter war. Bruder Ambrogio schwieg zumindest, die Hände vor dem Körper gefaltet, und musterte die Arbeit mit prüfendem Blick. Leconti hatte ein Holzpaneel für die letzten Pinselstriche am Porträt der Fürstin vorbereitet.

Der mittlere Flügel des Triptychons war bereits fertig und lehnte an der Wand, wo er darauf wartete, daß die Umrandung vergoldet wurde. Die Arbeit am rechten Flügel mit der Darstellung des Fürsten war so gut wie beendet. Der mittlere Flügel gefiel Leconti im großen und ganzen. Der Junge, der durch ein Wunder von den Toten auferweckt worden war, saß aufrecht auf seiner Bahre, die Arme zum heiligen Franz von Assisi erhoben, der waagerecht über ihm schwebte, die blutenden Hände segnend erhoben. Leconti war besonders stolz darauf, wie er die Gewänder des Heiligen gemalt hatte, sie wirkten, als wären sie von einer himmlischen Eingebung beflügelt. Im Hintergrund hatte er naturgetreu den großen Marktplatz der Stadt gemalt, mit der Palastfassade, der Kathedrale, die in allen Einzelheiten erkennbar war, und einigen hohen Würdenträgern von Viverra, die er gegen ein kleines Entgelt von jedem einzelnen in der Landschaft verteilt hatte.

Der Fürst und die Fürstin, als Spender des Flügelaltars, hatten den ihnen gebührenden Platz rechts und links auf den Außenflügeln. Leconti hatte die Fürstinwitwe, in rosa Brokat, das graue Haar unter einem Perlennetz verborgen, in frommem Entzücken am Kopf der Totenbahre plaziert, gegenüber dem Heiligen. Der junge Fürst Francesco stand hinter ihr und blickte den Zuschauer mit gleichgültiger Miene an, als ob ein solches Wunder unter seiner Würde sei und jedenfalls nichts mit ihm zu tun habe. Die Töchter der Fürstin – er hatte eine schreckliche Reise bei größter Sommerhitze hinter sich, um die älteste Tochter, fünfzehn Jahre alt, im Haus ihres Gatten zu malen – umringten ihn. Die beiden kleinen hatten ihre Augen auf den schwebenden Heiligen gerichtet, als ob sie sich danach sehnten, ihre Röcke zu raffen und ihm im Himmel Gesellschaft zu leisten.

»Habt Ihr Gott um Erleuchtung gebeten, bevor Ihr das Gesicht des heiligen Franz von Assisi gemalt habt?« Die eindringliche

Frage zeigte, daß Bruder Ambrogio die Ähnlichkeit mit dem Künstler nicht entgangen war. Leconti antwortete mit einem zweideutigen Murmeln. Zum Glück hatte er wenigstens den heiligen Franz als Motiv gewählt, da Fürst Scipione seinen erstgeborenen Sohn nach ihm benannt hatte.

Bruder Ambrogio schwieg. Er hatte sich umgedreht, um Mario, den Gehilfen des Meisters, zu beobachten, der einen nassen Lappen über Nase und Mund gebunden hatte und am Zeichentisch vollauf damit beschäftigt war, die Farbpigmente in einem Mörser zu zerstampfen. Der Klosterbruder lehnte sich zurück und deutete mit dem mageren Finger auf die Schale mit buttergelber Farbe, die auf dem kleinen Tischchen neben Lecontis Ellbogen stand.

»Das sieht aus, als könnte man es essen. Was ist das?«

»Auripigment, Vater. Ein venezianischer Farbstoff. Wir benutzen ihn auch, um Lichtreflexe zu malen – mit Blau gemischt, ergibt es ein himmlisches Grün.«

»Alle Farben sind vom Himmel gesandt, mein Sohn.« Der Vorwurf wurde geistesabwesend geäußert. Der Prediger beugte gebannt den Kopf zu dem glänzenden Gelb hinunter; sein Finger näherte sich der Schale, als wolle er ihn hineinstippen und kosten. Leconti dachte, daß der Mönch vermutlich fastete und einem Instinkt folgend von einer scheinbar eßbaren Köstlichkeit angezogen wurde. Er stieß den prüfenden Finger beiseite.

»Nicht berühren, Vater. Das ist Arsensulfat. Ein Gift. Ihr würdet dem heiligen Petrus sehr viel schneller Bericht erstatten, als Euch lieb sein dürfte.«

Bruder Ambrogio zog seinen Finger hastig zurück und verschränkte wieder die Hände vor seinem Leib, die Andeutung eines Lächelns auf dem Gesicht. Was für ein Gesicht, dachte Leconti, als er den grünen Farbton für das menschliche Fleisch auf seiner Palette mischte; ich wünschte, er hätte mir als Modell zur Verfügung gestanden, als ich das Bildnis des heiligen Antonius für den Fürsten von Rocca malen sollte. Diese hohlen Wangen, die eingesunkenen, funkelnden Augen – und dann als Kontrast dieses wundervolle milde Lächeln! Vielleicht hatte der Himmel ja ein Einsehen und schickte ihm irgendwann den Auftrag für einen weiteren heiligen Antonius! Ich werde ihn fragen, ob er mir für Skizzen Modell stehen würde. Irgend jemand wird sicher Verwendung für einen heiligen Antonius haben, und es findet sich immer ein rechtmäßiger Weg, an ein paar nackte Frauen als Sinnbild der Versuchungen des frommen Mannes heranzukommen. Dieses milde Lächeln wäre weitaus passender als Zeichen heldenmütigen Widerstands gegenüber den Verlockungen des Fleisches als die übliche gequälte Grimasse. Wenn ich es mir erlauben könnte, würde ich einen der nackten Dämonen mit Fürstin Isottas Gesicht darstellen, als Strafe dafür, daß sie mich auch noch im Schlaf verfolgt – wie sie sich schlangenförmig windet und den letzten Schleier fallen läßt, so wie Salome vor König Herodes.

Sein Blick hielt vor der unpersönlichen, knienden Gestalt inne und verlieh ihr einen Körper, nackt in seiner Phantasie ...

Bruder Ambrogio hatte möglicherweise diese hitzige Vision gespürt. Plötzlich sank er auf die Knie, was Leconti überraschte; der Pinsel fiel ihm aus der Hand.

»Gütiger Gott«, flehte Bruder Ambrogio mit leiser, beschwörender Stimme, »erbarme DICH dieses Mannes, der mit solcher Eitelkeit geschlagen ist! Läutere seine Gedanken und sein Herz, auf daß sein Werk DIR und nicht ihm zur Ehre gereiche. Er ist gezwungen, Gifte zu verwenden. Gib, daß die Gifte dieser Welt ihn nicht am Tag des Jüngsten Gerichts dem immerwährenden Höllenfeuer preisgeben.«

Bruder Ambrogio bekreuzigte sich, stand auf, schenkte Leconti ein Lächeln von einzigartiger Milde und wandte sich zum Gehen.

Während Leconti malte und einem Bittgebet für ihn lauschte, ging Sigismondo der rätselhaften Sache mit den Handschuhen nach. Es wäre alles andere als diplomatisch, die Fürstin unverblümt zu fragen, ob sie versucht hatte, ihren Mann zu vergiften, und es bedurfte einigen Taktgefühls, Nachforschungen bei den betreffenden Pagen anzustellen.

Emilio, der zu den Bediensteten der Fürstin gehörte, legte die Handschuhe, ihr Geschenk, immer in das Intarsienkästchen neben der Tür des fürstlichen Gemachs. Dann hatte der Page des Fürsten, Basilio, darauf zu achten, wann der Fürst sich anschickte, das Laboratorium aufzusuchen, und ihm die Handschuhe aus dem Kästchen zu bringen. Wie man Sigismondo zu verstehen gab, konnte man indessen nicht immer vorhersagen, wann der Fürst, ein impulsiver Mensch, der oft selbst nicht wußte, was ihm als nächstes einfallen würde, den Alchimisten aufzusuchen gedachte. Basilio und die anderen waren oftmals einem Trugschluß erlegen und ihm mit den Handschuhen nachgelaufen, wenn er sie gar nicht brauchte, oder waren nicht zur Stelle gewesen, wenn er sie benötigt hätte. Einmal brach eine Panik aus, als man das Kästchen leer fand, nachdem der Fürst seine Gemächer verlassen und bereits den Park durchquert hatte. Nach einer Viertelstunde allgemeinen Aufruhrs wurde festgestellt, daß er das letzte Paar selbst herausgenommen hatte. Alle Pagen, denen Sigismondo die Handschuhe zeigte, stimmten darin überein, daß sie für das Laboratorium viel zu kostbar waren. Schlichtes, starkes Leder war die Regel – feines Leder, das richtige für die Hände eines Herrschers –, doch weder Goldstickerei noch Goldborte. Das sei aberwitziger Tand.

»Wurden sie vielleicht mit einem anderen Paar Handschuhe des Fürsten verwechselt? Die er beispielsweise zum Reiten trug?«

Der Page, der für die Garderobe des Fürsten verantwortlich war, betrachtete die Handschuhe, die Sigismondo nicht aus der Hand gab, mit prüfendem Blick.

»Sie gehören nicht Seiner Hoheit; und ich habe sie auch noch bei keinem Mitglied des Hofstaates gesehen.«

»Als Seine Hoheit aus dem Laboratorium zurückkehrte und krank wurde, trug er Handschuhe. Bruder Ambrogio zog sie ihm aus. Aber im Intarsienkästchen befand sich trotzdem ein Paar.«

Basilio, der Page des Fürsten, erklärte, er habe Emilio gesagt, daß die Handschuhe seiner Hoheit auch schon bessere Tage gesehen hätten.

»Und deshalb habe ich ein neues Paar in das Kästchen gelegt.«

»Ich hätte die alten genommen, wie üblich, und sie verbrannt.«

Basilio rümpfte die Nase, um den Abscheu zu bekunden, mit dem solche Gegenstände vernichtet wurden.

»Und Emilio erhält die Ersatzhandschuhe von . . .?«

»Sie werden jeden Monat von einem Handschuhmacher in der Stadt geliefert.«

Sigismondo machte sich in Begleitung von Benno auf den Weg zu dem Handschuhmacher. Einige von Gattas Männern begegneten ihnen auf den Straßen, herausgeputzt mit Beutegut aus Mascia; sie begrüßten Sigismondo lautstark, als sie vorüberkamen.

Der Handschuhmacher beklagte die veränderte Atmosphäre in der Stadt und die Vorstellung, daß Handschuhe plötzlich ein Sinnbild der Verschwendungssucht sein sollten. Er war sich nicht sicher, ob er für die Handschuhe, die er im Auftrag reicher Viverraner fertigte, seinen Lohn erhalten würde, auch wenn sie bereits in Arbeit waren. Die Leute schienen wenig Neigung zu verspüren, sich in allzu prunkvoller Aufmachung sehen zu lassen. Auf den Straßen und Gassen rotteten sich Kinder und junge Burschen zu Horden zusammen: Einem Gerücht zufolge hatten sie einem Wirt befohlen, seine Schänke zu schließen, und als sich dieser weigerte, hatten sie die Räumlichkeiten in ein Trümmerfeld verwandelt und alle seine Weinfässer zerschlagen.

»Sie konfiszieren alles, was sie als *Tand* bezeichnen, mein Herr. Ich habe gehört, daß einige der von mir gearbeiteten Handschuhe – erkennbar allein an ihrer Feinheit –, mit winzigen Perlen bestickt, Euer Hochwohlgeboren wird es kaum glauben, dem Feuer auf dem Platz vor dem Palast zum Opfer gefallen sind.«

Der Handschuhmacher war so betrübt, daß er den Handschuhen, die Sigismondo hervorzog, kaum Aufmerksamkeit schenkte.

»Nein, die sind nicht von mir. Nicht einmal aus dieser Stadt. Das ist eine venezianische Arbeit.«

17 *Michelotto!*

Als Sigismondo und Benno den Laden des Hutmachers verließen, vernahmen sie in der Ferne lautes Grölen. Gattas Männer, die in ihrem Sonntagsputz durch die Straßen geschlendert waren, hatten nach Wein, Weib und Gesang Ausschau gehalten. Sie trafen allenthalben auf geschlossene, mit Bolzen verriegelte Weinstuben und Freudenhäuser, in denen Totenstille herrschte. Passanten teilten ihnen mit, als sie verblüfft und verärgert gegen die Türen hämmerten, die niemand öffnete, daß sie nicht damit rechnen konnten, in einer Stadt, in der Bruder Ambrogio die Herrschaft Christi ausgerufen hatte, eine Gelegenheit zur Sünde zu finden.

Einige der Söldner, die dem Alkohol bereits fleißig zugesprochen hatten, bevor sie das Heerlager verließen, waren angesichts dieser Schreckensnachricht schlagartig ernüchtert. Die Mehrzahl hatte zwar von Christus, nicht aber von Bruder Ambrogio gehört. Sie hatten für den Fürsten von Viverra gekämpft und Mascia erobert, nicht für Christus. Wo war dieser Bruder Ambrosius oder wie er auch heißen mochte, gewesen, als sie ihr Blut für Viverra vergossen? Konnte man nicht ein wenig Dankbarkeit auf seiten der Viverraner erwarten, die sie vor Carlotti bewahrt hatten?

»Ihr seid verdammt gut dafür bezahlt worden!«

Der undankbare Viverraner, von dem dieser Ausruf stammte, wurde mit einer Handvoll Schweinemist entlohnt, mit bloßen Händen von der Straße aufgelesen. Das wäre ein guter Auftakt für weitere Ausschreitungen gewesen, wenn nicht der Anführer der Soldateska, der sich an Michelottos lächelnde Aufforderung erinnerte, den Frieden in der Stadt zu wahren, als er ihnen das Heerlager zu verlassen gestattete, den Dungwerfer bei der Schulter gepackt und weggezerrt hätte.

Die Sache hätte möglicherweise noch ein gutes Ende genommen, wenn sie nicht auf den Menschenauflauf gestoßen wären. Bruder Columba kostete seine führende Rolle im Feldzug für Christus voll aus, seit Bruder Ambrogio im Palast beschäftigt war. Er hatte seine bemerkenswerte Energie darauf verwendet, die Horden Halbwüchsiger anzuwerben, von denen der Handschuhmacher gesprochen hatte. Sie machten als *Fähnlein der Aufrechten* die Straßen unsicher, klopften an jede Tür und schüchterten die Bewohner so ein, daß sie ihnen ihre hochgeschätzten Besitztümer auslieferten. Sie drangen in die Häuser ein und zeigten ihnen, was in ihren Augen als Tand galt, wobei es sich meistens um alte, schäbige Familienerbstücke handelte – ein Umstand, den sie nicht erkannten, da die meisten aus noch ärmeren Familien als denjenigen stammten, die sie heimsuchten. Nur in einem oder zwei Häusern wurden sie mutig vor die Tür gesetzt. Sie rissen den Leuten falsche Haare vom Kopf, und ein- oder zweimal auch echte, und den Damen die Bänder von den Kleidern, vor allem diejenigen, die sich in der Nähe des Busens befanden oder ein Mieder schnürten. Ein Beutestück, das sie sich mit Gewalt angeeignet hatten, wurde auf dem Kopf des Besitzers zerschmettert; eine Glücksspielerrunde mußte tatenlos zusehen, wie die Karten beschlagnahmt und die Würfel in die eigenen Taschen geschoben wurden; die Männer wagten nicht, Einspruch zu erheben, so aufgeheizt war die Stimmung in der Stadt. Die Gendarmen von Viverra, Männer im Dienst des Hofmarschalls, saßen mit verkniffenen Gesichtern in ihrer Amtsstube und verriegelten die Türen. Entweder würde sich die Angelegenheit von alleine erledigen, oder der Fürst würde ihnen den Marschbefehl erteilen und sie ermächtigen, hart durchzugreifen. Mittlerweile vertrieben sie sich die Zeit mit Wein und

Karten, vielleicht den einzigen in der ganzen Stadt, die nicht von Beschlagnahme bedroht waren.

Das Fähnlein der Aufrechten hielt auch die Passanten auf den Straßen an und verlangte deren Schmuck und Prunkgewänder. Gattas Männer besaßen von beidem reichlich.

»Für den HERRN!«

Ein Bursche von ungefähr fünfzehn, dessen ungewöhnliche Größe und Breite ihn naturgemäß zum Anführer der Puritanerhorde machte, die leutselig an die Söldner herangetreten war, hielt vertrauensvoll die Hand auf.

»Welchen Herrn?« Die Frage war ernst gemeint. Der Söldner hatte im Verlauf seines Lebens für viele Herren gekämpft. »Ich schätze, er schuldet uns noch etwas, falls es sich um euren Landesfürsten handelt ... was soll denn das? Sofort hörst du damit auf, Bürschchen!« Der junge Mann zerrte an einer dünnen Goldkette mit doppelten Gliedern, die der Träger höchstpersönlich einer drallen Bürgersfrau in Mascia über den Kopf gestreift hatte. Dieser Flegel hatte eine Lektion verdient.

Dem besagten Flegel blieb weniger als eine Sekunde, darüber zu frohlocken, daß er die Kette vom Hals des Söldners erbeutet hatte. Er wurde von einem Schlag zu Boden gestreckt, der ihn mit gespreizten Gliedmaßen gegen seine Kumpane prallen ließ, woraufhin diese ihre Bürde aus Kleidern, Haarteilen, Schminktiegeln und Spielkarten ringsum verstreuten. Ein Schwein, auf der Suche nach Nahrung, hatte zu seiner eigenen Verblüffung unverhofft eine üppige Haarpracht zwischen den Ohren und lief vor sich selbst davon, während die Ringellöckchen zu beiden Seiten der Schnauze hoch und nieder hüpften. Steine flogen, der eine traf einen Söldner am Ohr und bespritze sein neues Seidenwams mit Blut. Immer mehr Menschen strömten vom angrenzenden Platz herbei, wo sie einer entflammenden Rede von Bruder Columba gelauscht hatten, bereit, für ihren neuen Herrscher Christus genauso erbarmungslos zu kämpfen wie dereinst die Kreuzritter.

Diesen Lärm vernahmen Sigismondo und Benno, als sie die dunkle Gasse entlang zu dem Haus gingen, das der Fürst Gatta überlassen hatte und das der Söldnerführer gerade in Augenschein nahm. Sigismondo wollte über den Mangel an Erfolg berichten, soweit es die Spur der vergifteten Handschuhe betraf, und aus Gründen der Diplomatie ihre venezianische Herkunft verschweigen, eine Nachricht, die zu hören der Fürst als erster das Anrecht besaß.

»Sollten wir nicht nachsehen, was es mit diesem Geschrei auf sich hat?«

Sigismondo rüttelte ihn freundlich an der Schulter. »Wo man sich auf dieser Welt auch befinden mag, überall herrscht Verdruß. Man muß nicht erst danach suchen. Wenn man schon nicht imstande ist, einem Kampf aus dem Weg zu gehen, dann sollte man nach Möglichkeit zumindest den Augenblick wählen, wann man sich daran beteiligt.«

Benno sollte sich an diesen weisen Ratschlag sehr bald erinnern.

Gatta war zufrieden mit den hochherrschaftlichen Ausmaßen seiner neuen Behausung. Der Fürst hatte sie erworben, als dem ursprünglichen Besitzer die Mittel ausgingen. Er empfing Sigismondo auf das herzlichste und führte ihn in die weitläufige Empfangshalle, wo die Glaser noch immer an der Arbeit waren. Die hohe gewölbte Decke sollte vermutlich mit einer Gruppe ineinander verschlungener mythologischer Wesen gefüllt werden, aber alles, was am blauen Firmament schwebte, war ein einsamer Adler.

»Also waren die Handschuhe für den Fürsten bestimmt?« Die Feinde des Fürsten waren letztlich auch Gattas Feinde, so daß sein Plan, ihnen eigenhändig den Garaus zu machen, keiner Änderung bedurfte. Er hatte schnell begriffen, daß Ginevra die Handschuhe entwendet haben mußte, und er wischte immer wieder eine Träne weg, wenn er an ihr ergreifendes Schicksal dachte. Er begleitete sie zur Haustür und umarmte Sigismondo auf dem Treppenabsatz wie einen Waffenbruder.

Diese Umarmung wurde aufmerksam von drei Männern beobachtet, die sich in dem dunklen Torbogen am Eingang einer Gasse verborgen hatten.

Aldo, Pio und Fracassa waren, nachdem sie sich im Dunst des frühen Morgens des jungen Fürsten entledigt hatten, flußaufwärts gestakt und in einen lautstark geflüsterten Streit geraten. Der Vorwurf der Dummheit von seiten Fracassas hatte Pio zu derjenigen Antwort herausgefordert, auf die er sich am besten verstand. Fracassa, der aus dem Gleichgewicht geriet, als Pios Schädel mit voller Wucht seine Stirn traf, kippte rückwärts in den Fluß, wobei er auch noch die zweite Stange verlor. Das Boot, das führungslos in der Strömung trieb, drehte sich langsam um die eigene Achse, als Fracassa, keuchend und das lange nasse Haar aus dem Gesicht schüttelnd, sich am Schanzdeck festzuhalten versuchte, während sich Pio bemühte, mit voller Wucht auf seine Hände zu treten. Es war Aldo, der Pio mit Fracassas Schwertscheide zum Straucheln brachte und, während dieser in der Bilge zappelte, Fracassa wieder auf Deck zog. Seine Drohungen, beiden eine Abreibung zu verpassen, besänftigte die Streithähne. Rüpelhafte Zurufe von den Männern, die flußaufwärts ruderten und sie unfreundlich ermahnten, ihr Boot gefälligst zu lenken, einte sie schließlich angesichts der allseitigen Feindseligkeit, genauso wie die Entdeckung, daß sie wieder flußabwärts trieben.

Pio erklärte, Fracassa, der bereits naß sei, solle schwimmen und das Boot an Land ziehen. Fracassa erklärte, Pio solle schwimmen und das Boot mit seinem Holzkopf an Land stoßen. Aldo merkte an, daß die Stange gerade in Reichweite vorüberdriftete, und das entsprach beinahe der Wahrheit. Fracassa weigerte sich, irgend jemandem den Versuch zu gestatten, mit der Schwertspitze danach zu angeln. Sie halfen gerade Aldo, der die längsten Arme hatte, sich so weit wie möglich über den Bootsrand zu lehnen und danach zu greifen, als sich das Boot im Wurzelwerk einer Weide verfing und alle Mann über Bord gingen.

Aldo konnte nicht schwimmen, und auf diese Weise fand er heraus, daß er im Wasser stehen konnte, das ihm nur bis zu den Achselhöhlen reichte. Durch seinen Sturz war die Stake davongetrieben, so watete er ihr mit hocherhobenem Kopf nach; gleich darauf stolperte er indessen in eine tiefere Rinne im Flußbett. Fracassa krallte eine Hand in seine Haare, als Aldo unterging, und hielt so den Kopf seines Kumpanen über Wasser, obwohl dieser den Eingriff nicht zu schätzen wußte oder gar dankbar dafür war. Seine Beanstandungen und Pios Bemerkungen standen im Widerspruch zu Fracassas Bericht über die Schmerzen in seinem Arm und in seiner Schulter, aber ihre Gefechtsübungen hatten das Boot mit großem Getöse stranden lassen, und sie schleppten sich taumelnd, stolpernd und streitend an Land. Sie saßen eine Weile reglos da und erklärten sich gegenseitig, was man hätte tun können, aber am Schluß brüllte Aldo, daß ihre Aufgabe in Viverra noch nicht erledigt sei. Daraufhin trat Schweigen ein. Er fügte hinzu, das die soeben erfolgte körperliche Betätigung eine gute Aufwärmübung für den Fußmarsch sei, der vor ihnen lag.

Endlich rappelte er sich hoch und stapfte in Richtung Viverra davon. Nach rund sechs Schrittlängen wandte er sich halb um und wies darauf hin, daß er es sei, der sich im Besitz des Geldes befände.

Zu dem Zeitpunkt, als sie beobachteten, wie sich Sigismondo von Gatta verabschiedete, waren ihre Kleider also fast trocken, obwohl ihnen die Füße vom langen Marsch in den nassen Stiefeln brannten und eine mitleidige Seele unweit des Stadttores ihnen ein Almosen schenkte, das sie nicht ablehnten.

Als Sigismondo und Benno durch eine schmale Gasse zum

Palast hinuntergingen, hefteten sich die drei aus einem ähnlichen Anlaß an ihre Fersen, erneut in Feindschaft vereint. Die Gewalttätigkeit ihres Schweigens war beinahe greifbar.

Die beiden Männer vor ihnen hatten keine Eile. Sie hielten sogar einige hundert Schritte die Straße aufwärts an, und der Mann mit dem kahlgeschorenen Kopf wies seinen Begleiter auf eine Vorrichtung hin, mit der man Getreidesäcke auf einen Dachboden heben konnte, der als Speicher diente. Hoch über ihren Köpfen befand sich eine Doppelrolle, von der ein langer Sack neben dem Speichertor, so lang wie ein kleiner Mann, als Gegengewicht herunterhing. Ein Doppelseil lief an der Mauer entlang zu einem Haken, einem riesigen Haken wie aus dem Schlachthaus, jetzt in einem Ring gesichert, der sich vielleicht fünf Fuß über dem Boden befand. Und darunter ragte eine weitere Seilrolle mit einer Ratsche aus der Wand.

Die beiden nahmen in der kurzen Zeit, die Aldo und seine Kumpane brauchten, um sich ihnen zu nähern, diese Hebevorrichtung in Augenschein. Der kahlgeschorene Mann deutete erklärend darauf hin und gestikulierte, und der andere nickte. Ein winziger Hund untersuchte den Rinnstein weiter oberhalb der Straße, aber abgesehen davon war der Ort in diesen frühen Nachmittagsstunden, in denen alle ein Nickerchen machten, wie ausgestorben.

Als sich die drei auf zehn Schritte genähert hatten, griff Fracassa hinter sich nach seinem Schwert. »Dafür ist kein Platz, du Narr«, zischte Aldo zwischen zusammengebissenen Zähnen. Ihre Opfer waren noch immer arglos; der geschorene Kopf neigte sich ihnen zu, als der Mann nach oben auf den baumelnden Sack blickte, der sich gegen den Himmel abzeichnete.

Sie machten sich zum Angriff bereit. Aldo brüllte den Namen des Mannes, seines verhaßten Widersachers, als er seinen Dolch zückte: »Michelotto!«

Der Mann wirbelte herum. Er hielt ein Krummschwert in der

Hand, und sein ganzer Körper ließ erkennen, daß er damit umzugehen verstand. Er trat näher.

Aldo, der mit aller ihm zu Gebote stehenden Kraft kämpfte, wußte, daß es besser gewesen wäre, nie zu vergessen, daß dieses gottlose Scheusal ein Krieger war. Er wußte, daß er Fracassa im Wege stand, sah aber, wie Pio ihn an der Mauer entlang umkreiste. Der Mann namens Michelotto erspähte ihn ebenfalls, wich einen Schritt zurück, drehte sich blitzschnell um, trat Aldo gegen das Knie, fing Pios kurzes Schwert mit seiner eigenen Klinge ab und drängte ihn rückwärts zur Mauer, wo der kleine Mann bereitstand, ihm ein Messer in den Rücken zu stoßen. Aldo, der Pio taumelnd zu Hilfe eilte, hörte, wie Fracassas Schwert aus der Scheide gezogen wurde, und zischte, als er sich auf Michelotto stürzte, durch die Zähne, doch diesmal ein Ave Maria.

Pio, von dem abscheulichen Michelotto jäh losgelassen, spürte plötzlich einen Ruck in der Leibesmitte und erhob sich auf wundersame Weise hoch in die Lüfte. Er schwebte gen Himmel und brüllte, als er an der Wand entlangschabte und fürchtete, von seinem Gürtel zweigeteilt zu werden. Fracassa holte mit seinem riesigen Schwert aus. Er traf einen länglichen, blassen Gegenstand, der zwischen ihnen landete und sich in seine Bestandteile auflöste, als Fracassas Klinge mühelos hindurchstach: Es war der Sack, der als Gegengewicht diente und die Luft nun mit Häcksel und Ballast aus altem, rostigem Eisen und Gesteinsbrocken füllte. Aldo hielt in der herumfliegenden Spreu nach Michelotto Ausschau, konnte ihn aber nirgends entdecken. Pio sauste schreiend aus luftiger Höhe herunter, als die Reste des Gegengewichts nach oben schnellten. Fracassa sprang durch die Spreuwolke, und als er Michelotto, der sich gerade entfernte, einen Hieb versetzen wollte, trat er auf eine zerbrochene Pflugschar und krachte der Länge nach zu Boden, genau im richtigen Augenblick, um Pios Sturz abzufangen, wonach er völlig außer Atem war und nach Luft japste.

Aldo rannte los, um Michelotto zu verfolgen, bis sich der Mann umwandte und ihm erneut in der geduckten Haltung eines geübten Kämpfers gegenüberstand, das Krummschwert in der Hand. Plötzlich fühlte sich Aldo mutterseelenallein auf weiter Flur. Er dachte an seine unerledigte Aufgabe in Viverra und daß es sich nicht auszahlte, ihre Erledigung durch eine persönliche Fehde zu gefährden. Er hielt inne, unentschlossen, was nun zu tun sei. Der mit dem Messer bewaffnete Mann, der Pios Gürtel am Flaschenzug befestigt hatte, und der kleine, flauschige Hund blickten ihn neugierig an. Er wich einen Schritt zurück, dann noch einen.

»Beim nächsten Mal kriege ich Euch! Ihr werdet nie –«

Die Spreu, mit der er bedeckt war, geriet ihm in den Schlund. Er hustete, keuchend und krampfhaft. Als es ihm endlich gelang, sich die Augen zu wischen, war die Straße menschenleer. »Aller guten Dinge sind drei«, schwor er sich.

Warum habt Ihr sie nicht getötet?« Benno verstand die Welt nicht mehr. »Das verstehe ich nicht, Ihr hättet doch allen Grund dazu gehabt.«

»Der Prinz hat mich ermächtigt, nach einem Paar Handschuhe zu suchen, und nicht, seine Untertanen ins Jenseits zu befördern. Und das werde ich auch nicht tun, es sei denn, mir bleibt keine andere Wahl.«

»Sie halten Euch für Michelotto.« Benno hatte das Gefühl, daß hier eine himmelschreiende Ungerechtigkeit im Spiel war. Er blickte zu Sigismondo auf, der sich soeben mit einem Tuch aus dem Beutel, den er am Gürtel trug, den Schweiß von Kopf und Nacken wischte. »Warum habt Ihr ihnen nicht gesagt, daß es sich um eine Verwechslung handelt?«

»Und du meinst, sie hätten mir geglaubt?«

»Ihr habt nicht die mindeste Ähnlichkeit mit ihm, außer am Kopf.«

»Der Kopf scheint das einzige zu sein, was sie von ihm kennen. Im Krieg schafft sich ein Mann oft Feinde, die er gar nicht kennt. Ich werde ihm mitteilen, daß sie es ein zweitesmal versucht haben.«

Sigismondo blickte zum Marktplatz des Städtchens hinüber. Lärm drang plötzlich zu ihnen herüber, als sie um die Ecke bogen und das gesamte Geviert vor ihnen ausgebreitet lag. Sigismondo nahm die Handschuhe aus seinem Gürtel, wickelte sie in das Tuch und verstaute sie wieder. Derartiger Tand war in niemandes Händen sicher.

Der Tumult war rund um den Scheiterhaufen entstanden. Als

Bauwerk machte er gebührenden Eindruck, und wenn er ausschließlich aus Tand bestanden hätte, wäre damit bei den Viverranern ein erstaunlicher Hang zu Leichtfertigkeit und Putzsucht offenkundig geworden. Doch wie dem auch sei, ein pyramidenförmig aufgeschichteter Holzstapel diente als Fundament für Stickereien, gefärbtes Tuch, Chiffonstoffe mit Samtmuster, bunten Besatz, Majolika-Töpferwaren, Federhüte, juwelenbesetztes Geschmeide, Handschuhe, Brusttücher, bemalte Kästchen, handgeschöpfte Blätter Papier mit Liebesgedichten und Noten, Spitzenunterkleider, Spitzenkappen, goldbetreßte Jacken, Bücher über Bücher, Schmuckbänder, Spitze, Seidenblumen, Samtpantöffelchen und Schnabelschuhe mit goldenen Beschlagnägeln, venezianisches Glas, Schnitzereien, schwere Goldketten, Spiegel, seidene Manschetten, Emailtassen, juwelenbesetzte Samtkrägelchen, goldgewirkte Haarnetze, bemalte, juwelengeschmückte oder reich bestickte Gürtel und Schärpen, Folianten mit Musterzeichnungen ... und rund um diese Beute war eine erbitterte Schlacht entbrannt.

Gattas Männer sahen keinen Grund, warum dieser kostbare Firlefanz nicht ihnen gehören sollte, da er ohnehin den Flammen zum Opfer bestimmt war. Und sie gingen am Bettelstab! Warum solche Dinge, die andernorts heiß begehrt waren und in Mascia bei der Eroberung zum Beutegut gezählt hatten, in Viverra zerstören lassen?

Das Fähnlein der Aufrechten, die geläuterten, frommen Kinder und Halbwüchsigen Viverras, waren beharrlich in ihrer Gegenwehr. Sie kämpften für Christus gegen die gottlosen Räuber. Die Stadt sollte geläutert werden und allen Lastern abschwören! Gattas Männer hatten darauf verzichtet, ihre Waffen zu ziehen. Sie packten die jungen Kämpfer und schleuderten sie beiseite, benutzten die Fäuste oder die flache Hand, wenn sie es mit aufgebrachten Mädchen und Frauen zu tun hatten. Das Handgemenge hatte mit Lachen und Scherzen begonnen, als sich die

Männer dem aufgeschichteten Stapel näherten und nach der Beute greifen wollten. Nun packten die Halbwüchsigen glühende Holzscheite, und Bruder Columba, inmitten des Tumults, spornte sie an, den Totenschädel hoch droben auf seinem neuen Pfahl hin- und herschwenkend, als er abwechselnd Verwünschungen gegen die Söldner ausstieß und seine eigenen Truppen anfeuerte.

Einer der Söldner, dem ein Holzscheit gegen die Nase krachte, packte den Jungen, der es geschwungen hatte, und stieß ihn zu Boden. Als er vorsichtig seine Nase betastete, sah er, daß sie blutete, und er trat dem Jungen mit dem Fuß in die Seite.

»Benno, sag Gatta Bescheid. Lauf!«

Der Scheiterhaufen wurde abgeräumt; doch nun liefen Männer aus den benachbarten Häusern herbei, bewaffnet mit Schüreisen, Axt und Hammer. Ihren Sprößlingen drohte Gefahr. Sigismondo trat vor, zog einen aufgebrachten Söldner am Schlafittchen aus dem Gedränge und wollte ihm ins Gewissen reden, aber der Mann schleuderte ihm wilde Flüche entgegen. Sigismondo ließ jäh von ihm ab und tauchte im Gewühl unter, um wenigstens die jüngeren Kinder in Sicherheit zu bringen. Ein Söldner riß Bruder Columba den Pfahl aus den Händen und bediente sich seiner, um ein begehrtes Gut vom Scheiterhaufen zu fischen. Der Schädel bekam Risse und zerbarst, wobei nur noch Knochensplitter auf dem Pfahl verblieben. Auf einen Schlag waren die Schwerter gezogen. Der Scheiterhaufen geriet ins Wanken, neigte sich in eine gefährliche Schräglage und schüttelte den bunten Putz ab. Bruder Columba entriß dem Söldner mit überraschender Kraft den Pfahl, schlug damit wild um sich, gleich ob er Freund oder Feind traf, und brüllte lateinische Verwünschungen. Sigismondo hielt inne, um einen Jungen zu retten, der zertrampelt zu werden drohte, brachte ihn aus der Gefahrenzone und übergab ihn einer Schar Frauen, die auf den Stufen des Springbrunnens Zuflucht gesucht hatten und die Kämpfenden wutschnaubend beschimpften. Einige Unerschrockene hatten sich mit Schöpflöffeln, Tiegeln und Kehrichtbesen bewaffnet ins Kampfgetümmel gestürzt. Die Messer der Viverraner waren in einem Handgemenge auf engstem Raum genauso wirksam wie die Schwerter. Ein bärenstarker Mann hatte einen Söldner in den Schwitzkasten genommen, während ein anderer ihm eine Abreibung verpaßte, bis ihn das Heft eines Schwertes ins Gesicht traf und er loslassen mußte. Sigismondo erspähte einen weiteren Körper mit dem Gesicht nach unten auf der Straße liegend, ein Kleiderbündel, das unter den Füßen hin und her gerollt und gestoßen wurde; er bahnte sich seinen Weg zu ihm und beugte sich hinunter. Eine Waffe traf ihn mit voller Wucht am Rücken; er kippte nach vorne und hockte einen Moment lang auf allen vieren über dem Körper der jungen Frau. Sie hatte die Hände zum Schutz über dem Kopf verschränkt und sich zusammengerollt. Er rappelte sich hoch und behielt sie dabei fest im Griff; er hörte Gattas Stimme, der seinen Männern Befehle zubrüllte, dann einen Trommelwirbel auf Metall, ein rasender, scheppernder Rhythmus, der keinem der Söldner entging.

Die Kämpfer begannen, sich aus dem Getümmel zurückzuziehen, und scharten sich um Gatta. Einige Viverraner und ein paar Halbwüchsige aus dem Fähnlein der Aufrechten Gottes verfolgten sie mit Triumphgeheul, bis sie sich einer dicht geschlossenen Reihe unerbittlicher, bis an die Zähne bewaffneter Männer gegenübersahen. Sie ließen die Hände mit den Knütteln und Schüreisen sinken, die grimmigen Mienen wurden unsicher. Vereinzelt waren noch höhnische Zurufe zu hören, aber auch diese verstummten nach und nach.

Rund um die kläglichen Überreste des Scheiterhaufens war der Boden mit Tand übersät. Der Anblick mochte Gatta und Sigismondo an Ginevras Boudoir erinnert haben.

Die Verwundeten wurden weggeschafft. Eine hagere Frau mit

ängstlichem Blick nahm sich des Mädchens an, das Sigismondo gestützt hatte, und er ging zu Gatta und seinen Männern hinüber. In diesem Augenblick näherte sich ein Gendarmerieaufgebot im Sturmschritt und nahm in kriegerischer Haltung neben dem Wrack des Scheiterhaufens Aufstellung. Der Hofmarschall selbst, ein Mann, der mit seinen spindeldürren Beinen und dem drallen Leib einer Michaeligans ähnelte, trat vor.

Gatta löste sich aus der Schar seiner Söldner und ging zu ihm hinüber, um Friedensverhandlungen mit ihm zu führen. Er kündigte an, er werde seine Männer jetzt in sein eigenes Haus bringen. Eine anständige Mahlzeit, Wein und kurzweilige Unterhaltung täten not, auf Kosten Viverras. Gatta schloß mit den Worten, in denen eine unverkennbare Drohung mitschwang, er sei sicher, der Hofmarschall werde Sorge dafür tragen, daß diese Bedingungen erfüllt würden.

Plötzlich ertönte ein schriller, herzzerreißender Schrei von den Überresten des aufgeschichteten Scheiterhaufens, der sich gemächlich zu einer Seite neigte und zu Boden krachte, eine riesige Staubwolke aufwirbelnd. Als sie sich verzog, enthüllte sie Bruder Columba, der mit ausgestreckten Beinen auf dem Boden saß, staubbedeckt, die zerbrochene Spitze des Pfahls umklammernd, und das Wurfgeschoß mit den daran haftenden Resten des Kiefers und Schädels an seinen Busen preßte. Sein Kopf war gesenkt, und sein Körper wurde von wildem Schluchzen geschüttelt.

Sigismondo und Benno setzen ihren unterbrochenen Spaziergang zum Palast fort. Nun, da wieder Ruhe auf dem Marktplatz eingekehrt war, durfte Biondello aus seinem sicheren Versteck heraus und sich die Beine vertreten. »Das war ein aufregender Tag.«

»Noch ist er nicht zu Ende. Übrigens, du hast dich wacker geschlagen. Du hast diesen Schurken sauber himmelwärts gehievt.«

»War kein Kunststück«, erwiderte Benno strahlend. »Ich habe getan, was Ihr mir erklärt habt. Ich wußte nur nicht, welchen der Halunken Ihr mir zugedacht hattet, das war alles.«

»Jedenfalls nicht den Burschen mit dem Schwert. Dieser Schwertfisch hätte sich dir gewiß widersetzt.«

Benno grinste und stieß einen Stein beiseite.

»Wie ist es dir in Gattas Haus ergangen? Du hast ihn ja in Windeseile hergebracht.«

»Ich bin hineinmarschiert und habe nur gesagt: ›Es gibt Ärger, wo steckt Gatta?‹ Der Mann an der Tür wies mir die Richtung, und als ich Gatta entdeckte, habe ich ihm mitgeteilt, daß sich seine Männer auf dem Marktplatz befinden, umzingelt sind und von allen Seiten angegriffen werden. Er saß gerade beim Essen, und da packte er den Zinnteller, den er später zum Trommeln benutzte, und wir liefen los.«

Sie stiegen die Stufen zum Palast hinauf.

Benno, der Sigismondo folgte und versuchte, Gelassenheit zu bewahren, sich aber sehr besorgt anhörte, sagte plötzlich: »Ihr blutet.«

»Mmm. Eines von den gefährlicheren Scharmützeln, Benno. Wir werden als erstes unser Quartier aufsuchen, dann kannst du die Wunde auswaschen.«

Und so endete die Schlacht um den Scheiterhaufen.

19 *Konfekt mit Wirkung*

Mittlerweile hatte sich Bruder Ambrogio im Palast reichlich Gelegenheit zur Sünde geboten.

Er befand sich in Gesellschaft der Fürstinmutter, als die Botschaft von der Rückkehr ihres Enkelsohnes eintraf, und sie dankten Gott gemeinsam. Die Hofdame, welche die gute Nachricht überbracht hatte, besaß einen unseligen Hang sowohl zur Frömmigkeit als auch zum Tratschen, und sie sah sich zu berichten genötigt, was sie von einem Pagen des jungen Fürsten Francesco gehört hatte: daß er außerhalb der Stadtmauern ausgeraubt worden sei, während er ein verschwiegenes Lusthaus besuchte. Die Fürstinmutter war nicht übermäßig überrascht. So waren sie eben, die ungestümen jungen Männer. Sie selbst hatte einige der Sorte großgezogen, und ihr war das Gerücht zu Ohren gekommen, daß ihr Enkel eine der Hofdamen seiner Mutter vergebens zu umgarnen versucht hatte. Ohne Frage bedurfte er des Trostes. Sie konnte sich indessen des Gefühls nicht erwehren, daß es im Beisein von Bruder Ambrogio eigentlich angezeigt gewesen wäre, sich der Anschein von Empörung zu geben, obgleich sie in Wirklichkeit nur schicksalsergeben und peinlich berührt war. Er legte ihr sanft die Hand auf den Kopf, als sie niederkniete.

»Sünden, mein Tochter, zeitigen Strafen, auf Erden wie im Himmelreich. Fürchtet nicht um das Seelenheil dieses jungen Mannes. Er hat einen Fingerzeig Gottes erhalten, und ich werde ihm ins Gewissen reden. Satan wird nicht triumphieren, wenn ich es mit Worten oder Taten verhindern kann.«

Die Fürstinmutter verharrte auf den Knien und blickte ihm

nach, als er mit weitausholenden Schritten den Raum verließ und sich unverzüglich den Weg zu den Räumlichkeiten des jungen Fürsten beschreiben ließ. Sie begann sich zu fragen, welche Kräfte sie da entfesselt hatte, die nun über ihre Familie hereinzubrechen drohten.

Als ihr Vetter in einem Schreiben überschwenglich von Bruder Ambrogios Werk berichtet hatte, der eine Stadt nach der anderen zu einem gottesfürchtigen Leben bekehrte, war ihr der Gedanke gekommen, ihn nach Viverra einzuladen. Und nun teilten ihre Hofdamen ihr mit, daß die öffentliche Rede, die der fromme Bruder gestern nach seiner Ankunft gehalten hatte, die Stadt gegen ihren Sohn aufgewiegelt hatte! Trotz des dringlichen Wunsches, Scipione möge die gottlose Beschäftigung mit der Alchimie aufgeben und nicht sein Seele gefährden, wäre ihr nie in den Sinn gekommen, daß seine Herrschaft über Viverra gefährdet sein könnte. Sie begann, eine Reihe Ave-Marias zu beten; sie bat die Gebenedeite Jungfrau, Bruder Ambrogio alle Hilfe angedeihen zu lassen, deren ihr mitfühlendes Herz fähig war, und Fürsprache beim Allmächtigen einzulegen, damit sowohl ihr Sohn als auch ihr Enkel vom Pfad der Sünde abließen und die Stadt unter ihrer Herrschaft zu himmlischer Eintracht zurückkehren möge. Aus reiner Gewohnheit schloß sie ihre Schwiegertochter nicht in ihre Gebete ein. Einige Menschen durfte man nicht daran hindern, ihren Weg in den Himmel oder in die Hölle selber zu finden.

Und so herrschte zur Stunde der Mittagsruhe, während es in der Stadt nur noch leise gärte angesichts der Streifzüge, die das Fähnlein der Aufrechten unternahm, das von Haus zu Haus zog und für den neu errichteten Scheiterhaufen sammelte, ein gewisses Maß an Frieden. Es war ein warmer Herbstnachmittag. Überall machten die Menschen ein Nickerchen, und selbst die Bediensteten vergaßen ihre Pflichten und waren in einen Dornröschenschlaf gefallen. Auch die schöne Fürstin sollte wachgeküßt werden, obwohl sie noch nichts von ihrem Glück ahnte.

Donato Landuccis Gefühle befanden sich seit den frühen Morgenstunden in Aufruhr. Fürstin Isotta hatte ihm bedeutet, ihr Boudoir zu betreten, als er ihr die Nachricht vom Verschwinden ihres Sohnes brachte. Er dachte unentwegt an diesen Augenblick zurück. Er hatte sich seinem Freund anvertrauen wollen, aber das Vertrackte war, daß er sich insgeheim danach sehnte, dessen Vater Hörner aufzusetzen, während Francesco glaubte, Donatos Gefühle wären nicht mehr als eine vorübergehende, romantische Schwärmerei. Offen miteinander zu reden, war daher schwierig, aber er wollte es nichtsdestotrotz versuchen. Auf dem Weg in die Gemächer des Freundes hatte er vor der Tür gezögert und den Kopf geschüttelt, als der Page die Tür für ihn öffnen wollte, denn er hatte die unverkennbare Stimme Bruder Ambrogios vernommen, der laut und inständig für den jungen Fürsten betete. Donato verspürte nicht den leisesten Wunsch, in einem solchen Augenblick mit einer so prekären Botschaft zu stören, er war auch nicht erpicht darauf, in die Fürbitten eingeschlossen zu werden. Seine Stimmung verdüsterte sich unverzüglich beim Klang der blechernen Stimme. Bruder Ambrogio, an dessen Seite der junge Fürst, wenn auch widerwillig, kniete, betete ungerührt weiter, nicht ahnend, daß er soeben den Anlaß für eine Sünde geliefert hatte.

Donato kannte den Weg von den Gemächern des Sohnes zu den Gemächern der Mutter. Das Innere des Palastes wurde nicht in solchem Maß bewacht wie die Außentüren, und da alle Bediensteten mit dem Anblick des jungen Grafen vertraut waren, nahm niemand an, daß er Böses im Schilde führen könnte. Die Hofdame, die offiziell Wachdienst hatte, während die Fürstin ihren Mittagsschlaf hielt, war selbst am Erkerfenster des Entrees eingenickt. Die Tür zum Schlafgemach der Fürstin stand einen Spaltbreit offen, um an diesem schwülen Nachmittag eine kühle

Brise hereinzulassen. Donato stieß sie auf und hielt auf der Türschwelle inne.

Er war recht zuversichtlich. War er nicht jung, stattlich und auf dem Höhepunkt seiner Manneskraft? Besaß er folglich nicht alles, was Fürst Scipione nicht hatte? Die Fürstin wußte, daß er sie bewunderte. Die kleinen Aufmerksamkeiten, die Gedichte, die Blicke, das alles mußte ihr gesagt haben, was er für sie empfand. Und nun konnte er auch noch auf eine Unterstützung besonderer Art zählen, die ihm unfehlbar zum Erfolg verhelfen würde, wenn seine Überlegungen Hand und Fuß hatten. Außerdem hatte sie ihm eine Botschaft zukommen lassen, in der sie ihm für sein Einfühlungsvermögen dankte, ihr die Nachricht von Francescos Entführung eigenhändig zu überbringen. Sie war, so hieß es in der Mitteilung, zu aufgewühlt, um seine Umsicht gebührend zu würdigen, wolle ihm aber in Bälde persönlich danken.

Sie hatte an diesem Morgen aufrecht im Bett gesessen, ihre Blöße kaum bedeckt. Sie war »zu aufgewühlt« gewesen, aber – und die Worte hallten in seinem Kopf nach – sie wollte ihm »persönlich danken«.

Donato trat leise näher und schloß die Tür hinter sich.

Die Bettvorhänge der Fürstin waren noch die im Sommer üblichen aus weißem Linnen, scharlachrot bestickt mit der Zibetkatze, dem Wappentier Viverras. Sie waren zugezogen. Kein Laut drang nach außen. Die Luft war schwer von Moschus- und Sandelholzduft. Er konnte sein Herz hören, das ihm bis zum Halse klopfte, als er auf Zehenspitzen das Schlafgemach durchquerte. Das hölzerne Unterbett, auf dem eine Dienerin oder Hofdame zu schlafen pflegte, war nicht ausgezogen – sie hatte bereits alles für das heimliche Stelldichein in die Wege geleitet. Sie erwartete ihn. Er griff nach den Vorhängen und schob sie leise auseinander.

Dort ruhte sie, die Augen geschlossen. Unter den grünen Taftlaken zeichnete sich ihre Gestalt ab, ihr wundervolles Haar lag ausgebreitet auf den perlengesäumten Kissen. Entweder stellte sie sich schlafend, oder das Warten auf ihn hatte sie ermüdet. Ihn schwindelte. Schwer atmend streifte er das Wams ab, löste die Bänder und schälte sich aus Hemd und Kniehose. Vorsichtig hob er die Laken und schlüpfte nackt zu ihr, die ebenfalls nackt war. Er beugte sich über sie und hauchte einen Kuß auf ihre Lippen.

Er hatte eine leidenschaftliche Erwiderung erwartet, und er hatte sich nicht getäuscht.

Als erstes kam der Hieb, der bewirkte, daß er sich vor Schmerz zusammenkrümmte und schützend die Arme um seinen Leib schlang. Die riesigen schwarzen Augen, die ihn anfunkelten, hatten einen Augenblick lang blankes Entsetzen gespiegelt, dann dämmerte Erkenntnis in ihnen auf, und als nächstes erfolgte der Schlag. Sie war zurückgewichen, ihre Haut hob sich matt schimmernd wie Perlen vor dem Leinenbehang ab. Sie war noch schöner als in seinen kühnsten Träumen, weit schöner, als er im Augenblick bewundernd zur Kenntnis nehmen konnte. Sie hatte das Laken umklammert und hielt es schützend vor ihren Körper, so daß er sich unbedeckt vor ihr wand.

Sie rang nach Atem, dann flüsterte sie: »Donato Landucci! Seid Ihr von Sinnen?« Sie rief nicht um Hilfe. Eine wilde Hoffnung bemächtigte sich seiner, als der Schmerz nachließ, daß eine Tigerin eben auf diese Weise liebte. Würde sie ihn letztlich doch erhören? Er war zu unbedacht und kopflos vorgegangen; sie hatte ihn wohl doch nicht erwartet, soviel war klar, und erst jetzt hatte sie erkannt, wer der Eindringling war. Sie blickte ihn an und ein Lächeln umspielte ihre Lippen. Sie war Venus, die Schaumgeborene, die Locken vom Wind zerzaust, eine Hand am Busen, dessen Linie sich unter den Wogen aus grünem Taft abzeichnete. Er blinzelte aus tränenden Augen zu ihr hinüber und versuchte, ihr Lächeln zu erwidern, das verschwunden war.

Sie deutete auf die Kleidungsstücke, die verstreut auf dem Boden lagen.

»Geht. Und verfallt nie wieder auf einen solchen Gedanken, wenn Euch Euer Leben lieb ist.«

Irgendwie gelang es ihm, das Bett zu verlassen, mit fliegenden Händen in Kniehose, Hemd und Wams zu schlüpfen, während ihre lodernden Augen auf ihm ruhten. Er schloß die Bänder und hastete aus dem Raum, wobei er im stillen die Frau verfluchte, die in ihm die Überzeugung geweckt hatte, man werde ihn mit offenen Armen empfangen.

Irgendwie gelangte er in seine eigenen Gemächer, wo er sich mit dem Gesicht nach unten aufs Bett fallen ließ und heiße Tränen in sein Kissen weinte.

Die Fürstin, in ihrem eigenen Bett, führte ihre feingliedrige Hand zum Mund und lachte still in sich hinein.

Fürst Scipiones Leibarzt hatte sich selbst ein Nickerchen verordnet, wenngleich er dieses im Lehnstuhl hielt. Der Fürst war, dank seiner Fürsorge, seiner Medizin und seiner strikten Schonkost soweit genesen, daß er bereits darauf beharrte, aufzustehen. In einem Hausmantel aus scharlachrotem Damast und statt der Schlafhaube einen kunstvoll gewickelten Turban aus schwarzgoldener Seide auf dem Kopf, spazierte er erregt im Vestibül auf und ab und überlegte, ob er den Weg zum Laboratorium wagen konnte, oder ob er lieber nach Doktor Virgilio schicken sollte, um etwas über den Fortgang der Experimente zu erfahren. Das Zittern in seinen Beinen nahm ihm die Entscheidung ab. Es wäre demütigend, mitten in den Lustgärten des Palastes auf die Knie zu fallen. Die Leute würden am Ende noch glauben, er sei zu einem glühenden Anhänger Bruder Ambrogios bekehrt worden. Seine Empfindungen gegenüber dem frommen Mönch erschöpften sich in dem sehnlichen Wunsch, in Frieden gelassen zu werden. Ihm ging viel zuviel im Kopf herum; er konnte keine

Klosterbrüder brauchen, die in jedem Winkel des Palastes einen Aufruhr anzettelten, jetzt, da Gatta in Viverra weilte und für seine Eroberung von Mascia allemal mehr verlangen würde als ein prachtvolles Anwesen. Der Bischof war ein Kirchenfürst, aber er besaß nicht die altmodische Haltung gegenüber dem angeborenen Forscherdrang des Geistes. Die beiden fremden Gottesdiener waren mehr als lästig.

Während er, von zwei schläfrigen Pagen beobachtet, zwischen den beiden Kalktuff-Pilastern hin- und hermarschierte, bemühte er sich, gegen seine größte Angst anzukämpfen: Hatte Isotta ihn aus dem Weg zu räumen versucht? War sein Tod von ihr kaltblütig geplant worden – und leicht zu bewerkstelligen, da sie ihm gewöhnlich die Handschuhe zurechtlegte? Doch dann hätte ihr weiteres Verhalten keinen Sinn ergeben. Um zu vermeiden, daß auch nur der Schatten eines Verdachts auf sie fiel, hätte sie ihn mit den gleichen Handschuhen weiterarbeiten lassen, die er stets zu tragen pflegte; sie war zweifellos zu klug, als daß ihr ein solcher Schnitzer unterlaufen wäre. Der Gedanke tröstete ihn. Und jeder bei Hofe war irgendwann einmal an dem Kästchen vorbeigekommen oder hätte sich ihm nähern können, ohne daß es bemerkte wurde.

Die Erleichterung darüber, daß er sie aus dem Kreis der Verdächtigen ausschließen konnte, ließ ihn innehalten; er lächelte dem verdutzten Pagen zu, und dann, als er seine Wanderung wieder aufnahm, stand er erneut still und runzelte die Stirn. Er sah sich noch immer dem quälenden Wissen gegenüber, daß irgend jemand – und es konnte wahrlich jeder sein – seinen Tod wünschte.

Und da er noch unter den Lebenden weilte, würde diese Person es fraglos ein zweites Mal versuchen.

»Stefano.«

Der Page, dessen Kinn auf die Brust gesunken war, schreckte hoch und verneigte sich. »Geh und bitte Doktor Virgilio zu mir.

Aber beeil dich und bleib unterwegs nirgendwo stehen, um ein Schwätzchen zu halten.«

Als Stefano die Türschwelle erreichte, mußte er einen Schritt zurücktreten, um den venezianischen Gesandten, Signor Loredano, eintreten zu lassen, der gerade angekündigt wurde. Er war gekommen, um sich mit eigenen Augen zu überzeugen, ob der Fürst wirklich genesen war, wie es allenthalben hieß. Der Rat der Zehn hätte seine gesamte Außenpolitik überdenken müssen, wäre Viverra dem jungen Fürsten in den Schoß gefallen, der auf dem politischen Parkett ein unbeschriebenes Blatt war. Der Gesandte glaubte, daß man dem kranken Vater die Neuigkeit von Fürst Francescos jüngster Eskapade vorenthalten hatte, aber leider war kein Vorteil zu erzielen, wenn man ihn nun, da der Bursche gefunden war, mit der Neuigkeit behelligte. Wesentlich interessanter war das Gerücht, man habe den Fürsten vergiften wollen, und auch die entflammten Gemüter in der Stadt selbst ließen tief blicken. Der Gesandte hatte auf eigene Faust Erkundigungen eingezogen und sich in der Verkleidung eines gewöhnlichen Sterblichen mit tief in die Stirn gezogenem Hut und schlichtem Wolltalar unter die achtbaren Bürger Viverras gemischt; dabei hatte er einiges von Bedeutung erfahren. Allem Anschein nach stand der Einfluß des Palastes derzeit auf tönernen Füßen. Die Gespräche auf den Straßen der Stadt enthielten genug Zündstoff, um Fürst Scipione aus seinem Land hinauszukatapultieren. Diese Neuigkeit mußten seine Dienstherren erfahren. Er lächelte und verneigte sich tief, den allergrößten Respekt und tiefe Besorgnis bekundend.

»Hoheit! Ich gratuliere Euch zu Eurer Genesung. Und so flugs! Die Botschaft wird den Hohen Rat freuen. Eine solche Widerstandsfähigkeit läßt erkennen, daß die Lebenskräfte in Eurer gesundheitlichen Konstitution stark sind. Doch Hoheit haben das Glück, im Zeichen des Steinbocks geboren zu sein, der ein langes Leben verheißt; und Mars stand bei Eurer Geburt in einer günstigen Konstellation.«

Der Fürst nahm dies gelassen zur Kenntnis, auch wenn es ihn insgeheim verdroß. Er dachte daran, wie sein Geburtshoroskop von den Astrologen der venezianischen Republik auf Mängel durchforstet worden war. Der Gesandte war natürlich gekommen, um seine Nase überall hineinzustecken und mehr über die giftgetränkten Handschuhe herauszufinden, daran konnte kein Zweifel bestehen. Wenn nur Sigismondo endlich zurück wäre, wo auch immer er seine Nachforschungen gerade anstellen mochte.

»Hoheit kann zufrieden sein« – der Gesandte ließ sich auf dem angebotenen samtgepolsterten Klappstuhl nieder, als der Fürst seine eigene Rastlosigkeit bekämpft und in seinem hochlehnigen Sessel Platz genommen hatte –, »daß sich Viverra als eine gottesfürchtige Stadt erwiesen hat. Bruder Ambrogio soll wahre Wunder wirken, wie man hört. Allenthalben sieht man nur noch Bußfertigkeit und gute Taten!«

Der Gesandte erwähnte mit keinem Wort die guten Taten in Form der wundervollen Gaben, die er auf dem Scheiterhaufen des Marktplatzes entdeckt hatte, Beutestücke, die von erlesenster Handwerkskunst zeugten – nicht die Paneele mit den kostbaren Intarsien, die Seidengaze mit gewirkten Goldfäden, und auch nicht, daß er achtzigtausend Dukaten für das ganze Sammelsurium geboten hatte. Das war ein Schachzug gewesen, bei dem er so oder so nur etwas gewinnen konnte. Wenn die Viverraner schwach geworden und auf sein Angebot eingegangen wären, hätte er gewußt, daß ihre unverhoffte Frömmigkeit nichts als leerer Schein war, den man leicht entlarven konnte, und er hätte obendrein eine Reihe wertvoller Objekte zu einem guten Preis erstanden. Sie hatten es gleichwohl ausgeschlagen, und deshalb vermutete er, daß sich der Fürst in ernsthaften Schwierigkeiten befand.

Wäre er Zeuge des Kampfes geworden, der ausgebrochen war, nachdem er sein Angebot vorgetragen hatte, wäre er absolut sicher gewesen, daß sich der Fürst in ebensolchen Schwierigkeiten befand.

»Bruder Ambrogio wird nicht lange bleiben«, erwiderte der Fürst und hoffte inständig, daß sein frommes Wunschdenken der Wahrheit entsprach. »Er kam nur nach Viverra, um mit der Fürstinmutter zu beten.«

Der Gesandte nickte verständnisvoll. Inzwischen hatte ein Page Wein gebracht. Der Fürst nippte lustlos daran. Ihn verlangte nach etwas Süßem, da der Honig in der Medizin seinen Heißhunger nicht gestillt hatte und nicht einmal den gräßlich bitteren Geschmack zu überdecken vermochte. Er wies den Pagen an, Konfekt aus dem Nachtkasten neben seinem Bett zu bringen. Als der Knabe mit der geflochtenen, mit einem Band umwickelten Schachtel zurückkehrte, setzte er eine bedenkliche Miene auf und flüsterte dem Fürsten etwas ins Ohr. Der Fürst hatte die Schachtel geöffnet und hielt mitten in der Bewegung inne, die Hand über den Pralinés. Er zuckte die Achseln und zog sie zurück, wobei er dem Pagen bedeutete, dem Gesandten von dem Konfekt anzubieten.

»Ich stehe bedauerlicherweise unter ärztlicher Kuratel. Ich muß noch eine Zeitlang strikte Schonkost zu mir nehmen, bis mein Körper rundum gereinigt ist und sich von der Wirkung der Dämpfe erholt hat.«

Der Gesandte war Süßigkeiten in gleichem Maß zugetan wie der Fürst, aber seine angeborene Vorsicht hielt ihn davon ab, seiner Leidenschaft allzu häufig zu frönen. Doch nun gab er seiner Schwäche nach. Er schwelgte noch im Genuß einer Botschaft, die ihm einer seiner Spione soeben überbracht hatte. Der Mann war in Gattas Truppe eingeschleust worden und hatte es in seiner Rolle als Söldner gerade geschafft, von Michelotto beurlaubt zu werden, um Viverra einen Besuch abzustatten. Er brachte einen Leckerbissen mit, der genauso köstlich war wie das mit Rosenaroma versetzte Fondant, an dem der Gesandte gerade knabberte: Gatta hatte Scalas Kopf mit einem Geheimkurier nach Venedig gesandt. Das konnte nur ein Punkt zugunsten der Republik sein, der ihren Preis in die Höhe treiben würde. Wäre es nicht möglich, daß sich Gatta die Unterstützung Venedigs sichern wollte, für den Fall, daß er Viverra für sich selbst beanspruchte?

»Ganz ausgezeichnet, Euer Konfekt, Hoheit. Ist es hier in der Gegend hergestellt worden?« Der Gesandte nahm das fransenbesetzte Mundtuch, das ihm der Page reichte, aber da er keinen Krümel der süßen Köstlichkeit verschwenden wollte, leckte er sich die zuckerverklebten Finger ab, bevor er wieder in die Schachtel griff, der dargebotenen Schale mit Rosenwasser keine Beachtung schenkend.

»Ich habe keine Ahnung. Ich esse es oft.« Der Fürst blickte betrübt drein, als der Gesandte sich ein weiteres Mal bediente. »Ich freue mich, daß es Euch mundet. Nein, nein, greift nur nach Herzenslust zu.«

Der Gesandte ließ sich nicht zweimal bitten und stellte, während er sorgfältig wählte, kaute und lutschte, mit großem Zartgefühl formulierte Fragen nach der Eroberung von Mascia. »Und der Tod Scalas! Was für ein Bravourstück! Mir ist zu Ohren gekommen« – die Augen unter den schweren Lidern spähten wachsam zur Seite –, »mir ist zu Ohren gekommen, daß Scala nicht von Ridolfo Ridolfi zur Strecke gebracht wurde, ist das richtig?«

»Nein? Ist er nicht?« Der Fürst war überrascht und ärgerte sich, daß er es sich anmerken ließ. Er erkannte, daß man Katz und Maus mit ihm spielte und ihm eine wichtige Mitteilung vorenthalten hatte. »Ich war zu krank, um einen ausführlichen Bericht von Ridolfi zu empfangen.«

Der Gesandte steckte ein Stück Konfekt in den Mund, das mit Puderzucker überzogen und wie ein Rosenblatt geformt war. »In der Tat, Hoheit. Zweifellos wird Ridolfi Euch erzählen, daß der Lorbeer für diese Tat einem Mann namens Sigismondo gebührt, der offenbar seiner Truppe angehört. Scalas Kopf wurde mit einem Streich abgetrennt, wie ich hörte.« Der Gesandte stellte fest, daß das letzte Stück Konfekt mit Zitrone aromatisiert war. Er tupfte sich mit dem Mundtuch den Zucker von den Lippen. Er ließ kein Wort darüber verlauten, daß er wußte, was mit dem Kopf geschehen war. Er hätte es in der hohen Politik nicht so weit gebracht, wenn er anderen einen Blick in seine Karten gestattet hätte.

Das Schicksal hatte jedoch Pläne mit ihm, die keine weiteren Kartenspiele mehr einschlossen. Der Gesandte redete und trank noch ein Gläschen mit dem Fürsten, dann erhob er sich, um sich endlich zu verabschieden; er wollte sich jetzt seiner eigenen Gesundheit widmen. Der Nachmittag war drückend schwül, er verspürte ein leichtes Gefühl der Übelkeit... Plötzlich, als er sich über die Hand des Fürsten beugte und sich zum Abschied tief verneigen wollte, wankte er, griff sich an den Magen, stöhnte laut auf und sank röchelnd auf den Marmorboden zu Füßen des Fürsten.

Basilio, der gar nicht erst auf Anweisungen wartete, lief, um den Leibarzt des Fürsten zu holen. Angesichts des Lärms, der nun entstand, füllte sich der Raum auf einen Schlag mit Menschen – Pagen, der Kammerherr des Fürsten, Doktor Virgilio, der Leibarzt, die Wachen. Der Fürst, der sich über die liegende Gestalt gebeugt hatte, ohne zu wissen, wie ihm zu helfen sei, überließ den Fachleuten das Feld. Ein Wachposten und der Leibarzt knieten neben dem Gesandten und versuchten ihn so weit zu beruhigen, daß man herauszufinden vermochte, was mit ihm los war. Doktor Virgilio hatte sich ebenfalls hingekniet, sein Adlergesicht wirkte angespannt. Dann erhob er sich abrupt und zog den Fürsten zur Seite. Seine durchdringenden schwarzen Augen ruhten noch immer unverwandt auf dem Gesandten.

Seine Stimme war kaum zu hören: »Er wird sterben. Sieht aus, als sei er mit Arsen vergiftet worden.«

20 *»Sie hat es mir geschenkt«*

Ihr werdet nie erraten, was passiert ist.« Benno stürmte mit einem Krug heißen Wassers herein, das infolge seiner Eile auf den Boden schwappte. Er hatte noch nicht viel Erfahrung als Kammerdiener. Sigismondo, mit entblößtem Oberkörper, hatte auf einem Lehnstuhl Platz genommen. Auf dem Bett war ein langer Tuchstreifen ausgerollt, der verschiedene getrocknete Kräuter enthielt. Er wählte einige aus und legte sie in eine Schüssel neben sich, die auf das heiße Wasser wartete. Er hob fragend den Blick.

»Mmm … Dann überrasch mich, Benno. Jetzt hast du die Gelegenheit.«

»Der venezianische Gesandte liegt im Sterben. Er ist vergiftet worden, wie die arme Hofdame.«

Die dunklen Augen waren starr auf ihn gerichtet. »Mit einem Paar *Handschuhe?*«

»Ich glaube nicht.« Benno goß das Wasser in die Schüssel, und der Duft von zerstoßenen Ringelblumen und Thymian füllte den Raum. Benno bückte sich, um das verschüttete Wasser mit der Hand wegzuwischen. »Niemand hat etwas von Handschuhen erwähnt. Er hatte nur so eine Art Krampfanfall. Er fiel dem Fürsten direkt vor die Füße, rollte über den Boden, hatte Schaum vor dem Mund, so ähnlich jedenfalls. Gift, behaupten die Leute.«

»Wer soll ihn ihrer Meinung nach vergiftet haben?« Sigismondo war gerade dabei, Beinwurz auf dem Fenstersims zu zerdrücken, und nun machte er aus einem mehrfach zusammengelegten Leinenstreifen, den er in heißes Wasser getaucht und ausgewrungen hatte, einen Breiumschlag. Auch Benno hatte einen Stoffetzen eingetaucht und ausgewrungen, um Sigismondos Wunde zu säubern. Er pfiff leise durch die Zähne, als er sie zum erstenmal zu sehen bekam, aber er tröstete sich mit dem Wissen, daß Sigismondo schon Schlimmeres überlebt hatte. Da war beispielsweise die lange halbkreisförmige Narbe, die quer über den Rippen verlief, wo irgend jemand in der Vergangenheit offenbar versucht hatte, sein Herz zu treffen. Er betupfte die Wunde behutsam und stellte fest, daß sie zwar lang, aber nicht tief war.

»Wer? Nun, man munkelt, der Fürst sei es gewesen, aber das ergibt keinen Sinn. Der Gesandte befand sich in seiner Gesellschaft, als er den Anfall hatte, aber wenn ich jemanden vergiften würde, wäre ich bemüht, in dem Augenblick, wo es wirkt, nicht anwesend zu sein. Und außerdem steht Venedig doch auf der Seite des Fürsten, wenn ich recht verstanden habe.«

»Die Diplomatie geht oft verschlungene Wege.« Sigismondo knurrte, als Benno die Reste des getrockneten Blutes mit zu großem Eifer wegwischte. »Venedig stellt sich immer auf die Seite des Stärksten. Und der Fürst dürfte im Augenblick kein geeigneter Anwärter auf diesen Rang sein.«

»Aber Gatta, stimmt's?«

Sigismondo reichte ihm den Breiumschlag. »Gatta wäre vielerorts der Stärkste. Im Augenblick steht er hinter dem Fürsten. Solange er ihm die Treue hält, stehen seine Geschicke unter einem günstigen Stern.« Er hob die Arme, damit Benno das aufgerollte schmale Leintuch um seinen Oberkörper wickeln konnte, so daß der Breiumschlag nicht verrutschte. »Es ist nicht abzusehen, was sich durch den Tod des Gesandten in den Beziehungen zur Republik Venedig verändern könnte. Die Gedanken der Venezianer sind verworren wie ein Labyrinth.«

Benno hatte alle Hände voll mit dem Verband zu tun, und jede seiner Verrichtungen wurde von Biondello, der den Kopf zur

Seite gelegt hatte, genau beobachtet. »Sie werden die Neuigkeit nicht gerade mit Freuden aufnehmen, oder?« Er verknüpfte die Enden zu einem flachen Knoten, auf den er stolz war, und trat einen Schritt zurück, als Sigismondo nach seinem Hemd griff. »Dieser Handschuhmacher hat behauptet, die Handschuhe, die den Tod der Hofdame bewirkt hätten, wären in Venedig gefertigt worden. Könnte es sein, daß man dort aus irgendeinem unerfindlichen Grund ihren Tod geplant hat?«

Sigismondos glänzender Schädel tauchte aus den Falten seines Hemdes auf. »Wer weiß? Aber mein Schwert ist eine Arbeit aus Damaskus, falls du dich erinnerst.«

Benno runzelte die Stirn und kratzte sich den Bart. »Ihr meint, daraus läßt sich nicht schließen, daß die venezianischen Handschuhe von einem Venezianer stammen?« Biondello bellte, was höchst selten vorkam, um seine Zustimmung zu diesem Gedankengang zu bekunden. »Obwohl Ihr, soweit mir bekannt ist, aus Damaskus stammt«, fügte er hinzu.

Sigismondo lächelte. »Richtig. Und über die Handschuhe wissen wir nur eines: Diejenige Person, die sie in das Kästchen gelegt hat, muß davon ausgegangen sein, daß der Fürst sie trägt, und nicht Ginevra. Falls es die Venezianer waren, dann wollten sie Gatta damit den Weg ebnen, die Herrschaft in Viverra zu übernehmen. Vergiß nicht das reizende Geschenk, das er der Republik geschickt hat.«

Benno schnitt eine Grimasse, als er an den Kopf dachte, der in Brokat gewickelt und mit einem Band umschnürt worden war. »Aber der Gesandte hätte nicht das Gift genommen, das für den Fürsten bestimmt war, oder? Er hätte davon gewußt.«

Sigismondo wickelte die Kräuter sorgfältig ein, rollte den Stoffstreifen wieder auf und verstaute ihn in einem kleinen Lederränzel; dann klopfte er Benno mit dem Handrücken auf die Brust. »Vergiß nicht, den Mund aufzusperren, mein lieber Benno. Die Leute könnten bemerken, daß du imstande bist, eigenständig zu denken.« Er drehte den Kopf um, als sich jemand der Tür näherte, und als es klopfte, sagte er: »Das ist sicher ein Bote des Fürsten, der nach mir schickt, und das bedeutet, daß ich mir erneut den Kopf zerbrechen muß. Biondello ist zu beneiden.«

Sigismondo fand den Fürst allein in seinem Gemach vor. Der Kämmerer und die Wachposten, die Dienst taten, waren ins Vestibül verbannt worden. Der Page, der Sigismondo begleitet hatte, zog sich mit einer tiefen Verbeugung zurück und schloß die Tür.

Der Fürst saß in seinem geschnitzten Lehnstuhl am Fenster, das Kinn in die Hand gestützt, die Kappe schief auf dem Kopf. Als man ihm Sigismondos Ankunft meldete, ließ er die Hand sinken und straffte mühselig den Rücken. Seine Augen blickten tief besorgt, und seine zusammengepreßten Lippen waren verzerrt. »Ihr habt sicher erfahren, was mit Signor Loredano geschehen ist. Inzwischen wird es jedermann wissen. Es heißt, ich hätte ihn vergiftet. Sein Sekretär wollte ihn auch nicht eine Minute länger im Palast lassen; obwohl der arme Mann so krank war, hat er eine geschlossene Sänfte beschafft, die ihn nach Hause brachte. Er war überaus mißtrauisch.«

»Welchen Grund könnte man Euch unterstellen, Hoheit?« Die tiefe Stimme war ruhig und ermutigend. Der Fürst schälte sich aus seinen pelzgefütterten Ärmeln und setzte sich aufrechter hin. »Der Heilige Vater mag den venezianischen Gesandten nicht; es geht dabei um ein Gerücht, das Signor Loredano über Seine Heiligkeit verbreitet haben soll, als er in Rom weilte. Es könnte so aussehen, als wollte ich mich beim Papst lieb Kind machen, damit er keinen Wunsch mehr verspürt, mich durch einen anderen Statthalter zu ersetzen.«

Der Name Gatta, obwohl nicht laut ausgesprochen, hallte im Raum wider. Es war eine Ironie des Schicksals, daß sowohl Rom als auch Venedig trotz aller Gegensätze in ihm den bestgeeigneten Anwärter auf das Fürstentum zu sehen schienen. Der Fürst blickte auf seine Hände hinunter, die rote Brandmale von der Säure trugen, und auf den schweren Ring mit der Zibetkatze, die in die Gemme eingraviert war. Er sah Sigismondo mit einem verzweifelten Lächeln an. »Bruder Ambrogio hat mir versprochen, daß sich alles zum Guten wenden wird, wenn ich dem Werk des Teufels abschwöre. Meine Ratgeber halten es für klug, zumindest so zu tun, als wäre ich dazu bereit. Er wird in einer Stunde in Anwesenheit des Bischofs predigen, und ich muß daran teilnehmen. Würde ich nicht hingehen, könnte man denken, ich sei gegen ihn, und dann wird die Stadt gegen mich sein.«

Der einfache Tatbestand war ihm sichtlich kein Trost. Das zerfurchte Gesicht, einen Augenblick lang dem Licht zugekehrt, ließ Tränenspuren erkennen. Der Grund für diese Gemütsbewegung und für die Einsamkeit des Fürsten wurde klar, als er sich jäh erhob, taumelte und sich an Sigismondos Wams festklammerte, was an Gattas Geste vom Vortag erinnerte. »Sie hat es mir geschenkt«, flüsterte er eindringlich. »Das Konfekt, versteht Ihr? Er hat es gegessen. Es war vergiftet, dessen bin ich mir sicher.« Tränen füllten die kurzsichtigen haselnußbraunen Augen und strömten ungehemmt über seine Wangen. »Es stammt von der Fürstin, genauso wie die Handschuhe. Will sie mich umbringen?«

Die Stimme war nicht lauter geworden, aber voller Qual.

»Hoheit, die Handschuhe wurden aller Wahrscheinlichkeit nach von einer anderen Person präpariert. Warum nicht auch das Konfekt? Denkt daran, wer immer es auch gewesen sein mag, wollte den Verdacht bewußt auf die Fürstin lenken, ob der Anschlag nun gelingen würde oder nicht.«

Der Fürst ließ die Hände sinken und wischte die Tränen fort, als er sich ihrer bewußt wurde. Seine Stimme war leise, aber deutlich vernehmbar. Er blickte starr geradeaus.

»Beweist mir, daß sie ihre Hand nicht im Spiel hatte, und Ihr könnt von mir jede gewünschte Belohnung verlangen.«

21 *Ein weißes Pulver?*

In Bennos Augen wirkte Sigismondo, als dieser mit weitausholenden Schritten den Palast durchquerte, nicht gedankenvoller als gewöhnlich, und daher merkte er nicht, daß dieser über ein ganz besonderes Problem nachzusinnen schien. Er konnte nichts wissen von der heiklen Aufgabe, eine Fürstin zum zweitenmal in zwei Tagen fragen zu müssen, ob sie versucht habe, ihren Gemahl umzubringen. Hinter seinem Herrn hertrottend, Biondello in seinem Wams verborgen, erwartete Benno keine vertraulichen Mitteilungen und erhielt auch keine. Er ahnte daher nichts Böses, als er sich an die Mauer im Entree der Fürstin lehnte und staunend die hübsch bemalte Decke und eine ebenso hübsch bemalte Hofdame betrachtete, die sich mit einem Fangbecherspiel die Zeit vertrieb, bis sie gerufen wurde, um der Fürstin den einen oder anderen geringfügigen Dienst zu erweisen.

Die Fürstin wählte gerade die Juwelen, die sie zu Bruder Ambrogios Predigt in der Kathedrale tragen würde, aus einer Schmuckkassette aus, die ihr eine Kammerfrau entgegenhielt. In ihren Augen war das kein Fehlgriff, auch wenn Sack und Asche der Gelegenheit besser entsprochen hätten, sondern eine bewußte Herausforderung.

Sie hob den Blick, als Sigismondo eintrat und sich verbeugte. Sie hielt ein Perlenkollier mit einem riesigen Smaragdanhänger in den Händen, der in einem Golddreieck gefaßt war. Sie hielt das Schmuckstück an ihren anmutigen, schlanken Hals und sah Sigismondo an, als betrachte sie sich eingehend in einem Spiegel.

»Was haltet Ihr davon, mein Herr? Schmücken sie mich?«

Die merkwürdig kokette Frage wurde in dem üblichen kühlen Tonfall gestellt; ihr Blick schweifte dabei über die breiten Schultern, als prüfe sie seine Tauglichkeit für einen anderen Dienst als den offiziell von ihm geforderten. Sein Gesicht spiegelte gleichwohl nicht die leiseste Regung wider. Seine Stimme war ernst und ehrerbietig.

»Ihr schmückt die Juwelen. Wie könnte es auch anders sein?«

Sie lachte laut auf und legte das Geschmeide zwischen einem Handspiegel aus venezianischem Glas, umrahmt von vergoldeten Cherubinen, einem Duftflakon aus Silber und Lapislazuli, einem Elfenbeinkamm und mehreren Töpfchen und Tiegeln mit Farbe, Gesichts- und Mundwasser nieder.

»Ihr seid ein Schmeichler, mein Herr, und alles andere, was man sonst noch über Euch hört ... Geh nur!« Die Aufforderung galt der Hofdame mit dem Schmuckkästchen, die sich zurückzog und Sigismondo mit der Fürstin alleine ließ, von der Katze auf dem Fenstersims abgesehen.

Fürstin Isotta öffnete einen der kleinen Tiegel und tauchte den Finger in die duftende Paste, die er enthielt. »Nun, was führt Euch zu mir? Wie ich hörte, hat seine Hoheit Euch kommen lassen, als Signor Loredano erkrankte. Führt Eure Spur Euch erneut hierher?« Ihr Gesicht war heiter, beinahe spöttisch, aber man spürte die Anspannung hinter der Fassade, als wäre sie nur mit Mühe imstande, Gelassenheit zu bewahren und jederzeit bereit, zu schreien statt zu weinen.

»Hoheit, es ist möglich, daß der Gesandte durch Konfekt vergiftet wurde, das ihm der Fürst angeboten hat.«

Sie ließ ihre Hände auf den Frisiertisch sinken und starrte ihn an. »Und Ihr kommt schnurstracks zu mir. Ihr meint, es war die Schachtel, die ich ihm geschenkt habe. Glaubt der Fürst wirklich, ich hätte ihn vergiften wollen?«

Sigismondo brachte meisterhaft eine Mischung aus Achselzucken und bedächtiger Verbeugung zustande, gemäßigt durch eine ungläubige Miene. Sie runzelte die Stirn, aber ihr Blick hatte sich von Sigismondo abgewandt, als sie angestrengt nachdachte. Als sie wieder das Wort ergriff, war es, als führe sie ein Selbstgespräch. »Das würde er nicht wagen. Und was für Vorteile würde es ihm bringen?« Sie wandte sich wieder Sigismondo zu, der sie mit regloser Aufmerksamkeit anblickte. »Donato Landucci. Er war derjenige, der mir das Konfekt geschenkt hat. Er überhäuft mich andauernd mit kleinen Aufmerksamkeiten – Gedichten, Blumen, zahmen Vögeln –, und immer ist Konfekt dabei. Ich mache mir nichts aus Süßigkeiten, aber mein Gemahl kann nicht genug davon bekommen, und ich wollte die Gefühle des Jungen nicht verletzen. Ich nehme sie an und gebe sie unverzüglich an denjenigen weiter, der sie zu schätzen weiß.« Sie biß sich auf die Lippe. »Ich war bisher der Ansicht, er sei in mich verliebt, eine von diesen törichten, jugendlichen Schwärmereien. Wollte er mich in Wirklichkeit umbringen? Aus Rache, sagen wir, für die Niederlage seines Vaters? Das wäre Grund genug. Vor kurzer Zeit, mein Herr – denn ich sehe, ich werde Euch erzählen müssen, worüber ich eigentlich nicht sprechen wollte –, also, vor kurzer Zeit kam Donato zu mir, ich war allein und er wagte« – eine schnelle Bewegung ihres Mundes und eine Geste, die das Geschehene beiseite wischte –, »was ich für einen Angriff auf meine Ehre hielt.« Sie hielt inne.

»Und jetzt denken Hoheit, es hätte ein Angriff auf Euer Leben sein können?«

»Es hatte ganz und gar nicht den Anschein. Ich dachte, er sei ganz schön verwegen und die Situation einfach zu lächerlich, um sie als Beleidigung zu empfinden, der Gedanke, daß er auch nur annehmen konnte ... aber wenn er bereits versucht hat, mich zu vergiften, dann war er in Wirklichkeit vielleicht darauf aus, mich zu töten – hinterher.«

Sie griff mit der Hand an ihre Kehle, als male sie sich aus, welche Todesart er ihr zugedacht haben könnte.

Donato Landucci war berauscht. Das war vielleicht nicht ungewöhnlich, aber sein Page, der große Stücke auf ihn hielt, obwohl er ein Fremder und genaugenommen ein Feind war, hatte nicht erwartet, daß er alleine trinken würde. Fürst Francesco war sonst sein Zechbruder, doch Fürst Francesco hatte seine Gemächer seit dem Besuch von Bruder Ambrogio nicht mehr verlassen. Gewiß, wenn jemand ein Recht darauf hatte, im Alkohol Vergessen zu suchen, dann war es Francesco, den man ausgeraubt, verprügelt und in ein Gebet eingeschlossen hatte. Seine Tür blieb gleichwohl geschlossen, und obwohl die Gerüchte über den venezianischen Gesandten im Palast herumschwirrten, hatten die Freunde noch kein einziges Wort miteinander gewechselt. Der einzige Besucher, den Graf Donato empfangen hatte, war der merkwürdig aussehende Söldner mit dem kahlgeschorenen Schädel, der Mann, der die Nachricht von Gattas Sieg in Mascia überbracht hatte. Der Page hatte die Anweisung erhalten, niemanden zu seinem Herrn vorzulassen; er wurde indessen an den Schultern gepackt und buchstäblich zur Seite gestellt, wo er verwundert den schwachsinnigen Diener des Söldners anstarrte, während die Tür, die er bewachte, geöffnet und ihm vor der Nase zugeschlagen wurde.

»Was wollt Ihr? Hinaus mit Euch.« Donatos untadelige Manieren waren im Wein untergegangen. Er hockte, alle viere von sich gestreckt, in der Fensterwölbung und funkelte den Eindringling wütend an. Man konnte niemandem mehr trauen, nicht einmal dem eigenen Pagen ... Die Bitterkeit, so schlecht behandelt worden zu sein und sich so fern der Heimat zu befinden, trieb ihm Tränen in die Augen. Dieser Mann, der zu Gattas Truppe gehörte, kam der Aufforderung nicht nach; er verließ den Raum nicht, sondern stand einfach da und sah ihn mit Augen an, die seine Gedanken zu lesen schienen, was lächerlich, aber auch gefährlich war.

»Fürstin Isotta schickt mich, Mylord.«

Donatos Hände schlossen sich fester um den Weinpokal. »Die Fürstin ...« Er richtete sich auf und schüttelte den Kopf in dem Bemühen, einen klaren Gedanken zu fassen; dann lehnte er sich wieder zurück an die Fensterwölbung. »Sie will mich sehen?«

»Sie möchte gerne einige Dinge von Euch wissen, Mylord, und sie hat mich ermächtigt, Euch ein paar Fragen zu stellen.«

Donato versuchte, aufzustehen, verlor das Gleichgewicht und saß erneut. Die Vorstellung von einer reumütigen Fürstin, die um seine Rückkehr bettelte, verblaßte. Er blickte den Rohling, der vor ihm stand, finster an. »Was für Dinge? Was habt Ihr damit zu tun?« Wenn er nur zu Hause wäre, in der Burg seines Vaters, dann hätte er diesem anmaßenden Kerl eine Tracht Prügel verabreichen lassen, weil er den Raum unaufgefordert betreten hatte. Wie konnte er es wagen, mit der Fürstin über einen Landucci zu sprechen? Wie konnte sie ihn nur in ihre Nähe lassen? Donato schenkte sich Wein nach, schaffte es, die Karaffe auf das Fenstersims zurückzustellen, schüttelte die Tropfen, die danebengegangen waren, von seiner Hand und nahm einen tiefen Schluck.

»Ich möchte wissen, woher das Konfekt stammt, das Ihr Hoheit häufig geschenkt habt. Bezieht Ihr es von einem bestimmten Zuckerbäcker?«

Der junge Mann verschluckte sich. Er mußte zulassen, daß ihm der hochgewachsene Söldner kräftig auf den Rücken zwischen die Schulterblätter klopfte. Er stand nun dicht vor ihm und fuhr mit seinen eindringlichen Fragen fort, noch bevor sich der gedemütigte Donato erholt hatte.

»Der Zuckerbäcker, Mylord. Die Fürstin hat mich beauftragt, seinen Namen in Erfahrung zu bringen.«

Donato wischte sich die Tränen aus den Augen und hustete erneut. Er wünschte, damit ließe sich das Zittern in seiner rauhen Stimme erklären. »Warum will sie das wissen? Schmeckt ihr das Konfekt nicht?«

Sigismondo lehnte einen Arm gegen die Wölbung des Steinfensters und lächelte zu Donato hinunter. Donato, nicht im mindesten beruhigt, war gezwungen, sich wieder die Augen zu wischen, aber er versuchte, dem bohrenden Blick standzuhalten. »Der Name, Mylord.«

»Woher soll ich das wissen. Das ist Sache meines Dieners.« Er bemühte sich um einen herablassenden Tonfall und stellte wütend fest, daß er sich kleinlaut anhörte. »Fragt meinen Diener.« Sigismondos Lächeln änderte sich nicht. »Das werde ich, Mylord. Und womit habt Ihr das Konfekt versetzt, sobald es sich in Euren Händen befand?«

Für einen Schuß ins Blaue hatte Sigismondo zu genau gezielt. Donatos Weinrausch verflüchtigte sich zusehends. Er preßte sich gegen den Stein, in dem Versuch, die Entfernung zu dem lächelnden Gesicht zu vergrößern, das sich nun über ihn beugte, und wenn auch nur um einige Handbreit.

»Versetzt?« Wenn nur sein Kopf klarer wäre!

»Ihr habt es vermutlich noch nicht gehört.« Das Lächeln war ermutigend, beinahe freundschaftlich. »Euer Konfekt wurde heute nachmittag dem venezianischen Gesandten angeboten. Es muß sehr verlockend gewesen sein. Der Gesandte konnte nicht widerstehen und aß die ganze Schachtel leer, und nun liegt er im Sterben – vergiftet.«

»*Vergiftet!*« Donatos Stimme überschlug sich. »Seid Ihr sicher, daß es mein Konfekt war? Hat die Fürstin ihm davon angeboten?« Seine Tonlage spiegelte in kurzer Abfolge Erstaunen, Bedauern und Entsetzen wider.

»Das Konfekt, das Ihr der Fürstin zu schenken pflegtet, wurde unverzüglich an ihren Gemahl weitergegeben. Sie macht sich nichts aus Süßigkeiten.«

»An den Fürsten? Immer an den Fürsten? Hat sie nicht ein einziges gegessen?« Donato schlug sich die Hand vor die Stirn. »Jetzt ist mir alles klar!«

»Was das Gift angeht?« Wie schrecklich nahe der Mann war. Er ließ einem keinen Raum zum Nachdenken.

»Ich meine, irgend jemand muß es mit Gift versehen haben, bevor der Gesandte davon aß. Ich hätte nie, niemals im Leben Gift verwendet.«

Der Mann lächelte noch immer. »Was dann, Mylord?«

»Nichts. Es war harmlos. Es hätte niemandem geschadet. Es war kein –«

Er wurde von der Hand auf seiner Brust zurückgestoßen. Es war wie in einem Alptraum, in dem man zu ersticken glaubte. Das Gesicht war näher gekommen und das Lächeln verschwunden.

»Wenn Euch Euer Leben lieb ist, Mylord, dann gesteht Ihr auf der Stelle, was das Konfekt enthielt. Solltet Ihr mir nicht die Wahrheit sagen, muß ich davon ausgehen, daß es Gift war.«

Der Mann trat, nachdem er ihm ein letztes Mal gedroht hatte, einen Schritt zurück. Die Erleichterung, die Donato daraufhin verspürte, war überwältigend, und er stellte fest, daß die Worte nur so aus ihm heraussprudelten. »Ich wollte, daß sie mich liebt. Sie war freundlich zu mir, aber sie hat mich nie richtig als Mann wahrgenommen. Ich mußte die gleichen Gefühle in ihr wecken, die ich empfand, versteht Ihr? Gian, mein Diener, erzählte mir, er kenne eine alte Frau, die Liebestränke, Pulver und dergleichen verkauft, eine Hexe ... außerhalb der Stadt. Er wollte mir das entsprechende Mittel besorgen, aber dann kehrte er mit leeren Händen zurück und sagte, ich müsse persönlich mitkommen. Die Alte wollte irgendeinen Hokuspokus veranstalten, aus meiner Hand lesen und die Sterne nach der günstigsten Stunde für den Liebeszauber befragen oder so.« Donato übersah undankbarerweise, daß er sich auf diesen Hokuspokus verlassen hatte. »Und so machte ich mich auf den Weg in diese gräßlich heruntergekommene Kate, und sie trieb allen möglichen Mummenschanz, und am Ende gab sie mir ein Pulver.«

»Ein weißes Pulver?«

»Ja. Sie sagte, es sei völlig geschmacklos und ich solle es mit Zucker mischen und das Konfekt darin wälzen. Sie sagte, wer immer davon äße, würde noch vor dem nächsten Mond in Liebe zu mir entbrennen. Ich müsse es der Dame meines Herzens eigenhändig überreichen.« Er unterbrach sich abrupt. »Hat sie mir Gift gegeben? Warum? Warum sollte sie so etwas tun?«

»Habt Ihr der Frau erzählt, daß der Liebeszauber für die Fürstin gedacht war?«

Donato war von Kopf bis Fuß der junge Kavalier, den man bei einem Verstoß gegen die Regeln der höfischen Liebe erwischt hatte, die strikte Geheimhaltung forderten. »Sie sagte, damit der Zauber wirkt, müsse sie den Namen meiner Angebeteten und das Tierkreiszeichen kennen, unter dem sie geboren sei. Das habe ich von den Hofdamen der Fürstin erfahren.« Er warf Sigismondo einen flüchtigen, sichtlich verlegenen Blick zu. »Die Hexe hat vielleicht nicht gewußt, wer gemeint war.«

Sigismondo verkniff sich jede Bemerkung über die Seltenheit des Namens Isotta und daß ein junger Mann, der offensichtlich bei Hofe ein und aus ging, nur in die Landesmutter dieses Namens verliebt sein konnte. »Wie lange habt Ihr das Konfekt, das der Fürstin zugedacht war, schon mit dem Pulver versetzt?«

Donato versuchte, einen klaren Gedanken zu fassen. »Oh, ungefähr einen Monat. Es könnten auch zwei gewesen sein. Vielleicht auch länger, ich war völlig verzweifelt! Sie schien sich nicht zu verändern. Letzte Woche habe ich die Alte erneut aufgesucht, und sie hat mir mehr davon gegeben. Sie sagte, ich müsse es rasch verwenden, und sie hat ihre Zaubersprüche gemurmelt und mir die Worte anvertraut, die ich sprechen sollte, während ich das Konfekt mit dem Pulver überzog. Sie sagte, meine Angebetete würde spätestens heute in meinen Armen liegen, genau an diesem Tag.«

Er hielt inne und erinnerte sich an die schreckliche Wende, durch die sie in seine Arme gelangt war, und das noch schrecklichere Ergebnis. Er hatte nicht die geringste Absicht, diesem Mann davon zu erzählen, und es war, wie er inständig hoffte, unwahrscheinlich, daß sie etwas hatte verlauten lassen. Das Gesicht des Mannes ließ zumindest nicht darauf schließen. Ein wenig ermuntert, griff er wieder nach seinem Weinpokal, in der wirren Überzeugung, er müsse alles vergessen, was mit der peinlichen Angelegenheit zu tun und vor allem, was er darüber gebeichtet hatte. Während er trank, schoß ihm ein Gedanke durch den Kopf, der ihm vom Himmel gesandt schien.

»Das Pulver, das sie mir gegeben hat, kann nicht Gift gewesen sein. Wenn der Fürst sämtliche Schachteln Konfekt gegessen hat, die ich der Fürstin geschenkt habe, wäre er längst tot.«

Sigismondo schwieg. Er verbeugte sich, um sich zu verabschieden. Doch Donato kam just in diesem Augenblick ein weiterer und sehr unliebsamer Gedanke. Er setzte sich kerzengerade auf.

»Werdet Ihr dem Fürsten Mitteilung von unserem Gespräch machen? Das wäre mein Todesurteil! Er würde glauben, mein Vater hätte die ganze Sache eingefädelt. Er würde Gatta die Anweisung erteilen, mit seinem Heer erneut in das Lehen meines Vaters einzumarschieren, um Rache zu nehmen!«

Aber Sigismondo hatte den Raum bereits verlassen. Donato schleuderte den leeren Weinpokal gegen die Tür, die gemächlich ins Schloß fiel.

22 *Bereut Eure Sünden!*

Ganz Viverra hätte liebend gerne Bruder Ambrogios Predigt in der Kathedrale beigewohnt, aber nicht alle fanden Platz im Gotteshaus, auch wenn man sich noch so sehr hineinquetschte. Einige Viverraner besaßen genügend Voraussicht und Muße – denen, die infolge seiner ersten Predigt ihr Geschäft mangels Kundschaft hatten aufgeben müssen, wurde die Muße auferlegt –, um beizeiten zu erscheinen und sich einen guten Platz zu sichern. Die Herolde an den Eingangstüren der Kathedrale waren gewillt, milde Gaben für sehr persönliche wohltätige Zwecke entgegenzunehmen, und so fand sich im hinteren Teil des Altarraums auch noch ein Plätzchen für die Spätankömmlinge. Viele wurden auf die Fensterbänke gehievt oder erhielten eine Handbreit Säulenfuß zugewiesen. Der Rest mußte sich damit begnügen, auf den Stufen zu stehen und den Bettlern ins Gehege zu kommen, was sie beinahe ebenso teuer zu stehen kam. Oder sie mischten sich unter das Volk, das sich auf dem Vorplatz und in den Straßen drängte, in der Hoffnung, zumindest durch Hörensagen zu erfahren, was sich in der Kathedrale abspielte, oder einen Anhauch der göttlichen Gnade zu erhaschen, die von dieser Veranstaltung ausging.

Ein Grund für den allseits glühenden Wunsch nach Teilnahme war das allgemeine Gefühl, daß vom Verlauf dieser Predigt einiges abhing. Die erste Predigt war so unerbittlich in der Ablehnung all dessen gewesen, was die Viverraner bis dahin als harmlos oder sogar begehrenswert erachtet hatten, und das Ergebnis so besorgniserregend, daß viele, die stundenlang gespannt warteten, hofften, der fromme Bruder werde nun eine versöhnlichere Haltung einnehmen und sogar das Bemühen um Läuterung und den Vorsatz loben, fortan ein gottesfürchtiges Leben zu führen.

So dachten diejenigen, die von Haus aus zu den Frohnaturen zählten.

Die Schwarzmaler und alle, die das Leben ernüchtert hatte, erwarteten, daß ihnen Bruder Ambrogio noch größere Opfer abverlangen und in einigen Fällen sogar ihren finanziellen Ruin bewirken würde. Merkwürdigerweise befanden sich einige der letztgenannten in einem Zustand aufrichtiger Reue, wenn sie an die Mittel dachten, mit denen sie früher ihren Lebensunterhalt zu verdienen pflegten. Sie nährten vor allem die Hoffnung, daß nach Bruder Ambrogios Abschied – und es sprach einiges dafür, daß sich andere Städte in einem ebenso furchterregenden Zustand der Sündhaftigkeit befanden und seines Bekehrungsbesuchs bedurften –, daß dann also endlich wieder der gewohnte Alltag einkehren möge, auch wenn sie die Kosten seines Aufenthalts nie wieder wettzumachen vermochten.

Nicht wenige Bürger rechneten im Kopf noch einmal durch, welche Summen sie in diesem Jahr für Kleidung oder Mobiliar aufgewendet hatten, und kürzten die Mitgift, die sie zusammen mit ihren Töchtern feilzubieten gedachten. Und nicht wenige fragten sich, wann sie den Tand, den sie in aller Eile in ein geheimes Versteck geschafft hatten, gefahrlos im benachbarten Land veräußern konnten. Einige Viverraner Kaufleute, so der Hersteller von Spielkarten, der sich nun auf die Fertigung und den Verkauf von Devotionalien verlegt hatte – wie Heiligenbildchen mit einem goldenen Kreuz vor dem Hintergrund der Türme von Viverra, umgeben von einer Inschrift, die verkündete, Christus sei der Herrscher der Stadt –, taten recht überheblich. Die Halbwüchsigen, die aufregende Stunden damit verbracht hatten, sich den Älteren an die Fersen zu heften und für den Scheiterhaufen zu sammeln, waren zuversichtlich, weitere derartige Aufträge von Bruder Ambrogio zu erhalten; sie freuten sich auf die fortgesetzte Schreckensherrschaft. Sie hatten sich rasch von ihrem Zusammentreffen mit Gattas Männern erholt und erinnerten sich gegenseitig daran, daß Gatta selbst seine Männer zur Ordnung gerufen hatte und deshalb auf ihrer Seite sein mußte. Gatta würde heute anwesend sein, um am eigenen Leib die volle Wirkung von Bruder Ambrogios aufwühlenden Worten zu erleben.

Gattas Gegenwart war nicht das einzige, was die Bürger in hellen Scharen zur Kathedrale strömen ließ. Der Söldnerführer wäre nach seinem Sieg über Mascia fraglos der Held der Stunde gewesen, hätte Bruder Ambrogio ihm nicht den Rang abgelaufen. Dazu kam, daß die lasterhaften Wünsche und Bedürfnisse seiner Männer auf sehr nachhaltige Weise die Wirtschaft stützten. Normalerweise hätte man Gattas Einzug in Viverra mit allem Drum und Dran gefeiert: Man hätte einen öffentlichen Feiertag ausgerufen, alle Bürger hätten ihren Sonntagsstaat getragen, Balkone und Fenstersimse mit Teppichen und bestickten Fahnen geschmückt, Festgelage und Pomp auf den Straßen genossen und einen Dankgottesdienst in der Kathedrale abgehalten. Allein die Diplomatie gebot, jegliches Bedauern beim Gedanken an all das entgangene Gepränge zu unterdrücken. War Gatta nicht mit gutem Beispiel vorangegangen? Wie dem auch sei, vor allem die Frauen sehnten sich danach, einen Blick auf Gatta zu werfen, und als er im Licht der untergehenden Sonne auf seinem hochgewachsenen Rappen zur Kathedrale ritt, angemessen in schlichten purpurfarbenen Samt gekleidet, jubelte die Menge ihm zu und warf Blumen, was er zur Kenntnis nahm, indem er sein zerfurchtes, von zahllosen Kämpfen gezeichnetes Gesicht huldvoll nach rechts und links wandte, wie ein Katze, die den Beifall einer Maus vernimmt.

Es war auch eine Frage der Diplomatie, nicht die prunkvollsten Festtagsgewänder zu tragen, und so blickten die Frauen in der

Kathedrale, bescheiden gekleidet, um nicht in Gefahr zu geraten, mit gemischten Gefühlen auf die Fürstin, die nun das Gotteshaus betrat. Nichts schien sie in der Wahl ihrer Kleidung beeinträchtigt zu haben. Rehfarbene, geflammte Seide mochte als gedeckt gelten, was die Farbe betraf, nicht aber das mit Goldfäden durchwirkte, spinnwebdünne Lamétuch, das sie darüber trug, und auch nicht die Smaragde, die in ihren Haaren, an ihren Ohren und um ihren Hals im Schein der Kerzen ihr sprühendes grünes Feuer verbreiteten.

Nicht jedem gelang es, bis zum Vorplatz vorzudringen, ganz zu schweigen davon, sich in die Kathedrale hineinzuschmuggeln. Da waren die Kranken und einige, die rücksichtsloserweise ausgerechnet jetzt im Sterben lagen, deren Betreuer ebenfalls das Ereignis versäumten. Der eine oder andere Viverraner litt auch an Platzangst. Und nicht zu vergessen die Bediensteten mit Pflichten, von denen sie sich mangels einer überzeugenden Ausrede nicht befreien konnten, die Wachen, die ihren Posten nicht verlassen durften, und natürlich diejenigen Personen, die von ihnen bewacht wurden. Zu ihnen gehörte auch Donato Landucci: Er war kurz nach seinem Verhör durch Sigismondo in Arrest genommen und in eine eindeutig unbequeme kleine Kemenate in der alten Burg auf der anderen Seite der Palastgärten gebracht worden, wo die Wände dicker waren als andernorts und Gefangene sicherer verwahrt schienen. Donato, schuldig des Versuchs, die Fürstin zu betäuben oder – falls man es ihm nachweisen konnte, gewußt zu haben, daß sie seine Angebinde an ihren Gemahl weiterzuverschenken pflegte – des Versuchs, den Fürsten zu vergiften, fühlte sich alles andere als sicher.

Die Ankunft des Fürsten und der Fürstin war mit einem widerstreitenden Lärmen aus der Menge zur Kenntnis genommen worden: Manche jubelten dem Paar wie gewohnt zu, während andere, sich darauf besinnend, daß ihr Herrscher laut Bruder Ambrogio jegliche Aussicht auf die eigene Erlösung zunichte machte, ein Raunen hören ließen, das wie ein tosendes Meer klang. Weder der Fürst noch die Fürstin nahmen diese Unmutsbekundungen zur Kenntnis. Sie wurden auf den Stufen der Kathedrale von Bischof Ugolino in Empfang genommen, auf dessen Geheiß hin Bruder Ambrogio seine Predigt hielt. Der Bischof war bei den Bürgern von Viverra gefürchtet, mehr seiner donnernden Stimme und erschreckenden Launenhaftigkeit als seiner christlichen Tugenden wegen. Alle waren gespannt, wie er die Predigt aufnehmen würde. Der Bischof hatte mit dieser Einladung gezeigt, daß er sich seiner Herrschaft sicher war, aber man bezweifelte, ob Bruder Ambrogio die Gastfreundschaft mit der gleichen Achtung vergelten würde. Den Einwohnern von Viverra bot sich nun endlich die einmalige Gelegenheit, die Rivalitäten zwischen den reichen Kirchenfürsten und den armen Predigerorden hautnah mitzuerleben.

Jedermann war der Ansicht, daß sich der Bischof seiner Rolle entsprechend herausgeputzt hatte; er trug ein prachtvolles Brokatgewand mit üppiger Goldstickerei und genügend Juwelen auf Chormantel und Mitra, um zahllose arme Familien einige Generationen lang durchzufüttern, wenn Bruder Ambrogio das Sagen gehabt hätte.

Der Prediger erschien als letzter, barfuß und in seiner grob gewebten, fadenscheinigen Kutte. Der Gegensatz konnte von niemanden übersehen werden.

Es dauerte eine Weile, bis er die Kathedrale erreichte, weil viele Viverraner versuchten, ihn zu berühren und seinen Segen zu erhalten, trotz der Bemühungen der bischöflichen Garde, die ihn eskortierte. Ein blinder Bettler auf den Stufen bekam Bruder Ambrogios Kutte zu fassen; er sprang auf und erklärte, er könne sehen, aber diejenigen, die ihn gut kannten, hatten dies seit langem vermutet und schenkten dem Wunder wenig Beachtung. Blumen wurden geworfen, wie bei Gatta, und mit roten Blumenblättern, die sich in seinem windzerzausten schlohweißen Haar wie Blutstropfen verfangen hatten, betrat Bruder Ambrogio die Kathedrale.

Leone Leconti, der ein Skizzenbuch und einen Kohlestift mitgebracht hatte, stand neben einer Säule im Schatten. Er fügte seiner groben Skizze von der Fürstin, die in heiterer Gelassenheit dasaß und wartete, mit ein paar schnellen Strichen das hagere Profil des Predigers hinzu, der sich seinen Weg durch das Mittelschiff zur Kanzel bahnte. Dort stieg er gemächlich die Wendeltreppe hinauf, während der Chor den Psalm anstimmte: *Ich frohlocke über die, so mir sagten: Lasset uns ins Haus des Herrn gehen!* Nun tauchte er unter dem Schalldeckel der Kanzel auf, legte seine Hände auf die kühle Steinbrüstung und blickte hinunter und über seine Zuhörer hinweg. Für jedermann sichtbar, ihm gegenüber, hatte Bischof Ugolino auf seinem Episkopalstuhl neben dem Landesvater, der Landesmutter und ihren Kindern Platz genommen. Er erinnerte an einen angestrengt nachdenkenden wilden Eber, der um so grimmiger wirkte, da seine massiven Unterkiefer und sein fleckiges Doppelkinn von einer Mitra gekrönt waren. Bruder Ambrogio wartete, bis Ruhe einkehrte, und kurz darauf verstummte das Knarzen der Bänke, das Husten und Flüstern, das raschelnde Ordnen der Kleider und das Greinen eines Kindes. Er bekreuzigte sich und begann.

Das Volk von Viverra sollte feststellen, daß man es nicht für seinen Sinneswandel lobte. Es war weit, weit davon entfernt, Bruder Ambrogios Wunschvorstellungen zu entsprechen und wahre Reue und Demut zu bekunden. Wie wollten sie ins Himmelreich gelangen, fragte er, wenn draußen vor den Stadttoren die größte Sünde, ein ganzes Söldnerheer, herumlungerte? Zahlreiche Augen hefteten sich in diesem Moment auf Gatta, aber niemand konnte den Ausdruck in dem nach oben gekehrten, dem Prediger zugewandten Gesicht enträtseln. Tatsache war, daß Gatta, nachdem er in Mascia unvorsichtigerweise einer seiner eigenen Kanonen zu nahe gekommen war, noch so gut wie taub war und sich damit unfreiwillig einen undurchdringlichen Schutzpanzer gegen dreiste Anschuldigungen zugelegt hatte. Der Fürst rutschte unruhig auf seinem Chorstuhl hin und her. Gattas Heer war sein einziger Beistand in schwerer Stunde. Wenn Gatta es abzog, würden seine Feinde unverzüglich ihr Haupt erheben und sich um ein Vielfaches mehren, und der Heilige Vater würde nicht lange fackeln und einen neuen Statthalter für das päpstliche Lehen Viverra ernennen.

»Achtet die Worte des himmlischen Gebieters, der über alle irdischen Gebieter herrscht.« Bruder Ambrogio streckte der Versammlung der Andächtigen das Kruzifix entgegen und senkte seine Stimme zu einem eindringlichen Flüstern, das einige seiner Zuhörer auf unerklärliche Weise erschauern ließ. »Hat ER uns nicht geboten, unseren Feinden zu vergeben? Heißt es nicht, wir sollen die andere Wange darbieten? Laßt ab, meine Kinder, von den Heerscharen Satans, von Männern, die ihre unsterbliche Seele mit irdischen Sünden beflecken – mit Glücksspiel, Huren und Morden. Laßt ab von den Heerscharen des Menschen, sage ich Euch, und Gott wird seine himmlischen Heerscharen entsenden, um in Eurem Namen zu kämpfen!«

Gattas Röcheln bei dieser Behauptung mochte darauf zurückzuführen sein, daß er jäh aus seinem Schlummer erwachte. Er besaß die Fähigkeit jedes kampferprobten Soldaten, unter gleich welchen Umständen ein Nickerchen zu machen, und die weihrauchgeschwängerte, schwach erhellte Kathedrale war eine friedvolle Abwechslung nach der Hitze des Tages und dem Beifallsgetöse der Menge. Bruder Ambrogio warf ihm einen ungeheuer mitfühlenden Blick zu.

»Kämpft für Christus, und Euer Lohn wird nicht von dieser Welt sein, wo irdischer Reichtum seinen Glanz einbüßt ...«

Einige Andächtige in der Versammlung dachten schmerzlich an ihre ureigensten Besitztümer, die draußen auf den Reisigbündeln aufgetürmt lagen, Besitztümer, die keine Gelegenheit erhalten würden, ihren Glanz einzubüßen.

»Haltet mit unbestechlichem Blick nach den Reichtümern im Himmelreich Ausschau, wo unser liebender VATER und alle seine Heiligen euch empfangen werden. Dort erwarten euch Freuden, wie Euer Herz sie nicht auszumalen, und Reichtümer, die euch kein Erdenfürst zu bieten vermag.« Bruder Ambrogios Stimme nahm nun den leise drohenden, zischenden Tonfall an, der dennoch im hintersten Winkel vernehmbar war. »Denn wahrlich, ich sage euch, daß diejenigen, die Blut vergießen, ohne Vergebung sterben müssen. Sie sterben mit Blut an den Händen und auf ihrer Seele, und sie werden nicht imstande sein, das kostbare Blut des Lammes anzurufen, das für sie gestorben ist. BEREUT EURE SÜNDEN!«

Die letzten Worte wurden in voller Lautstärke ausgestoßen und ließen die Menge erschrocken hochfahren. Bruder Ambrogio riß die Arme weit auseinander.

»Bereut, ehe es zu spät ist! Ich spreche zu euch allen vom Tag des Jüngsten Gerichts, der kommen wird, vom Tag des Zorns und der Tränen. Zu Frauen, die, wie ich sehe, den Eitelkeiten dieser Welt anheimgefallen sind –« Das Kruzifix deutete auf die Fürstin. »Jeder Flitter, jeder Tand, jede Haarflechte und jeder Goldfaden ist eine Kette, aufgezogen von Satan, den es nach eurer Seele dürstet. Im Höllenfeuer werdet ihr nackt und auf ewig schmoren. Was nutzen euch dann eure Seiden, eure Brokatstoffe? Laßt ab von eurem Geschmeide! Der Tag des Jüngsten Gerichts wird kommen! Niemand wird ihm entgehen, weder Mann noch Frau, weder König noch Bettelmann. Der Bettelmann mag vor dem Thron des Allmächtigen flehen, er habe nichts von dem schändlichen Treiben gewußt, er sei ein armer unterdrückter Untertan, von den Mächtigen verleitet, und Gott wird ihm vielleicht seine himmlische Gnade zuteil werden lassen. Doch auf welche Gnade kann der Unterdrücker hoffen, der die Seelen ins Verderben geführt hat? Mit welcher Gnade kann ein Fürst rechnen, der den freien Willen des Menschen, die Gottesgaben, sein Urteilsvermögen und seinen wachen Verstand dazu mißbraucht, seine Seele zu zerstören? Gott wird ihn den Flammen anheimgeben, auf daß er dort gleich welche teuflische Kunst der Alchimie erlerne! Dort wird Satan ihm höchstpersönlich den Mund mit dem geschmolzenen Gold füllen, das er herzustellen trachtet! Dort wird der Verstand, den er dazu verwendet, Gottes heiligen Willen auf widernatürliche Weise zu verkehren, in seinem Schädel kochen!«

Da der Fürst in der ersten Reihe mit dem Rücken zur Gemeinde saß, konnte man seinen Gesichtsausdruck schwerlich erkennen; doch niemand nahm an, daß er lächelte.

»Denkt nicht, meine Kinder, daß eure Sünden vergeben werden, wenn ihr zu eurer Rechtfertigung anführt, ihr *hättet nur getan, was man von euch verlangt.*« Bruder Ambrozio schloß nun die ganze Gemeinde in seinen glühenden Blick ein. »Soldaten glauben, sie wären ihrem Anführer, und Untertanen, sie wären ihrem Landesvater Gehorsam schuldig. Und wahrlich, ein Landesvater sollte wie ein Vater sein, der seinen Kindern auf den Wegen des Herrn vorangeht. Aber ich sage euch, es gibt nur EINEN, dem ihr Gehorsam schuldet, und wenn ihr SEINE Gebote mißachtet, wie kann es euch dann wohlergehen? Vernachlässigt nicht SEINE göttlichen Gebote! Der Fluch des Herrschers über die himmlischen Heerscharen wird über euch kommen, wie über die Israeliten, die das goldene Kalb anbeteten und nie einen Fuß in das Land der Verheißung setzen durften. Wendet euch von Gott ab, und er wird SEIN liebendes Antlitz von euch abwenden, eure Ernte wird verdorren, eure Geschäfte verkümmern, eure Söhne werden erkranken und eure Töchter sterben. Ihr werdet nie in das Himmelreich gelangen, das euch verheißen ist.«

Als er fortfuhr, dehnte er seine Worte mit Bedacht, und seine

Stimme klang ernst, laut und unheilverkündend. »Doch wehe dem, der eine hohe Stellung bekleidet auf Erden und sich dem Bösen zuwendet! Wehe dem, der versucht, den Schleier zu durchdringen, der Gottes Geheimnisse umgibt! Betet, meine Kinder, betet, daß ein solcher Mensch von seinem Irrglauben abläßt. Denn kraft der Gnade, die mir unser himmlischer Vater verliehen hat, sage ich euch, daß der Teufel dem Leben eures Landesvaters alsbald ein Ende setzen wird, wenn ihr das Teufelswerk nicht verbannt; daß ohne Reue, Buße und den Vorsatz, dem Bösen abzuschwören, Euer Landesvater für alle Ewigkeit in der Hölle schmoren und seine Untertanen, die eigentlich seiner christlichen Obhut unterstehen sollten, mit ihm hinabfahren werden!«

Damit hat er uns allen einen Strich durch die Rechnung gemacht, dachte Leone Leconti, der unter dem Schutz seines weiten Umhangs in Windeseile zeichnete. Man spricht solche Drohungen nicht ungestraft aus. Das wird die Stadt nicht stillschweigend hinnehmen. Einem Fürsten ins Gesicht sagen, daß sein letztes Stündlein geschlagen hat? Die Truppen in Anwesenheit des Heerführers auffordern, ihm den Gehorsam zu verweigern? Trotzdem, die Gemeinde scheint seine Worte begierig aufzunehmen. Das hätte ich nie für möglich gehalten. Man sehe sich nur den jungen Fürsten an – er ist völlig entrückt. Was für ein Engelsgesicht! Welche Schönheit. Es spiegelt Eifer wider. Und die Fürstinmutter! Beinahe wäre mir dieser Anblick entgangen; sie schnaubt vor Wut, kein Wunder. Der Prediger hätte die Gemeinde nicht härter ins Gebet nehmen können.

Doch Bruder Ambrogio hatte sich ein Angriffsziel für den Schluß aufgespart. Er wandte den starren Blick von den verblüfften Gesichtern unter ihm ab und wies mit einer weitausholenden Geste nach Osten zum Altar hin, der auf seiner Vorderseite von einem goldenen, mit reichen Stickereien verzierten Altartuch bedeckt war, auf die hohen Bronzeleuchter zu beiden Seiten mit ihren Bienenwachskerzen so dick wie der Arm eines Mannes, das riesige Kreuz in der Mitte, besetzt mit Rubinen und Saphiren – ein Geschenk des Fürsten –, und die Abendmahlskelche und Hostienteller mit Perlen und Diamanten, der ganze Stolz der Kathedrale und des Bischofs.

»Führt ein makelloses Leben, ungetrübt von Äußerlichkeiten! Vertreibt die Eitelkeit aus euren Herzen und euren Gotteshäusern. Gott wird nicht in solchem Tand verherrlicht, wie er allenthalben eure Kathedrale schändet. ER läßt sich nicht durch Zierat und kostbare Gerätschaften täuschen. ER fordert – ER bittet nur um die schlichte Hingabe eines reinen Herzens. Dieser schauderhafte Flitter sollte sich nicht auf SEINEM Altar befinden, SEIN Altar sollte vielmehr in euren Herzen errichtet sein. Denkt an die Tugend der Armut, seine getreue Dienerin. Laßt euch von ihr auf dem rechten Weg leiten. Macht euch von diesen falschen Besitztümern frei. Weg mit ihnen, sage ich!«

Falls Gatta vorher vor Wut geschnaubt hatte, dann war nun die Reihe an den Bischof gekommen. Er hatte aufmerksam gelauscht, da er wissen wollte, wogegen er sich wappnen mußte. Er hatte gestern bei der öffentlichen Predigt verdrehtes, leeres

Geschwätz über sich ergehen lassen müssen, und dann hatte er sich in den Gemächern des Fürsten von der Demut und der Willfährigkeit des Predigers erweichen lassen. Der Bischof war daraufhin zu der Schlußfolgerung gelangt, dieses armselige Mönchlein werde ihm in seiner eigenen Kathedrale die gebührende Achtung erweisen. Er war arglistig getäuscht worden. Empörend, diese Anmaßung, diese Gleichgültigkeit gegenüber der herrschenden Lehrmeinung der Kirche, diese Mißachtung der gesellschaftlichen Stellung, bar jeder Unterwürfigkeit, die einem Habenichts gut angestanden hätte! Wie konnte er es wagen, dem Fürsten von Viverra mit ewiger Verdammnis zu drohen! Das konnte nur zu Anarchie und politischen Wirren führen. Es war angeraten, den Heiligen Vater von solcherlei Umtrieben umgehend in Kenntnis zu setzen. Ein Bote würde ihm einen Bericht über diesen gefährlichen Aufwiegler überbringen, wobei es galt, das Urteil mit den härtesten Worten zu formulieren. Dieser schwachsinnige Franziskanermönch, der meinte, in alles seine Nase stecken zu müssen, hatte nicht die leiseste Ahnung, wie die Welt in Wirklichkeit regiert wurde. Glaubte er tatsächlich, daß die himmlischen Heerscharen Viverra schützen würden, wenn sich Gattas Männer in alle Himmelsrichtungen zerstreuten und die Feinde des Fürsten das Land überfielen? Und die kostbaren Besitztümer der Kirche zu schmähen – Arbeiten von erlesener Schönheit, der Ehre Gottes geweiht ...

»Auf den Scheiterhaufen damit!« Bruder Ambrogio wies auf die irdischen Güter der Kirche, und Bruder Columba, der neben dem Altar wie ein Dämon aus dem Nichts auftauchte, näherte sich eilfertig und ergriff den ersten Kelch, der ihm unter die Finger geriet.

»Haltet ein! Ich befehle euch im Namen –« Ein lautes Röcheln kam von den Lippen des Bischofs statt des Namens, den er auszusprechen beabsichtigte. Er hatte sich mit einem Ruck von seinem Episkopalstuhl erhoben und hielt sich noch immer an einer der geschnitzten Armlehnen fest. Seine Augen verdrehten sich gen Himmel, die Hände umklammerten wie Krallen das vergoldete Holz, dann taumelte er und fiel vornüber auf den Marmorboden.

Eine Sekunde lang hielten alle Anwesenden erschrocken den Atem an, dann ging ein lauter Aufschrei durch die Menge. Eine Gruppe Geistlicher eilte zu der reglosen Gestalt des Bischofs hinüber, der mit gespreizten Gliedmaßen und dem Gesicht nach unten auf dem Boden lag, sie hoben ihn an allen vier Enden hoch, nicht ohne Gerangel um die Zuständigkeiten, und trugen ihn zu einer Tür neben dem Altar hinaus. Ein kühnes Pfäfflein drohte Bruder Ambrogio mit der Faust, als sie sich mit ihrer Last entfernten, doch dieser lehnte sich weit über die Brüstung der Kanzel und nutzte die Gunst der Stunde.

»Da seht ihr, wie Gott die Habsucht und Hoffart straft! Bereut eure Sünden! Bereut! Tut Buße, bevor es zu spät ist!« Und mit einem gellenden *Misericordia!*, das alle erregten Rufe der Gläubigen übertönte und unter dem hohen, bemalten Dach der Kathedrale schaurig widerhallte, beendete Bruder Ambrogio seine Predigt.

Er erteilte der brodelnden Menge seinen Segen und verharrte noch eine Sekunde lang in stillem Gebet, bevor er die Stufen der Kanzel hinunterschritt und der Sicht entzogen war. Bruder Columba sammelte nun, da die Aufmerksamkeit der hohen Geistlichkeit mit dem Bischof verschwunden war, sämtliche Gerätschaften auf dem Altar in das Altartuch und bahnte sich geduckt und im Zickzack seinen Weg durch die Menge. Gott war in der Tat gütig. Der zweite Scheiterhaufen, der errichtet werden sollte, versprach wesentlich ansehnlicher als der erste zu werden.

Wäre ein Blitz in den Vorplatz der Kathedrale gefahren, der die versammelte Menge auseinandertrieb, hätte dies ähnliche Wirkung gehabt wie die Neuigkeiten, die flüsternd von Mund zu Mund gingen, als die Besucher des Gotteshauses nun ins Freie strömten. Bischof Ugolino war auf ein einziges Wort von Bruder Ambrogio hin vor den Stufen des Altars niedergestreckt worden. Eine beträchtliche Anzahl von Viverranern beschlossen, in ihrem Testament eine erkleckliche Summe einem kirchlichen Orden zu vermachen, mit einem Auge auf das angedrohte Unheil schielend, das über sie kommen sollte, dieses Unheil, das den Bischof so unvermutet und auf sichtbare Weise ereilt hatte. Wenn nicht einmal Kirchenfürsten davor gefeit waren, welche Hoffnung blieb dann dem gemeinen Volk? Die Menschen, die das Geschehen beobachteten, machten ehrfurchtsvoll Platz und fielen auf die Knie, als Bruder Columba an ihnen vorüber zu den aufgeschichteten Holzscheiten eilte, dem neuen Gerüst des Scheiterhaufens, und die Schätze der Kathedrale hinzufügte.

Irgend jemand hatte eine Statue des venezianischen Gesandten geopfert, dessen unseliges Angebot, ein hübsches Sümmchen für die Kostbarkeiten auf dem Scheiterhaufen zu zahlen, die religiösen Neuerer am Tag zuvor entsetzt hatte. Und was war dabei herausgekommen? Auch wenn es hieß, er sei vergiftet worden, konnte doch jeder die Hand des Herrn in dieser Angelegenheit entdecken, die erste von Gott gesandte Strafe. Und nun hatte der Leidensweg des Bischofs begonnen. Wann würde der Fürst an der Reihe sein? Er war oft erkrankt und wieder genesen, aber das hatte ihn nicht zu einem Sinneswandel bewogen. Und in jedem Fall war das gewesen, bevor Bruder Ambrogio ihm ein schlimmes Ende prophezeit hatte. Wesentlich furchtbarer als die Aussicht auf das Schicksal, das ihm zugedacht war, erschien den Einwohnern von Viverra indessen, daß sie in den Fluch einbezogen waren.

Die Predigt hatte ihre greifbare Wirkung, nicht nur auf den Bischof. Er wurde vorsichtig in seine Unterkunft hinübergetragen, doch der Fürst, der angesichts des Schreckens leicht taumelte und sich alles andere als bei Kräften fühlte, wurde mit seiner Familie von den Wachen in den Palast zurückgeleitet, die eine undurchdringliche Mauer um sie bildeten. Diesmal begleiteten sie keine Jubelrufe der Menge, nur starre Blicke aus feindseligen Augen und ein kehliges Grollen, die Geräusche aufgewühlter, unruhiger und gefährlicher Untertanen. Nur die Wachen, die in Reih und Glied gingen, und Gatta, der hinter der fürstlichen Gruppe herstapfte, verhinderten, daß Steine nach ihnen geworfen wurden.

Gatta war tief beeindruckt von dem, was er von der Predigt mitbekommen hatte. Bruder Ambrogios Stimme hatte, wenn er sie erhob, Gattas Taubheit durchdrungen, und er war ein Mann mit einem zartbesaiteten Gemüt. An einem Punkt waren die Tränen ungehemmt über seine Wangen geflossen, und er hatte auf das *Misericordia* des Predigers mit seiner eigenen rauhen, bellenden Stimme geantwortet.

Es gab so viele Dinge in seinem Leben, deretwegen er begründete Gewissensbisse verspüren mußte: gebrandschatzte Dörfer, Bauersfrauen, denen Gewalt angetan, und Bauern, die gemeuchelt worden waren, einige von eigener Hand, aber mehr noch mit seiner Duldung oder auf seinen Befehl hin; und ganze Städte, die dem Schwert zum Opfer gefallen waren. Er hatte also allen Grund, persönlich die Bedrohung zu spüren, der alle entgegensahen, an deren Händen Blut klebte. Dieser Gedanke hatte für Gatta indessen seine Tücken. Blutvergießen war nicht nur ein Handwerk, mit dem er seinen Lebensunterhalt verdiente, sondern er war dabei auch ganz in seinem Metier. Ein Mann trennt sich nicht so leicht von seiner inneren Berufung. Der Fürst verließ sich auf ihn, und – was ebenso ins Gewicht fiel – seine Männer waren auf ihn angewiesen. Gatta war ein praktisch veranlagter Mensch. Er beschloß, in Zukunft ein Kettenhemd unter seinem Wams zu tragen, sowohl im Heerlager als auch in der Stadt. Wenn sich der Racheengel des Herrn eines Ridolfo Ridolfi bemächtigen wollte, dann mußte er ganz schön gewieft sein.

Derjenige, der am meisten von Bruder Ambrogios Predigt beeindruckt war, hatte sich noch nicht dazu geäußert, doch als der Fürst und seine Familie die Privatgemächer des Palastes erreicht hatten, holte er das Versäumte nach. Der junge Fürst Francesco war völlig entrückt an der Seite seines Vaters zwischen den Wachen ausgeschritten, blind und taub für das Zähneknirschen und Grollen der aufgebrachten Menge. Sein Vater hatte gerade den Leibarzt rufen lassen, und seine Mutter trug mit eisiger Stimme einen Disput mit seiner Großmutter aus, der zu aller Überraschung mit dem Eingeständnis endete, daß es ein Fehler gewesen sei, Bruder Ambrogio nach Viverra einzuladen. Der junge Fürst begann sich seiner Kleider zu entledigen.
Sein Hut, achtlos auf den Boden geworfen, wurde von einem hastig herbeieilenden Pagen aufgehoben. Sein Umhang und sein Wams fielen als nächstes, bevor irgend jemand Notiz davon nahm. Schließlich war es heiß, ein schwüler Septembertag, wie er im Buche stand, und das ungestüme Temperament des jungen Mannes war hinlänglich bekannt. Erst als die Hofdamen zu kichern begannen und der Fürst die Bänder löste, sein Hemd und seine Kniehosen abstreifte, wandte sich die allgemeine Aufmerksamkeit von dem todgeweihten Fürsten Scipione ab und seinem Sohn zu.
»Was treibt Ihr da?« Seine Großmutter näherte sich ihm mit entrüsteter Miene, doch zu spät. Der junge Mann hatte das letzte Kleidungsstück mit dem Fuß zur Seite gestoßen und stand im Adamskostüm vor seinen Zuschauern, die ihre Blicke nicht von ihm lösen konnten.
»Ich schwöre der Welt und ihren Eitelkeiten ab. Ich werde ohne

Reichtum und Rang vor Gott hintreten.« Er erinnerte sich, ein wenig spät, daran, seine Blöße mit einer Hand sittsam zu bedecken, aber dann schüttelte er die langen roten Haare und blickte die Anwesenden stolz an. »Ich gelobe, in Armut zu leben. Ich werde ein Sühneopfer bringen, um für die Sünden meines Vaters Abbitte zu leisten.«

Und so tat der Thronerbe und hoffnungsvolle einzige Sproß des Fürsten von Viverra seine Absicht kund, der Welt den Rücken zu kehren.

24 *Tod der Fürstin!*

Benno war bereits einmal in seinem Leben einer Hexe begegnet, seit er in Sigismondos Dienste eingetreten war. Zugegeben, sie hatte sich als zänkische Alte erwiesen, die über keinerlei Zauberkräfte verfügte, aber er spürte nicht die geringste Lust, eine weitere Vertreterin ihrer Zunft kennenzulernen. Diese würde ihr Handwerk möglicherweise besser verstehen. Man konnte ja schließlich nie wissen, bei einer Hexe. Es war ein wenig spät dafür, herauszufinden, ob es sich um eine echte Hexe handelt, wenn man ihrem Zauber bereits erlegen war.

Als ihre Pferde mit klappernden Hufen die schmale Steinbrücke überquerten, die sich über den Fluß unterhalb der Stadtmauern von Viverra spannte, warf Benno einen wehmütigen Blick zurück auf seine heile Welt. Es war beileibe nicht so, daß man innerhalb der Stadtmauern keine Hexen antraf, aber draußen, in freier Natur, fühlte man sich erheblich verletzlicher.

Zu allem Überfluß begann es auch noch zu dämmern. Bald würde die Dunkelheit hereinbrechen ... Benno fand keinen Gefallen an der Vorstellung, mitten in der Nacht eine Hexe aufzusuchen. Sie war gewiß ein buckliges altes Weib, der lange Barthaare aus den Warzen wuchsen, murmelnd über eine offene Feuerstelle gebeugt, während sie mit Luchsaugen ihre Ankunft beobachtete. Vermutlich wußte sie schon, daß Besucher nahten. Sie würde einen zahmen Hausgenossen haben, vielleicht einen Hasen oder auch eine schwarze Katze, die im Schatten lauern, sie anspringen und Biondello mit ihren scharfen Krallen die Augen auskratzen würde. Benno begann zwischen den Zähnen, einige Ave-Marias zu murmeln, wobei er Biondello, der unter dem

Umhang an seiner Brust zusammengerollt schlief, anstupste, um ihn zu wecken, denn schließlich war er der Nutznießer der Fürbitten. Da sie aus Viverra kamen, wo Bruder Ambrogio mit eisernem Besen kehrte, hätten sie auch nur einen Bruchteil seiner Macht gut gebrauchen können. Doch andrerseits bestand die Gefahr, sie damit nur zu erzürnen.

Er versuchte, sich in althergebrachter Manier abzulenken, indem er sich mit dem Unglück anderer befaßte.

»Glaubt Ihr, daß man Donato Landucci für den Giftmord an dem venezianischen Gesandten hinrichten wird?«

Sigismondo, der sein Pferd gerade die steinige, im Dämmerlicht kaum auszumachende Böschung zum Fluß hinunterlenkte, brummte: »Du hast ein paar Glieder der Kette ausgelassen. Was immer der junge Mann auch im Sinn hatte, er war nicht darauf aus, den Gesandten zu vergiften.«

»Ist der arme Mann tot? Habt Ihr etwas gehört?«

»Seine Dienerschaft und der Leibarzt lassen kein Wort darüber verlauten. Aber ich möchte wetten, daß ein Pferd gesattelt vor der Tür steht und der Bote bereits gestiefelt und gespornt darauf wartet, Venedig die Nachricht von seinem Tod zu überbringen. Und dann wird Fürst Scipione Scherereien bekommen, wer immer die Tat auch begangen haben mag.«

Bennos Gaul schlitterte beinahe auf der Kruppe über das Geröll und hielt sich dicht hinter Sigismondos hochgewachsenem Schwarzbraunen. Benno, der viele Jahre seines Lebens in Ställen verbracht hatte, brachte ihn umgehend wieder auf die Beine. Die letzten Strahlen der untergehenden Sonne tauchten den Horizont in ein gespenstisches Licht. Ein leiser Wind, der bereits den eisigen Atem des Herbstes trug, war jäh aus dem Nichts aufgetaucht, und Benno zitterte.

»Der Fürst ist auch wirklich vom Pech verfolgt. Er sollte die Magie und dergleichen aufgeben. Ich wette, es wird noch Schlimmeres passieren, wenn er nicht davon abläßt.«

Sigismondos Antwort beschränkte sich auf ein gedankenvolles Hmm. Sie ritten weiter, während die Nacht ringsum zunehmend dunklere Schatten warf. Die blasse Scheibe des Mondes stand heller am Firmament, wenn sie dann und wann durch den Wolkenvorhang lugte. Benno nahm sich fest vor, seinen Herrn nicht zu fragen, was er zu tun gedenke, sobald sie der Hexe gegenüberstanden – vielleicht wußte es Sigismondo ja auch nicht. Außerdem war das eine Frage, die sein Herr mehr als alles andere haßte.

Donato Landuccis Diener, der ihn zu der Hexe begleitet hatte, um den Liebeszauber für die Fürstin zu beschaffen, hatte anfangs gezögert, seinen Herrn zu verraten. Der Widerstand war angesichts eines erklecklichen Sümmchens, das ihm die Zunge lockern sollte, und durch die unausgesprochene Drohung dahingeschmolzen, die allein von Sigismondos Anwesenheit auszugehen schien. Nun folgten sie seinen Anweisungen und ritten den schmalen Saumpfad entlang, der zum Fuß des Gebirges führte. Sie kamen an einer Ansammlung bäuerlicher Katen vorüber, nicht weit von der Brücke entfernt, die mehr Ähnlichkeit mit Warzen denn mit menschlichen Behausungen besaßen. Die Fensterläden waren bei Anbruch der Nacht geschlossen worden, und von den Reisig- oder roten Ziegeldächern stieg blasser Rauch auf, der ein anheimelndes Bild von dem warmen Feuer in der Stube heraufbeschwor. Benno wünschte sich, er wäre dort, mit einer Schüssel schmackhafter Suppe in der Hand. Er fragte sich, wie es den Leuten, die dort lebten, wohl gefiel, eine Hexe in der Nachbarschaft zu haben.

Der Mond hatte sich von den Wolkenschleiern befreit, als sie ihren Bestimmungsort erreichten. Sigismondo war am Rande eines Gehölzes vom Pferd gestiegen und bedeutete Benno mit einer Handbewegung, es ihm gleichzutun. Er legte warnend den Finger auf die Lippen und wies mit der Hand nach vorne.

Zuerst konnte Benno nicht das geringste entdecken. Dann

glaubte er, einen hellen Umriß in der Ferne zwischen den Bäumen schimmern zu sehen. Ein Geist! Er bekreuzigte sich und spähte ängstlich zu Sigismondo hinüber, der sich lautlos vorwärts bewegte und sorgfältig darauf achtete, wohin er trat, damit kein Zweig unter seinen Füßen knackte. Benno, der fieberhaft Gebete murmelte und mit einer Hand Biondello streichelte, der, von der Angst seines Herrn angesteckt, zu zittern begonnen hatte, bemühte sich, in Sigismondos Fußstapfen zu folgen. Biondello steckte seinen Kopf heraus, gab aber keinen Laut von sich. Er war ein Hund, der ein ausgeprägtes Gespür für Gefahren besaß. Benno verlor die hellen Umrisse zwischen den Bäumen aus den Augen, bis sie sich ihnen auf wenige Schritte genähert hatten. Sigismondo hatte sich plötzlich auf den Boden gekauert, und Benno tat es ihm unwillkürlich nach. Biondello war plötzlich eingeklemmt und gab ein warnendes Fiepen von sich, weniger laut als das Raunen des Windes in dem Gebüsch, das sie verbarg. Als sich das Blattwerk zwischen Sigismondos behutsamen Händen teilte, konnte Benno die blassen Konturen genau erkennen. Falls es sich um einen Geist handelte, dann besaß er eine sehr anziehende Gestalt

Eine junge Frau mit langen dunklen Haaren, die ihr den Rücken hinabhingen, tanzte leichtfüßig auf der Lichtung. Als sie sich umdrehte und einen schwarzen Gegenstand hochhielt, um ihn dem Mond darzubieten, war deutlich zu erkennen, daß sie kein Fädchen am Leibe trug. Das Mondlicht übergoß ihren Körper mit seinem silbernen Schein, schimmerte in ihren Augen und ließ das Messer aufblitzen, das sie in der Hand hielt. Sie murmelte vor sich hin, nicht weit von der Stelle entfernt, an der sie geduckt lauschten. Dann stand sie einen Augenblick reglos da, mit geschlossenen Augen. Benno, vor Angst wie versteinert, dachte, daß sie vielleicht spürte, wo sie sich verbargen. Inzwischen war er zu der Schlußfolgerung gelangt, daß sie trotz ihrer unvermuteten Jugend eine Hexe sein mußte, und was immer sie mit dem merkwürdigen kleinen Messer auch vorhaben mochte – vielleicht ein Opfer schlachten, er wollte es lieber nicht wissen. Trotzdem spitzte er die Ohren, ob irgendwo ein Blöken oder das Weinen eines Säuglings zu hören war. Doch die nächtliche Brise trug nur das Rascheln der Blätter und den fernen gespenstischen Ruf einer Eule zu ihnen herüber.

Sie öffnete die Augen, hob den Kopf, schien zu überlegen und wandte sich um. Sie verschränkte die Arme vor der Brust, verbeugte sich dreimal und sprach, wie es schien, zu einer Gruppe langstieliger Pflanzen, die dort wuchsen. Dann nahm sie einen kleinen Tiegel, der neben ihr auf dem Boden gestanden hatte, und goß eine Flüssigkeit aus, die allmählich im Erdreich am Fuße der Pflanzen versickerte. Mit der linken Hand hielt sie einen der hohen Stengel fest, schnitt ihn mit dem schwarzen Messer ab und wickelte ihn dann in ein weißes Tuch, das sie ebenfalls vom Boden aufnahm. Sie erhob sich, verbeugte sich nochmals und schlenderte zwischen den Bäumen von dannen.

Bennos Mund war trocken; ihm wurde plötzlich bewußt, daß Sigismondo aufgestanden war, und er schickte sich an, ihm zu folgen. Irgendwie hatte er geglaubt, sobald sie ihr bei der Ausübung ihres Handwerks zusahen – und es handelte sich um Zauberei, das konnte ein Blinder mit Krückstock erkennen –, würde sein Herr zur Vernunft kommen und sich schleunigst aus dem Staub machen. Eigentlich hätten sie ohnehin nicht Zeuge ihrer Hexenkunst sein dürfen. Falls sie Wind davon bekam, würde sie die ungebetenen Zuschauer unverzüglich mit einem Fluch belegen, soviel stand fest. Biondello trat ihm gegen die Rippen, und obwohl es Benno widerstrebte, ihn im Hexenwald aus seinem sicheren Versteck zu holen, kannte er das Signal. Die Angst hatte sich Biondello unverzüglich auf die Blase geschlagen, genauso wie bei seinem Herrchen.

Als dieser einen Baum gefunden hatte und sich fragte, ob es in diesem Gehölz wohl gefährlich sei, seine Notdurft zu verrichten, und als er endlich Biondello wieder eingefangen hatte, war keine Spur mehr von Sigismondo zu entdecken, und einen Augenblick lang verspürte er wahre Höllenangst. Angenommen, die Hexe hatte ihn verzaubert? Angenommen, er würde im nächsten Moment mitten zwischen den Bäumen über Sigismondo stolpern, den sie zu Stein verwandelt hatte? Er wünschte, er hätte nie zugehört, wenn sich das Gesinde am Feuer Schauergeschichten erzählte, oder er hätte aufmerksamer zugehört, um zu wissen, was man um jeden Preis vermeiden sollte. Er umklammerte die geweihten Medaillen, die er um den Hals trug, und schlich auf Zehenspitzen weiter. Wieder vernahm er den schaurigen Ruf der Eule, näher diesesmal, und Sigismondos Stimme.

Benno stolperte über eine Wurzel, die zwischen dem welken Laub auf dem Waldboden verborgen war, und rannte weiter, so schnell ihn seine Füße trugen. Die Umrisse einer Kate zeichneten sich in der Dunkelheit ab, und da war Sigismondo, der gerade an die Tür klopfte und mit tiefer, freundlicher Stimme Einlaß begehrte. Einen Augenblick lang herrschte Stille, während sein Herr einen Blick über die Schulter warf, als wolle er sich vergewissern, daß Benno noch da war; dann öffnete sich die Tür, die in einen gähnenden schwarzen Schlund führte. Benno schluckte schwer, und Sigismondo trat ein.

Die Tür blieb offen, und Benno, der Biondello an sich drückte und leise Gebete murmelte, gehorchte der schweigenden Aufforderung und folgte Sigismondo in die abgrundtiefe Dunkelheit. Drinnen war es wärmer, und es roch nach Kräutern. Es gelang ihm, die Tür zu schließen und den Riegel vorzuschieben. Als sich seine Augen an die Umgebung gewöhnt hatten, erblickte er eine offene Feuerstelle auf einem kleinen Fleckchen festgestampften Lehmbodens; sie erhellte die Dunkelheit, und leise kräuselnd stieg Rauch zu den Dachsparren empor. Die Hexe trug ein formloses Gewand aus dürrem grauen Tuch, und Benno merkte, wie sich neben seiner Angst Enttäuschung regte.

Sie legte einige trockene Zweige ins Feuer, und im Schein der züngelnden Flammen konnte er ihr Gesicht klar erkennen: Sie war jung und schön! Warum hatte man ihm immer erzählt, Hexen wären alt und häßlich? Aber natürlich konnte niemand wissen, ob das nicht ein Trugbild war, das sie ihnen bewußt vorgaukelte. Vielleicht dachte sie, daß es die Leute in Angst und Schrecken versetzen würde, wenn sie ihnen in ihrer wahren Gestalt, nämlich alt und häßlich, erschien: Doch Benno fand den Gedanken, daß sich *unter* der schönen äußeren Schale ein häßlicher Kern verbergen könnte, wesentlich furchteinflößender.

»Was führt Euch zu mir?« Sie sprach im Tonfall der Menschen vom Lande, und ihre Frage klang sachlich. Nach einem raschen Blick auf Benno, der diesen zusammenzucken ließ, wandte sie ihre Aufmerksamkeit Sigismondo zu. »Die meisten Leute suchen mich nicht zu dieser Stunde auf.« Auf eines, ging aus ihren Worten hervor, können sich Hexen nach Einbruch der Dunkelheit verlassen, nämlich, von ihren Mitmenschen unbehelligt zu bleiben. Sie flocht ihr Haar mit flinken Fingern, während sie Sigismondo beobachtete. Benno war gerade bewußt geworden, daß er sie nackt gesehen und nicht das leiseste Begehren verspürt hatte. Das war noch beunruhigender.

»Es geht um einen Liebeszauber.« Benno hörte das Lächeln in Sigismondos Stimme, die Belustigung, die ansteckend wirkte, und die Hexe lachte.

»Nicht für Euch, möchte ich wetten. Eure Stimme allein würde Euch den Weg in die meisten Betten ebnen. Sie hat Euch meine Tür geöffnet.« Mit einer schwungvollen Bewegung warf sie den fertigen Zopf über die Schulter. »Und nun, da Ihr hier seid, gereicht Euch auch das Licht nicht zum Nachteil. Falls Ihr den Liebestrank für jemand anderen braucht, ist es nicht so einfach. Wenn der Zauber wirken soll, brauche ich zuvor einige Angaben. Ich muß die Person vor mir sehen, die sich den Liebestrank verschaffen möchte.« Sie wies auf einen niedrigen Hocker, und Sigismondo nahm Platz.

»Ihr habt sie bereits gesehen.«

Sie hatte begonnen, in einem kleinen Topf zu rühren, der auf einem Dreibein über dem Feuer hing; nun hielt sie inne und blickte langsam hoch. Sigismondo schwieg, die Hände auf den Knien, und erwiderte ihren forschenden Blick.

»Der junge Mann, der Isotta liebt?« Sigismondo nickte, und sie rührte weiter. »Ich habe ihm gesagt, daß der Zauber wirkt, wenn er sich an meine Anweisungen hält. Ich nehme an, er hat die Worte vergessen, die er sagen sollte. Hatte er kein Glück?«

Ein langes, verneinendes Murmeln von Sigismondo. »Er hatte sogar ausgesprochenes Pech.«

»Und doch habe ich ihn in Isottas Armen gesehen«, erwiderte sie mit einem Schulterzucken. Dann tauchte sie einen Schöpflöffel in das Gebräu, das über den Flammen köchelte und köstlich nach Zitrone und verschiedenen Kräutern duftete, die Benno nicht erkannte, und probierte vorsichtig. »Vielleicht wollte er gar nicht die Frau, die ich vor mir gesehen habe. Jeder kann sich einmal irren.«

»Und was für ein Irrtum! Er hat jemanden das Leben gekostet.«

»Tot?« Ihre Hand umklammerte den Schöpflöffel, dessen Inhalt ungehindert auf ihr Gewand tropfte. »Aber nicht durch meine Schuld. Ich habe nichts mit Gift im Sinn. Es gibt andere, die damit handeln – ich nicht.« Sie war aufgesprungen, unter dem grauen Gewand zeichneten sich einen Augenblick lang die Umrisse ihres Körpers ab, und ihre Augen funkelten. »Werden sie mich unter Anklage stellen?«

»Sie werden Euch befragen, nicht anklagen. Falls jemandem ein Irrtum unterlaufen ist, so behaupte ich nicht, daß Ihr es wart. Der junge Mann, dem Ihr den Liebestrank gegeben habt, wurde in den Kerker geworfen, sein Diener hat alles verraten. Es könnte sein, daß Ihr bald Besuch erhaltet, und da wäre es besser, wenn Ihr mir zuerst alles erzählen würdet.«

Sie blickte ihn eindringlich an. »Wer seid Ihr? Wer gibt Euch das Recht, mir solche Fragen zu stellen?«

»Mein Name ist Sigismondo. Der Fürst hat mich dazu ermächtigt.«

Sie trat in den Schatten zurück, als schicke sie sich an, sich im nächsten Augenblick in Luft aufzulösen. Benno dachte, daß sie möglicherweise mit dem Rauch aufsteigen und durch das Dach verschwinden würde. Plötzlich trat aus der Dunkelheit hinter ihr auf leisen Pfoten eine kleine Katze hervor, das weiche Fell im Feuerschein schimmernd, und ging vertrauensvoll mit hocherhobenem Schwanz auf Sigismondo zu. Sie schnupperte an seinem Knie, dann sprang sie mit einem anmutigen Satz auf seinen Schoß und drückte ihr Köpfchen gegen seine Hand. Ihr Schnurren war lauter als das Prasseln des Feuers.

»Sagt mir, was Ihr wissen wollt.« Sie war in den Lichtschein des Feuers zurückgekehrt und stand reglos da, blickte auf die Katze hinunter und kraulte den Kopf des Tieres, wobei ihre Finger wie zufällig Sigismondos Hand streiften. »Wie ich sehe, kann ich Euch vertrauen. Wer wurde vergiftet?«

Auf die unumwundene Frage folgte keine unumwundene Antwort, sondern eine Gegenfrage. »Welches Mittel habt Ihr dem jungen Mann gegeben, um das Konfekt zu präparieren? Woraus bestand das Pulver?«

Sie bückte sich und streichelte die Katze, die auf seinem Schoß saß und einen Buckel machte, und Sigismondo gleichermaßen. Benno, der die beiden beobachtete, dachte, sie könnten eigentlich genauso gut anfangen, sich zu lieben. Wer hätte gedacht, daß sein Herr dem Zauber einer Hexe verfiel!

»Kennt Ihr Euch mit Kräutern aus, Sigismondo? Ihr habt die Augen und den Mund eines Mannes, der um Dinge weiß, von denen nur wenige etwas ahnen. Ich habe einen Sud aus Eisenkraut und Stabwurz zubereitet. Die meisten Frauen auf dem Lande wären genauso dazu imstande, obwohl sie die Kräuter vielleicht nicht zur richtigen Stunde beim richtigen Stand des Mondes und mit dem richtigen Ritual sammeln. Sie wissen nicht, daß man den Zeitpunkt und die Worte gemäß den Sternzeichen wählen muß, unter denen der Liebende und seine Angebetete geboren wurden. Das ist mein Geheimnis.«

Sigismondo lächelte und ergriff ihre Hand, die gerade die Katze streichelte. »Das soll Euer Geheimnis bleiben. Ich will es gar nicht lüften. Aber woraus bestand das *Pulver?*«

Sie überließ ihm ihre Hand. »Das Pulver nennt man Spanische Fliege. Ihr habt zweifellos davon gehört.«

»Ja, das habe ich. Und Ihr wißt, daß man damit einen Menschen töten kann.«

»Nur, wenn man es in großen Mengen verabreicht, es leichtfertig benutzt. Ich habe ihm jedesmal nur so viel gegeben, um Begehren zu wecken.«

»Er hätte das Pulver sammeln und es dann auf einen Schlag verwenden können.«

Sie lachte. »Er nicht. Er war ungeheuer erpicht darauf, seine Wirkung Tag für Tag zu sehen.«

»Woher habt Ihr es? Die Spanische Fliege ist schließlich kein Kraut, das wild in den Wäldern wächst.« Er ließ ihre Hand los, und plötzlich sprang die Katze auf den Boden, so daß ihre Herrin über Sigismondos Knie gebeugt war.

»Es gibt einen Apotheker in Viverra. Ich bezahle ihn mit Heilkräutern, die er nicht zu finden weiß. Habt Ihr noch weitere Fragen?«

»Eine letzte. Warum wolltet Ihr den Tod der Fürstin?«

Sie verharrte reglos, die Lippen geöffnet. Die züngelnde Flamme ließ erkennen, daß ihr Blick starr auf ihn gerichtet war. »Die *Fürstin* ist tot?«

Einen Augenblick lang herrschte atemlose Stille, dann wich sie zurück. »Ich habe nichts getan, nicht das geringste, was ihren Tod verursacht haben könnte. Ich habe dem jungen Mann nur das gegeben, was ich sagte. Ich könnte niemanden umbringen. Ich habe nie jemandem Gift verkauft. Nicht ein einziges Mal in meinem ganzen Leben.«

Sie hielt inne, und wieder herrschte Schweigen, während er sie forschend anblickte. Dann erhob er sich. »Und der Apotheker? Wußte er, wofür das Mittel bestimmt war?«

Sie schüttelte den Kopf. »Welches Gift ihren Tod auch verschuldet haben mag, es stammt nicht von mir. Ich schwöre es.«

»Vielleicht kam es von ihm. Wo finde ich ihn?«

»In der St.-Thomas-Gasse; die Apotheke trägt den Namen Silver Pestle und liegt gleich neben der Backstube.« Sie trat einen Schritt näher. »Die arme Fürstin – ist sie wirklich tot?«

»Nein. Ein anderer hat das Konfekt gegessen.«

»Ich wäre niemals fähig, ihr den Tod zu wünschen.«

Die kleine Katze war wieder aufgetaucht und rollte sich neben dem Feuer zusammen. Die Hexe fröstelte. Sigismondo griff in den Geldbeutel, den er am Gürtel trug, dann bückte er sich und legte eine Silbermünze neben die Katze. »Für Eure Hilfe«, sagte er. »Das Konfekt hat vermutlich den Tod des Opfers herbeigeführt. Was ist mit dem Apotheker, hatte er irgendeinen Grund, Euch Böses zu wünschen?«

»Ich kenne ihn nicht besonders gut. Ich bringe ihm meine Heilkräuter, wir reden über die Geschäfte, und er sagt mir, was er beim nächsten Mal braucht. Mir fällt nichts ein, weswegen er mich hassen sollte.«

»Vielleicht hegt er Gefühle für Euch, die Ihr nicht erwidert habt. Daraus kann leicht Haß entstehen.« Sigismondo wandte sich zum Gehen.

»Wartet, vielleicht kann ich Euch helfen.«

»Was wißt Ihr noch?«

Sie blickte ihn ernst an. »Ich weiß, mein Herr, daß Ihr verletzt seid; und dabei kann ich Abhilfe schaffen.«

Benno hatte sich schon unwohl genug in seiner Haut gefühlt, als die Hexe auf ihre Fähigkeit anspielte, Dinge zu sehen, die sich der allgemeinen Wahrnehmung entzogen. Nun, da sie auch noch Sigismondos Wunde auf die Spur gekommen war, begann er, lautlos zu beten. Er hätte sich um ein Haar bekreuzigt, befürchtete aber, damit ihre Aufmerksamkeit auf sich zu lenken, und hielt mitten in der Bewegung inne. Vielleicht würde er ihren Zorn entfachen, wenn er das Zeichen des Kreuzes unter ihrem Dach schlug.

Sigismondo lächelte. »Natürlich, ich hätte daran denken und Euch gleich um Hilfe bitten sollen. Die Wunde macht mir arg genug zu schaffen.«

Benno wurde ein lederner Eimer in die Hand gedrückt. Als sie mit ihm zur Tür ging, um ihm den Pfad durch das Gehölz zum Fluß zu zeigen, stieg der Duft ihrer Haare – Rosmarin – und ihrer Haut in seine Nase. Er seufzte, als er sich im Mondschein auf den Weg machte und sich fragte, warum eine bekleidete Hexe Begehren in ihm weckte, was einer nackten nicht gelungen war.

Ungleichmäßige, mit dem Spaten gestochene Stufen führten zum Flußufer hinunter, und Biondello sprang vergnügt voraus, um zu trinken. Das steinige Flußbett war an dieser Stelle dazu verurteilt, einen natürlichen Tümpel zu bilden, der von Farnkraut überwuchert war. Benno füllte den Eimer und warf einen Blick flußaufwärts, wo der Mondschein das Wasser zwischen der dunklen, steil abfallenden Uferböschung glitzern ließ. Als er wieder vor der Tür der Kate stand, nahm er Biondello auf den Arm. Obwohl er gewöhnlich keine Katzen jagte und ein kluger kleiner Hund war, stand zu befürchten, daß er den Hausgenossen der Hexe genauer in Augenschein nehmen würde, sobald sich ihm Gelegenheit dazu bot. Benno beschloß, kein Risiko einzugehen und die verborgenen Mächte des Tieres lieber nicht herauszufordern.

Sie hatte eine kleine Lampe angezündet, und der Geruch von glimmenden Holzscheiten und Kräutern wurde noch durch warmes Öl ergänzt. Sigismondo saß mit nacktem Oberkörper vor ihr, während sie seinen Rücken untersuchte. Offenbar hatte sie noch nichts von dem Scheiterhaufen gehört, denn er erzählte ihr gerade von der Schlacht, die darum entbrannt war, und woraus man ihn errichtet hatte.

»Klingt, als handle es sich um ein merkwürdiges Mönchsgespann«, erwiderte sie. »Ich werde die Wunde jetzt mit Knoblauchessig säubern.«

Benno, der im Schneidersitz auf der gegenüberliegenden Seite der Feuerstelle hockte, hatte das Gefühl, daß sich sein Herr blendend mit der Hexe verstand.

»Warum wollten sie solche Kostbarkeiten verbrennen?« Sie musterte die Zutaten in Sigismondos früherem Breiumschlag. »Ich dachte, in den Kirchen gäbe es Gemälde und Gold in Hülle und Fülle.«

»Ich lege mich nicht mit dem Klerus an«, erklärte Sigismondo. »Er hat viele Gesichter und Merkmale. Diese beiden, ein Mönch und ein einfacher Ordensbruder, predigen, solche Kostbarkeiten wären nichts als heidnisches Blendwerk und dazu angetan, das Herz des Menschen von der wahren Frömmigkeit abzulenken.

Andere Geistliche stehen auf dem Standpunkt, die Reichtümer der Kirche wären ein Sinnbild für die Reichtümer des Himmels.«

»Ich mag mich ebensowenig auf einen Streit mit der Geistlichkeit einlassen«, erwiderte die Hexe. »Ihr habt keinen Wiesenknopf in den Umschlag hineingegeben.«

»Ich hatte keinen.« Sigismondos Stimme klang belustigt.

»Und Ihr seid ein Kämpfer?«

»Deshalb hatte ich ja keinen.«

»Hier. Steckt das in Euer Ränzel.«

Benno hielt Biondello mit eisernem Griff gegen den Brustkorb gepreßt und ließ ihn nur kurz an der Katze schnuppern. Es hatte sich als unmöglich erwiesen, ihn stillzuhalten, und Benno dachte, daß ein Hauch Schwefel, der die Katze gewiß umgab, den Hund einschüchtern und gefügig machen würde. Die kleine Katze drehte den Kopf und sah Biondello an; sie fing seinen Geruch mit ihrer empfindlichen Nase ein, wandte ihm seelenruhig den Rücken zu, hob die Pfote und begann, sich zu putzen. Benno setzte den kleinen Hund auf seinen Schoß und hielt ihn fest; und als ob er sich ein Beispiel an so viel Reinlichkeit nähme, begann Biondello, sich in seine eigene Flanke zu vertiefen, zu knabbern und zu wühlen.

Benno blickte sich in dem Raum um. So klein die Kate auch war, sie besaß einen Heuboden unter dem Dach, der über eine Leiter erreichbar war; diese bestand aus einem Baumstamm, in den die Stufen eingekerbt und durch Abnutzung blankpoliert waren. Kräuter und Wurzeln, manche zu Sträußen zusammengebunden, andere in einen Tuchstreifen gewickelt, hingen rundherum an den Wänden, und auf einem unebenen Sims im Gestein waren Steinguttiegel aufgereiht.

Die Hexe war damit beschäftigt, ihre Kräutermischung auf dem leinernen Umschlag zu zerstoßen, den sie von Sigismondos Körper entfernt und ausgewaschen hatte. »Das wird der Wunde die Hitze entziehen«, sagte sie. »Sie hatte sich entzündet.« Sie hielt den Breiumschlag in den Händen, murmelte einen Augenblick vor sich hin und legte ihn auf; danach erneuerte sie gemeinsam mit Sigismondo den Verband.

Er zog sein Hemd an und band sein Wams zu, während sie die benutzten Gerätschaften aufräumte. Benno bemerkte, daß sie Sprüche bei jeder einzelnen murmelte, und obwohl er meinte, es sei besser, nicht zu lauschen, für den Fall, daß sie gefährlich waren, stellte er fest, daß er keinen einzigen verstand.

Sie löschte die Lampe und brachte auf einer Platte aus Baumrinde einen Ziegenkäse, getrocknetes Obst, einen kleinen Laib Brot und Salz in einem kleinen Glasbehältnis. Sigismondo kostete von allem, nicht mehr als einen Bissen, und behauptete, er habe bereits gegessen. Benno, den die schlimmsten Befürchtungen plagten, die ihm seine Angst eingab, tat es ihm nach. Die Hexe aß den Rest, als habe sie den ganzen Tag über gefastet; ohne Gier, aber bis auf den letzten Krümel wurden Käse und Brot verspeist, und Benno wünschte sich insgeheim, er hätte nichts davon angerührt. Doch möglicherweise wäre sie gekränkt gewesen, wenn er abgelehnt hätte, und so verdrängte er den Gedanken, da es sich um eine Frage der Etikette handelte, von der er nicht das geringste verstand.

»Ich danke Euch für Eure Gastfreundschaft.« Sigismondos Stimme besaß große Ähnlichkeit mit dem Schnurren eines Katers. Sie saßen auf dem gestampften, blitzsauberen Lehmboden um die Feuerstelle. Die Hexe stützte die Hände auf den Boden hinter sich und lehnte sich zurück, mit gestreckten Armen. Das Tuch des lose sitzenden Kleidungsstückes umspielte ihren Körper.

»Ihr geht nicht?«

Benno hatte schon unbequemer geschlafen als auf dem Boden der Kate, in der die Hexe lebte. Er hoffte, daß sein Herr auf dem Heuboden zumindest eine weichere Bettstatt hatte, glaubte aber nicht, daß dies von vorrangiger Bedeutung für ihn war. Biondello schlief in der Mulde von Bennos Körper, der mit angewinkelten Beinen neben dem erloschenen Feuer auf der Seite lag. Benno wachte auf, weil Biondello plötzlich aufgesprungen war und winselte. Es war noch früh am Morgen, wie man am schwachen Licht rund um die Tür und dem Dämmerschein erkennen konnte, der durch das Fenster des Heubodens ins Innere der Kate fiel.

Sigismondos Stimme sagte, ohne besondere Betonung: »Ihr bekommt Besuch.«

Im nächsten Augenblick konnte Benno bereits das Trampeln sich nähernder Füße spüren. Dann hielten sie beunruhigenderweise inne. Draußen war nicht der geringste Laut zu vernehmen. Biondello drehte sich um und verkroch sich in Bennos Wams. Benno, der das Hinterteil des Hündchens sicher verstaute, stand auf.

Es polterte laut an der Tür, und das Haus schien bis in die Grundfesten zu erzittern.

Sigismondo landete mit einem Satz auf dem Boden neben Benno, das Krummschwert gezückt. »Schaff sie zum Fenster hinaus. Draußen steht eine Bank. Versteckt euch. Bleib bei ihr«, befahl er.

Benno kletterte die Leiter hinauf. Draußen vor der Tür hörte er eine Stimme, ein lautes Grölen, triumphierend, streitsüchtig. Wieder ein Krachen gegen die Tür. Sigismondo stieß mit dem Fuß den Bolzen aus der Halterung; beim nächsten Versuch schwang die Tür jäh nach innen auf, ein junger Mann flog in hohem Bogen in den Raum und landete auf allen vieren. Draußen flackerte eine Fackel in der Morgendämmerung auf, und als der junge Mann sich hochzurappeln versuchte, setzte ihm Sigismondo den Stiefel in den Nacken. Er fiel der Länge nach gegen den Sockel der Wand und lag still, während sich die anderen lärmend auf der Türschwelle drängten. Sie hatten eine verängstigte Frau erwartet und einen bewaffneten Mann vorgefunden. Die Fackel setzte ein Kräuterbündel in Brand, tauchte das Innere der Kate einen Augenblick lang in gleißendes Licht, dann regneten Funken auf den Fackelträger nieder, der erschrocken aufschrie, sie mit den Händen auszuklopfen suchte und dabei zurückwich, bis er unter weiteren Kräuterbündeln stand. Der Widerschein des Feuers glänzte auf Sigismondos Brust und Schultern, auf dem leinernen Verband, auf seinem kahlgeschorenen Schädel und der Waffe in seiner Hand. Einem der Männer gelang es wieder, sich kurz aus dem Knäuel zu winden und den Raum zu betreten; er schrie etwas von Teufeln, und sofort wurde sein Platz von Bruder Columba eingenommen, der seine Kutte geschürzt hatte, und das flackernde Licht beleuchtete die weit aufgerissenen Augen in einem Gesicht, das von blindwütigem Haß entstellt war.

In diesem Augenblick kletterte die Hexe, das Gewand über einem Arm gerafft, so daß ihre bloßen Beine sichtbar waren, die Leiter hinunter, ergriff ein Gefäß vom Bord und schickte sich an, wieder den Heuboden zu erklimmen. Bruder Columba wies mit dem Finger auf sie und schrie mit gellender Stimme etwas auf Latein. Der einzige Mann, der allem Anschein nach bewaffnet gekommen war, hatte einen Stecken in der Hand, schlug damit nach ihr, traf die Leiter und zerkratzte dabei seine Arme. Der Knauf von Sigismondos Krummschwert wurde in einen Oberarm gerammt, und die Konturen der Klinge waren schwach vor seinem Gesicht erkennbar. Er hob den Stecken und erhielt einen Faustschlag in den Bauch.

Nun stürzte sich Bruder Columba, die Taube Gottes, auf Sigismondo, die Hände in den Ärmeln der Kutte verborgen. Das Dach hatte inzwischen Feuer gefangen, und die Flammen loderten empor; der Fackelträger, dessen Haar unzählige Funken gefangen hatte, wälzte sich, blindlings nach Kopf und Schultern schlagend, auf dem Fußboden. Bruder Columba stand einen

Augenblick vor Sigismondo und starrte ihn an. Dann schossen seine Hände aus den Ärmeln und stießen mit einer Waffe nach Sigismondo, die kaum sichtbar war. Sigismondo riß blitzschnell den Arm hoch, um den Angriff abzuwehren, aber die mit einem Gewicht beschwerten Haken der siebenschwänzigen Katze flogen in alle Richtungen; einige wickelten sich um sein Handgelenk und andere trafen seinen Kopf und seine Schultern. Bruder Colomba löste die Peitsche mit einem Ruck und trat einen Schritt zurück, bereit, aufs neue zuzuschlagen.

Sigismondo hätte ihn zweifellos töten können, statt dessen sprang er auf den Heuboden. Bruder Columba ergriff mit einem Schwall wutschnaubender lateinischer Schmähungen die Fackel und warf sie nach ihm. Das trockene Strohbett fing unverzüglich Feuer.

Der Mönch trieb seine Kohorten aus der brennenden Kate und stand psalmodierend da, die Arme hoch und triumphierend gen Himmel erhoben. Im Widerschein der Flammen ähnelten die Männer, die einen Kreis um die Hütte gebildet hatten, keineswegs einem Werkzeug Gottes, wie sie da schrien und auf und ab hüpften, mit Ausnahme eines Burschen, der immer noch bewegungslos am Boden lag, Grimassen schnitt und vor Schmerzen aufheulte. Als das morsche Gebälk zusammenkrachte, erweiterten sie den Kreis und tanzten um die brennenden Überreste, und sie gingen nicht eher, bis das Licht des hellen Tages anbrach und das schwelende Feuer erloschen war.

26 *Unsere Suche ist vorüber*

Im Morgengrauen, als Bruder Columba die kleine Schar religiöser Eiferer über das Brückentor aus Viverra hinausgeführt hatte, folgte ihm in kurzem Abstand ein anderer Mann in ärmlichen braunen Kleidern, die dem Habit der Franziskanermönche glichen. Das nährte in dem Torwächter, einem Mann, der eine Neigung zu Alkohol und Glücksspiel besaß, die Hoffnung, Bruder Ambrogio möge der nächste sein, der die Stadt verließ. Die davoneilende Gestalt trug in Wirklichkeit jedoch keine Mönchskutte, sondern ein wallendes Sackleinengewand mit Kapuze; er hatte sie einem Bettler gegen einen Beutel Gold abgekauft. Zuerst war der Mann sprachlos vor Staunen gewesen, und dann, sobald er einen Weinhandel gefunden hatte, der ihm das Gewünschte zu verkaufen wagte, sprachlos vor Trunkenheit und unfähig, das Geschehen zu schildern oder davor auch nur zu bemerken, daß der Beutel Gold auf Nimmerwiedersehen den Besitzer wechselte.

Der junge Fürst, der barfuß und freudig erregt die Stadt seines Vaters verließ, dachte über die Leichtigkeit nach, mit der er seine Ziele bisher erreicht hatte. Er überlegte, ob er einen Rosenkranz beten sollte, aber er war noch nicht vertraut mit der mentalen Hingabe, die ein einsames Gebet erforderte, und drehte eine Perle zwischen den Fingern, ohne zu bemerken, wie lange sie sich dort schon befand.

Nach dem Schrecken, der gleich nach seiner Ankündigung geherrscht hatte, daß er ein gottgeweihtes Leben zu führen beabsichtige, war es seltsamerweise seine Mutter gewesen, die ihn unterstützt hatte. Während seine Großmutter abwechselnd tobte und weinte, hatte seine Mutter, beherrscht wie immer, einen Umhang von einem nahestehenden Höfling ausgeliehen und ihn behutsam dem Sohn um die Schultern gelegt. Dann hatte sie seine Hand, die nun von der Notwendigkeit befreit war, seine Scham zu bedecken, in ihre beiden Hände genommen.

»Mein Sohn, deine Absichten sind edel. Ich werde meinem Vetter, dem Abt von Montesacra, eine Botschaft schicken; er wird dich gewiß mit Freuden als Novizen aufnehmen. Er gilt als ein Mann mit strengen Idealen und wird dir der beste Lehrmeister sein, den es nur gibt, um ein gottgeweihtes Leben zu führen.«

Francesco hatte zuerst zugestimmt, obwohl er ein wenig verwundert war, daß seine Mutter keinerlei Einwände gegen seine Pläne erhoben hatte. Als der heilige Franz von Assisi seine prunkvollen Kleider abgelegt und seine Anverwandten verlassen hatte, war seine Familie bestimmt darauf bedacht gewesen, Widerstand gegen seinen Entschluß zu leisten. Zugegeben, Fürst Scipione war verblüfft gewesen und hatte ihn fassungslos angestarrt; und seine Großmutter, nun, die hatte ihn auf Knien angefleht, seine Entscheidung nochmals in Ruhe zu überdenken. Unter den Mitgliedern des Hofstaates gab es viele bestürzte Bemerkungen und auch ein paar Tränen, und die Ratgeber seines Vaters hatten Einspruch erhoben, aber er hatte das Gefühl, daß das Einverständnis seiner Mutter von seinem Opfer ablenkte. Andrerseits war er dadurch in der Lage, sich der strengen Disziplin zu unterwerfen, die in Montesacra herrschte, wie es allenthalben hieß, und die genau das war, was er sich ersehnte.

Die Fürstin kannte ihren Sohn sehr gut, weit besser als er, getäuscht von ihrer wie immer gelassenen Miene, annahm. Sie wußte, ein Schreiben an ihren Vetter, den Abt, würde zur Folge haben, daß man Francescos Berufung unter den größten Härten des Klosterlebens prüfte, so daß zu hoffen war, daß er seine Meinung sehr gründlich und sehr schnell ändern würde.

Nachdem er ein kurzes Gebet in der Kapelle gesprochen hatte, kam Francesco zu der Schlußfolgerung, daß Montesacra doch nicht das war, was ihm vorschwebte. Bruder Ambrogio hatte ihn schließlich beflügelt, ein gottgeweihtes Leben zu führen, und Bruder Ambrogio war kein Klosterbruder, der sich als Namenloser hinter Klostermauern verschanzte und sich dem strengen Regiment eines Abtes unterwarf. Er war ein Mönch, der seine Tage in Gottes freier Natur nach eigenem Gutdünken verbrachte, der Umgang mit Laien pflegte und durch sein weltabgewandtes Leben mit gutem Beispiel voranging. Daß Bruder Ambrogio als Mönch den Auftrag erhalten haben könnte, in die Welt hinauszuziehen und zu predigen, daß er seine geistlichen Vorgesetzten um Erlaubnis bitten mußte, bevor er der Einladung der Fürstinmutter Folge leisten und sich nach Viverra begeben durfte, solche Gedanken wären dem jungen Fürsten nie in den Sinn gekommen. Schließlich strebte er nach Freiheit, nicht nur von den Fesseln der irdischen Welt, sondern auch von seiner Familie und seinen Pflichten. Soweit er sich erinnerte, hatte Bruder Ambrogio gesagt, er erkenne allein die Herrschaft Gottes an.

Er, Francesco, wollte ein Mönch sein wie sein Namensbruder, der heilige Franz von Assisi. Oder besser noch, er würde zuerst Einsiedler werden und ein so tugendsames und selbstloses Leben führen, daß sich die Kunde im ganzen Land verbreitete. Die Menschen würden dann von weither zu ihm pilgern, um den Rat des weisen Klausners zu erbitten, und ihn anflehen, Fürsprache vor dem Thron des Allmächtigen für sie einzulegen. Wahrscheinlich würden sogar Äbte ihn aufsuchen. Schließlich entsagte nicht jeder mit siebzehn einem Fürstentum.

Er hatte keine Minute gezögert, sein Ansinnen in die Tat umzusetzen. Auf Gold verzichtete er, aber er war praktisch genug veranlagt, eine Geldbörse mitzunehmen, seine schlichtesten Kleider anzulegen und einen Rosenkranz einzustecken. Er brauchte eine Handvoll Münzen, damit Diener und Wachen geflissentlich in die andere Richtung sahen, wenn er vor Morgengrauen aus dem Palast schlich. Falls ihnen Gerüchte über seine Entscheidung zu Ohren gekommen waren, dann dachten sie vielleicht, er habe sich anders besonnen oder sei auf dem Weg zur Frühmesse.

Daß er gleich zu Beginn dem Bettler begegnete, dessen Umhang genauso schmutzig war wie die Kutte eines Bettelmönchs, wertete er als weiteres Zeichen dafür, daß Gott seine Absichten mit Wohlwollen betrachtete. Vielleicht war es ebenfalls eine Gunst des Allmächtigen, daß die grobe Sackleinwand seine Haut, die ausschließlich an Seide und feinstes Leinen gewöhnt war, nicht nur wundscheuerte, sondern auch ein Jucken hervorrief, das sich genausogut auf eine andere Ursache, oder genauer gesagt, andere Lebewesen zurückführen ließ. Dazu kam, daß sein eingetauschtes Gewand erbärmlich stank. Er tröstete sich damit, daß Heilige sowohl mit Läusen als auch mit der Armut leben müssen, und außerdem ersparte es ihm die Mühe, sich ein härenes Hemd zuzulegen. Er fand auch heraus, daß die steinigen Straßen in der Tat bemerkenswert … steinig waren.

Vor den Toren der Stadt angekommen, hielt er inne und verschränkte die Arme in den Sackleinenärmeln, erstaunt, wie kalt die morgendlichen Herbstnebel ohne einen pelzgefütterten Jagdumhang sein konnten. Dann setzte er seinen Weg fort, mit den Rosenkranzperlen in der Hand, jedoch ohne klare Vorstellung, welche Richtung er einschlagen sollte. Gott würde ihm gewiß den Weg weisen. Als er noch ein Kind gewesen war, hatte man ihm oft erzählt, daß Eremiten in Felsenhöhlen hausten, doch hatte er keine Ahnung, ob es in der näheren Umgebung welche gab. Dennoch war es besser, nicht so lange unschlüssig herumzutrödeln.. Er befand sich noch immer in unmittelbarer

Nähe der Stadt, aber er sollte möglichst weit weg sein, wenn man nach ihm zu suchen begann. Dieser Augenblick würde zweifellos kommen, sobald man sein Verschwinden entdeckte und merkte, daß er den Palast ein für allemal verlassen hatte. Eine passende Höhle wäre ein wahres Gottesgeschenk, und nach den Zeichnungen von Einsiedlern zu schließen, lagen diese Höhlen immer im Gebirge; also wählte er die schmale Straße, die zu den Hügeln führte. Wer würde schon auf die Idee verfallen, in einer Höhle nach einem Fürsten Ausschau zu halten? Er dachte voller Bedauern an seine Familie, die seinen Verlust beklagen würde. Eines Tages, wenn er durch seine Gebete und sein gottgeweihtes Leben die Lossprechung seines armen verblendeten Vaters vom Fegefeuer erwirkt hatte, würden sie ihn verstehen und ihm von Herzen dankbar sein. Er hoffte, daß sie nicht den kahlgeschorenen Mann nach ihm ausschickten, der ihn so schmachvoll auf dem Zwiebelkarren nach Hause gebracht hatte. Er gehörte genau zu der Sorte Männer, die auf den Gedanken kamen, in einer Höhle nach ihm zu suchen.

Im Palast litt sein armer verblendeter Vater mittlerweile genau so, wie es sich Bruder Ambrogio angesichts seiner sündhaften Zerstreuungen nur hätte wünschen können. Die Kette der Mißhelligkeiten wollte und wollte nicht abreißen! Nach seiner Rückkehr von der Predigt, die ihn in seiner eigenen Kathedrale vor aller Öffentlichkeit auf das schärfste getadelt und seine Untertanen ungeachtet seiner Anwesenheit zu dem Gedanken ermutigt hatte, ihr Landesvater werde in Kürze sterben und von dem gerechten Schicksal der ewigen Verdammnis ereilt werden, mußte er tatenlos zusehen, wie sein einziger Sohn, sein Erbe, der Welt entsagte.

Er hatte sich seinem Sohn nie besonders eng verbunden gefühlt, der nur die Jagd und Trinkgelage mit seinen Freunden im Kopf zu haben schien, der die Frauen bei Hofe mit entrückten Blicken und die Frauen in der Stadt mit handfesten Annäherungsversuchen verfolgte. Er vermochte nicht jenen unstillbaren Wissensdurst in dem Jungen zu entdecken, der Triebfeder seines eigenen Handelns und Forschens war. Er hatte sich häufig gewünscht, Francesco möge durch ein Zeichen erkennen lassen, daß seine Aufmerksamkeit nicht nur oberflächlichen Vergnügungen galt. Nun hatte die Ironie des Schicksals ihm diesen Wunsch erfüllt.

Ohne männlichen Erben war er jedem Herausforderer auf Gedeih und Verderb ausgeliefert. Seine Stellung war gefährlich geschwächt. Er fragte sich, ob er, wie seine Frau empfahl, Bruder Ambrogio in den Kerker werfen oder sogar hinrichten lassen sollte, wegen Aufwiegelei, was Hochverrat gleichkam. Ein Sforza, ein Visconti hätten nicht lange gefackelt. Ihm blieb nur die unbestimmte Hoffnung, daß ein Kloster keinen Thronerben und einzigen männlichen Sprößling aufnehmen würde.

Und seine Feinde waren darauf aus, ihn zu vergiften. Der junge Landucci hatte allem Anschein nach versucht, die Fürstin ins Jenseits zu befördern, wobei sich nicht ausschließen ließ, daß sie selbst zu seinen geheimen Widersachern zählte. Und auch Gatta war womöglich nicht auf seiner Seite, sondern unterstützte seine Feinde.

Fürst Scipione stand in seinem Gemach und fragte sich, wofür es sich überhaupt noch zu leben lohnte. Warum nicht das Gift freiwillig zu sich nehmen und damit aller Sorgen ein für allemal ledig sein?

In eben diesem Augenblick trat ein Bote ein, den Doktor Virgilio geschickt hatte. Nun mußte der Fürst mit sich selbst Zwiesprache halten, ob er, um seiner Seele und seines Volkes willen, den Alchimisten aus seinen Diensten entlassen sollte. Zumindest wären damit einige seiner Probleme gelöst und die Maßnahme würde Bruder Ambrogio beschwichtigen, der augenblicklich in der Stadt das Zepter zu schwingen schien. Er nahm die Schriftrolle sehr zögerlich von dem Boten entgegen und erbrach das Siegel.

Es war eine kurze Botschaft, die bei Fürst Scipione einen vollständigen Sinneswandel herbeiführte.

Erbitte umgehend Eure Anwesenheit. Unsere Suche ist vor-über.

Das konnte nur eines bedeuten: Doktor Virgilio war es gelungen, Gold zu gewinnen.

Der Apotheker hielt sie für zwei Söldner aus Gattas Heer, die gekommen waren, um eine Salbe für ihre in der Schlacht bei Mascia erlittenen Wunden zu erstehen. Der große, ganz in Schwarz gekleidet und mit kahlgeschorenem Schädel, hatte sich gerade erst eine üble Blessur über dem Auge eingehandelt. Das Blut war noch nicht lange getrocknet, und dadurch wirkte das entschlossene Gesicht darunter noch gefährlicher. Das einzige, was seinem Begleiter fehlte, war offensichtlich Verstand. Beide Männer trugen Kleider, die erst vor kurzem mit Schlamm und Gräsern in Berührung gekommen waren. Er hatte gehört, daß im Heerlager Unzufriedenheit herrschte, und vielleicht waren die beiden in eine Rauferei verwickelt worden. Doch wurde die Soldateska in aller Regel angemessen entlohnt, und so eilte er geschwind aus dem Hinterzimmer, wo sein Gehilfe Mario eine Salbe für die entzündeten Augen von Pieta Casatis Kind im Mörser zerrieb, in den Ladenraum. Er wollte gerade nach ihren Wünschen fragen.

»Oh, Meister Buselli, Ihr *müßt* mir helfen!« Das junge Mädchen, scheinbar aus dem Nichts aufgetaucht, war außerordentlich hübsch; ein einziger Blick genügte, um das festzustellen, was ihm Zeit gab, umgehend die Brille von der Nase zu nehmen und sie hinter seinem Rücken in einem Bord zu verwahren. Nun konnte er sie zwar nicht mehr so deutlich sehen, was schade war, aber dafür sah er auch jünger aus. Das Mädchen hatte sich den beiden Männern zugewandt, übersprudelnd und sich mehrfach entschuldigend, daß sie sich einfach vorgedrängt hatte; dabei strich sie immer wieder ihre blonden Haarsträhnen zurück, die sich auf zauberhaft widerspenstige Weise aus ihrer Haube befreit hatten. »Ich bitte um Vergebung, meine Herren, aber ich bin schier verzweifelt. Meine Herrin ist sterbenskrank; sie leidet an Zahnweh. Wenn ich nicht auf der Stelle mit der Arznei zurück bin, wird sie mich windelweich prügeln – der schmerzende Zahn raubt ihr den Verstand!«

»Ich werde Euch Wollkraut in Nelkenöl mitgeben; damit macht Ihr einen Breiumschlag für Eure Herrin. Aber am besten wäre es, wenn der Zahn gezogen würde.«

Solche Heilmittel lagen stets griffbereit. Er mußte sie nur holen und das Geld entgegennehmen, leider. Er lächelte sie an und versuchte einen Augenblick lang, ihre Hand zu halten, als sie das Päckchen entgegennahm. Mit etwas Glück würde die hübsche Kleine bald wiederkommen; es erforderte einigen Mut, sich einen Zahn reißen zu lassen, und wenn die werte Dame ihn besessen hätte, dann wäre der Zahn längst gezogen. Er beobachtete sie, noch immer unbewußt lächelnd, als sie den Söldnern erneut dankte, und obwohl seine Sicht verschwommen war, entging ihm nicht das Schwingen der Hüften, als sie die Apotheke verließ.

Er wandte sich den beiden Männern zu, wenn auch mit weniger Aufmerksamkeit als zuvor.

»Eine Salbe für Euch, mein Herr. Das ist eine häßliche Schnittwunde, die Ihr da habt. Mit was für einer Waffe wurde ein solcher Schlag geführt?« Er zog verschiedene schmale Schubladen auf, mit dem Rücken zu den Männern, und wählte gerade die Zutaten aus, als ihm eine tiefe, spöttische Stimme ohne Eile antwortete.

»Keine Waffe ist so schrecklich wie ein Dreschflegel in der Hand eines eifersüchtiges Mannes –«

Der Apotheker wandte sich um. Er malte sich aus, wie sich der kahlgeschorene Mann mit irgendeinem liederlichen Weibsbild im Heu wälzte und der wutentbrannte Bauer hereinstürmte, die beiden überraschte und auf das Gesicht eindrosch, das sich über dem seiner Frau zu ihm umwandte. Der Mann mußte sehr gelenkig sein, um der vollen Wucht des Schlages zu entgehen.

»Und das alles für nichts und wieder nichts, zu meinem größten Leidwesen! Ich habe ihre Gunst noch immer nicht errungen, trotz seiner Befürchtungen.« Der Mann wurde leutselig, stützte seine Arme auf das eingekerbte Holz des Ladentisches, schob die Waage zur Seite und war rein körperlich so überwältigend, daß er sich fragte, ob die Frau wohl aus Angst, in seiner Umarmung zerquetscht zu werden, vor ihm zurückschreckte. »Was habt Ihr, um ein Mädchen von meinen Vorzügen zu überzeugen? Wißt Ihr«, er tippte mit dem Zeigefinger an seine klassische römische Nase, »am besten wäre ein Pulver, das in den Wein gemischt wird und bewirkt, daß sie in Leidenschaft zu mir entbrennt. Was könnt Ihr mir empfehlen?«

Das war die entscheidende Frage. Benno, der mit weit offenem Mund hinter Sigismondos Schulter hervorlugte, sah, wie der schmächtige Mann das Ansinnen aufnahm. Bitten um einen Liebestrank waren vermutlich genauso häufig wie die Verlockungen der Liebe selbst. Man konnte einfach nicht davon ausgehen, daß leidenschaftliche Gefühle in gleichem Maß erwidert wurden. Donato Landucci war gewiß nicht der einzige, der Hilfe benötigte, und erstaunlich war nur, daß er seinen Diener nicht sofort zum Apotheker geschickt hatte, statt seine Zeit mit den Zaubersprüchen einer Hexe zu vertrödeln; dabei hätte er sich den Mittelsmann sogar sparen können.

»Zweifellos kommt nur dieses hier in Frage, mein Herr.« Der Apotheker hatte den Kopf halb umgedreht und tippte an einen der Tiegel, die säuberlich aufgereiht auf einer Stellage standen, von Hand in verschiedenen Farben mit Namen beschriftet, die Benno verständlicherweise nichts sagten. »Das wird ihre Leidenschaft schüren, obwohl ich Euch keine Gewähr bieten kann, daß Ihr der Auserwählte seid.« Er kicherte. »Ihr solltet sie aufsuchen, bevor ihr Mann zurückkehrt, sonst habt Ihr Euer Geld verschwendet.«

Sigismondo blickte noch immer auf den Tiegel, den das schmächtige Männchen angetippt hatte. Er sprach die Buchstaben laut aus. »CANTA ... Was bedeutet das?«

»Canta?« setzte der Apotheker zu sprechen an und wandte den Kopf erneut nach hinten. Er brachte sein Gesicht näher an den Keramiktiegel heran, dann schüttelte er den Kopf. »Oh, nein, mein Herr. Ihr habt Euch getäuscht. Das hier ist es, was ich gemeint habe.« Er wies mit dem Finger auf das danebenstehende Töpfchen und buchstabierte »CANTH ... Cantharides, mein Herr. Die Spanische Fliege. Sehr teuer! Aber Eure Ehre wird nicht nach den Kosten fragen.« Absurderweise ahmte er nun Sigismondos Geste nach und tippte sich mit dem Zeigefinger gegen die Nase. »Doch wie ich schon sagte, solltet Ihr an Ort und Stelle sein, wenn die Wirkung eintritt, sonst wird die Glut der Leidenschaft einen anderen wärmen. Nun, was die Dosis angeht –«

»Um noch einmal auf das Canta zurückzukommen.« Sigismondo hatte eine Münze hervorgeholt; der Apotheker blinzelte, trat näher, beugte sich vor und kniff die Augen noch einmal zusammen. »Was hätte es bewirkt, wenn Ihr mir versehentlich dieses Mittel gegeben hättet?« Er ließ die Münze auf der Marmorfliese kreiseln und sprach in einem angelegentlichen Tonfall, der gelinde Neugierde verriet.

»Nun, Ihr hättet sie kalt statt heiß gemacht, mein Herr. Cantarella ist ein Gift.«

»Sie hätte es doch bestimmt sofort am Geschmack gemerkt.«

»Mein Herr, es ist absolut geschmacklos. Weiß wie Staubzucker.« Er hielt inne und blickte sie forschend an. »Wißt Ihr, das ist nicht allgemein bekannt.« Er grinste und entblößte dabei eine Reihe verfaulter Zähne wie die eines uralten Wiesels. »Ihr seid Männer des Schwertes, aber Ihr werdet verstehen, daß nicht jeder eine saubere Art zu töten wählt.« Sein einschmeichelndes Lächeln spiegelte den Wert der Münze wider, um die sich seine Finger nun schlossen. »Hier ist Eure Salbe, mein Herr. Und wieviel würdet Ihr davon wollen?« Wieder tippte er mit den Knöcheln gegen den Tiegel hinter ihm, und Sigismondo lachte. »Halt, Ihr stiftet mich an, sie umzubringen. Wenn uns ihr Mann auf die Spur kommt, schafft er das auch ohne die Unterstützung von Cantarella.«

Der Apotheker hatte sich umgedreht, wie vorher, peinlich berührt von seinem Mißgriff und nun auch ein wenig beunruhigt und überrascht. Er tastete auf der Stellage umher, fand seine Brille und klemmte sie sich wieder auf die Nase.

Sigismondo hatte den Tiegel mit der Salbe geöffnet, die er nun auf die Wunde an Braue und Wangenknochen – eine Erinnerung an Bruder Columba – auftrug. Er schenkte dem Apotheker ein strahlendes Lächeln.

»Eine Wohltat! Sie beginnt schon jetzt zu wirken! Also angenommen, ich würde einen Prise Cantarella in meinen Wein geben, wie wüßte ich dann, daß ich das falsche Mittel erwischt habe?«

»Nun, mein Herr, Ihr würdet schwitzen und Euch in Krämpfen winden, zittern wie Espenlaub und den Körper ziemlich bald durch Entleeren des Darms und Erbrechen von dem Gift reinigen.« Er hatte sich während der Beschreibung ereifert und ein beeindruckendes Zeugnis seiner meisterhaften Kenntnisse abgelegt. Erneut wurden einen Augenblick lang die Wieselzähne sichtbar, und Benno fragte sich, wie viele Frauen diesen Mann wohl dafür bezahlt haben mochten, daß er ihnen zur Witwenschaft verhalf. Sigismondo lauschte mit ehrerbietiger Aufmerksamkeit, ebenso wie der junge Bursche in blauem Samt mit Federkappe, der von dem Apotheker unbemerkt gerade zur Ladentür hereingekommen war und im Schatten stand. Nun trat er vor und nickte dem Apotheker aufmunternd zu.

»Gut gemacht, Meister Buselli. Ihr habt haargenau das Leiden des venezianischen Gesandten beschrieben. Auf den Straßen Viverras ist von nichts anderem mehr die Rede. Fiel gestern mir nichts dir nichts dem Fürsten vor die Füße, und heute bei Morgengrauen war er tot. Und keiner weiß warum, wie Ihr gesagt habt. Hat in letzter Zeit niemand dieses Teufelszeug bei Euch gekauft?« Er stieß Sigismondo heimlich an; er war zu jung und zu dünkelhaft, um zu glauben, daß seine Geste von dem hochgewachsenen, gefährlich aussehenden Mann übelgenommen werden könnte. Er war reich, entstammte einer vornehmen Familie und verkehrte im Palast. Niemand hatte ihm je ein Leid zugefügt, und der Tod eines anderen Menschen, der sich infolge des Giftes in Schmerzen wand, war für ihn eher ein Anlaß zum Klatsch als zu persönlicher Betroffenheit. »Ich komme, um das Gesichtswasser für Ihre Hoheit abzuholen.« Er grinste und drückte seine randlose Kappe fester auf die Locken. »Wenn man die Stadt so reden hört nach der gestrigen Predigt, könnte man meinen, daß jedes Mädchen in der Stadt ihren makellosen Teint dem Morgentau verdankt. Ihre Hoheit ist nicht so töricht, und sie ist auch kein Mädchen mehr, sondern –« Er verdrehte seine großen braunen Augen und blickte zu den Dachsparren. »Oh, sie ist eine echte Schönheit!« Sigismondo hatte sich zu ihm umgewandt, und nun erkannte ihn der junge Bursche und deutete mit dem Finger auf ihn. »Ihr müßt es doch am besten wissen. Ihr seid der Mann, der die Botschaft aus Mascia überbrachte. Ich hatte bei Eurem Eintreffen im Palast gerade Dienst. Der Fürst wünscht Euch dringend zu sehen, wie ich gehört habe. Es gibt mehr Neuigkeiten, als ich Euch hier erzählen kann.« Er deutete mit einem Kopfnicken auf den Apotheker, der das Päckchen in der Hand hielt und ein ängstliches Gesicht machte. Der junge Mann nahm es entgegen und sagte: »Ich wünsche Euch noch einen guten Tag, Meister Buselli. Seht zu, daß sich der Stöpsel in Eurer Giftflasche befindet, solange die Venezianer nach jemandem Ausschau halten, den sie erwürgen können.«

Er ging hinaus, warf das Päckchen von der rechten in die linke Hand und lachte vergnügt über den gelungenen Scherz. Der Apotheker war auf einen Stuhl hinter dem Ladentisch gesunken, kaum sichtbar und noch weniger hörbar, als Sigismondo und Benno dem Pagen ins Freie folgten. Benno fragte sich, ob dieser Mann, der offenbar Hoflieferant war, auch den Alchimisten mit seinen außergewöhnlichen Ingredienzien versorgte. Neben den Stufen der Apotheke hatte ein Barbier seinen Ladentisch aufgebaut, und Benno mußte mit einem raschen Sprung zur Seite ausweichen, als dieser mit einer schwungvollen Bewegung den Umhang von den Schultern eines Kunden riß und die Haarschnipsel ausschüttelte. Ein anderer Mann, das Gesicht gelblich im Licht der Plane, die über dem Ladentisch gespannt war, wartete geduldig und mit entblößtem Arm darauf, geschröpft und zur Ader gelassen zu werden. Ein Hund, genauso gelb wie sein Herr, hockte reglos an seiner Seite. Benno spürte, wie sich der muntere Biondello an seinem Hemd regte, als er auf Sigismondos Fersen die Straße entlangeilte.

In der Straße, in der die Gemüsehändler ihre Waren feilboten, wog sein Herr eine Melone in der Hand und schnupperte daran, um ihre Reife festzustellen.

»Eitelkeit, Benno. Der Fluch der Eitelkeit, wie der Prediger gesagt hat. Wenn Meister Buselli nicht so erpicht darauf gewesen wäre, bei einem hübschen Mädchen Eindruck zu schinden, hätte er Viverra eine Menge Ärger erspart.«

Euer Hoheit, ich bin überzeugt, daß ein Fehlgriff zur Vergiftung des Konfekts geführt hat. Ich habe die Betroffenen bereits eingehend befragt.« Sigismondo stand aufrecht, entspannt und mit verschränkten Händen vor ihm. Fürst Scipione, in seinem Lehnstuhl zusammengekauert, schirmte seine Augen mit einer Hand ab, als ob er sich vor unliebsamen Enthüllungen schützen wolle.

»Was veranlaßt Euch zu dem Gedanken, daß sie nicht lügen?« Gatta, die Arme verschränkt, lehnte sich gegen die Fresken an der Wand hinter dem Fürsten; vermutlich hatte er das Schicksal Viverras besser im Griff als der Fürst selbst. In einer der Nischen über seinem Kopf schien ein muskelstrotzender bronzener Herkules, der aus seinem Triumph über den Nemeischen Löwen unter seinen Füßen keinen Hehl machte, Gattas Pose nachzuahmen. »Schafft sie her und laßt sie nach allen Regeln der Kunst verhören, und wir werden sehen, ob sie die Wahrheit gesagt haben oder nicht.« Für einen Mann, der die Wirkung des Schmerzes besser kannte als die meisten Menschen, bekundete Gatta einen anrührenden Glauben daran, daß die Folter stets die Wahrheit ans Tageslicht brachte. Wer in Verdacht geriet, war in aller Regel schon so gut wie tot, und folglich war die Folter nicht mehr als ein Mittel, das Unvermeidliche zu beschleunigen. Der Fürst blickte unter dem Schirm seiner Hand, an deren Finger der große Siegelring mit dem Wappen Viverras lose baumelte, zu Sigismondo auf.

»Und Donato Landucci wollte Ihre Hoheit verführen, sagt Ihr?« Sigismondo zuckte kaum merklich mit den Schultern. »Die leidenschaftliche Schwärmerei eines jungen Mannes für die schönste Frau in Viverra.« Sein Ton deutete an, daß man dem Burschen keinen Vorwurf daraus machen konnte. Der Fürst sah nicht so aus, als würde er es als Schmeichelei auffassen, daß man seiner Gemahlin heimlich einen Liebestrank verabreichte – auch wenn der Versuch kläglich gescheitert war. Irgend etwas daran, wie die Fürstin mit Sigismondo über Donato gesprochen hatte, deutete auf die Möglichkeit hin, daß mehr geschehen war, als sie zugab, doch wenn dem so war, dann hätte sie es gewiß nicht ihrem Mann anvertraut. Gatta meldete sich erneut zu Wort.

»Diese Kräuterfrau –« Sigismondo hatte das Wort *Hexe* während seines Berichts absichtlich vermieden. »Wo steckt sie? Wenn sie Bruder Ambrogio in die Hände fällt, wird sie schnurstracks auf dem Scheiterhaufen landen.« Gatta lachte und zeigte dabei seine schiefen Zähne. »Aber den jungen Mann trifft keine Schuld.« Er stieß sich schwungvoll von der Wand ab und hieb mit der Faust auf den Tisch, was den Fürsten erschreckt hochfahren ließ, wobei sich sein Mund schmerzlich verzog. »Der alte Landucci ist der eigentliche Übeltäter! Landucci höchstpersönlich. Seht Ihr denn nicht, Hoheit, was für Ränke der alte Fuchs wieder geschmiedet hat? Vielleicht dachte der Junge wirklich, er hätte das Konfekt Ihrer Hoheit mit Spanischer Fliege versetzt, vielleicht steht dieses alte Weiblein, diese Kräuterfrau, im Sold seines Vaters? Vielleicht hat er sie auch überhaupt nicht aufsuchen müssen.« Mit seinen Knöcheln stützte er sich noch immer auf dem Tisch ab, neben dem sitzenden Fürsten, und starrte Sigismondo mit seinen goldgesprenkelten Augen an, die ihm den Spitznamen *die Katze* eingetragen hatten. Wieder lächelte er, diesmal weniger einnehmend. »Vielleicht gibt es noch andere, die Landucci zu Diensten sind.«

Er hatte Sigismondo den Fehdehandschuh hingeworfen, und es war beinahe ebenso gefährlich, diesen geflissentlich zu übersehen wie ihn aufzuheben. Bevor Sigismondo antworten konnte, trat ein Mann vor. Er hatte, die Arme in die Hüften gestemmt und den Kopf zur Seite geneigt wie ein kritischer Zuschauer bei einem Theaterstück, weit genug entfernt vom Fürsten gestanden, um sich außerhalb seines unmittelbaren Machtbereichs zu befinden. Aber er war Gatta nahe genug, um deutlich zu zeigen, wem seine Loyalität galt. Michelotto lächelte, wie gewöhnlich.

»Warum schicken wir nicht nach Landucci und stellen ihn seinem Sohn gegenüber ... und seinem Spion?«

»Nein, nein ...« Der Fürst schien verlegen, höchstwahrscheinlich, weil er wußte, daß Sigismondo *sein* Spion war und den Auftrag gehabt hatte, den Befehlshaber eben des Mannes unter die Lupe zu nehmen, von dem der Vorschlag stammte. Er fuhr zusammen, als Gatta sich ihm zuwandte, und blickte ihm widerstrebend in die Augen.

»Warum denn nicht, Hoheit? Falls Landucci die Spinne im Mittelpunkt dieses Verschwörernetzes ist, dann sollten wir ihn aus seinem sicheren Versteck herauslocken und hören, was er zu sagen hat. Michelotto wird ihn nach Viverra holen, und falls er nicht geständig ist, werden wir seinen Sohn vor seinen Augen in Stücke reißen und auf diese Weise die Wahrheit über das Gift herausbekommen.«

Die Miene des Fürsten hellte sich bei dieser verlockenden Aussicht, die auf den ersten Blick Sinn zu machen schien, nicht auf. Er warf Sigismondo, der schweigend vor ihm stand, einen kläglichen Blick zu. Michelotto kam um den Tisch herum und legte Sigismondo liebevoll den Arm um die Schultern. Der Fürst stellte trotz all seiner Bedrängnis Betrachtungen darüber an, wie zwei Männer ohne Haupthaar so unterschiedliche Köpfe haben konnten. Michelottos spitz zulaufende Ohren verliehen ihm das Aussehen eines Fauns, während Sigismondos machtvolle Statur auf größere innere Stärke hindeutete. Wenn man nur hinter die Stirn schauen und Gedanken lesen könnte ...

»Hoheit, falls Ridolfo Ridolfi einverstanden ist«, Michelotto sprach den vollen Namen seines Heerführers mit übertriebener Feierlichkeit aus, »dann würde ich vorschlagen, daß Meister Sigismondo mit mir reitet, um Landucci zu ergreifen.«

Sigismondos Arm umfaßte Michelottos Leibesmitte mit stählernem Griff. »Nichts lieber als das, Hoheit. Wenn ich schon beschuldigt werde, im Sold Eurer Feinde zu stehen, dann laßt mich Euch zu Diensten sein, indem ich sie Eurem Richtspruch zuführe.« Er wandte Michelotto sein Gesicht mit einem herzlichen Ausdruck zu, während dessen Lächeln jetzt so gezwungen wirkte wie der stählerne Griff um seine Taille. »Ihr, mein Herr, werdet mir auf Schritt und Tritt folgen und Hoheit Bericht erstatten, ob bei Landucci Anzeichen zu entdecken sind, daß er mich kennt.«

»Aber wir brauchen Euch hier – mein Sohn ist verschwunden, und Ihr habt ihn schon einmal aufgespürt.« Der Fürst war erregt. Wie sollte er die Ereignisse, die sich überschlugen, alleine im Blick behalten? In seine anfangs überschwengliche Freude über den Erfolg der Goldsuche mischte sich nun ein Wermutstropfen: Da war die schlaflose Nacht voller Aufregung gewesen, als er und Doktor Virgilio den kleinen Goldklumpen liebevoll in den Händen gehalten und versucht hatten, das geglückte Experiment in allen Einzelheiten zu wiederholen; da war die Angst, als sein Sohn nicht nur verkündet hatte, der Welt zu entsagen, sondern sich auch prompt in Luft auflöste; und sein eigenes Leben befand sich in Gefahr, wie die vergifteten Handschuhe und vielleicht auch das vergiftete Konfekt bewiesen ... Er fühlte sich alles andere als sicher, und alles andere als genesen. Sein Beschützer sollte eigentlich der Mann an seiner Seite sein, der sich verpflichtet hatte, für ihn zu kämpfen, der die Verräter Carlotti und Landucci besiegt hatte, aber der Mann, in dessen Gegenwart er sich sicher fühlte, war der geheimnisvolle Unbekannte, der ihm gegenüberstand.

Andererseits, wenn der Mann ihm gegenüber ehrlich gewesen

war, dann würde er Michelotto begleiten und hinlänglich Gelegenheit erhalten, in Erfahrung zu bringen, was Gatta im Schilde führte. Dieses Vorhaben würde ihm leichter fallen, als wenn er Gatta selbst beobachtete. Michelotto war in die Pläne seines Heerführers eingeweiht, und vielleicht konnte Sigismondo den Mann zum Reden bringen und ihm Auskünfte über Gattas Vorhaben aus der Nase ziehen.

Der Fürst räusperte sich vernehmlich und legte die Hände vor sich auf den Tisch, eine Geste, die seine Macht bekunden sollte. »Nun, wir brauchen Euch zwar hier, aber wir sind dennoch einverstanden. Ihr werdet den Grafen Landucci nach Viverra bringen, wo er sich zu den Beschuldigungen äußern wird, die man gegen ihn und seinen Sohn erhebt. Ihr habt unsere Erlaubnis, Euch unverzüglich auf den Weg zu machen.«

Ungefähr um dieselbe Zeit, als Sigismondo sich auf eine Reise begab, die Landucci bis zur gleichen Stunde des darauffolgenden Tages nach Viverra bringen sollte, und Fürst Scipione sich auf sein Ruhebett begab, um den versäumten Schlaf nachzuholen, wurde einem Suchtrupp des Fürsten der Zutritt, ja sogar eine Unterredung mit dem Abt des Dominikanerklosters eine Meile außerhalb der Stadt verwehrt. Die Männer werteten die unvermittelte und einsilbige Weigerung als Schuldbeweis; die Mönche hatten dem jungen Fürsten Francesco zweifellos Unterschlupf gewährt, und so eilten sie nach Viverra zurück, um weitere Anweisungen entgegenzunehmen.

Ungefähr zu diesem Zeitpunkt fand Francesco seine Höhle.

Es war eine lange, enttäuschende Suche gewesen. Die Morgendämmerung und der freudig erregte Aufbruch am späten Nachmittag schienen lange her zu sein. Er hatte noch keinen Bissen zu sich genommen. Er hatte sich vorgestellt, daß Franziskanermönche – und in seinem soeben erstandenen Gewand sah er just wie einer aus – nur irgendwo auftauchen mußten, die Hände zu einer demutsvoll bettelnden Geste erhoben, und schon würden ihnen Segnungen über Segnungen zuteil, von denen eine sehr greifbare etwas zu essen war. Bedauerlicherweise herrschte auf dem schmalen Saumpfad, der in die Berge führte, alles andere als reger Verkehr, so daß sich kaum Gelegenheit für den Beweis einer solchen Mildtätigkeit bot. Er war sogar auf das tiefste gekränkt worden, als er schließlich ein Dorf erreichte und einem beleibten Bäuerlein mit einer Hacke über der Schulter begegnete, der ihm mit der Faust gedroht und gewarnt hatte, ja seiner

Frau vom Leibe zu bleiben. Es war müßig, einem solchen Rohling zu erklären, daß er nichts mit den feisten Mönchen aus den erbaulichen Geschichten von gehörnten Ehemännern und lüsternen Nonnen zu schaffen hatte, die man sich nach einem üppigen Mahl bei Hofe erzählte, sondern vielmehr ein frommer Eremit war, der jedem unlauteren Gedanken genauso entsagte wie seinem Anrecht auf die Herrschaft über Viverra. Im Dorf war er um keinen Deut freundlicher empfangen worden. Ein streunender Köter hatte versucht, ihm in die Waden zu beißen, und es geschafft, einen Fetzen aus seiner ungenießbaren Kutte zu reißen. Die Dorfkinder hatten sich ausgeschüttet und sogar auf dem Boden gewälzt vor Lachen, als er versuchte, den Hund abzuwehren. Nun setzte er seinen Weg in der wachsenden Überzeugung fort, daß man keinem menschlichen Wesen trauen könne und Gott die einzig sichere Zuflucht eines Mannes sei. Er wußte nicht, daß nur der Respekt vor seinem vermeintlichen Mönchshabit sie daran gehindert hatte, mit Steinen nach ihm zu werfen.

Nicht weit vom Dorf entfernt befand sich ein kleines Wäldchen, durch das sich ein schmaler Fluß schlängelte. Er setzte sich an das moosbewachsene Ufer und tauchte seine Füße in das segensreiche, eisige Wasser. Sie waren wund, staubig und bluteten aus zahllosen winzigen Schnittwunden, die er sich auf den Steinen und verstreut liegenden Ästen zugezogen hatte. Er konnte sich nicht erinnern, barfüßige Bettelmönche gesehen zu haben, die humpelten, wie er es die letzte Meile oder länger getan hatte, aber wahrscheinlich hatten sie auch Zeit gehabt, eine schützende Hornhaut zu bekommen. Ihnen waren die Demütigungen versagt geblieben, die ihm von Gott als Prüfung auferlegt wurden. Er sprach ein Dankgebet, sowohl für die Leiden als auch für das Wasser, und trank aus den hohlen Händen, ohne die geringste Ahnung, wieviel Glück er hatte, oberhalb des Dorfes am Fluß zu sitzen. Er trocknete seine Füße mit dem Zipfel seiner Kutte, wobei sie wieder genauso schmutzig wurden wie zuvor, und dabei fiel sein Blick auf die purpurroten Beeren, die im nahegelegenen Buschwerk glänzten, als ein Sonnenstrahl auf sie fiel. Er sprang auf, lief geschwind hinüber, riß sie ab und stopfte sie mit größerer Begeisterung in den Mund, als er während eines erlesenen Mahls bei Hofe angesichts so mancher Köstlichkeit in ihrer ganzen Pracht aus gesponnenem Zucker empfunden hatte. Sie schmeckten bitter, aber auch das nahm er als eine Kasteiung hin. Es gab niemanden, der ihn darauf hingewiesen hätte, daß Beeren, die unweit von Dörfern wuchsen, höchstwahrscheinlich aus gutem Grund am Busch belassen worden waren. Bevor er das Wäldchen verließ, ging er bereits auf alle viere nieder und erbrach sich ins Moos; seine stechenden Leibschmerzen erinnerten ihn an die Magenkrämpfe seines Vaters, und zum ersten Mal in seinem Leben empfand er wahre Seelenverwandtschaft mit ihm.

Er lag vor Schwäche zitternd und keuchend da, während er sich insgeheim fragte, ob er nun über den Berg sei oder sterben müsse. Er dachte daran, daß man vor seinem Weggehen im Palast gemunkelt hatte, der venezianische Gesandte sei vergiftet worden, und überlegte, ob Signore Loredano wohl ebenso gelitten haben mochte wie er. Seine ganze Leibesmitte schmerzte höllisch. Zuerst hatte das erschreckende Gerücht die Runde gemacht, der Gesandte sei an der Pest erkrankt, die sich Meile für Meile von Osten her Viverra näherte. Dann wurde im Flüsterton berichtet, sehr zur Beruhigung angesichts dieser Umstände, daß es nur Gift gewesen sei, das gleiche, woran die hübsche, törichte Ginevra Matarazza vor wenigen Tagen gestorben war. Doch wer hatte den beiden das Gift verabreicht?

Er lag da und ließ seinen Gedanken freien Lauf, wobei er vergaß, seine Gebete zu wiederholen, während er hoffnungsvoll darauf wartete, daß er sich bald besser fühlen würde. Wer immer Ginevra aus dem Weg haben wollte, hätte Signor Loredano kaum aus dem gleichen Beweggrund umgebracht, obwohl ein Page die geistreiche Idee geäußert hatte, es könne ein Liebhaber gewesen sein, der auf den Erfolg des Gesandten bei Ginevra eifersüchtig war. Alle anderen Pagen hatten sogleich darauf hingewiesen, daß Signor Loredano jungen Männern zugetan war, wie sie ausnahmslos bestätigen konnten, und selbst wenn diese Theorie Hand und Fuß hätte, wäre der geheimnisvolle Liebhaber doch sicher darauf bedacht gewesen, auch Gatta ins Jenseits zu befördern.

Francesco wußte, was niemand aussprach: daß der Tod ein verschlungener Racheakt an seinem Vater sein könnte. Venedig hatte in der Vergangenheit, vor dem jüngsten Streit mit dem Papst, dem Heiligen Vater ins Ohr geflüstert, das päpstliche Lehen Viverra brauche eine stärkere Hand als die Fürst Scipiones. Vielleicht wurzelten sämtliche Schwierigkeiten seines Vaters in eben diesem Umstand.

Und dann, als er gerade hatte losgehen und sich mit seinem lieben Freund Donato aussprechen wollen, mußte er die schier unglaubliche Neuigkeit erfahren, daß sich dieser im Verlies der Alten Burg befand, weil er Konfekt vergiftet haben sollte. Hatte ihn Donato die ganze Zeit über arglistig getäuscht? War er ein Feind, ein genauso treuloser Verräter wie sein Vater, der alte Landucci? Hatte er kaltblütig geplant, die Fürstin zu vergiften, die er angeblich anbetete?

Francescos Magen geriet erneut in Aufruhr. Er rollte sich auf die Seite und stöhnte. Nachdem Donato den Fürsten und die Fürstin ermordet hatte, wäre er als nächstes Opfer an der Reihe gewesen. Bruder Ambrogio hatte recht: Traue keiner Menschenseele, nicht einmal deinem besten Freund. Suche die Nähe zu Gott. Francesco wurde jäh bewußt, daß er nicht gebetet hatte. *Bete fortwährend*, hatte Bruder Ambrogio ihm eindringlich geraten. Suche die Einsamkeit in Gottes freier Natur, wo Vögel und andere Tiere des Waldes leben, unschuldige Geschöpfe des HERRN.

Ein Vogel, der in eigener dringlicher Sache durch den Wald streifte, erleichterte sich, als er über den jungen Fürsten hinwegflog, und dieser spürte, wie etwas auf seinem Kopf landete. Als er merkte, um was es sich handelte, fragte er sich, ob er darin eine Bestätigung seiner Gedanken oder, wie seine Amme zu sagen pflegte, lieber ein gutes Omen sehen sollte.

Falls der vorüberfliegende Vogel nach einer Zufluchtsstätte Ausschau gehalten hatte, dann verstand er einiges vom Wetter. In dieser Hinsicht war es kein gutes Omen. Als sich Francesco davon erholt hatte, die Beeren zu opfern, saß er eine Weile reglos im Moos. Die Leere in seinem Magen war noch größer als zu dem Zeitpunkt, da er sie gefunden hatte, und so wartete er, bis er sich wieder stark genug fühlte, seine Suche nach einer Höhle fortzusetzen. In dem Gehölz wurde es zunehmend dunkler, als wären die Bäume von einem riesigen, schwebenden Vogel überschattet. Sie begannen sich drohend aufzurichten und ihre Äste erregt hin- und herzubewegen, als machten sie sich große Sorgen; Blätter wirbelten umher, um sich dem Reigen derer anzuschließen, die schon wie kleines braunes Getier in alle Winde zerstoben. Ein leises, durchdringendes Grollen am Firmament veranlaßte ihn, den Blick zu heben. Er wußte, was das bedeutete.

Sollte er Schutz unter den Bäumen suchen oder sich ein letztes Mal bemühen, eine sichere, trockene Höhle zu finden? Die umherschwirrenden Blätter erinnerten ihn daran, daß er in Wäldern wie diesem zu jagen pflegte, und obwohl ein wilder Eber immer gefährlich war, erschien er weniger furchteinflößend, wenn man vom Rücken eines Pferdes auf ihn herabsah oder, falls man sich auf dem Boden befand, wenn man mit einem starken Speer bewaffnet und von anderen gut gerüsteten Jagdgenossen umringt war. Francesco rappelte sich mühsam hoch. Herr, erbarme dich, betete er. Erbarme dich all jener, die leiden, und laß mich eine Höhle finden.

Gott befleißigte sich offenbar eines Hinhaltemanövers, wofür er zweifellos seine Gründe hatte. Der Regen strömte auf Francesco hernieder, als er das Wäldchen verließ. Er taumelte auf unsicheren Beinen weiter, unfähig, mehr als einen oder zwei Schritte nach vorne zu sehen, wo das Wasser in Bächen zwischen den Steinen hinunterrann und der Regen, der von seiner Kapuze tropfte, einen eigenen Wasserfall bildete. Er war so in sein Elend vertieft, daß er kaum merkte, ob er hügelaufwärts oder hügelabwärts stolperte. Er wischte sich das Wasser von Nase und Kinn, und seine Füße waren so eiskalt, daß sie ihn kaum noch schmerzten. Deshalb hätte er um ein Haar verpaßt, was ein jäher Blitz, Gottes Finger, ihm zeigte.

Hinter dem dichten Vorhang des Regens, dunkler als die glänzende Gesteinsoberfläche zwischen den riesigen, auf dem Hügel verstreuten Felsblöcken, erspähte er plötzlich einen Spalt. Kein Pfad führte dorthin, soweit er erkennen konnte, und ein verkümmerter Busch, der in der Felsspalte wuchs, verhüllte zur Hälfte die Öffnung, aber trotz alledem konnte es keinen Zweifel geben: Er hatte seine Höhle gefunden. Er bahnte sich mühsam seinen Weg hinauf, rutschte auf dem Geröll aus und stieß die tropfenden Zweige beiseite, um sie in Besitz zu nehmen. Die Dunkelheit im Innern war beinahe traulich und warm nach dem eisigen Regen, und er besann sich darauf, schnurstracks auf die Knie zu fallen und ein Dankgebet zu sprechen. Was waren Hunger oder Krankheit, verglichen mit einem solchen Zeichen, daß Gott über ihn wachte und seine Absichten guthieß? In dieser Höhle würde er leben und sterben, natürlich erst dann, wenn er sich viele Jahre der frommen Erbauung hingegeben und sich die Liebe aller Kreaturen – das Bild des Bauern mit der Hacke tauchte vor seinem inneren Auge auf – durch seine vorbildliche Lebensführung verdient hatte.

Er erhob sich von den Knien, setzte die Kapuze wieder auf und begann, die Höhle zu erforschen. Sofort entdeckte er einen weiteren Fingerzeig für Gottes Wirken: Er hatte dafür gesorgt, daß Nahrung für ihn bereitstand! Es kamen keine Raben, um ihn zu füttern, aber schließlich besaß er auch noch nicht das Format eines Elias, doch in einer hohen Felsennische, tiefer im Innern der Höhle, stieß er auf einen kleinen Vorrat von Äpfeln und Nüssen. Er verschwendete keinen Gedanken an die Möglichkeit, daß vielleicht ein anderer als der heilige Geist dieses Füllhorn ausgeschüttet haben könnte. Er aß ganz einfach, knackte die Nußschalen mit einem Stein und hielt erst inne, als ihm der Gedanke durch den Kopf schoß, er würde möglicherweise für einen Apfel dankbar sein, wenn Gott ihm nicht morgen in aller Herrgottsfrühe ein Frühstück schickte.

Nun, da er nicht mehr ganz so hungrig war – obwohl Äpfel nicht so sättigten, wie man meinen könnte, und es zudem noch immer in seinem Gedärm rumorte –, konnte er sein nächstes Bedürfnis angehen, nämlich warme, trockene Kleider. Gott hatte kein Feuer entzündet, aber – und hier sprach Francesco erneut ein Dankgebet – alles bereitgestellt, was man dafür benötigte, säuberlich an der Stelle aufgeschichtet, wo die Wand einen spitzen Winkel mit dem geneigten Boden bildete, so daß Francesco auf dem Bauch kriechend nur danach greifen mußte: trockene Zweige, einige Holzscheite, ja sogar Späne zum Anzünden. Francesco hatte schon zugeschaut und wußte, wie man im Freien ein Feuer entfacht. Er wollte gerade sein Holz zur Höhlenöffnung schleppen, zufrieden, daß er daran gedacht hatte, wo man eine Feuer anzündet, als ihm einfiel, daß er gar nichts zum Anzünden besaß.

Er suchte noch einmal gründlich alles ab. Die Höhle, die eher einer vergrößerten Felsspalte als dem hohen Kuppelgewölbe ähnelte, das er sich vorgestellt hatte, bot nichts, womit man ein Feuer entfachen konnte, und all sein Wissen half ihm nichts. Feuer war in seinem bisherigen Leben stets etwas gewesen, was bereits angezündet war. Er hatte zugesehen, wie man Flintstein und Zunder benutzte, und er wunderte sich, daß Gott nicht auch dieses Werkzeug bereitgestellt hatte, denn der Dornbusch draußen tropfte, statt daß er brannte.

Es gab also keine Möglichkeit, Feuer zu machen, aber weiter hinten, wo die Höhle sich rundete, fand er etwas genauso Verlockendes: ein Bett. Trockenes Gras war auf Kiefernzweigen aufgeschichtet und ein sauberes, schweres Sackleinen darüber gebreitet; es waren sogar duftende Kräuter darauf verstreut, denn er roch Rosmarin und Thymian. Ihm wurde plötzlich bewußt, wie müde er war und wie viele Meilen er heute barfuß zurückgelegt hatte. Also zog er seine stinkende, nasse Kutte aus, sank auf das Bett, deckte sich mit dem Sackleinen zu, und mit dem Duft der Kräuter in der Nase und dem Trommeln des Regens, das ihn einlullte, fiel er sofort in einen tiefen traumlosen Schlaf. Die Betten im Palast hatten ihm nie so große Bequemlichkeit geboten.

Der Regen prasselte noch immer auf die Felsen nieder, als er erwachte. Ein anderes Geräusch, vertraut, aber anders als das des Regens, veranlaßte ihn, zu lauschen, sich mit einem Ruck umzudrehen und ungläubig zu blinzeln. In der Höhle brannte ein prasselndes Feuer. Das Holz war an einen anderen Platz gelegt worden und nährte nun die lodernden Flammen, und in ihrem Schein sah er einen Schatten, der noch merkwürdiger anmutete. Eine Frau stand am Feuer, ein Mädchen mit langen, wallenden schwarzen Haaren. Während er sie fassungslos anstarrte, begann sie mit schlangengleicher Anmut, ihre Kleider abzulegen. Francesco stützte sich auf einen Ellbogen und spähte um den Felsen.

Das mußte ein Blendwerk des Teufels sein. Der heilige Antonius war in der Wüste von Dämonen heimgesucht worden, die ihm in der Gestalt schöner Frauen erschienen. Auf den Gemälden, die Francesco von dieser Begebenheit gesehen hatte, waren die Dämonen in Kleidern aus Tierfellen abgebildet, mit schamlos entblößten Brüsten und Schenkeln. Dieser Dämon hier hatte sämtliche Hüllen fallen lassen und kroch, die Kleider auf dem Boden ausbreitend, splitterfasernackt nahe den Flammen herum, wobei er das lange Haar am Feuer trocknete.

Er wußte, daß er einschreiten, daß er sich aus seinem Versteck wagen und sich ihr nähern mußte, den Rosenkranz hoch erhoben, um den Dämon in die Abgründe der Hölle zurückzuschicken. Doch zwei Dinge hielten ihn zurück. Zum einen war sie sehr hübsch für einen Dämon. Es konnte für sein Seelenheil also nur von Vorteil sein, der Versuchung so lange wie möglich zu widerstehen. Und zum anderen war er keineswegs in der Verfassung, entschlossen zu handeln und einen solchen Wirbel zu veranstalten; er fühlte sich noch immer schwach und fiebrig. Durch den Regenguß des Vortags war er bis ins Mark durchgefroren, und außerdem wußte er keineswegs sicher, ob es sich nicht vielleicht um einen Fieberwahn handelte. Und ganz abgesehen davon war er nackt.

Er mußte sich nur eines vor Augen halten: Die Gestalt war ein Blendwerk des Teufels, der versuchte, seine frommen Absichten zunichte zu machen. Francesco wußte nichts über die Untugend der Hoffart, denn schließlich hatte er erst vor kurzem begonnen, Predigten Gehör zu schenken. Kein Wunder also, daß er diese nicht erkannte, sondern meinte, Satan sei besonders erpicht darauf, um die Seele eines künftigen Herrschers zu ringen ... genauer gesagt, eines Mannes, der Herrscher geworden wäre, wenn er nicht allen weltlichen Freuden entsagt hätte. Nein, er wollte dem Teufel beweisen, daß er dieser Situation gewachsen war, daß er nicht straucheln und vom rechten Weg abkommen würde.

Und doch wäre er beinahe gestrauchelt, als er, notdürftig in die sackleinerne Bettdecke gehüllt, aus dem Schatten zum Feuer stürzte, den Rosenkranz in der ausgestreckten Hand.

Er hatte sich nicht ausgemalt, was daraufhin passieren könnte.

Die Dämonen, die den heiligen Antonius mit ihrem schwellen-
den Fleisch bis aufs Blut gepeinigt hatten, schienen auf dem
Bildnis unvermutet von dannen zu schweben, als der keusche
Heilige sie vertrieb, wobei sie ihre Hörner und Schwänze erkennen ließen. Doch diese Kreatur hier wußte offenbar nicht, was
sich geziemte. Sie sprang auf, als er sich näherte, griff wahllos
nach den Kleidern, die sie schützend vor den Leib hielt, und
nun, als sie sich plötzlich erneut bückte, funkelten ihre Augen
im Feuerschein. Was sonst noch im Feuerschein funkelte,
brachte seinen Vormarsch jäh zum Stillstand. Ihre Hand umklammerte ein langes, gebogenes Messer, und es hatte ganz den
Anschein, als ob sie damit imstande wäre, ihm mit einem Stoß
das Herz zu durchbohren.

Benno war tief beeindruckt von der Burg des Grafen Landucci. Sie sah verwittert aus und mochte ungefähr so viele Jahre wie die alte Burg in Viverra auf dem Buckel haben, die Fürst Scipione als Alchimistenküche und Kerker zugleich diente. Im Gegensatz zu Viverras Gemäuer war diese Burg jedoch keine Ruine. Sie erfüllte bestens ihre Aufgabe, wie eine riesige steinerne Kröte auf einem Erdwall zu hocken und sich drohend auf dem steilen Felsen über ihnen zu erheben, als sie sich ihr auf einem schmalen Saumpfad näherten. Benno verstand, daß sich Landucci in einem solchen Schanzwerk unangreifbar gefühlt haben mochte und jederzeit bereit, der Lehnshoheit des Fürsten Scipione zu trotzen. Als Michelottos Truppe mit klappernden Hufen durch das große Burgtor ritt, wobei sich Benno dicht hinter Sigismondo hielt, fragte er sich, wie um alles in der Welt es Gatta gelungen sein mochte, Landucci zur Vernunft zu bringen. Der Kampf um Mascia hatte sich als wirres, gräßliches Gemetzel entpuppt, und wenn der Söldnerführer Scala nicht gleich zu Beginn der letzten Schlacht von Sigismondo getötet worden wäre, hätte es möglicherweise noch schlimmere Verluste gegeben. Benno, der seinen Blick geistesabwesend über die nächtlichen Lagerfeuer der Soldaten schweifen ließ, war zu der Schlußfolgerung gelangt, daß ein Condottiere wohl kaum einen Auftrag annahm, der sich von vornherein als Nachteil für ihn präsentierte. Ein Söldnerführer zog es vor, dafür entlohnt zu werden, daß er erfolgreich drohte; er würde alles daransetzen, nicht zu viele Männer im Kampf zu verlieren, auf die er ja schließlich angewiesen war. Wer in diesem Geschäft leichtfertig das Leben seiner Männer aufs Spiel setzte, konnte nicht mit großer Gefolgschaft rechnen. Die persönliche Feindschaft zwischen Scala und Gatta war ein besonderes Merkmal bei der Belagerung von Mascia gewesen.

»Eine Bitte, mein Freund.« Michelotto hatte seinem Pferd die Sporen gegeben und ritt nun an Sigismondos Seite im Troß; Benno sah, wie sich sein Herr lächelnd zu ihm umwandte. »Wenn wir Landucci heute nacht zurückbringen, könntet Ihr dann neben ihm reiten und ihn scharf im Auge behalten? Solange wir uns in seiner Grafschaft befinden, besteht die Gefahr, daß seine Leute so dumm sind, einen Befreiungsversuch zu unternehmen. Wem könnte dieser Handstreich gelingen, wenn der Mann vom Schlächter Scalas bewacht wird?«

»Ihr schmeichelt mir.« Benno entdeckte bei dieser Antwort einen Anflug von Sarkasmus in der Stimme seines Herrn. Sigismondo hatte ihm von Michelottos Forderung erzählt, er solle die Truppe begleiten, um beobachten zu können, wie er sich gegenüber dem Verräter Landucci benahm. Benno konnte sich keinen Reim darauf machen. Was sollte Sigismondo mit Landucci zu schaffen haben?

Als sie die Gemächer des Grafen betraten, war bei Landucci nicht das geringste Zeichen eines Wiedererkennens zu entdecken. Er hatte Schach gespielt. Das Brett befand sich noch auf der breiten Empore der Bettstatt, unter den Steinen herrschte heillose Unordnung. Seine Kopfbedeckung befand sich ebenfalls restlos in Unordnung, als habe er sie in aller Eile aufgestülpt und sei soeben erst zum Bett geeilt, weil ihn dieser Sitzplatz würdevoller dünkte. Unter der Kappe wirkte sein sonnenverbranntes und zerfurchtes Gesicht besorgt, als er von Michelotto zu Sigismondo blickte, diesen zwei kahlgeschorenen Köpfen, die in absonderlichem Schulterschluß eine bedrohliche Front bildeten. »Warum hat Euch Fürst Scipione zu mir geschickt?«

Michelotto antwortete mit seinem übertriebensten und phantasievollsten Kratzfuß.

»Fürst Scipione, mein Herr, hat uns nicht zu Euch, sondern nach Euch geschickt.«

Landucci erhob sich. »Aus welchem Grund? Was wirft man mir vor?«

»Ihr sollt zu den Beschuldigungen gegen Euren Sohn gehört werden.«

Daraufhin ertönte ein banger Aufschrei von einer Frau mit silbernem Haarnetz, die neben dem Bett gesessen hatte. Ihrem noch immer hübschen Gesicht nach zu urteilen, schien sie Donatos Mutter zu sein, und daß sie sitzen geblieben war, als Landucci aufstand, zeigte klar an, daß sie seine Gemahlin war.

»Mein Sohn? Was soll er angestellt haben?«

»Er hat den Fürsten Scipione vergiftet.« Michelotto kostete jedes Wort genüßlich aus. Die Gräfin Landucci schlug entsetzt die Hand vor den Mund, als wolle sie einen weiteren Aufschrei unterdrücken. Ihr Gemahl wirkte eher verwirrt als besorgt.

»Der Fürst schickt nach mir? Und gerade sagtet Ihr, er wurde vergiftet!« Offensichtlich hoffte dieser Mann, zu spät an seinem Sterbebett zu stehen.

Michelotto lächelte und genoß die Geheimniskrämerei. »Euer Sohn hatte in letzter Zeit alle Hände voll zu tun, Graf Landucci. Unvorstellbar! Zuerst stirbt die Hofdame Ginevra Matarazza an dem Gift in den Handschuhen –«

»Davon haben wir gehört! Wer behauptet, mein Sohn hätte etwas damit zu tun? Jeder wäre in der Lage gewesen, die Handschuhe in das Kästchen zu legen. Die Dame war dumm genug, sie anzuziehen.« Er brachte eindeutig keinen Funken Mitgefühl für die arme Ginevra auf, die sich unseligerweise zwischen Fürst Scipione und den Tod gedrängt hatte.

»Jeder, Ihr sagt es.« Michelotto machte ein kummervolles Gesicht, was Landuccis Gemahlin mit Schrecken beobachtete.

»Doch seht Ihr, da Eurem Sohn nachgewiesen wurde, daß er der Fürstin vergiftetes Konfekt geschenkt hat, die es ihrerseits an ihren Gemahl weitergab, wie Euer Sohn sehr wohl wußte, denkt man natürlich« – ein strahlendes Lächeln folgte der vorgetäuschten Trauermiene –, »daß er die Handschuhe ebenfalls mit Gift getränkt hat.«

Landucci trat einen Schritt vor, sein Gesicht verzerrt in jäher, unbeherrschter Wut. »Wer wagt es, *mich* zu beschuldigen? Warum schickt man nach *mir*? Ich habe meinen Sohn als Faustpfand für *mein* Wohlverhalten und nicht für das seine nach Viverra ziehen lassen müssen. Er befindet sich seit langem in der Hand des Fürsten. Der Fürst kann mir nichts anhaben.«

»Welch bedauerlicher Trugschluß!« Die falsche Trauermiene war wieder da. »Er kann und er wird! Ihr werdet auf der Stelle mit mir nach Viverra reiten.«

»Was wird mit meinem Sohn geschehen? Wo ist er?« Donatos Mutter war aufgesprungen und eilte zu Sigismondo, der während des ganzen Disputs schweigend neben Michelotto gestanden hatte. Sie hatte die beiden Männer genau betrachtet und war zu der Schlußfolgerung gelangt, daß dieser Mann das freundlichere Gesicht besaß, obwohl ihr Urteil vielleicht nicht ungeteilte Zustimmung gefunden hätte. »Sie haben ihn doch nicht etwa hingerichtet?« Sie vermochte kaum zu sprechen, weil sie die Tränen zurückdrängen mußte. Sigismondo verbeugte sich und ließ sich von ihr zum Fenstersims ziehen, wo sie einige Minuten miteinander sprachen. Man hörte, wie seine tiefe Stimme ihr versicherte, daß ihr Sohn lebe und es ihm gut gehe, obwohl er sich im Kerker der alten Burg befände. Während die beiden sich unterhielten, beobachtete Benno, der mit einigen Männern der Eskorte an der Tür stand, wie Michelotto auf Landucci einredete. Er riet ihm ohne Zweifel, Ruhe zu bewahren, denn das Gesicht des Grafen veränderte sich; es zeigte keine wutentbrannte Gegenwehr mehr, sondern hatte einen nachdenklichen Ausdruck angenommen.

Man setzte ihnen einen kleinen Imbiß vor, bestehend aus Brot mit Olivenöl und Wein. Es war bereits dunkel, als sie aufbrachen, doch der Schein des Mondes, obwohl hinter Wolken verborgen, reichte aus, um ihnen den Rückritt bei Nacht zu ermöglichen. In der Burg herrschte rege Geschäftigkeit. Landucci wählte einen häßlichen, alten grauen Klepper und verabschiedete sich von seiner Gemahlin, die noch immer in Tränen aufgelöst war. Sein Gesinde murrte und lief unruhig hin und her, aber da er sich widerstandslos in seine Lage fügte, verzichteten auch sie darauf, Scherereien zu machen.

Biondello war eine Zeitlang neben dem Troß einhergetrippelt; nun ließ er sich mit dem größten Vergnügen hochheben und in sein gewohntes kuscheliges Nest unter Bennos Wams verstauen. Als sie die schmale Straße am Fuße des Felsens erreichten, auf dessen Gipfel sich die Burg erhob, rief Sigismondo nach Benno, der in der Nachhut ritt; Benno merkte plötzlich, wie eng die Eskorte zusammengerückt war. Es war ihm nicht gelungen, sich nach vorne an die Seite seines Herrn durchzudrängen, und erst auf Sigismondos Zuruf hin machten ihm die Männer Platz. Auch ihr Verhalten hatte sich verändert. Er war noch nie in Begleitung von Soldaten geritten, die sich im Einsatz befanden. Auf dem Hinweg hatten sie geplaudert und gesungen, doch nun schwiegen sie, wahrscheinlich, weil sie einen Gefangenen eskortierten.

Michelotto machte einige launige Bemerkungen über die Nacht; Landucci würdigte ihn keiner Antwort, aber sein Grauer, der wiederholt seitwärts ausscherte, verriet die Unruhe seines Reiters. Das fahle Fell leuchtete im blassen Schein des Mondes. »Ich kann den Regen riechen«, sagte Sigismondo. Er hatte seine Kapuze aufgesetzt, doch Michelotto schien die eisige Kälte der Nachtluft nicht zu spüren. Der Saumpfad, nur für Pferde begehbar und ohne die Spuren vierrädriger Karren, führte in gerader Linie quer durch das Land, auf und ab durch steiniges

Hügelgelände, Pinienwälder und niedriges Unterholz. Landucci hielt die Zügel seines Pferdes so kurz, daß es immer wieder den Kopf hochriß, um sich mehr Bewegungsfreiheit zu verschaffen, und seitwärts tänzelte, so daß Benno ein wenig zurückblieb, um nicht seinen Hinterhufen ins Gehege zu kommen.

»Benno.« Sigismondos Stimme klang gelassen, aber unerwartet barsch. »Ich habe dir gesagt, daß du dich dicht hinter mir halten sollst.«

Er schob seine Kapuze zurück, und als er sich zum Sprechen umwandte, suchten seine spähenden Augen die Landschaft ringsum ab. Benno konnte den Regen nun ebenfalls riechen: Jenseits der Stelle, wo Viverra lag, war der Himmel schwarz, und ein- oder zweimal flammte ein Blitz auf. Die Landschaft, die sich im blassen Schein des Vollmondes, der sich hinter den Wolken verbarg, rund um die Reiterschar erstreckte, glich einem düsteren Flickwerk, bestehend aus dem fahlen Grau der Felsblöcke und schwarzen, undurchdringlichen Schatten unter den Bäumen. Als die Kavalkade eine Anhöhe hinauf- und in ein kleines Gehölz hineinritt, war das leise Grollen des Donners zu vernehmen, als zürnten die weit entfernten Berge.

Plötzlich, mit ohrenbetäubendem Geheul, brachen Männer zu beiden Seiten aus dem Unterholz hervor, mit Schwertern, die matt im Mondenschein glänzten. Der Angriff konzentrierte sich auf die Mitte, auf Sigismondo, der neben Landuccis klar erkennbarem Pferd ritt. Michelotto preschte an Benno vorüber und flankierte Landucci auf der anderen Seite, während die Eskorte herumschwenkte und die Angreifer zurückdrängte. Sigismondos Schwert beschrieb einen Bogen, sauste hinab, wirbelte durch die Luft, wurde erneut hoch erhoben und tief hinuntergestoßen. Benno, von der Nachhut zur Seite gedrängt, duckte sich im Sattel und versuchte, sein verängstigtes Pferd so nahe wie möglich bei Sigismondo zu halten, was bedeutete, daß er sich hinter Landuccis Grauen schob. Ihm schien, als habe er in dem

Getümmel Michelottos Arm ausgemacht, der sein Krummschwert schwang und es Landucci unter dem kurzen Umhang in
den Rücken, unterhalb der Rippen, stieß. Benno fragte sich
verwirrt, ob er einer Sinnestäuschung erlegen sei, hatte aber alle
Hände voll damit zu tun, Sigismondo nicht aus den Augen zu
verlieren. Landucci schien sich, wie Benno, über dem Sattelknauf zusammenzukauern. Michelotto hatte ein Schwert in der
Hand, es war eindeutig ein Schwert, und er kämpfte wie der
Teufel. Dann ging ein Wolkenbruch nieder. Sofort wurde es
stockfinster, und jeder war doppelt geblendet durch das strö-
mende Naß, aber just vor Einsetzen des Regens hatte Sigis-
mondo seinem Pferd die Sporen gegeben und war, Landuccis
Zügel ergreifend, hügelaufwärts galoppiert, durch eine Lücke,
die offenbar nur er ausgemacht hatte. Benno folgte ihm auf den
Fersen. Sie kamen nicht weit. Benno zügelte sein Pferd, wie die
beiden Reiter vor ihm; in der nassen Dunkelheit hörte man das
Stampfen der Hufe. Sigismondo brummte und wandte sich an
Landucci.
»Mylord, seid Ihr verletzt?«
»Er ist tot«, erwiderte Benno.

Fürst Scipione erwachte aus einem Traum, in dem er Gold in
seinen Händen gehalten hatte, das sein Sohn ihm entriß und
fortwarf. Er wischte sich mit einem Mundtuch den Schweiß von
der Stirn, spürte, wie die Stickerei auf seiner Haut kratzte, und
wünschte sich schmuckloses Leinen. Dann reichte er das Tuch
dem aufmerksamen Pagen, der auf seinem Posten außerhalb des
Vorhangs gelauscht und zwischen dem unterdrückten Stöhnen
eines Mannes, der unter einem Alptraum leidet, und dem leisen
Stöhnen eines Mannes, der sich den Unwägbarkeiten der Wirklichkeit gegenübersieht, zu unterscheiden gelernt hatte. Die
Pagen wären für ihren Fürsten durchs Feuer gegangen, der zwar
geistesabwesend und gelegentlich reizbar, aber im allgemeinen

liebenswürdig und rücksichtsvoll war, wenn er sich wohl fühlte. Nun sah er wieder einmal nicht besonders wohl aus, obwohl er einen ausgedehnten Mittagsschlaf gehalten hatte.

»Einen Becher Wein, Hoheit?« Seit der dummen Geschichte mit dem Konfekt und dem Tod des venezianischen Gesandten war in aller Eile ein Vorkoster in Dienst genommen worden. Der arme Mann hatte bereits von den Speisen und Getränken probiert, die der Page nun anbot, ohne sichtbare Folgen. Zugegeben, es gab Gerüchte von Giften, die erst nach Ablauf von Tagen und ohne vorhergehende Symptome wirkten, aber es gab auch Leute, die meinten, es sei schon tödlich, eine Kröte anzufassen. Manche Gefahren ließen sich eben nicht ausschließen.

Trotzdem winkte der Fürst ab. »Nein, nein. Wo steckt meine Gemahlin?«

»Hoheit befinden sich in Gesellschaft ihrer Damen, die unbedingt in den Garten wollten, um die Abendluft zu genießen.«

Der Fürst dachte darüber nach, dann erteilte er einen Befehl, der nicht zur Sache gehörte. »Signor Leconti soll kommen ... Nein! Ich werde mich in sein Atelier begeben.« Künstler waren, wie Forscher, äußerst ungehalten, wenn sie gestört wurden, und äußerst vertieft, wenn sie arbeiteten. Fürst Scipione interessierte sich brennend für Meister aller Art. Nach dem Besuch bei Leone Leconti würde er noch einmal Doktor Virgilio aufsuchen. Es war ja möglich, daß die wundersame Verwandlung wiederholt werden konnte und es dem Alchimisten inzwischen gelungen war, mehr Gold herzustellen. Der Gedanke daran war wie das Gold selbst, herzerwärmend und verlockend. Als erstes galt es gleichwohl, bei seiner Gemahlin Abbitte zu leisten, weil er sie zu Unrecht verdächtigt hatte.

Leconti war es schwergefallen, mit ungeteilter Aufmerksamkeit an die Arbeit zu gehen. Nach Verlassen der Kathedrale, das Skizzenbuch prall gefüllt mit zufriedenstellenden Entwürfen von der Gemeinde und dem Mönch, hatte er im nachhinein die aufsehenerregende, kurzweilige Predigt genossen. Doch dann mußte er zu seinem Leidwesen etwas unter den Kostbarkeiten auf dem Scheiterhaufen entdecken, das ihn scheel anblickte. Es war ein Porträt, das er vor zwei Jahren, bei einem früheren Besuch in Viverra, von der hübschen Frau eines gutbetuchten Bürgers gemalt hatte. Der Mann war so zufrieden mit dem Ergebnis gewesen, daß er ihm ein hübsches Sümmchen für das gelungene Werk in die Hand gedrückt hatte, glücklicherweise in Unkenntnis der Tatsache, daß der Maler darüber hinaus auch einige Zeit damit verbracht hatte, ihm Hörner aufzusetzen. Das Bildnis war eines der besten, die er je gemalt hatte, eines, an dem Auge und Hand gleichermaßen beteiligt waren, was selten vorkam. Er hatte haargenau den Ausdruck schelmischer Selbstzufriedenheit auf dem lieblichen Gesicht eingefangen, den satten Schimmer der Haut ... ausgezeichnet ausgeführt; und nun lag sein Glanzstück da und harrte darauf, verbrannt zu werden.

Nach diesem beunruhigenden Anblick fiel es ihm schwer, seine ungeteilte Aufmerksamkeit auf die durchgeistigte Miene des heiligen Franziskus zu richten. Als sein Auftraggeber nun in die geheiligten Hallen seines Ateliers eindrang, war er über die Störung nicht so ungehalten wie gewöhnlich. Es machte ihm auch nichts aus, daß dieser ihm mitteilte, er solle die Arbeit am Triptychon fürs erste ruhenlassen und statt dessen seine ganze Energie darauf verwenden, die Illustrationen im Stundenbuch zu vollenden, einem Geschenk für die Fürstin. Es würde ihm eine Freude sein. Er genoß die mühevolle Kleinarbeit und die liebevollen Einzelheiten, mit denen er jedes einzelne Bild bedachte. Die meisten waren in den Umrissen bereits skizziert und gezeichnet, einige mit Wasserfarben ausgefüllt, andere warteten noch auf einen glänzenden Tupfer Blau, Grün oder Gold ... Er holte die Blätter heraus, wickelte sie aus ihrer Umhüllung und wies seine Gehilfen an, alles vorzubereiten und die Farbpigmente zu einem hauchfeinen Pulver zu zerstoßen. Der Fürst befahl auch, die kostbare Kassette mit dem azurblauen Farbpigment zu holen, dessen Menge in seinen Büchern sorgfältig vermerkt war, und ein wenig für Leconti abzuwiegen. Für die Fürstin sollte der Himmel das strahlendste Blau aufweisen.

Nach diesem Schritt empfand der Fürst schon erheblich weniger Gewissensbisse. Er war gleichwohl tief besorgt bei dem Gedanken an seinen vermißten Sohn. Sicher würde sich der Junge bald eines Besseren besinnen, oder nicht? Wenn er sich wirklich in dem Dominikanerkloster aufhielt, das dem Suchtrupp Einlaß und sogar jede Auskunft verweigert hatte, dann konnte der Bischof immer noch ein Machtwort sprechen. Und sollte auch das nichts fruchten, dann bliebe immer noch als letzter Ausweg eine Bittschrift nach Rom. Er hatte die Hälfte des Weges zur alten Burg zurückgelegt und war im Sturmschritt durch das Zypressenwäldchen geeilt, um ins Laboratorium zu gelangen, als ihm einfiel, daß Bischof Ugolino seit seinem Krampfanfall nach der Predigt außer Gefecht gesetzt war. Und was Bruder Ambrogio anging, so bedauerte der Fürst zutiefst, daß seine verblendete Mutter diesen Ungeist in Gestalt eines Betbruders entfesselt hatte. Wäre es nach Bruder Ambrogio gegangen, dann hätte er Doktor Virgilio bereits aus seinen Diensten entlassen, statt ihn anzuspornen, ihn reicher als den Papst höchstpersönlich zu machen.

Er war erstaunt, als er keinen einzigen Pagen entdeckte, der Wachdienst versah, und die Tür zur alten Burg offen vorfand. Er vernahm auch kein Geräusch von dem Blasebalg, der die chemischen Dämpfe freisetzte und so vertraut in seinen Ohren klang. Führte Doktor Virgilio ein ganz neues, ungewöhnliches Experiment durch? Der Fürst mußte an sich halten, um nicht erneut in einen Dauerlauf zu verfallen. Er dachte wieder an die gelehrte Abhandlung, die er über den Stein der Weisen zu verfassen gedachte – sollte sie nicht vielleicht doch in Griechisch abgefaßt werden, oder wäre es besser, bei der lateinischen Sprache zu bleiben? Er konnte einen Vorteil gegenüber allen anderen Gelehrten, deren Werke er gelesen hatte, ins Feld führen: Er hatte ihn gefunden!

Niemand schob den schweren Ledervorhang beiseite. Niemand stand da, um ihn beiseite zu schieben. Überall herrschte Totenstille. Er stellte sich vor, wie sie alle sprachlos um Doktor Virgilio herumstanden, als er ihnen seinen zweiten Goldklumpen zeigte. Er riß den Vorhang beiseite und blieb in freudiger Erwartung auf der Türschwelle stehen.

Das Laboratorium war menschenleer.

Keine Gehilfen, kein Doktor Virgilio. Die Kupferschalen, Destillierkolben, Gerätschaften und Mörser lagen in wilder Unordnung am Boden. Die Feuerstellen waren erloschen, der große Schwengel des stillstehenden Blasebalgs gähnte zum Deckengewölbe empor. Die Folianten waren aufeinandergestapelt und geschlossen. Der Fürst blickte sich fassungslos um, unfähig, das Geschehen zu begreifen oder seinen Augen zu trauen. Mit einem Streich, der wie ein Wirbelwind durch das Land gefegt war, hatten sich alle Hoffnungen in Luft aufgelöst, wie Tau, wenn die Sonne hoch am Firmament steht.

Was mochte nur geschehen sein? Wo steckte Doktor Virgilio? Der Fürst wanderte durch das Laboratorium, ungläubig, nahm hier einen Zirkel in die Hand, dort einen Stößel, berührte den Einband eines Buches und lugte in eine Kupferschale, in der noch immer ein violettes Sediment glühte. Hatte er sich auf Nimmerwiedersehen aus dem Staub gemacht? War er einfach verschwunden? Aber warum? Sicher würde er doch nicht einen Dienstherrn so mir nichts dir nichts im Stich lassen, der es gar nicht erwarten konnte, ihn fürstlich zu entlohnen.

Der Fürst ließ sich auf einem säurezerfressenen Stuhl nieder, der auch schon bessere Tage gesehen hatte. Nach einigen Minuten angestrengten Nachdenkens rappelte er sich mühsam hoch und wankte, ähnlich einem Schlafwandler mit einer Hand an der Wand, in sein Arbeitszimmer zurück. Er setzte sich an seinen Schreibtisch und berührte die ersten, noch ungeschliffenen Zeilen seiner Abhandlung; dann hob er die Augen und blickte ohne den kleinsten Funken Hoffnung in seine Zukunft.

31 *Bettelt!*

Fürst Francesco tat genau das, was ihm das Messer befahl. In aller Regel war er ein mutiger junger Mann, aber nun befand er sich mehrfach im Nachteil: Er war halbnackt und mußte mit der einen Hand das Sackleinen hochhalten, während er mit seinen geschwollenen, nackten Füßen auf dem eisigen, geneigten Felsboden der Höhle stand. Er hatte außerdem mehrere Äpfel auf leeren Magen gegessen, der sich nun durch lautes Grummeln bemerkbar machte. Als die gespenstische Erscheinung mit dem langen Messer ihn aufforderte, endlich mit dem Rosenkranzschwenken aufzuhören und ihr den Rücken zuzuwenden, gehorchte er.

»Jetzt könnt Ihr Euch wieder umdrehen.« Sie hatte ein Unterhemd und ein Kleid übergestreift, beides noch feucht, und setzte sich neben dem Feuer nieder, das Messer in der Hand. »Ihr nehmt dort Platz. Am besten erzählt Ihr mir rundheraus, was Ihr in meiner Höhle zu suchen habt, falls Ihr nicht ganz so einfältig seid, wie Ihr ausseht.«

»Eure Höhle?« Also doch kein von Gott gesandter Zufluchtsort.

»Meine Höhle«, wiederholte sie. Das Funkeln ihrer Augen im Feuerschein bestärkte ihn plötzlich in der Überzeugung, daß er auf die Behausung von Dämonen gestoßen war, eines Dämons zumindest. »Das ist meine Decke, die Ihr Euch umgehängt habt. Habt Ihr keine Kleider? Seid Ihr nackt hier hereinspaziert?«

»O nein, ich habe … ich habe meine Mönchskutte.« Es war keine schlechte Idee, sie wissen zu lassen, wen sie vor sich hatte. Gewissermaßen warf er ihr damit den Fehdehandschuh hin.

»Ihr seid *Mönch?*« Sie starrte ihn an und musterte ihn von Kopf bis Fuß; dann zog sie plötzlich eine Grimasse, wobei sie ihre Zähne zeigte, weiß und scharf. »Nun, dann seid Ihr zumindest ein sehr merkwürdiger, und ich bin in meinem Leben einigen dieser frommen Brüder begegnet. Einer von ihnen hat gestern morgen mein Haus in Brand gesteckt. Glaubt mir, ich habe weder Zeit noch Lust, mich mit ihnen abzugeben. Sie haben Euch schon einiges beigebracht, wie ich sehe, zum Beispiel, Hab und Gut anderer zu stehlen –«

»Ich war naß bis auf die Haut –« Aber die Entschuldigung erstarb ihm auf den Lippen. Ihr Umhang oder irgendein Kleiderbündel, das neben dem Feuer lag, bewegte sich, wie von Geisterhand, zuerst richtete es sich zu einem kleinen Hügel auf, dann streckte es sich in die Länge. Wieder veränderte es die Form, und eine Katze, klein und getigert, schlängelte sich mit quälender Langsamkeit darunter hervor und blickte ihre Herrin an, als warte sie auf Befehle. Er hatte nichts gegen Katzen, aber konnte er sicher sein, daß es sich bei dieser Kreatur wirklich um eine solche handelte? Nun beobachtete sie ihn mit schmalen Pupillen durch die Flammen hinweg.

»Was werdet Ihr tun?« verlangte sie plötzlich mit gebieterischer Stimme zu wissen. Ihre Hand fuhr zur Seite, um die Katze hinter dem Ohr zu kraulen, und er dachte, die Frage sei an die Katze gerichtet, aber sie wandte sich ihm zu und wiederholte: »Was werdet Ihr tun, um Wiedergutmachung zu leisten? Euer Glaubensbruder hat mein Haus niedergebrannt, Ihr habt mir meine Decke genommen und in meinem Bett geschlafen, und ich denke, *Ihr* habt meine Äpfel gegessen und nicht die Eichhörnchen.«

»Ich werde nichts für Euch tun«, erwiderte er mit entschlossener Stimme und umklammerte seinen Rosenkranz so fest, daß sich die Perlen schmerzhaft in seine Handfläche bohrten. »Ich diene nur Gott. Ihr könnt mich nicht zwingen, Euch zu Diensten zu sein.« Ich greine wie ein kleines Kind, dachte er voller Abscheu.

»Ihr könnt mich auch mit den größten Verlockungen nicht dazu bringen, Eurem Gebieter zu Diensten zu sein.« Das klang schon besser.

»Meinem Gebieter?« Sie beugte sich vor, und wieder verzog sie ihr Gesicht zur Grimasse. Diesmal deutete er, inzwischen an ihr Gesicht gewöhnt, die Grimasse richtig. Sie grinste. »Hat Gott Euch befohlen, Nahrung und ein Nachtlager zu stehlen?«

»Ich hatte nicht die Absicht, etwas zu stehlen. Ich dachte –« Er stellte fest, daß er unter dem durchdringenden und gefährlichen Blick der jungen Frau nur schwer in der Lage war, seine Gedanken in Worte zu kleiden. In seinem Fieberwahn hatte er einen Dämon in ihr gesehen, und wenn sie sich bei näherem Hinsehen auch nicht als Dämon entpuppte, so war sie doch kein einfaches Bauernmädchen und ihre Katze machte den verdächtigen Eindruck, als sei sie ihre Hausgenossin und Vertraute. Es konnte nur von Vorteil sein, wenn er seinen eigenen Standpunkt von vornherein klärte. »Ich habe mein Elternhaus verlassen«, fuhr er mit festerer Stimme fort, »um ein gottgeweihtes Leben zu führen. Ihr bekommt Eure Decke sofort zurück. Ich werde meine – meinen Habit wieder anziehen. Auch wenn er noch naß ist.«

»Ich habe gehört, daß einige Mönche viel von den Kasteiungen des Fleisches halten. Ihr seid mit Flohstichen übersät. Nein, bleibt, wo Ihr seid!« Sie hatte das Messer wieder in der Hand; ihr Tonfall ließ den jungen Fürsten in seinem Bemühen innehalten, aufzustehen, und die Katze hörte auf, sich still zu putzen, und blickte aufmerksam ihre Herrin an. Sie erhob sich und ging in den hinteren Teil der Höhle, hob seine Kutte auf und schüttelte sie aus. Dann warf sie einen Blick auf die Schlafstelle. »Kein Messer«, sagte sie. »Ihr seid also doch einfältig. Wie wollt Ihr denn in der freien Natur überleben?«

Er sah auf das Kleidungsstück, das sie ihm entgegenhielt, und konnte den Funken der heiligen Freude nicht mehr in sich entzünden, den er verspürt hatte, als er das Gewand erstmals übergestreift hatte. Trotzdem legte er brav ihre Decke beiseite und schlüpfte in die gräßliche Kutte, zumindest waren seine Blößen nun angemessen bedeckt. »Ich werde es dem heiligen Franz von Assisi gleichtun und betteln«, erwiderte er.

Sie würde es vermutlich nicht zu würdigen wissen, was es für einen Mann von fürstlichem Geblüt bedeutete, um Nahrung zu betteln. Sie wußte ja auch nichts von der Tragweite des Geschehens und nahm wieder Platz, genauso unbeeindruckt wie zuvor. »Nun gut, dann laßt hören. Bettelt!«

Um der Wahrheit die Ehre zu geben, er hatte nicht die leiseste Ahnung, wie er das anstellen sollte. Die Situation unterschied sich auch ganz beträchtlich von dem Bild, das er sich ausgemalt hatte. Die Leute würden ihm etwas zu essen bringen, weil sie sein gottgeweihtes Leben achteten, für das er bisher noch keine Zeit gehabt hatte. Das Überleben mit Wurzeln und Beeren war bisher kein durchschlagender Erfolg gewesen.

»Ihr werdet bald verhungern, wenn das alles ist, was Ihr könnt. Niemand wird Euch auch nur einen Bissen geben, wenn Ihr herumsteht und glotzt wie ein Stockfisch. Ihr seid doch hungrig, oder nicht? Und Ihr wollt ein Bettelmönch sein? Dann bettelt!«

Fürst Francesco streckte die Hände aus und faßte sich ein Herz. »Im Namen Gottes, gebt mir zu essen.«

Er verspürte einen weiteren, aber nicht mehr ungetrübten Funken heiliger Freude. Sie langte hinter sich, griff nach einem Stoffbündel, faltete es auseinander und holte einen flachen Laib Brot hervor. Sie brach es und reichte ihm ein Stück über die Flammen hinweg. »Im Namen Gottes, dann laßt es Euch schmecken.«

Sie konnte kein Dämon sein. Francesco gelang es, sich so weit zu zügeln, daß er das Brot nicht gierig verschlang. Er schaffte es sogar, ein Dankgebet zu sprechen. Nichts hatte ihm jemals so köstlich gemundet.

»Habt Ihr auch etwas zu trinken?«

»Draußen, in Hülle und Fülle.« Sie erhob sich, und er folgte ihr zum Eingang der Höhle. Zu seiner Überraschung wurde der Himmel allmählich blaß, der Morgen dämmerte herauf. Der Regen hatte aufgehört. Sie reichte ihm eine irdene Schale, die im Regen gestanden hatte, und er trank. Er wollte sie ihr gerade zurückgeben, als ein greller Blitz aufzuckte und sie beide in blendendes Licht tauchte. Er drehte sich verdutzt um und entdeckte in einiger Entfernung ein riesiges rotes Flammenmeer im Flußtal und darüber eine wabernde schwarze Rauchwolke. Dann war der Spuk vorüber. Er gewahrte nichts mehr, als er sich zu der Frau herumdrehte.

»Das ist in der Stadt«, sagte sie.

Ihre Ohren dröhnten, als ein Höllenlärm losbrach, der gedämpft von den Hügeln widerhallte.

Bruder Columba fühlte sich rechtschaffen müde. Der Tag hatte wunderbar mit einer Hexenverbrennung begonnen. Ursprünglich hatte er beabsichtigt, die gottlose Kreatur, gebunden und ausgepeitscht, den ganzen Weg in die Stadt zurückzuschleifen, wo sie ein schmückendes Beiwerk seines Scheiterhaufens auf dem großen Platz vor der Kathedrale abgegeben hätte. Doch war die nächstbeste Lösung, selbst wenn sie seinen Glaubenseifer weniger öffentlich bekundete, auch nicht zu verachten. Sie bestand darin, ihre Hütte anzuzünden, in dem Wissen, daß sie in den Flammen schmorte, gemeinsam mit dem Dämon, den sie zu ihrem Schutz herbeigerufen hatte. Bruder Columba lächelte bei der Erinnerung an das Blut, das ihm aus der Wunde an Braue und Wange über das Gesicht geströmt war, nachdem er ihn gezüchtigt hatte. Der Satansbraten hatte den Schmerz des irdischen Strafgerichts zu spüren bekommen, bevor er wieder zu seinem Herrn und Meister in die Hölle hinabfuhr. Der Tage verhieß Gutes und stand unter einem günstigen Stern.

Als er nach Viverra zurückkehrte, war diese Hochstimmung indessen rasch verflogen. Er konnte Bruder Ambrogio nirgends finden, um ihm von seinem Erfolg zu berichten, und die Leute im Palast waren griesgrämig und nicht bereit, ihm irgendwelche Fragen zu beantworten. Um der Wahrheit die Ehre zu geben, Bruder Ambrogio jagte ihnen Angst ein, aber Bruder Columba verabscheuten sie zutiefst. Er hatte keine Ahnung, daß es seine starren Augen waren, die sie veranlaßten, sich von ihm abzuwenden, während er seine Fragen stellte, oder schon vorher.

Da er keine Gelegenheit bekam, dem ranghöheren Glaubensbruder den eigenen Wert einmal vorzuführen, wurde Bruder Columba von seiner rastlosen Energie wieder auf die Straße getrieben. Der fromme Eifer Viverras mußte ständig geschürt werden. Es war seine Aufgabe, nach der Predigt, die Bruder Ambrogio gestern gehalten hatte, den Pfahl Gottes tiefer ins Fleisch zu treiben. Wenn sie diese Stadt verlassen und sich auf den Weg in die nächste begeben würden, der sie Gottes Botschaft bringen wollten, mußte Viverra gründlich geläutert und im Zustand der Gnade sein.

Er verbrachte einen geschäftigen und glückseligen Tag in Gesellschaft des Fähnleins der Aufrechten; gemeinsam bewirkten sie die Schließung mehrerer Weinhandlungen, die dreist genug gewesen waren, ihre Pforten nach dem gestrigen Tag wieder zu öffnen. Als nächstes stand die Steinigung einer alten Vettel auf dem Plan, die von ihren Nachbarn als Hexe denunziert worden war und sich auch als solche erwies, weil sie ihnen mit geballter Faust drohte und Bruder Columba verfluchte. Die Steinigung eines grell bemalten, liederlichen Frauenzimmers verlief nicht so erfolgreich. Das hatte zwei Gründe: Zum einen war die Menge der Gaffer, die der fromme Klosterbruder versammelt hatte, bei der Wahl der Steine sehr wählerisch, und zum anderen erwies sich das freche Weibsbild als flinker als die alte Hexe. Sie machte sich durch eine schmale Gasse aus dem Staub, in der Wäsche zum Trocknen hing, die ihre Verfolger behinderte. Und dann war der mit seinem Fähnlein geplante Überfall auf eine Reihe von Freudenhäusern, die es gewagt hatten, nach der Abenddämmerung zu öffnen, zu allem Überfluß auch noch durch den Sturm vereitelt worden. Den ganzen Tag über war die Herbstsonne durch einen geheimnisvollen Dunstschleier verdeckt gewesen, die Gemüter hatten sich erhitzt und auf angemessene Weise durch die Verfolgung der Sünde abgekühlt, und nun sprach der Himmel selbst zu ihnen. Die blassen, zuckenden Blitze jenseits der Hügel hatten Bruder Columba bewogen, mit freudiger Erwartung vom Tag des Jüngsten Gerichts zu sprechen, an dem der Mond zu Blut gerinnen und ins Meer stürzen würde. Wenn dieser Tag nahte, an dem die Guten von den Bösen, die Schafe von den Böcken getrennt würden, würde er für alle sichtbar ein Schaf sein.

Diese Überzeugung stärkte ihn, als er Schutz in einem Hauseingang unter einer Laterne suchte und zusah, wie der Platzregen das Kopfsteinpflaster umspülte. Das Fähnlein der Aufrechten hatte sich längst nach Hause begeben, die Kapuzen aufgesetzt oder Wams und Oberhemd als Schutz über die kurzgeschorenen Köpfe gehalten. Das Laster mußte bis morgen auf seine gerechte Strafe warten; es bestand kaum Gefahr, daß es bei Nacht und Nebel verschwand. Bruder Columba wartete, bis er den Weg zu einem Nachtquartier zurücklegen konnte, ohne bis auf die Haut durchnäßt zu werden. Er nutzte die Zeit für ein Gebet und die wärmende Erinnerung an das morgendliche Feuer.

Er wachte auf, noch immer auf den Knien. Aber nun lehnte er an der Wand des steinernen Torbogens, der Kopf war ihm auf die Brust gesunken, und der Rosenkranz baumelte zwischen seinen Fingern. Ein Schwein beschnüffelte ihn argwöhnisch; obwohl sich das Bündel auf dem Boden und auf der Straße befand, schien es sich nicht um verwertbaren Abfall zu handeln. Als es mit dem Rosenkranz einen Hieb auf die Schnauze bekam, trabte es beleidigt im Schweinsgalopp die Straße hinunter, während Bruder Columba sein Bein rieb und gähnte. Der Regen hatte aufgehört. Er fühlte sich voller Tatkraft und darauf bedacht, endlich wieder an Gottes Werk zu gehen.

Auf dem Weg in den Palast, der menschenleer war bis auf die Straßenkehrer, die vor Morgengrauen schon hier und dort ihrem Tagwerk nachgingen, hatte Bruder Columba eine göttliche Eingebung. Diese Erleuchtung streifte ihn wie der Atem Gottes: Gestern, bei Anbruch der Morgendämmerung, hatte er eine Hexe *in situ* verbrannt – warum nicht heute den Alchimisten? Er hatte nicht vergessen, wie verächtlich er von Doktor Virgilio behandelt worden war. Der Mann hatte es verdient, daß sich der Zorn des Allmächtigen über seinem Haupt ergoß. Es erstaunte ihn immer wieder, daß es Bruder Ambrogio nicht gelungen war, Beelzebub aus seiner Lasterhöhle zu vertreiben. Doch zu seiner Entschuldigung ließ sich anführen, daß er alle Hände voll damit zu tun hatte, mit ihm um die Seele des Fürsten Scipione zu ringen.

Dann würde Bruder Columba eben für ihn in die Bresche springen. Wenn der Fürst Doktor Virgilio und seinem teuflischen Treiben noch immer erlegen war, dann gab es eine altbewährte Methode, beide Versuchungen aus der Welt zu schaffen.

Der Wachposten gewährte ihm Zutritt zum Innenhof des Palastes. Er ging unter den geschlossenen Fensterläden der weitläufigen Frontseite des Bauwerks entlang, durchquerte die Gartenanlagen mit ihren sorgsam gestutzten Bäumen, Hecken und Rabatten, und kam zu dem Gittertor. Es war nicht schwierig für einen gelenkigen, dürren Mann, die abbröckelnden Mauern neben dem Tor zu erklimmen, und im trüben Dämmerlicht des Morgens näherte er sich nun der alten Burg durch feuchtes Gras, begleitet vom Duft der Büsche, den der Regen weithin verbreitet hatte. Sein Herz klopfte wie wild beim Gedanken an diese letzte, entscheidende Kraftprobe zwischen den Mächten der Finsternis und den Mächten des Lichts. Doktor Virgilio arbeitete nachts, wie es seinem schändlichen Handwerk angemessen war; seine Gehilfen schliefen möglicherweise. In den Brustfalten seiner Kutte trug Bruder Columba Zunder und Flintstein. Er konnte es kaum erwarten, noch einmal den Schein der reinigenden Feuersbrunst zu betrachten, die bereits das Haus der Hexe verschlungen hatte.

Die Leere des Laboratoriums bestürzte und bekümmerte ihn nicht minder als Fürst Scipione vor wenigen Stunden. Er hatte einen Lichtschein hinter einem der Fenster wahrgenommen, als er sich dem Schloß näherte, aber hier war alles finster. Tatsache war, daß dieses Licht in Fürst Scipiones Arbeitszimmer brannte, wo er über seiner gelehrten Abhandlung, die er nie beenden sollte, eingeschlummert war. Hier befand sich auch der einzige noch schwelende Funke eines Feuers im Kamin, dessen Glut der aufgehäuften Asche, die es zum Erlöschen bringen sollte, getrotzt hatte. Außerdem gab es noch das zunehmende Licht der Morgendämmerung. Bruder Columba blickte sich genauso verdrossen um wie zuvor Fürst Scipione. Im Gegensatz zu diesem wußte er gleichwohl genau, was zu tun war. Der Teufel hatte vorübergehend das Feld geräumt; er sollte keine Gelegenheit zur Rückkehr erhalten. Bruder Columba begann, seinen Scheiterhaufen zu errichten.

Zuerst verwendete er das bereits in der Mitte des Raumes auf dem Boden angehäufte Brennmaterial als Grundstock, den er durch hölzerne Krampen und Buchständer ergänzte; dann folgten die Bücher und zum Schluß die Folianten mit den teuflischen Aufzeichnungen. Er wußte, daß es eine Weile dauern würde, bis die Bücher Feuer fingen. Er riß die Seiten aus den Einbänden und verletzte sich dabei die Hände, wobei die Unnachgiebigkeit des Pergaments und die Schnitte an seinen Fingern seine Wut noch mehr entfachten. Er warf die Seiten und die Buchdeckel auf den Stapel, arbeitete noch besessener und errichtete Schicht für Schicht seinen Scheiterhaufen. Die ersterbende Glut des Schmelzofens, mit Hilfe des zweckdienlichen Blasebalgs zum Leben erweckt, konnte unter das Papier geschoben werden. Er sah zu, wie sie an den gotteslästerlichen Seiten emporzüngelte, sich entfachte, zu voller Kraft entflammte. Nun war er imstande, aus einiger Entfernung weiterzumachen, konnte die Glastiegel und Kupferschalen aus den Holzstellagen und von den Werkbänken nehmen und in die Flammen werfen. Wie herrlich war das Klirren von Glas und Steingut, das Auflodern, wenn eine Lauge oder ein Pulver die Flammen violett oder grün färbte! Das Feuer loderte inzwischen mit einer Gewalt, die noch von den Behältnissen verstärkt wurde, als diese in der Gluthitze zerbarsten ...

Es war wirklich jammerschade, daß Bruder Columba, obwohl er den zuckenden weißen Blitz sah, als er das randvoll mit Magnesium gefüllte Glas ins Feuer warf, den anschließenden, ohrenbetäubenden Knall der Explosion nicht mehr erleben durfte. Zu dem Zeitpunkt, als der Donnerhall von den Hügeln zurückgeworfen wurde, sollte Bruder Columba entdecken, wie der Herr im Himmel über die Werke seines frommen Dieners auf Erden dachte.

Die alte Burg hatte zwar die Jahre überdauert, zählte aber auch nicht mehr zu den widerstandsfähigsten. Die Explosion hob die beiden oberen Stockwerke und die morschen bleiernen Dachplatten des Turmes ab und zerlegte sie hoch droben in der Morgenluft zu winzigen Bruchstücken. Der Luftdruck ließ die uralten Grundfesten erzittern und schüttelte den Mörtel aus den Fugen, fegte durch die Korridore und Hallen, nahm die Treppen mit einem einzigen gewaltigen Satz, machte hier einem Gegenstand Beine, ließ dort einen anderen zu Boden stürzen und zerschmettern, oder wickelte das Gestänge des Ledervorhangs um eine Säule des Alkoven, wobei der große Stützpfeiler um Fingerbreite verschoben und jedes Staubteilchen im gesamten Gemäuer aufgewirbelt wurde.

Jede Explosion, die ein Bauwerk solchermaßen erschüttert, hat tiefgreifende Auswirkung auf das Leben im engsten Umkreis. Ein Tier spürt oft instinktiv, daß Unheil naht, während der Mensch nicht das geringste ahnt. Die kleine Katze, die gewöhnlich Fürst Scipione mit ihrer Anwesenheit beehrte, wenn er in seinem Arbeitszimmer saß, hatte das Weite gesucht und ihn – verstört über das Ausmaß menschlicher Vernichtungswut – an seinem Schreibtisch schlafend zurückgelassen, kurz bevor Bruder Columba den verhängnisvollen Glastiegel ergriff. Der Fürst war also mutterseelenallein, als die drei Türen seines Arbeitszimmers nacheinander in den Raum geblasen wurden, wobei das hohe Podest, auf dem der Schreibtisch stand, von der Druckwelle erfaßt wurde und umkippte. Schranktüren sprangen auf, Bücher, Kästchen und Flaschen fielen polternd aus den Borden, Lampen wurden aus ihren Scharniergelenken gerissen und landeten krachend auf dem Boden, wo sie zum Glück erloschen. Weniger Glück war dem Fürsten beschieden, der unter dem Gewicht des Schreibtischs beinahe übergangslos vom Schlaf zur Besinnungslosigkeit überwechselte. Seine Brille, von ihrem Haken an der Seite des Schreibtisches gerissen, lag zweckmäßigerweise neben seiner ausgestreckten Hand, allerdings zersplittert.

Einige andere Personen, dem Fürsten gänzlich unbekannt, die sich in dieser Nacht gleichwohl nicht weit von ihm oder dem Laboratorium entfernt aufgehalten hatten, erlebten ebenfalls einige der nachhaltigen Auswirkungen mit. Drei Männer – der eine außerordentlich groß, der zweite mit langen fettigen Zotteln, die ihm ins Gesicht hingen, und einem Schwert auf dem Rücken, das von den Schultern bis zu den Knien reiche, und der dritte mit der bedrohlichen Miene eines Geistesgestörten – waren seit Tagen in einem finsteren Gang der alten Burg herumgeirrt, wo die Zellen der eingekerkerten Schwerverbrecher von Viverra lagen. In einer der angrenzenden Verliese wartete Donato Landucci auf die Ankunft seines Vaters, damit man beide wegen des versuchten Giftmordes an Fürst Scipione unter Anklage stellen konnte. Auch Antonio Carlotti von Mascia wartete auf seine Strafe, die der Fürst noch nicht bestimmt hatte, aber sicher würde er damit die Sensationsgier des Volkes befriedigen. Beiden Gefangenen war in den letzten Tagen bewußt geworden, daß sie insgeheim auf einen Befreiungsversuch hofften. Kurz nachdem der Kalfaktor ihnen in Begleitung eines

Wachpostens die zweimal täglich verabreichte Ration Brot und Wasser gebracht hatte, vernahmen sie draußen ein Scharren, Bohren und Kratzen, als wäre ein riesiger Maulwurf am Werk. Beide lauschten angestrengt an der eisenbeschlagenen Eichentür, die sie einschloß, und versuchten die Richtung zu orten, aus der die Geräusche zu ihnen herüberdrangen. Beide waren, des Wartens müde an diesem Abend, auf ihre Pritsche zurückgekrochen.

Und beide wurden wach, als die Explosion die Arbeit der drei unterbrach und sämtliche anderen Geräusche verschluckte. Beide Türen wurden vom Luftdruck aus den Angeln gehoben und in den Kerker geschleudert. Donato hatte Glück: Er lag noch in dem Strohsack an der Seitenwand der Zelle. Er wurde in seinem Bündel auf den Boden geschleudert, nachdem die Tür gegen die jenseitige Wand geprallt war, und lag in einer Wolke aus Mauerstein-, Mörtel- und Felsenstaub völlig taub da, wobei er sich fragte, ob man ihn vielleicht ohne Vorwarnung hingerichtet hatte. Antonio Carlottis Pechsträhne riß nicht ab. Er war von den inzwischen vertrauten, verstohlenen Meißelgeräuschen aufgewacht und aufgestanden, um besser lauschen zu können; auf dem Weg zur Tür traf ihn eben diese voll, als sie ins Innere des Verlieses gedrückt wurde.

Die drei Männer, die fälschlicherweise an dieser Tür gearbeitet hatten, wären vielleicht zu der Schlußfolgerung gelangt, Gott selbst habe ihnen seine helfende Hand gereicht, aber ihre Gedanken waren anderweitig beschäftigt. Aldo und Fracassa, die gemeinsam mit dem unteren Scharnier beschäftigt waren, wurden von dem Luftdruck hochgeschleudert, wirbelten Hals über Kopf den Gang entlang und landeten am Schluß auf der Hälfte der schmalen Wendeltreppe. Pio hatte sich des oberen Scharniers angenommen, als ihn die Druckwelle der Zellentür hinterherbeförderte, die Carlotti getroffen hatte, und auf dem Sims des Zellenfensters hoch über dem Boden abstellte, das soeben seines

Gitters entkleidet wurde. Die Entfernung zum Fluß war nicht von Pappe, aber es mag bezweifelt werden, daß Pio den inneren Abstand zum Geschehen besaß, um diese Fluchtmöglichkeit überhaupt in Betracht zu ziehen.

Jenseits der Palastgärten verbreitete sich der Donnerhall der Schockwellen mit der ganzen Unvorhersehbarkeit physikalischer Gesetzmäßigkeiten. Der Schaden, der natürlich geringfügiger war als in der alten Burg, hatte gleichwohl auch hier außergewöhnliche Auswirkungen. Die Fürstinmutter erwachte aus sorgenvollen Träumen, als sich ihr Bettvorhang aus gemustertem Brokat aus den Haken an der Decke befreite und in anmutigen Falten auf sie herniederwallte. Die Kammerfrau auf dem Rollbett schlug im selben Moment die Augen auf und schrie gellend, als sie das Ungeheuer auf dem Bett erblickte.

Ein Windstoß blies alle Kerzen in der Kapelle des Palastes aus, wo Bruder Ambrogio die Vigilien hielt. Er tat Buße, weil er ein Gefühl des persönlichen Triumphes verspürt hatte, als er an diesem Nachmittag Doktor Virgilio wahre Gottesfurcht gelehrt hatte. Und nun antwortete ihm der Teufel mit einem satanischen Wutgeheul. Er umklammerte das Betpult und setzte seine Gebete ungerührt in der Dunkelheit fort, als sich rund zehn Meter mangelhaft verkeilter Freskomalerei aus der Halterung löste und ihm um die Ohren flog.

Fürstin Isotta entging der Schmach, die ihre Schwiegermutter erlitt; ihr Bettvorhang blähte sich auf und blieb in den Haken, doch sie selbst wurde aus dem Bett auf den Fußboden geschleudert, während das Bogenfeld über ihren Fenstern aus dem Bleirahmenwerk brach und seine roten und blauen Glassplitter auf den Laken verstreute. Der Fürstin blieb weiterer Schaden durch die massige Gestalt Gattas erspart, der auf ihr landete und sich mehrere Fleischwunden durch die Glassplitter zuzog, die seine Schulter trafen. Seinem ersten Gedanken, daß irgend jemand mit einer Kanone einen Volltreffer gelandet haben mußte, folgte die blitzschnelle Überlegung, welchem seiner Feinde so viel Glück beschieden sein mochte.

Sigismondo und Benno, von ihrem Auftrag als Geleitschutz für Landucci mit einer Leiche zurückgekehrt, was die Schwierigkeit des Unterfangens offenbarte, war von einer schläfrigen Palastwache mitgeteilt worden, der Fürst befände sich in der alten Burg. Sie durchquerten gerade den Palastgarten, als sich das Laboratorium aus seiner Verankerung löste. Der Wirbelwind, der es vor sich hertrieb, riß auch sie von den Füßen. Benno landete auf seiner Kehrseite in einer niedrigen Buchsbaumhecke, keuchend und taub, als sich das riesige flammende Lichtermeer einen Augenblick lang am Himmel ausbreitete. Das nächste, was er mitbekam, war, daß Sigismondo ihn aus der Hecke klaubte, deren Zweige sich bemühten, in seinem Wams einen fruchtbaren Nährboden für künftiges Wachstum zu finden. Er taumelte, als er auf die Füße gestellt wurde, und blickte benommen um sich. Biondello, wie eine Kanonenkugel aus dem Hemd seines Herrchens gefeuert, landete zwischen den Überresten des Baumes, an dem er sich verewigt hatte. Auch er taumelte und schüttelte sein einziges Ohr, bevor er sich aufrappelte, um hinter Benno herzustürmen, der hinter Sigismondo herstürmte, obwohl es beiden eindeutig gegen den Strich ging, blindlings in ihr Unglück zu rennen.

Sigismondo verschwendete keine Zeit damit, die Trümmer des Laboratoriums zu durchsuchen, das sich dem zunehmend helleren Licht des anbrechenden Tages geöffnet hatte und verwüstet war wie ein Schlachtfeld ohne Leichen: Bruder Columbas sterbliche Überreste hatten sich ungleichmäßig in Gottes freier Natur verteilt. Benno stapfte hustend durch das Dämmerlicht hinter Sigismondo her, bemüht, ihn nicht aus den Augen zu verlieren. Er war nie im Arbeitszimmer des Fürsten gewesen, nahm aber an, daß sie sich in eben diesem befanden, als Sigismondo, den Rücken wie ein Flitzebogen angespannt vor Anstrengung, ein massiges Holzgebilde vom Boden hochstemmte. Als Benno sich bückte und ebenfalls seine Schulter gegen die Form lehnen wollte, richtete sie sich auf, knarzte, und verlor einzelne Teile, während Sigismondo sie auf die andere Seite kippte. Dann kniete er neben der schmalen reglosen Gestalt nieder, die darunter verborgen lag. Benno, der sich den Sand aus den Augen rieb, sah, wie Fürst Scipione, das Gesicht von einer weißen Staubmaske bedeckt, blinzelte, als Sigismondo eine Hand an seinen Hals legte und den Pulsschlag ertastete.

»Hoheit, könnt Ihr Eure Füße bewegen?«

Da brat mir einer 'nen Storch, dachte Benno, soll der Fürst vielleicht eine Polka aufs Parkett legt? Er spähte durch die Staubwolke, die sich langsam verzog, und erblickte den Fürsten, der in seinen Samtpantoffeln vorsichtig mit den Zehen wackelte. Sigismondo brummte zufrieden.

»Sagt es mir, Hoheit, wenn ich Euch weh tue.« Er tastete den Fürsten unter den Schultern und entlang der Wirbelsäule ab, schob ihm einen Arm unter den Rücken und half ihm, sich vorsichtig aufzusetzen. Der Fürst, der eindeutig ein verdutztes Gesicht machte, beteiligte sich bereitwillig an den Bemühungen. Der Zustand der Verwirrung, in dem sich der Fürst befand, verstärkt noch durch den unsanften Aufprall auf dem Boden, gaukelte ihm plötzlich das letzte Bild vor, an das er sich lebhaft erinnerte: das menschenleere Laboratorium.

»Doktor Virgilio! Wir müssen ihn suchen – und zurückbringen!« Er sah sich verzweifelt um, und sein Blick fiel auf Sigismondo. Benno entnahm dem Gesichtsausdruck seines Herrn, daß es vermutlich mehrerer Eimer bedurfte, um Doktor Virgilios Überreste zurückzubringen.

»Hoheit . . . es gab da . . .«

»Er ist auf und davon, mitsamt seiner ganzen Habe! Er hat auch das Geheimnis mitgenommen, das sich nicht mit Gold aufwiegen läßt, um es irgend jemandem zu überlassen!« Die Tränen liefen in schwarzen Bächen die weiße Staubmaske hinunter. Sigismondo dachte angestrengt nach.

»Hat er Hoheit Mitteilung davon gemacht?«

»Einfach weg!« Der Fürst war untröstlich wie ein Kind, das einen schmerzlichen Verlust erlitten hat. Benno wunderte sich, daß die beiden so leise sprachen und daß es in seinen Ohren brauste wie beim Klang der Sonntagsglocken in Rocca. Er hörte nicht, wie eine Menschenmenge in das Arbeitszimmer stürmte, doch Sigismondo warf einen Blick über seine Schulter, und der erste, der hereingeplatzt war, rief aus: »Hoheit! Gott sei gelobt! Was ist geschehen?«

Benno hörte, wie die Fragen über seinem Kopf hin und her schwirrten, obwohl das Geräusch seine Ohren unangenehm zum Klingen brachte. Der Fürst sah hilflos aus und wurde von Höflingen und Pagen umringt, die ängstlich darauf bedacht waren, Sigismondo von seiner Bürde zu befreien.

»Sucht Doktor Virgilio! *Er muß noch einmal ganz von vorne anfangen!*«

Ich kann Euch nicht genug dafür danken, daß Ihr Seine Hoheit gerettet habt. Als was für ein Wohltäter habt Ihr Euch für uns erwiesen!« Die Fürstin, in ein locker sitzendes Gewand aus indigofarbenem Samt gekleidet, über das ihr offenes Haar fiel, war den Tränen nahe. Sie reichte Sigismondo beide Hände; als er niederkniete, um sie zu küssen, wurde Ridolfo Ridolfi gemeldet, und der Söldnerführer stürmte herein. Er war voll angekleidet und wütend wie ein Stier. »Wer war das? Wie ist es zu dieser Explosion gekommen? Wer bedroht das Leben des Fürsten, solange ich in diesen Mauern weile?«

Zweifelsohne hatte man die Berufsehre des Befehlshabers der viverranischen Söldnertruppen mit dem Versuch beleidigt, seinen Dienstherrn auf eigenem Terrain in die Luft zu jagen. Er starrte Sigismondo an, der sich von den Knien erhob. »Wo steckt Landucci? Und Michelotto?«

»Michelotto hat sich in Euer Haus begeben, um Meldung zu erstatten. Und was Landucci angeht –« Sigismondo zuckte die Achseln. »Ich war gerade auf dem Weg, um Seiner Hoheit von den Geschehnissen zu berichten, als das Laboratorium in die Luft flog.«

»Habt Ihr gesehen, wer es war?«

»Nein. Wahrscheinlich hat der Schuldige die Explosion nicht überlebt. Es könnte auch sein, daß das Laboratorium durch irgendein unseliges Experiment zerstört wurde.«

»Wo ist Seine Hoheit jetzt?«

Die Fürstin ergriff das Wort. »In seinem Bett, sein Leibarzt sieht nach ihm. Dank Meister Sigismondo wird er sich hoffentlich bald wieder auf dem Weg der Genesung befinden; er hat nicht mehr als ein paar Kratzer davongetragen.« Sie verzichtete darauf, den Schlag auf den Kopf zu erwähnen, der bewirkt hatte, daß er in seiner Erregung immer wieder völlig unzusammenhängende Worte stammelte und nach Doktor Virgilio rief. Die Phantasievorstellungen ihres Mannes gehörten zu den Eigenheiten, die ihr nicht neu waren; sie hatten sie ihr ganzes gemeinsames Leben begleitet.

Gattas starrer Blick verwandelte sich in ein strahlendes Lächeln. Er ging auf Sigismondo zu, umarmte ihn und ließ den Arm auf seiner Schulter ruhen. »Ihr werdet Eure Belohnung erhalten, so wahr mir Gott helfe! Und Landucci? Hat er gestanden?«

Sigismondos dunkles Gesicht zeigte nicht den Anflug eines Lächelns. »Wenn ja, dann vor dem Thron des Allmächtigen. Er ist tot. Es hat einen Befreiungsversuch, einen Hinterhalt gegeben, und er bezahlte mit seinem Leben dafür.«

Gatta wollte gerade die nächste Frage stellen, als ein Page eintrat und der Fürstin mitteilte, Michelotto della Casa bitte darum, seine Aufwartung machen zu dürfen. Sie deutete mit einer Geste ihre Erlaubnis an, und Michelotto wurde hereingeführt. Er trat vor und machte eine formvollendete Verbeugung, lächelnd und wachsam. Gatta wiederholte seine Frage mit Nachdruck.

»Was ist das für eine Geschichte mit Landucci? Wie ist er umgekommen?«

Michelotto verdrehte die Augen und hob die Hände zur bemalten Decke empor. »Großer Gott, wie schon, sein Volk hielt nicht viel von ihm. In dem Handgemenge, das entbrannte, scheint ihn einer seiner Untertanen versehentlich getötet zu haben.«

»Warum wurde er nicht besser bewacht?«

Michelotto legte seine Hand auf Sigismondo Ärmel und sah ihn bewundernd an. »Wenn schon der Held von Mascia ihn nicht vor einem solchen Meuchelmord zu bewahren vermochte, hätte ich ganz sicher keine Chance gehabt.«

Gattas Augen funkelten, als Sigismondo *Held von Mascia* genannt wurde, doch die Fürstin, die aufmerksam gelauscht hatte, kam jeder Entgegnung zuvor.

»Dann haben wir einen Feind weniger. Gott hält seine schützende Hand über uns. Ihr habt gehört, daß Antonio Carlotti bei der Explosion starb?«

Gatta sah sie mit seinem Raubkatzenlächeln an. »Wer ist jetzt noch übrig, Hoheit? Nun, da Venedig und der Heilige Vater —«
Er hielt inne und sah sie mit einem vielsagenden Blick an, der jeden der Anwesenden daran erinnerte, daß gegen Feinde von solchem Kaliber, neben denen Carlotti und Landucci jämmerliche Figuren abgaben, Ridolfo Ridolfi der einzige Schutzschild war, den Viverra besaß.

»Mein Herr —« Die Fürstin streckte anmutig ihre Hand aus und zog ihn an ihre Seite, wo er Haltung annahm und ihre Hand hob, um sie beinahe genüßlich zu küssen. »Unser Schicksal liegt in Eurer Hand. Ihr müßt in der Nähe sein, wenn uns der Bote aus Venedig Mitteilung macht, wie die Republik den Tod von Signor Loredano aufgenommen hat.«

»Ich verspreche, Euch nicht zu enttäuschen. Ich werde in Viverra bleiben, doch eigentlich wollte ich heute aufbrechen und meiner Tochter entgegenreiten, von der ich Hoheit erzählt habe. Sie hat ihr Kloster verlassen und befindet sich auf dem Weg hierher, in Begleitung einer Eskorte, die von der Äbtissin zusammengestellt wurde. Die Gute wagte nicht länger, die Reise zu verschieben. Es heißt, daß die Pest in zwei benachbarten Dörfern umgeht.«

Die Anwesenden bekreuzigten sich in aller Eile, als ob sich damit nicht nur die Angst, sondern auch deren gräßliche Ursache vertreiben ließe. Die Fürstin blickte Sigismondo an. »Schickt ihn an Eurer Stelle. Wenn sich mein Sohn nicht in der Abtei

Pontenova befindet, und ich habe heute einen Kundschafter dorthin geschickt, um gründliche Nachforschungen anzustellen, dann hat Meister Sigismondo vielleicht Glück und vermag ihn auf seine eigene Weise aufzuspüren.«

»Euer Wunsch sei mir Befehl, Hoheit. Meister Sigismondo wird aufbrechen und meine Tochter nach Viverra bringen.« Gattas Blick wurde liebevoll, aber er war auf die Fürstin gerichtet, und er übersah den Blick, den Michelotto ihm zuwarf. Der Auftrag, Gattas Tochter abzuholen, hätte eigentlich Michelotto zugestanden.

Benno freute sich über den Ausflug, der eine angenehme Abwechslung von der Landpartie war, die ihnen Landuccis Leiche beschert hatte. Er hatte keine Gelegenheit gehabt, mit seinem Herrn unter vier Augen zu sprechen, seit dieser den Fürsten in seine Gemächer getragen hatte – was langsam zur Gewohnheit auszuarten schien. In dem Durcheinander, das herrschte, als er an der Spitze einer kleinen Kavalkade Viverra verließ, hatte Sigismondo ihm lediglich mitgeteilt, daß sie Gattas Tochter entgegenreiten und ihr Geleitschutz geben würden. Benno, der sein Gesicht der warmen Herbstsonne entgegenreckte, malte sich aus, wie sie wohl aussehen mochte. Wahrscheinlich hatte sie Gattas lohfarbenes Haar, nun, davon besaß er ja eine Menge, und seine grüngolden gesprenkelten Augen ... Benno zögerte, als er sich den Mund ins Gedächtnis rief. Vielleicht war sie häßlich wie die Nacht. Es spielte ohnehin keine Rolle, denn nun, da ihr Vater ein so wichtiger Mann in Viverra war, konnte sie fast jeden zum Gemahl haben, den Gatta für sie auswählte. Und es brachte ohnehin nichts, über ihr äußeres Erscheinungsbild zu rätseln, denn einem unverheirateten Mädchen gebot der Anstand, sich vor Fremden zu verschleiern. Also würde sich ihm sicher keine Möglichkeit bieten, festzustellen, ob sie hübsch oder häßlich war.

Er sollte jedoch ein Gesicht erblicken, das er kannte.

Sie hielten in einem Dorf an, um Oliven und Trauben zu kaufen, und kurz hinter dem Weiler legten sie am Wegesrand eine Rast ein, um einen Schluck Wein zu trinken und ein Frühstück zu bereiten. Sigismondo war noch geblieben, um einen Mann aufzulesen, der sich im Dorf auf einen Streit eingelassen hatte, und er wollte gerade vom Pferd steigen, als ein Mädchen neben seinem Steigbügel auftauchte.

»Kräuter für Euer Brot, mein Herr?« Sie hielt einen Korb mit Basilikum, wildem Knoblauch, Estragon und Fenchel hoch. Das schwarze Haar war heute mit einem grünen Band zu einem Zopf geflochten, aber es konnte keinen Zweifel geben, daß es sich um die Hexe handelte.

Benno trat näher, um seinem Herrn die Zügel abzunehmen. Sigismondo stieg vom Pferd und stand, beobachtet von den Soldaten, über die Kräuter im Korb gebeugt; er lächelte, atmete den Duft ein und nahm hier und dort eine Kostprobe von einem Blatt. Nur Benno, der aufmerksam lauschte, wußte, daß ihr Gespräch nichts mit dem Grünzeug zu tun hatte.

»Habt Ihr eine Unterkunft gefunden?«

»Die gleiche wie ein anderer vor mir.« Sie lachte, und die Soldaten stießen sich heimlich an, grinsten und machten anzügliche Bemerkungen. Dieser Sigismondo war kein Tölpel, wenn es um Frauenzimmer ging, man brauchte sich nur anzusehen, wie er dieser da schöne Augen machte. Männer mit kahlen Köpfen schienen ihr ja zu gefallen. Sie sah aus, als besäße sie Feuer. »Ich habe eine Höhle aufgesucht, in der ich manchmal Unterschlupf finde, doch da war schon jemand. Ein junger Mann hatte sich dreist darin breitgemacht, völlig von Sinnen; er bildet sich ein, er sei ein Eremit, obwohl er nicht besser auf sich aufzupassen vermag als ein neugeborener Welpe.«

»Jung, sagt Ihr? Und er will der Welt entsagen? Wie sieht er aus?«

»Schön wie ein Gott, mit roten Haaren, die abzuschneiden

eine Schande wäre. Ich habe ihm Zunder und Flintstein dagelassen –« Sie wies mit dem Kopf nach rechts, wo ein langer, grasbewachsener Abhang, von Wasserläufen zerfurcht und mit Findlingen übersät, zu einem gezackten Felsen an einer steilen Böschung führte, vorspringend wie ein großes Tier, das sich dahinter verbarg und das Gestein mit den Schultern über das Erdreich schob. Darüber, durch Schatten und Wolken nur verschwommen sichtbar, erhob sich das Massiv des Berges, eine Hügelkette, die zur jenseitigen Ebene führte. »Ich habe keine Lust, das Kindermädchen für ihn zu spielen, mag er auch noch so hübsch sein. Ich bin auf dem Weg nach Norden, und ich werde erst dann zurückkommen, wenn ich höre, daß der Prediger Viverra verlassen hat. Wenn der Junge nicht schnell genug lernt, wie man in der Wildnis überlebt, werde ich bei meiner Rückkehr seine Gebeine übereinandergestapelt in meiner Höhle finden.« Sie reichte Sigismondo ein Kräuterbündel im Austausch gegen die Münze in seiner Hand. »Es ist schließlich nicht meine Sache, wenn ein solcher Wirrkopf ins Gras beißt.«

»Ja, das ist sicher seine eigene Sache«, stimmte ihr Sigismondo zu, wickelte sein Brot um die Knoblauchzehe und biß hinein. Benno, der an seiner eigenen Mahlzeit kaute, war verblüfft. Sie hatte den jungen Fürsten gesehen! Wollte Sigismondo ihn in der Höhle verhungern lassen? Würde die Fürstin nicht ein Vermögen dafür geben, wenn sie ihren Sohn wieder in Viverra zurückhätte? Da stand Sigismondo und unterhielt sich, als ob nichts wäre, während oben auf dem Hügel ein Goldschatz wartete. Angenommen, jemand anders fände ihn? Aber natürlich verfolgte sein Herr damit einen bestimmten Plan, wie immer; Benno wünschte, er hätte auch nur die leiseste Ahnung, welchen. Er wäre liebend gerne hochgeschlichen und hätte dem jungen Mann etwas von seinem eigenen Brot und Wein abgegeben. Er wußte sehr gut, was Hunger war, und zwar seit frühester

Kindheit; um wieviel schlimmer mußte er für einen Fürsten sein, der ihn gerade erst kennengelernt hatte!

Benno dachte mit großem Mitgefühl darüber nach, als Sigismondos Pferd unruhig wurde und seine ungeteilte Aufmerksamkeit erforderte. Als er es endlich besänftigt und unter Kontrolle hatte, war die Hexe verschwunden, und Sigismondo bedeutete den Soldaten mit einer Armbewegung, aufzustehen und weiterzureiten. Benno hielt den Steigbügel für den Fuß seines Herrn und wies mit einer verstohlenen Kopfbewegung auf den Hügel mit der unsichtbaren Höhle.

»Ihr laßt ihn zurück?«

Sigismondo brummte und zügelte sein Pferd. Die Soldaten sammelten sich in Zweierreihen, bereit zum Aufbruch. Gattas Tochter war allem Anschein nach wichtiger als der junge Fürst. Benno sollte in bezug auf Gattas Tochter sowohl recht als auch unrecht haben, wie es so oft der Fall ist in einer Welt der Unwägbarkeiten. Zunächst einmal irrte er sich, was den Schleier anging. Sie hatte einen, das war richtig, aber er war zurückgeschlagen. Und er war beinahe durchsichtig und grün, so daß er offensichtlich ihr Gesicht einrahmen und einen lebhaften Kontrast zu ihren Haaren bilden sollte, die in der Tat lohfarben und in Fülle vorhanden waren. Ihre Augen besaßen, wie Benno vermutet hatte, die gleiche merkwürdige Farbe wie die ihres Vaters, aber ihr Mund mit den vollen sinnlichen Lippen konnte mit dem Vorzug ebenmäßiger Zähne aufwarten. Der Eindruck war der einer jungen Dame mit ungeheurem Selbstvertrauen und quirligem Temperament, die entzückt schien, dem Kloster, in dem man sie erzogen hatte, entronnen zu sein, und entschlossen, ihre gerade erst gewonnene Freiheit voll auszukosten. Sie gab ihrem Pferd die Sporen und ritt ihnen entgegen, wobei sie die ältere Nonne an ihrer Seite scheltend und kopfschüttelnd zurückließ.

»Ihr seid *nicht* Michelotto! Aus der Entfernung habe ich Euch mit ihm verwechselt!« Sie lächelte und reichte Sigismondo die Hand, über die er sich zum Handkuß beugte. »Wo steckt mein Vater? In seinem Brief hieß es, daß er mich abholen würde.« Sie blickte über Sigismondos Schulter auf Gattas Männer, die sie beobachteten und vor Neugierde schier platzten. Plötzlich erschrak sie. »Ihr seid doch nicht etwa *Wegelagerer?* Erwartet nicht, daß mein Vater Lösegeld zahlt ... Oh, welche Schande, jetzt erkenne ich sein Abzeichen an Euren Männern.« Sie lachte noch immer, als die Nonne an der Spitze der Eskorte zu ihnen aufschloß und Sigismondo mit eisiger Gründlichkeit aufforderte, sich auszuweisen. Er reichte ihr ein Schreiben mit dem Siegel Ridolfis und stellte sich vor, während sich das Mädchen mit unverhohlener Neugierde umsah, die Landschaft betrachtete, mit den Fingern nach Biondello schnippte und ihren Kragen vom Nacken entfernte. Ich wette, das Kloster ist froh, sie loszuwerden, dachte Benno, als ihr Blick sein Gesicht streifte und mit größerer Billigung zu Sigismondos zurückschweifte. Wahrscheinlich wird sie sogar Gatta einheizen, bis er sie unter die Haube gebracht hat, und danach ihrem Mann. Eigentlich ist sie nicht richtig hübsch. Sie hat nur das gewisse Etwas, das Männer veranlaßt, sich den Kopf nach ihr zu verrenken und ihr nachzustellen.

Er bemerkte hinter der Nonne eine ältere Matrone, deren glänzendes schwarzes Haar einen Gegensatz zu ihren Falten bildete und deren kleine schwarze Knopfaugen das Mädchen nicht eine Minute unbeobachtet ließen. Vielleicht ihre Kinderfrau, die für ihren kleinen Liebling durchs Feuer gehen würde, dachte er; hoffen wir, daß sie es nie muß.

Die Eskorte, die das Kloster gestellt hatte, machte sich nun auf den Rückweg, und die alte Nonne gab dem Mädchen ihren Segen, wohl in der festen Überzeugung, daß er dringend nötig war. Ein letzter, mißtrauischer Blick auf Sigismondo, dann trabte das Maultier den Weg zum Kloster zurück, das vermutlich noch immer den Aufbruch seines Schützlings feierte. Das Mädchen winkte zum Abschied fröhlich, den Einschränkungen und dem langweiligen Leben keine Träne nachweinend, und drehte sich erwartungsvoll zu Sigismondo um.

»Wie ist Viverra? Egal, zumindest muß man dort nicht vom frühen Morgen bis in die sinkende Nacht beten!«

Sigismondo legte auf dem Rückweg eine Rast ein, an derselben Stelle, an der sie einige Stunden vorher angehalten hatten. Er holte aus dem Bündel des Maultiers ein gemustertes Leintuch, das er auf dem Gras ausbreitete, und bat die junge Dame, darauf Platz zu nehmen. Er zauberte für sie und ihre Duenna ein Kuchenbrot und eine Taschenflasche mit Wein herbei, der, wie Benno vermutete, um einiges besser war als die Sorte, die er gerade schlürfte. Sigismondo saß auf dem Boden und zeigte den Damen, wo Viverra lag, und den Ausläufer des Gebirges, hinter dem sich Mascia verbarg; dabei erzählte er, wie Gatta bei der Einnahme der Stadt Carlotti aus dem Bett geholt hatte. Dann berichtete er der jungen Dame, zu Bennos großem Erstaunen, von einem Eremiten, der in den Hügeln nahe der Stelle lebte, wo sie jetzt Rast machten.

»Ein frommer Mann, heißt es, der sein Fleisch kasteit und Visionen von der Zukunft hat.«

»Von der Zukunft?« Caterina Ridolfi war bereit gewesen, sich beim Anblick frommer Männer zu langweilen, aber die Zukunft! Das stand auf einem ganz anderen Blatt, das fesselte die Phantasie eines Mädchens, deren größtes Interesse dem Mann galt, den man ihr zum Gemahl bestimmen würde. »Ist er so ein gräßlicher alter Mann wie der heilige Hieronymus, dessen Haut von den Knochen herunterhängt?«

Sigismondo schien darüber nachzudenken und gab eine zweideutige Antwort. »Es heißt, er sei jung, tugendhaft und von engelsgleicher Schönheit; aber ich war noch nicht oben, um die Höhle selbst in Augenschein zu nehmen. Wie dem auch sei, meine Dame, ich bin sicher, Euer Vater würde Euch strikt untersagen, ihm einen Besuch abzustatten.«

Caterina reckte trotzig das Kinn vor. Sie biß entschlossen in ihr Brot und runzelte die Stirn. »Monna Maria wird mich begleiten; also kann mein Vater nichts dagegen einwenden. Ihr werdet uns den Weg zeigen.« Sie wandte sich an die ältere Anstandsdame, die gedöst hatte, und rüttelte sie wach. »Maria, wir werden herausfinden, was uns die Zukunft bringt. Ist das nicht ein wundervoller Spaß?«

Obwohl Benno argwöhnte, es könnte alles andere als spaßig sein, hoffte er, die Damen zur Höhle begleiten zu dürfen, und war entzückt, als Sigismondo ihm einen Blick zuwarf und kaum merklich nickte.

Caterina genoß es, den Hügel hinaufzukrabbeln und zu klettern. Sie benötigte dabei Sigismondos helfende Hand häufiger, als eine Anstandsdame, die es streng mit der Schicklichkeit hielt, gestattet hätte. Benno wußte das genau, denn er war Stallbursche bei einem jungen Mädchen mit einer solchen Duenna gewesen, doch Monna Maria war vollauf damit beschäftigt, losem Geröll aus dem Weg zu gehen, den Fuß in Wurzeln und den Rock in Brombeersträuchern zu verfangen und ob der körperlichen Anstrengung zu keuchen.

Als sie sich der Höhle näherten, ließ ein Geräusch aus dem Innern Caterina innehalten und doppelt neugierig lauschen. »Was ist das? Hat er wieder eine Vision?«

Das Geräusch erstarb. Sigismondo ging voraus, dann brach das Geheul erneut aus.

»Ist das ein wildes Tier?«

O weh, dachte Benno, falls es den jungen Fürsten gefressen hat, dann wird es fürchterliche Verdauungsstörungen bekommen.

»Wartet hier, Mylady. Ich werde nachsehen.« Sigismondo beugte Kopf und Schultern, um sich unter dem Buschwerk durchzuzwängen, das die Höhle verbarg, und verschwand in der dunklen Spalte. Monna Maria klammerte sich an Bennos Arm und wagte es, ihn vor Caterina zu schieben, die vorwärts drängte. Nicht mehr als eine Minute verging, bis Sigismondo wieder mit einem jungen Mann in seinen Armen erschien. Er legte ihn sanft auf den Boden vor der Höhle nieder, während sich die anderen um ihn scharten, um einen Blick auf ihn zu erhaschen. Benno sah erstaunt, wie dünn der junge Fürst in so kurzer Zeit geworden war. Er war dennoch nicht bleich, sondern hatte ein vom Fieber gerötetes Gesicht, und er stöhnte. Während er dalag in seiner groben Kutte, warf er plötzlich den Kopf zur Seite, und die Kapuze glitt von seinen dunkelroten Haaren. Der gleiche, weiche Gesichtsausdruck huschte über die Gesichter der beiden Frauen, der jungen und der alten.

»Armer, armer junger Mann. Er wird sterben, wenn er hier zurückbleibt, oder?« fragte Caterina erregt, und Sigismondo zuckte mit den Schultern. »Wie könnt Ihr nur so hartherzig sein? Wir dürfen ihn doch nicht einfach sterben lassen! Er ist ein frommer Mann. Er braucht Pflege und etwas Anständiges zu essen. In einem Dorf wird man sich nicht richtig um ihn kümmern. Ah, ich weiß, wir nehmen ihn in das Haus meines Vaters mit. Du und ich, Maria, werden ihn gesundpflegen.«

»Ein unverheiratetes Mädchen einen Mann pflegen! Euer Vater würde gewiß niemals erlauben –«

»Ein frommer Mann, Maria.«

»Ein Mann ist ein Mann.«

»Mein Vater muß überhaupt nichts erfahren, wenn wir es ihm nicht sagen. Denk nur an alles, was er nicht weiß.« Sie ergriff den Arm der Matrone und nickte vielsagend. »Du wirst alles Nötige in die Wege leiten, du kannst es, ich weiß es.«

Dieses Wissen beruhte ganz eindeutig auf Erfahrung, was die Frage nahelegte, was Monna Maria früher schon alles in die Wege geleitet hatte. Ein schlauer Ausdruck huschte nun über ihr

Gesicht. »Und was ist mit der Eskorte Eures Vaters? Sie werden nicht schweigen, da könnt Ihr sicher sein.«

»Ihr werdet ihnen doch nichts sagen, nicht wahr?« Caterina legte Sigismondo nicht die Hand auf den Arm, aber ihre Augen bettelten um so eindringlicher. »Und Ihr werdet Euch eine Möglichkeit ausdenken, ihn in das Haus meines Vaters zu schaffen, ja?«

Ein lautes Stöhnen aus dem Mund des kranken jungen Mannes bewirkte, daß sie einen Moment bang den Hügel hinunterspähte, wo die Soldaten jenseits des Unterholzes und Gestrüpps vor ihren Blicken verborgen waren. Das Klirren von Pferdegeschirr und Männerstimmen drangen zu ihnen herauf. Sigismondo schwieg und machte ein Gesicht, als überlege er noch und habe seine Zweifel. Ich hätte nie so viel Grips besessen, ihr die Entscheidung zu überlassen, dachte Benno.

»Ich hab's!« Caterinas Gesicht leuchtete auf, als ihr die Idee kam, und sie begann zu lachen. »Meine Sänfte. Ihr habt das gräßliche Ding gesehen. Die Äbtissin wollte, daß ich mit zugezogenen Vorhängen darin reise, damit mich die Soldaten nicht zu Gesicht bekommen. Nun, mir blieb keine andere Wahl, so war sie nun mal, aber sobald sich das Kloster außer Sichtweite befand, war ich draußen. Die Sänfte ist ein glänzendes Versteck. Du sagst einfach, daß du müde bist, Maria, und wir schieben ihn zu dir hinein.« Sie blickte auf Francesco hinab, der aufgehört hatte, zu stöhnen und mit geschlossenen Augen dalag, von Kopf bis Fuß die Verkörperung eines leidenden Engels.

»Das ist ja alles gut und schön, aber wie bekommen wir ihn den Abhang hinunter und in die Sänfte, ohne daß die Männer ihn entdecken?« Monna Maria zupfte an ihrer Frisur und glättete eine gefärbte Flechte. Sie wandte sich dem schweigenden Sigismondo zu. »Könntet Ihr ihn tragen, mein Herr?«

»Gewiß.« Seine Stimme war, nach den hellen weiblichen, überraschend tief. »Wenn Signorina Caterina Anweisung gibt, daß die Sänfte dorthin in den Schatten gebracht wird«, er deutete auf einen niedrigen Busch neben dem Saumpfad unterhalb des Hügels, »weil Ihr Kopfweh habt und ruhen wollt. Währenddessen müßtet Ihr die Aufmerksamkeit der Männer irgendwie ablenken.« Seine Augen blickten die junge Dame ernsthaft und forschend an, und Benno stellte sich vor, wie sie ihr Mieder aufschnürte, um ein verirrtes Insekt darin aufzuspüren, wie er es bei der Gehilfin eines Zauberers in Rouen gesehen hatte. »Ich werde hier oben bleiben, den Eremiten im Auge behalten und ihn zur Sänfte bringen.«

»Ausgezeichnet. Komm, Bursche, hilf mir.« Und so geleitete Benno Gattas Tochter über die Steine und den Abhang hinunter, während Monna Maria ihnen keuchend nachschlitterte. Jetzt braucht sie die Sänfte wirklich, dachte Benno, als sie endlich unten angekommen war. Was Gattas Tochter anging, so besaß sie das strategische Gespür ihres Vaters. Sobald sie die Männer erreicht hatte, erteilte sie Anweisung, die Sänfte zu holen. Sie zeigte ihnen genau die Baumgruppe, unter der sie abgestellt werden sollte, halb verdeckt von einem riesigen Busch, der schon seit langem dort auf dem Hügel wuchs. Dann half sie der humpelnden Maria fürsorglich, den Weg zur Sänfte zu bewältigen, und wandte ihr Aufmerksamkeit dem Hauptmann und Befehlshaber der Eskorte zu, einem stämmigen, braunhäutigen Mann mit einem kurzen Bogen, der über seiner Schulter hing.

»Laßt mich einmal versuchen, Hauptmann.« Zögernd streifte er den Bogen ab und spannte ihn für sie. Geschickt legte sie den Pfeil an, den sie aus dem Köcher auf seinem Rücken genommen hatte. »Ich bin in der Lage, ein Wild auf vierzig Schritte zu erlegen. Ich wette um ein Goldstück mit Euch, daß ich diesen Baum dort treffe – den da, mit dem knorrigen Stamm – und den herunterhängenden Ast spalte.«

Ohne ihre Anstandsdame hatte sich Caterina einen herrischen

Tonfall zugelegt, der jedoch ihren Liebreiz nicht im geringsten beeinträchtigte; eine weibliche Herausforderung, wie sie im Buche stand. Die Männer scharten sich um sie und schlossen Wetten auf die Tochter ihres Heerführers ab; diejenigen, die gegen sie wetteten, murmelten artige Entschuldigungen. Ihr Augenmerk war gespannt auf Caterina und den Baum gerichtet. Nur Benno, der sich auf allen vieren niedergelassen hatte und mit Biondello redete, blickte in die andere Richtung und erspähte Sigismondo, der gerade mit seiner Last zu der verborgenen Sänfte ging. Er dachte über Caterina Ridolfis Glück nach, eine Duenna mit Federgewicht zu haben. Er hatte früher schon einige Anstandsdamen zu Gesicht bekommen, die ein Maultier ganz allein zu Fall gebracht hätten, auch ohne die Sänfte mit einem jungen Mann zu teilen, und sei er auch noch so dünn.

Sigismondo schloß sich der Gruppe nun an und unterbrach den erstaunten Beifall für die Bogenkünste der jungen Dame, um zum Aufbruch zu mahnen. Als die Maultiere vor die Sänfte gespannt wurden, drang ein besonders lautes Stöhnen aus dem Innern. Sogleich wurde der Vorhang einen Spaltbreit geöffnet, und Monna Marias schmerzverzerrtes Gesicht tauchte auf, die Augen halb geschlossen. »Oh, Vorsicht! Mein Kopf, mein Kopf!« ächzte sie.

Wie wahr, wie wahr! dachte Benno, als er Sigismondo in der Kavalkade folgte. Ihr Kopf wird der erste sein, der rollt, wenn Gatta das hier herausfindet.

Caterina Ridolfi war klug genug, den hübschen grünen Schleier vors Gesicht zu ziehen und gesittet neben der Sänfte herzureiten, als sie sich der Stadt näherten. Einer von Gattas Männern wartete am Stadttor mit einer Botschaft seines Herrn: Sigismondo möge sich umgehend zum Palast begeben, und so konnte Benno nicht sehen, wie es der jungen Dame und ihrer Duenna gelang, ihren gefangenen, noch immer verborgenen Eremiten in sein neues Versteck in Gattas Haus zu schaffen. Er war sich indessen sicher, daß sie eine Möglichkeit finden würden, um so eher, da Gatta selbst nicht anwesend war, um seine Tochter zu begrüßen.

Benno konnte sich nicht vorstellen, warum Sigismondo eine Lage hatte eintreten lassen, die für alle Beteiligten große Gefahren barg. Vielleicht besaß sein Herr, der selbst ein so gefahrvolles Leben führte, das Recht, anderen ein ebensolches zuzumuten. Seit er in Sigismondos Diensten war, hatte er dem Sensenmann mehr als einmal ins Auge geblickt.

Gatta kam gerade die breite Freitreppe hinunter, die in die Marmorhalle führte, wo der junge Fürst Francesco noch vor kurzer Zeit seine Reitkünste bewiesen hatte. Er war tief in Gedanken versunken. Daß er Sigismondo so eilig herbeizitiert hatte, war nicht mit dem in Einklang zu bringen, was er zu sagen hatte.

»Ihre Hoheit wünschen, daß Ihr wieder nach ihrem Sohn sucht.« Die Angelegenheit beschäftigte ihn in einem solchen Maße, daß er nicht einmal nach seiner Tochter fragte, es sei denn, er ging davon aus, daß Sigismondos Anwesenheit eine

Gewähr für ihre sichere Ankunft war. »Aus der Abtei kam die Botschaft, daß sich Fürst Francesco nicht dort aufhält, und die Fürstin bangt um sein Leben. Ihre Männer haben in der unmittelbaren Umgebung von Viverra keine Spur von ihm entdeckt, und sie glaubt, daß Ihr mehr Glück haben könntet. Ihr sollt so bald als möglich aufbrechen. Und du«, fügte er an Benno gewandt hinzu, »beschaffst Proviant und bist innerhalb einer Stunde am Stadttor.«

Da die gelben Augen auf ihm ruhten, machte sich Benno gleich wieder auf den Weg. Er hatte das ewige Hin und Her satt und fragte sich, warum sie nicht endlich einmal in Frieden leben konnten! Und dabei hätte Sigismondo nur sagen müssen: *Sieh doch unter deinem eigenen Dach nach!* Das vernarbte Gesicht war furchteinflößend. Hoffentlich wußte Sigismondo wirklich, was er tat. Sein kaum merkliches Nicken hatte genügt: Sie würden sich auf eine völlig überflüssige Reise begeben.

Benno war nicht mehr in der Stadt gewesen, seit das Laboratorium in die Luft geflogen war. Er spazierte von einem Kaufmann zum anderen, erstand ein paar Leckerbissen, die Sigismondo gerne aß, wie er wußte, und gönnte sich selbst ebenfalls das eine oder andere; diese angebliche Suche würde das reinste Zuckerschlecken sein. Während er den Viverranern zuhörte, die in den Läden und auf dem großen Platz vor der Kathedrale ein Schwätzchen hielten, war ihm, als habe sich die Stimmung in der Stadt geändert. Er kam an Weinschänken vorüber, die geschlossen gewesen waren, als Sigismondo und er die Apotheke aufgesucht hatten, und nun wieder geöffnet hatten. Die Zecher saßen auf den Bänken und warfen herausfordernde Blicke um sich, als suchten sie Händel mit jedem, der etwas dagegen einzuwenden wagte. Hätte das Fähnlein der Aufrechten jetzt die Straßen durchstreift, auf der Suche nach dem Laster und anschließendem Strafgericht, hätte die Züchtigung sie vermutlich überrascht, dachte Benno. Er erfuhr, daß die Halbwüchsigen eine Lektion erhalten und die empörten Eltern ihren Sprößlingen das Fell gegerbt hatten. Ein Bursche, der in seinem gerechten Zorn die Fässer im Keller seines Vaters zerschmettert hatte, wurde dortselbst eingesperrt und nur herausgelassen, als er krank von den Dämpfen und seinem eigenen Elend war, um eine gehörige Tracht Prügel verabreicht zu bekommen. Wo steckte Bruder Columba, der Anstifter? Zugegeben, Bruder Ambrogio hatte eine bemerkenswerte Predigt gehalten, aber hatten sich seine Prophezeiungen erfüllt?

Jedermann erinnerte sich, daß man dem Fürsten mit dem Tode gedroht hatte. Und was war geschehen? Er war dem Tod *von der Schippe gesprungen,* wie durch ein Wunder. Und wer war derjenige, der Wunder wirkte? Gott. Welches eindeutigere Zeichen konnte es geben, daß der HERR dem Fürsten verziehen hatte, ja ihm sogar seine besondere Gnade zuteil werden ließ? ER hatte den Alchimisten und sein schändliches Werk in die Luft gejagt, während er dem Fürsten Scipione seine Sünden zu vergeben geruhte, denn dieser hatte das Strafgericht so gut wie unbeschadet überstanden.

Und was war mit denjenigen, die dabei umgekommen waren, abgesehen von dem Alchimisten? Wer waren sie, wenn nicht die Feinde des Fürsten? Gott hatte es gefallen, Antonio Carlotti von Mascia auf sehr verdächtige Weise den Garaus zu machen. Es war allerdings schade, daß ER der Hinrichtung vorgegriffen hatte, die für den Spätherbst anberaumt war, eine besondere Lustbarkeit für die ganze Familie. Noch aufgeregter unterhielt man sich über das Schicksal des Grafen Landucci, der wegen des versuchten Giftmordes am Fürsten nach Viverra gebracht werden sollte. Er hatte seinen Sohn zu der Tat angestiftet, dieser elende Schurke, und er war vom Blitz erschlagen worden, hieß es. Der Allmächtige hätte es nicht klarer bekunden können: Der Fürst stand unter SEINEM besonderen Schutz, und seine Feinde mußten mit härtester Bestrafung rechnen, sogar schon in dieser Welt.

Folglich hatte sich Bruder Ambrogio möglicherweise geirrt. War es nicht ein Fingerzeig des Himmels, daß der Sturm, der noch vor einem Tag über den Bergen und Viverra gewütet und Landucci das Leben gekostet hatte, daß also dieser Sturm auch den Scheiterhaufen auf dem Platz vor der Kathedrale vernichtete, der nur darauf wartete, angezündet zu werden? Er war in sich zusammengefallen, und kein Bruder Columba tauchte auf, um ihn aufs neue zu errichten. Und ebenso bemerkenswert schien, daß die aufgeschichteten Opfergaben noch vor Morgengrauen verschwunden waren, als hätten sie sich in Luft aufgelöst. Gott wollte offenbar nicht, daß dieser harmlose Tand verbrannte, denn ER hätte ja einen Blitz vom Himmel senden und den Scheiterhaufen auf der Stelle entfachen können.

Bruder Ambrogio hatte sich nicht nur nachweislich geirrt, was den Fürsten betraf, sondern auch den schnöden Kirchenraub angezettelt, der Bischof Ugolino niedergestreckt hatte, obwohl es hieß, der Bischof befände sich dank Gottes außergewöhnlicher Gnade auf dem Wege der Besserung. Niemand konnte Bischof Ugolino besonders gut leiden, doch ein so hoher Würdenträger hatte jedes Recht, in seiner eigenen Kathedrale einen Bannfluch auszusprechen, und niemand war verpflichtet, es ihm übelzunehmen. Reue war eine Sache, die sich zwischen dem Beichtvater und der Seele eines Menschen abspielte; sie ließ sich nicht durch eine Bande wildgewordener Halbwüchsiger und ortsfremder Klosterbrüder erzwingen. Und was hatte es mit dem Verschwinden des jungen Fürsten Francesco auf sich? Wessen Schuld war *das,* wenn man einmal fragen durfte? Ihm den Kopf mit dem Gerede vom himmlischen Königreich vollzustopfen, das war ja alles gut und schön im Jenseits, dank Gottes Gnade, aber der junge Fürst hatte Pflichten auf Erden, hier in Viverra; er mußte seinen Vater gegen seine Feinde unterstützen und lernen, gerecht zu regieren.

Der ursprüngliche Grund, der Viverra bewogen hatte, Bruder

Ambrogio mit solcher Aufmerksamkeit zuzuhören, war ebenfalls nicht vergessen worden. Der Totenschädel, der vor ihm in die Stadt gelangt war, sprach auch ohne Zunge eine beredte Sprache. Die Pest, die seit Monaten auf leisen Sohlen durchs Land schlich und immer näher rückte, hatte ihnen den Gedanken an die Gegenwart des Todes sehr deutlich vor Augen geführt. Die letzte Neuigkeit, die die Kirchen mit Dankgebeten füllte, lautete, daß sie nun gen Osten zog, weg von Viverra, wie ein Nebel, der jenseits der Hügelkette verschwand und das Sonnenlicht freigab. Und wer anders als der junge Fürst hatte den Mut besessen, den häßlichen Totenschädel anzugreifen?

Die Viverraner begannen, die Summen im Kopf zu überschlagen, die der Besuch des Predigers sie gekostet hatte. Es hieß sogar, er sei für den Schaden verantwortlich, den der Sturm angerichtet hatte. Gott hatte seinen Willen mit unverkennbarer Gewalt bekundet, um den verderblichen Einfluß des Mönchs ein für allemal zu brechen.

Benno hörte dieser kühnen Behauptung mit offenem Mund und einem Getränk zu, das er gerade hinunterkippen wollte, als die Uhr der Kathedrale die volle Stunde schlug.

Er mußte sich sputen, Sigismondo würde bereits auf ihn warten. Benno kam außer Atem am Palasttor an, Biondello hechelte hinter ihm her. Er hatte mit dem Stallknecht des Palastes vereinbart, daß dieser die Pferde gesattelt bereithalten solle, und er war zur Stelle, obwohl der dankbare Benno keine Spur von Sigismondo entdecken konnte. Er entlohnte den Mann für seine Mühe mit einer Münze, band die Pferde an einem Ring in der Wand fest und hockte sich auf seine Fersen, um ein wenig zu dösen, bis sein Herr kam. Biondello legte sich neben ihm nieder und gab, wie er so dalag mit dem Kopf zwischen den Pfoten, ein Bild philosophischer Schicksalsergebenheit ab.

Eines der Pferde stampfte mit den Hufen, und Benno erwachte schlagartig. Biondello gähnte und kratzte sich an der Stelle, wo eigentlich sein linkes Ohr sein sollte. Über den Platz drang wieder der Glockenschlag der Kathedrale zu ihnen herüber. Benno spürte ein angstvolles Kribbeln im Bauch. Wartete er etwa am falschen Stadttor? Was hatte Sigismondo aufgehalten? Hatte er vielleicht doch beschlossen, der Fürstin zu erzählen, daß ihr Sohn gefunden war?

Wenn ja, dann hätte er eine Botschaft geschickt oder wäre selbst gekommen, um Benno Bescheid zu sagen.

Das ungute Gefühl war schlimmer als Bauchgrimmen. Biondello winselte, als ob auch er spürte, daß da etwas nicht stimmen konnte. Was jetzt? Sollte er bei den anderen Palasttoren oder an den Stadttoren sein Glück versuchen? Aber er war sicher, daß Gatta genau dieses Tor gemeint hatte, zu dem man vom großen Hof des Palastes aus gelangte. Sollte er im Palast nachfragen, ob einer der Lakaien vielleicht vergessen hatte, ihm eine Nachricht von Sigismondo zu überbringen?

Als er die Pferde losband, beschloß er, letzteren Weg einzuschlagen. Es war nicht ratsam, zu den anderen Toren zu laufen und Sigismondo unterwegs zu verpassen. Als er über das Kopfsteinpflaster des großen Hofes ging, kam ihm ein schrecklicher Gedanke. Er erinnerte sich an das seltsame Dreiergespann, das Sigismondo mit Michelotto verwechselt und ihm schon zweimal nach dem Leben getrachtet hatte. Angenommen, er wäre von ihnen überrascht worden und der Anschlag diesmal gelungen? Aber Sigismondo zu überraschen, war ein Kunststück ohnegleichen, und nach Bennos Dafürhalten waren die drei einer solchen Meisterleistung nicht fähig. Das letztemal wußte sein Herr bereits, was sie im Schilde führten, als er ihnen noch den Rücken zugewandt hatte. Aber niemand ist vor Fehlern gefeit, und das lange Schwert, das der eine der drei trug, konnte sich sehr wohl als letzter, tödlicher Fehler erweisen.

Benno mußte sich den kalten Schweiß von der Stirn wischen, als er bei dem Lakaien ankam, der die Tür bewachte.

Er erhielt sofort Auskunft über den Verbleib seines Herrn.

»Weg. Losgeritten, um Fürst Francesco zu suchen. Er ist fort. Du solltest dich beeilen.«

»Wann hat er den Palast verlassen?«

Der Mann drehte sich um und spuckte in den Hof. »Oh, vor einer Stunde, würde ich meinen. So lange stehe ich ungefähr hier, und man erzählte mir gleich nach Dienstantritt, er sei fortgeritten.«

Benno starrte ihn an. Er war seit mehr als einer Stunde am Tor gewesen. Er gab dem Burschen eine Münze als Dank für seine Auskunft und bat ihn, die Pferde fürs erste in den Stall zurückzubringen. Dann hob er Biondello hoch und ging durch die Wendeltreppen und Korridore des Palastes zu der winzigen Kammer, die ihnen zugewiesen worden war, wo sie ihre wenigen Habseligkeiten aufbewahrten.

Das Gefühl in seinem Bauch hatte ihn nicht getäuscht. Dort lag, noch immer aufgerollt auf dem Lagerrost, Sigismondos großer Wollumhang und daneben das Lederränzel mit den Kräutern und Salben, das er auf seinen Reisen stets bei sich trug.

Benno kauerte sich nieder, eine Hand wie zum Trost auf dem Ränzel, und starrte blicklos in die Ferne. Er hatte nie im Leben größere Angst verspürt.

36 *Ein teuflischer Plan*

Auf ein Wort, im Vertrauen.« Gatta war so so nahe gewesen, daß sein Atem Sigismondos Ohr wärmte, und er hatte den Arm um seine Schultern gelegt. »Hoheit ist nicht nur wegen ihres Sohnes in großer Besorgnis. Es gibt da etwas, was Ihr Euch ansehen solltet.« Er schnippte mit den Fingern; ein Page des Palastes, der offensichtlich nur auf das Zeichen gewartet hatte, lief los, und Gatta führte Sigismondo in einen kleinen Raum am Fuß der breiten Freitreppe. Ihnen folgten beinahe unverzüglich der Page und eine Kammerzofe. Er mußte sie beinahe in den Raum stoßen, bevor er die Tür schließen konnte.

Sie war ein einfaches Mädchen, mit braunen Augen unter den geschwollenen Lidern. Sie hatte geweint und drehte die Schürze in ihren fahrigen Händen. Sie warf Sigismondo einen angstvollen Blick zu, während sie knickste.

Gattas Stimme hatte einen Tonfall angenommen, der sie beruhigen sollte. »Jetzt erzähl uns noch einmal, was du in den Gemächern des Fürsten gesehen hast.«

Sie zögerte und zerknüllte ihre Schürze. Gattas Stimme wurde jetzt schneidend. »Mach endlich den Mund auf.«

Sie begann zu stottern, und ihr Blick schweifte von Gatta zu Sigismondo, als sei sie nicht sicher, wen von beiden sie mehr fürchtete. Sie unterbrach ihre Erzählung immer wieder, um sich zu entschuldigen, aber sie entnahmen ihrem Gestammel, daß sie das Schlafgemach des Fürsten und das angrenzende Erkerzimmer aufgeräumt hatte, als sie jemanden eintreten hörte. Da sie fürchtete, vom Fürsten selbst oder seinem Kämmerer überrascht zu werden, zumal ihre Arbeit längst hätte beendet sein sollen –

Gatta unterbrach ihre langwierigen Rechtfertigungen, warum ihr dies nicht gelungen war –, hatte sie sich hinter dem Vorhang versteckt und auf eine Gelegenheit gewartet, unbemerkt aus dem Raum zu schlüpfen. Sie hatte durch den Vorhang gespäht – sie deutete das Heben des Vorhangs mit ihrem Finger an – und nicht den Fürsten, sondern eine andere Person erblickt.

»Und wer war das?« Gatta packte Sigismondo bei der Schulter, um die Bedeutung der Antwort zu unterstreichen.

Sie knetete ihre Schürze. »Der junge Graf Landucci.«

»Konntest du sehen, was er machte?«

»Er zog ein Paar Handschuhe an, die er aus der kleinen Kiste neben der Tür nahm.«

Gatta schlug Sigismondo triumphierend auf die Schulter. Sigismondo setzte eine nachdenkliche Miene auf, und das Mädchen fuhr zusammen, als er sprach. »Bevor du gehst, noch eine Frage. Warum hast du so lange damit gewartet, diese Geschichte zu erzählen?«

Statt einer Antwort erhielt er ein unterdrücktes Schluchzen. Die Tränen strömten jetzt regelrecht. Gatta machte eine ungeduldige Handbewegung, und sie floh aus dem Raum. Er wandte sich mit einem Achselzucken an Sigismondo.

»Das habe ich sie natürlich auch schon gefragt. Nach Ginevras Tod«, er bekreuzigte sich, »hörte sie von den vergifteten Handschuhen. Im Palast gibt es keine Geheimnisse. Und Ihr seht ja, was für eine Närrin sie ist. Sie hat sich in den Kopf gesetzt, daß man auch sie vergiften oder ihr die Kehle durchschneiden würde. Und wer weiß, ob sie damit nicht recht hat!«

»Was denkt die Fürstin?«

»Mmm, genau das ist der springende Punkt. Sie will nicht, daß der Bursche gefoltert wird. Ihr und ich, wir sind praktisch veranlagte Menschen, aber ... nun ja, Frauen haben ihren eigenen Kopf! Sie möchte, daß Ihr zu ihm geht, ihn einem Verhör unterzieht und die Wahrheit aus ihm herausholt, mit

welchen Mitteln auch immer. Ich glaube, sie hält den alten
Grafen Landucci für den Hauptschuldigen, er hat seinen Sohn
vermutlich angestiftet. Bei den Kammerfrauen geht das Gerücht
um, daß er die Fürstin glühend verehrt und ihr dauernd kleine
Geschenke zu machen pflegte. Vielleicht hat er also selbst allen
Grund, den Tod Seiner Hoheit zu wünschen. Und darüber
hinaus werden wir sehen, was der Fürst darüber denkt, wenn er
so weit genesen ist, daß er seine Meinung äußern kann. *Meine*
Ansicht lautet: Schickt Donato Landucci dorthin, wo er seinem
Vater erzählen kann, was geschehen ist. Auf diese Weise schafft
sich der Fürst eine ganze Sippe von Verrätern vom Hals. Doch
mittlerweile werden wir der Laune Ihrer Hoheit nachgeben,
nicht wahr?«

Sigismondo verneigte sich. Es würde wahrscheinlich eine Weile
dauern, aber Benno hatte Übung im Warten. Er bat den Pagen
an der Tür, seinem Diener eine Botschaft zu überbringen,
sobald dieser auftauchte, und sah, als er von den Treppenstufen
zum Hof zurückblickte, wie Gatta dem Knaben den Kopf
tätschelte.

Er durchquerte erneut die weitläufige Gartenanlage. Handwerker besserten das Holz der Schloßtüren aus, und ein großer
Mann mit schwarzem Bart stand an der Eingangstür und beobachtete sie. Die Zibetkatze war auf seinem Wams eingestickt,
und an seiner Faust baumelte ein schwerer Schlüsselring.

»Meister Sigismondo? Ich habe eine Nachricht für Euch.« Er
wandte sich um und führte ihn beiseite, durch einen Torbogen
und einen Pfad entlang, den man durch die Trümmer im
Innenhof gebahnt hatte. Die Mauervorsprünge und Türme
schlossen das Geviert ein und schienen es schier zu erdrücken.
»Wir mußten den jungen Grafen nach dem Unfall verlegen. Die
Tür seiner Zelle war von der Druckwelle aus den Angeln
gehoben worden. Er befand sich noch brav an Ort und Stelle –
er sagte, er habe dem Fürsten sein Ehrenwort gegeben und der

Kerker werde daran nichts ändern –, aber wahrscheinlich konnte er sich ausmalen, daß er ohnehin nicht weit gekommen wäre. Da schadet es nicht, wenn man versucht, einen guten Eindruck zu machen.«

Sigismondo hielt an, um etwas vom Boden aufzuheben, die Sandale eines Mönchs, bei der das Verschlußriemchen abgerissen war. Er warf sie auf einen Kehrichthaufen und folgte dem Kerkermeister durch eine Tür in einen schmalen Turm und eine Wendeltreppe hinauf.

»Dieser Turm ist der reinste Karnickelstall«, erklärte der Mann leutselig. »Wenn man sich vorstellt, daß der Hof früher in so beengten Verhältnissen lebte! Aber angesichts dessen, was dieses Bauwerk alles aushalten mußte, ist es noch sehr gut in Schuß.« Liebevoll tätschelte er den Steinpfosten am Ende des Geländers. Sie gingen noch zwei weitere Treppen hinauf, bevor sie einen Absatz erreichten und in einen Gang einbogen, in dem mehrere unversehrte, eisenbeschlagene Türen den Beweis für ihre Widerstandsfähigkeit lieferten. Der Kerkermeister suchte unter seinen Schlüsseln einen bestimmten, fand ihn und sperrte eine Tür auf. Dann hob er den schweren Bolzen, als ob man, Ehrenwort hin oder her, kein Risiko mit dem jungen Grafen Landucci eingehen dürfe. Er stieß die Tür auf und trat beiseite. »Besuch für Euch, junger Herr«, rief er. Sigismondo trat näher. »Paßt auf die Stufe auf«, warnte ihn der Kerkermeister und nahm seinen Arm, als wollte er ihm helfen, doch plötzlich versetzte er ihm einen heftigen Stoß.

Es gab keine Stufe, nur ein tiefer gelegenes Verlies. Die Tür fiel krachend ins Schloß, als Sigismondo ins Leere trat und sich zusammenrollte, um den Aufprall abzufedern. Der Schlüssel wurde klirrend herumgedreht und der Bolzen vorgelegt.

Die Zelle war leer bis auf den Staub, der Sigismondo bedeckte, als er herumrollte. Er stand auf und blickte sich gleichmütig um. Eine Fensteröffnung mit abgewetzter Leibung, hoch droben in das dicke Mauerwerk eingelassen, warf die Schatten ihrer Gitterstäbe über seinen Kopf.

Er blickte zu dem steinernen Gewölbe empor, danach zur Tür. Zugesperrt, verriegelt und auf gleicher Ebene mit der Wand, bot diese wenig Hoffnung auf ein Entrinnen. Es gab keinen Hand- oder Fußgriff für jemanden, der am Türschloß arbeitete, und auch die eisernen Riegel, die den Bolzen an der Außenseite an Ort und Stelle hielten, boten keinen Halt. Irgendwann war die untere Türkante beschädigt worden, vielleicht von Ratten, Feuchtigkeit oder einem verzweifelten Gefangenen, und man hatte eine Metallplatte als Beschlag über die gesamte Breitseite genagelt. Diese war leicht verbogen, vielleicht einen Fingerbreit, und Sigismondo trat näher, um sich das Flickwerk genauer anzusehen.

Dann prüfte er die Wand unterhalb des Fensters.

Bruder Columbas Fehleinschätzung der chemischen Eigenschaften hatte dem alten Burggemäuer wenig anhaben können, außer im Turm, in dem sich das Laboratorium befand; aber das Mauerwerk hatte sich verzogen. Die Steine, in Schwingung geraten, um die Druckwelle aufzufangen, hatten eine beträchtliche Menge alten Mörtel ausgespien. Sigismondo hangelte sich, sich mit den Finger- und Stiefelspitzen im Mauerwerk einkrallend, zur Fensterleibung hoch. Das Sims war abschüssig und bildete einen Winkel zu den Gitterstäben. Genauer gesagt, alle vier Seiten des Fensters öffneten sich zum Verlies hin, der löblichen Regel folgend, ein Höchstmaß an Licht in die Zelle zu lassen, während gleichzeitig Befreiungsversuche auf ein Mindestmaß beschränkt oder das Eindringen uralter feindlicher Mächte, nämlich von Wind und Regen, verhindert wurde. Sigismondo arbeitete sich schrittweise am Fenstersims hoch, um die Gitterstäbe genauer in Augenschein zu nehmen. Er kratzte mit dem Finger den Rost ab. Er packte einen, dann den nächsten

Eisenstab und rüttelte daran. Danach ließ er sich wieder auf den Boden hinunter.

Er stöberte zwischen welken Blättern und Staub in den Ecken und fand einen oder zwei dickere Gesteinsbrocken. Dann suchte er die Wände nach Rissen und Unebenheiten ab und klopfte mit dem Schaft seines Dolches größere Steinsplitter weg. Er brachte sie zur Tür und machte sich an die Bearbeitung des Eisenbeschlags, wobei er die Gesteinsbrocken wie einen Keil in die Lücke trieb, die dahinter klaffte. Endlich konnte er das eine Ende des Beschlags fassen und ihn, wiederum mit dem Knauf seines Dolches, weiter aufbiegen. Man hatte ihm seine Waffen gelassen, unbekümmert und in der Gewißheit, er werde keine Gelegenheit erhalten, sie jemals wieder zu benutzen, außer um, im Fall äußerster Verzweiflung oder dem Hungertod nahe, seinem Leben von eigener Hand ein Ende zu setzen. Wenn man beabsichtigt, einen Gefangenen zu verköstigen, nimmt man ihm seine Waffen vorsorglich ab, damit er sie nicht gegen seinen Kerkermeister richten kann. Man wollte ihn also verhungern lassen. Deshalb würde es auch niemand hören, wenn er sich durch Lärm bemerkbar machte; es war völlig nutzlos, gegen die Tür zu hämmern.

Er hatte sein Lederwams ausgezogen und schmale Streifen abgeschnitten, die er als Schutz um seine Hände wickelte, als er Stück für Stück den Eisenbeschlag an der unteren Türkante abriß. Sobald die Steinkeile herausfielen, wurden sie immer wieder aufs neue zwischen Tür und Beschlag eingetrieben. Die Nägel am jenseitigen Ende bogen die Köpfe und brauchten lange, bis sie aus ihrer Halterung sprangen, aber schließlich gaben auch sie mit einem knirschenden Geräusch nach.

Sigismondo verstaute das neue Werkzeug in seinem Gürtel und kletterte wieder an der Mauer zum Fenster hoch.

Der schwierigste Teil des nächsten Schrittes bestand darin, sich in der Kehlung Halt zu verschaffen. Nur der bedauerliche

Zustand ihrer Oberfläche ermöglichte es ihm, einen Fuß gegen einen Überrest der Gußmörteleinfassung zu stemmen und einen Arm durch die Gitterstäbe zu schieben. Zwischen diesen beiden Halterungen sicher eingeklemmt, scharrte und schabte er mit seinem Eisenstreifen am rostigen Ansatz der Eisenstäbe. Immer wieder mußte er innehalten, herunterklettern, sich strecken, seinen schmerzenden Arm reiben und den Haltegriff des Eisenstreifens mit einem neuen Stück Leder umwickeln.

Einmal hätte er den Eisenstreifen beinahe eingebüßt, als dieser nach draußen, ins Freie, zu fallen drohte. Er kletterte vom Sims herunter, fädelte die Schnur von seinem Wams durch ein Nagelloch in dem Eisen und befestigte das kostbare Werkzeug an seinem Handgelenk. Dann kletterte er wieder hinauf. Sein Gesicht verlor nicht eine Minute seine gelassene Ruhe, nur einmal, als er daran dachte, wie er hier gelandet war zog er eine Grimasse, bevor er sich wieder an die Arbeit machte.

In den frühen Morgenstunden, nachdem er im Mondlicht einige Stunden ununterbrochen gearbeitet hatte, knüpfte er seinen Gürtel an einen Gitterstab, kletterte hinunter, stemmte einen Fuß gegen die Wand und zog einige Male ruckhaft daran. Das Eisen sprang aus seiner Verankerung.

Sigismondo setzte sich auf den Boden und bewegte seine Hände; er streckte sich und blickte prüfend den zweiten Gitterstab an. Hätte er Bennos Statur gehabt, wäre er imstande gewesen, sich durch das Loch hindurchzuzwängen, aber wie die Sache aussah, mußte er vorher noch die Aufgabe bewältigen, ihn zumindest ein Stück zur Seite zu biegen. Vielleicht schoß ihm auch der Gedanke durch den Kopf, was für ein Glückspilz er doch war, daß es sich um Gitterstäbe und nicht um ein Gittergeflecht handelte.

Es war fast Morgen, als er wieder aufstand, sich dehnte und reckte, auf das Fenstersims kletterte und sich mit dem zweiten Gitterstab befaßte.

Dieser saß wesentlich fester in seiner Halterung. Erst viele Stunden später gelang es ihm, den Ansatz zu lockern. Immer wieder mußte er auf den Boden hinabklettern und sich ausruhen. Er hatte immer ein paar glatte Kieselsteine für seine Steinschleuder in der Tasche, und er lutschte einen gegen den Durst. Als es draußen dunkelte, arbeitete er noch immer. In den frühen Morgenstunden des darauffolgenden Tages hatte er den zweiten Gitterstab ausreichend gelockert. Er band den Eisenstab als zusätzliche Waffe an seinen Gürtel und kletterte durch die Fensteröffnung.

Die Witterung und die Explosion hatten die Außenfläche aufgerauht, wie er schon auf seinem Weg durch den Palastgarten bemerkt hatte. Einen Augenblick lang schwebte er in außerordentlich großer Gefahr, als er, an den winzigen Spalten im Mauerwerk oberhalb des Fensters Halt suchend, seinen Körper durch das Fenster zwängen und nach oben klettern mußte, während er seine Füße auf das Sims hochzog. Sobald er sich im Freien befand, legte er eine kurz Rast ein, bevor er mit dem Abstieg begann. Er war dem Alter des Burggemäuers und der Nachlässigkeit derjenigen, die für seine Instandhaltung zuständig waren, zu großem Dank verpflichtet – und nicht zu vergessen Bruder Columba.

Er mußte blindlings nach einem Halt für seine Füße tasten, aber er sah sich im Dämmerlicht des Morgens sehr genau an, wohin seine Hände griffen. Langsam bewegte er sich an der Mauer nach unten, nicht lotrecht, sondern leicht schräg. Immer wieder legte er eine Verschnaufpause ein, sobald er einen sicheren Halt für seine Füße fand, lehnte sich gegen das Gestein und lockerte abwechselnd seine verkrampften Hände.

Ein morscher Mauerstein zerbröckelte unter seinem Fuß; Sigismondo hing einen Augenblick lang in der Luft, während die Gesteinsbrocken unter ihm mit einem unheilvollen Poltern in die Tiefe stürzten. Danach achtete er noch mehr darauf, sein Gewicht immer wieder zu verlagern.

Endlich hatte er es geschafft, er war am Fuß der Burgmauer angelangt. Sein Fuß berührte Gras, und zum erstenmal blickte er nach unten. Er ließ sich auf den Abhang hinunter, drehte sich um und kauerte sich, die Ellbogen auf die Knie gestützt und mit herunterbaumelnden Händen zwischen die Wacholderbüsche. Ein leichter Nieselregen hatte eingesetzt.

Das Morgenlicht wurde zusehends heller. Er ging zum Fuß des Hügels hinunter, kniete kurz nieder, bekreuzigte sich und stand wieder auf. Er hielt nur an, um eine grobe Kapuze aus den Überresten seines Wamses zu ziehen, die er mit einem Lederriemen um den Hals gebunden hatte. Er schlürfte das Wasser von den Blättern des Wacholderstrauches. Schmutzstarrend, Kniehose und Hemd zerrissen, die Stiefel aus feinstem Leder an den Zehen zerschrammt und grau, hätte ihn niemand auf den ersten Blick erkannt. Er kletterte über die Mauer der Parkanlage und sprang auf die Straße hinunter, just als die Sonne aufging und die Stadttore geöffnet wurden. Er schlurfte gebückt wie alle anderen weiter und machte sich daran, herauszufinden, wer den teuflischen Plan ausgeheckt und seinen Tod gewollt hatte.

Benno war noch eine Zeitlang in der zunehmenden Dämmerung gesessen, bevor er nach seinem Nickerchen wach genug war, um sich zu fragen, was nun zu tun sei. Sein Herr war möglicherweise tot. Oder er lag irgendwo schwer verwundet und brauchte Hilfe. Aber wo? Ganz Viverra kam dafür in Frage. Vielleicht war er in einer dunklen Seitengasse abgeladen worden, mit einem Messer im Leib. Oder man hatte die Leiche bereits im Fluß versenkt. Benno schüttelte den Kopf. Es machte alles keinen Sinn, und es hatte außerdem keinen Zweck, solch trüben Gedanken nachzuhängen; so leicht wurde man seinen Herrn nicht los, und wenn jemand seine Leiche in den Fluß geworfen hatte, dann waren ihm einige Männer auf diesem Weg vorausgegangen. Falls er auf den Straßen der Stadt angegriffen worden wäre, hätte er überall seine Handschrift hinterlassen.

War es eine gute Idee, in Viverra herumzulaufen und sich überall zu erkundigen, wer einen Mann mit kahlgeschorenem Kopf gesehen hatte, der gegen mehrere andere Männer kämpfte? Es mußten mehr als einer sein, sonst wäre Sigismondo längst wieder aufgetaucht.

Wer war die letzte Person gewesen, die seinen Herrn lebend gesehen hatte? Gatta. Sollte er Gatta fragen, wo Sigismondo hingegangen war, als er ihn verließ? Gattas gelbe Katzenaugen schienen Benno in der Dämmerung anzustarren, und er verwarf diesen Gedanken schleunigst. Er, ein Diener und angeblich Schwachsinniger, sollte sich dem großen Condottiere Ridolfo Ridolfi nähern und ihm Fragen stellen? Selbst wenn man ihn zu Gatta vorließ, würde dieser ihn niemals anhören.

Und angenommen, Sigismondo war auf Gattas *Geheiß* verschwunden?

Gatta war von Haus aus ein argwöhnischer Mann. Niemand gelangte in eine so einflußreiche Stellung, wenn er Menschen uneingeschränktes Vertrauen entgegenbrachte. Sigismondo war ausgesandt worden, um Landucci nach Viverra zu bringen, das hatte er zumindest Benno gesagt, nur damit sich Michelotto ein Urteil bilden konnte, ob er mit Landucci unter einer Decke steckte. Lächerlich, dachte Benno. Es hatte nicht die geringste Gelegenheit für ein Gespräch zwischen ihnen gegeben, ganz zu schweigen von einem Beweggrund für ein geheimes Bündnis. Aber solche Gedanken waren gar nicht so weithergeholt für Menschen, die durch Ränkeschmieden leben oder sterben. Hatte Gatta auch hier seine Hände im Spiel?

Doch Gatta hatte sich herzlich gegeben, gelächelt und seinen Arm um Sigismondo gelegt. War er ein Judas?

Der Diener, den Benno befragte, hatte erklärt, Sigismondo habe den Palast auf Anweisung der Fürstin verlassen. Hatte sie ihn vielleicht zu sich gebeten und ihn bis in die späte Nacht aufgehalten? Dennoch bot sich damit keine Erklärung dafür, daß er ihn so lange warten und buchstäblich im Dunkeln ließ.

Benno stand auf, rieb sich die steifen Beine und ging zum Fenster hinüber. Von hier aus hatten er und Sigismondo vor wenigen Nächten die Lampe im Arbeitszimmer des Fürsten brennen sehen. Nun war dort alles dunkel. Gegen das sanfte Glühen des Nachthimmels, an dem soeben der Mond aufging, war die Silhouette der alten Burg ein dunkler Fleck mit gezackten Umrissen, genau an der Stelle, wo die Explosion die Spitze des einen Turmes abgerissen hatte. Benno faltete die Hände unter dem Kinn und betete. Gott, der sie beide in jener unheilvollen Nacht behütet hatte, als sie sich unwissentlich in Gefahr befanden, würde seinen Herrn ganz sicher auch jetzt beschützen. Er dachte kurz daran, seinem Bittgebet den Hinweis hinzuzufügen, daß sein Herr ein guter Mensch sei, aber dann unterließ er es. Gute Menschen standen nicht zwangsläufig unter Gottes Schutz. Die Geschichten der Heiligen zeigten unmißverständlich, daß gerade die Guten besonders viel Leid erdulden mußten. Das Kratzen von Krallen auf dem Fußboden holte ihn in die Wirklichkeit zurück; er beugte sich hinunter und nahm Biondello auf den Arm. »Wir werden losziehen und ihn suchen«, murmelte er, das Gesicht in das wollige Fell des kleinen Hundes gepreßt. »Wir versuchen es als erstes in Gattas Feldlager. Vielleicht ist seinen Männern etwas zu Ohren gekommen. Wir werden uns dort einmal umhören.«

Benno verstaute Biondello in seinem Wams. Dann schnappte er sich Sigismondos Umhang und Lederränzel nebst seinem eigenen Beutel mit Verpflegung und machte sich auf den Weg.

Gatta konnte festlichen Aufmärschen, die bei seinem Kommen und Gehen veranstaltet wurden, wie alle kampferprobten Feldherrn wenig abgewinnen. Die Trompeten waren nichts für ihn, mit denen die Ankunft der Mächtigen angekündigt wurden, und auch Empfangskomitees, die ihn in Reih und Glied auf den Treppenstufen erwarteten, waren nicht nach seinem Geschmack. Ein Leben voller Überraschungsangriffe hatte ihn in der Überzeugung bestärkt, daß man die interessanteren Dinge nur dann in Erfahrung bringt, wenn man wie der Blitz aus heiterem Himmel auftaucht.

Er war weit davon entfernt, interessante Neuigkeiten zu erwarten, als er seiner Tochter einen Überraschungsbesuch abstattete. Er hatte einige Zeit mit dem Fürsten verbracht und mit ihm besprochen, was aus Donato Landucci werden sollte. Das Schicksal hatte gleichwohl ganz spezielle Pläne, was er in seinen eigenen vier Wänden vorfinden würde.

Gatta war an jenem Tag hocherfreut gewesen, Caterina so munter und hübsch vorzufinden. Er war zuversichtlich, daß er infolge der Mitgift, die er zusammen mit seiner Tochter zu bieten hatte, den Blick auf ein höheres Ziel zu richten vermochte, als der Sproß einer einfachen Bauersfamilie jemals hoffen durfte. Noch vor einem Jahr hatte er Michelottos Ansinnen in Erwägung gezogen, um Caterinas Hand anzuhalten, aber der Gedanke erschien ihm heute aberwitzig. Er hatte ihr einen Beutel Gold geschenkt, den sie nach Belieben ausgeben durfte, dazu ein Halsband aus Mascia in der Farbe ihrer Augen, Ginevras Papagei, der ihr Gesellschaft leisten sollte, und ihr völlig freie Hand gelassen, sich so viele Kleider wie sie brauchte für ihre Aussteuer anfertigen zu lassen. Die Brauttruhe selbst wurde gerade von den besten Kunsthandwerkern Viverras geschnitzt und mit Schäferszenen bemalt. Caterina hatte ihm zugesetzt, er solle ihr sagen, wen er als Bräutigam für sie ins Auge gefaßt hatte. Er war jedoch standhaft geblieben und hatte ihr nur mitgeteilt, der Mann sei ihrer würdig – wobei er nicht hinzufügte, falls man ihn finden sollte.

Nun war er auf dem Weg in ihre Schlafkammer und stieß die Kammerjungfern beiseite, die bestürzt versuchten, ihre Herrin von der unvermuteten Ankunft ihres Vaters zu unterrichten. Er sah auf den ersten Blick, daß sie nicht da war, und da er Stimmen im angrenzenden Gemach hörte, wo die erkrankte Monna Maria das Bett hütete, wie Caterina ihm erklärt hatte, ging er zur Tür und stieß sie auf.

Seine Tochter hatte allem Anschein nach auch ohne sein Zutun einen Mann gefunden.

Falls Monna Maria nicht eine wundersame Verwandlung erlebt hatte, dann war es nicht die Anstandsdame, die dort im Bett lag, auf dessen Kante Caterina mit dem Rücken zu ihm saß. Sie lag in den Armen eines gänzlich unbekleideten jungen Mannes.

Das Geräusch, das die beiden auf Gattas Gegenwart aufmerksam machte, war das Sirren des Schwertes, das er aus der Scheide zog. Die Spitze deutete auf die Kehle des jungen Mannes, der sich blitzschnell in die aufgetürmten Kopfkissen zurückfallen ließ; Caterina schrie auf und sprang hoch.

Gattas Überraschung, seine Tochter in den Armen eines fremden jungen Mannes zu finden, war nichts im Vergleich zu der Überraschung, daß der junge Mann kein Fremder war. Augen, die er nur zu gut kannte, starrten ihn über der Spitze des Schwertes erschrocken an.

»Nicht! Nicht! Er ist ein frommer Mann –« Caterina wurde sich der Tatsache bewußt, daß ihre Verteidigung der Lage nicht ganz angemessen war. Obwohl ihr das Haar aufgelöst über die Schultern hing, war ihr Mieder ordentlich geschnürt und ihr Kleid nicht einmal zerknittert. Es war ja möglich, dachte er, daß er gerade noch rechtzeitig gekommen war, um das Schlimmste zu verhindern. Der Papagei trippelte bis zum Ende seiner Stange und flatterte hoch.

Gatta senkte die Spitze seines Schwertes.

»Ein frommer Mann, was du nicht sagst. Hatte er vor, dich zur Heiligen zu machen? Dich in den Himmel zu entführen?« Seine zerklüfteten Zähne gaben Gattas wölfischem Grinsen eine ganz eigene Note.

»Es ist *überhaupt nichts* passiert, Vater!« Sie zeigte die eigenen Zähne, als sie sich trotzig rechtfertigte. »Wofür haltet Ihr mich?«

»Dirne!« Der Papagei, nie um ein Wort verlegen, bot seinen gesamten Wortschatz dar, und Caterina stampfte zornig mit dem Fuß auf.

»*Weißt du, wer das ist?*« Gattas Worte galten dem jungen Fürsten, der zusammenzuckte.

»Ich habe es Euch doch schon gesagt. Er ist ein frommer Mann aus den Bergen, ein Einsiedler. Er war krank, sehr krank ...«

»Sie hat mir das Leben gerettet.« Fürst Francesco hatte seinen Mut und seine Sprache wiedergefunden. Ein Schwert an der Kehle zu haben, ist selbst für einen Mann eine Nervenzerreißprobe, der sich im Lebenskampf bewährt hat, und außerdem bewirkte sein schlechtes Gewissen, daß er sich im Nachteil fühlte. Er mußte sich seiner Absichten indessen nicht schämen. »Ich möchte Euch um die Hand Eurer Tochter bitten, mein Herr.«

In diesem Augenblick kehrte Monna Maria, die ihre Pflichten als Anstandsdame sehr genau nahm, in ein Nachtgewand gekleidet, um aller Welt kundzutun, daß sie krank darniederlag, vom Abtritt zurück. Als sie ihren Dienstherrn, ihren Schützling und den geheimgehaltenen Gast vor sich sah, hielt sie jäh auf der Türschwelle inne und stieß unbedacht einen spitzen Schrei aus, so daß sich aller Augen auf sie richteten. Gattas Aufmerksamkeit, die sie am meisten fürchtete, kehrte unverzüglich zu dem jungen Mann zurück.

»Um ihre Hand anhalten? Wißt Ihr, was Ihr da sagt?« Fürsten gehen durch ihre Heirat Verbindungen mit anderen Familien von Geblüt ein, und Männer, die in einer Bauernkate geboren wurden, sind als Schwiegervater selten erwünscht.

»Er kann beim Bischof bewirken, ihn von seinem Gelübde zu entbinden«, erklärte Caterina mit glänzenden Augen. Gatta wischte den Einwand mit einer ungeduldigen Geste vom Tisch. »Das da ist der junge Fürst Francesco, Kind, der Sohn des Herrschers von Viverra. Seine Heirat ist eine Staatsangelegenheit, über die der Rat befindet.«

Als er sprach, veränderte sich sein Gesicht. Kraft seiner eigenen Stellung als Führer eines siegreichen Söldnerheeres, das vor den Toren der Stadt lagerte, hatte er vielleicht einen gewissen Einfluß auf die Entscheidungen des Rates. Was ein Mann aus sich gemacht hatte, zählte mitunter mehr als das, was er von Geburt an in die Waagschale werfen konnte.

Er steckte sein Schwert in die Scheide zurück und setzte sich auf das Bett.

»Nun, Ihr wart also dem Tode nahe, Hoheit? Wie kräftig seid Ihr jetzt?«

»Ich bin genesen, mein Herr«, erwiderte der junge Fürst mit einer Spur Heldenmut.

»Das scheint mir auch so. Niemand darf wissen, daß Ihr in meinem Haus wart. Wenn Ihr Euch mit meiner Tochter vermählen wollt, darf ihre Ehre nicht durch eine solche Schande befleckt werden.«

»Du.« Mit plötzlicher Hitzigkeit wandte er sich Monna Maria zu, die in der Hoffnung, er habe sie vergessen, auf Zehenspitzen zur Tür geschlichen war. »Schick mir meinen Beichtvater.«

Sie hatte sein Vertrauen mißbraucht, dafür würde er sie umbringen! Weinend lief sie in Caterinas Schlafkammer, öffnete die Tür zum Vorraum, gab die Botschaft einer Kammerjungfer weiter, die losrannte, verdutzt, weil Monna Maria so krank war, daß sie eines Beichtvaters bedurfte.

Als der Priester kam, wurde er an der Türschwelle von Gatta abgefangen, der verlangte, daß er die Kutte eines Franziskanermönchs herbeischaffte, wie er selbst eine trug. Der Beichtvater, der nach dem harten Leben im Feldlager, das er mit Würde zu bewältigen versucht hatte, eine kurze Galgenfrist in Gattas Haus genoß, beeilte sich, seinen alten, im Kampf zerschlissenen Habit zu holen. Er fragte sich verwundert, ob sein Gönner wohl Buße für seine Sünden zu tun gedachte, die er noch immer beging, wie sein Beichtvater aus nächster Quelle wußte. Vielleicht wollte er ja in der Kutte eines Franziskanermönchs auf den eiskalten Steinfliesen der Kapelle eine Nacht lang auf den Knien oder auf dem Bauch liegend sühnen!

Er sollte es nie erfahren. Als er an die Tür klopfte, riß ihm Gatta das Bündel aus der Hand und entließ ihn ohne ein weiteres Wort. Er ging verwirrt von dannen und fragte sich, ob er nicht Monna Maria die Letzte Ölung erteilen sollte, die, wie ihm die Kammerfrau verraten hatte, im Sterben lag.

Gatta schickte seine Tochter in ihre eigene Kammer, als er dem jungen Fürsten die Mönchskutte reichte. »Zieht das an.«

Dann wurde Fürst Francesco ohne viel Federlesens aus dem Raum eskortiert, die Kapuze tief ins Gesicht gezogen, so daß dieses im Schatten lag. Gatta brachte ihn über eine zugige Hintertreppe – seine Beine waren noch ziemlich wackelig – hinunter zu einer Tür, die auf die Straße hinausführte. Sie wurde von einem alten Mann geöffnet, der auf einer Bank gedöst hatte und nun verschlafen hochschreckte. Gatta streckte den Kopf zur Tür heraus und flüsterte dann dem jungen Mann etwas ins Ohr, das wie »Wartet draußen« klang. Dann verbeugte er sich vor ihm, sagte mit lauter Stimme »Gott schütze Euch, Vater«, stieß ihn auf die Straße hinaus und schloß die Tür.

Der junge Fürst Francesco war noch reichlich benommen und fühlte sich bei Tageslicht und angesichts des Lebens auf der Straße viel weniger wohl; er stand an der Hintertür, wartete und fragte sich, was für einen Plan Gatta wohl ausgeheckt haben mochte. Hinter ihm rührte sich etwas.

»Du diebischer Halunke.« Gatta war allem Anschein nach von der Straße her um die Ecke gebogen und stieß mit dem Fuß nach einem Mann auf Krücken, der den Halt auf seinem Beinstumpf verlor und gegen den Fürsten taumelte. Francesco, von Haus aus ein höflicher Mensch, versuchte den Sturz des Mannes zu verhindern; dabei verlor er die schützende Kapuze, ein Kleidungsstück, das nie für eine Fülle glänzender, langer Haare bestimmt gewesen war.

»Hoheit!« Gatta hob eine Hand mit dramatischer Geste an die Stirn. »Hoheit, Ihr seid wieder aufgetaucht, Gott sei Dank! Laßt uns sofort zu Eurer Mutter und Eurem Vater gehen. Sie werden überglücklich sein, Euch zu sehen, und das ist die beste Medizin für Seine Hoheit.«

Dem Bettler, der nichtsahnend zur Ursache der Entdeckung geworden war, wurden von einer begeisterten Menge die Krükken gereicht und er für Gattas Tritt mit einer Reihe milder Gaben fürstlich entlohnt. Für ihn war es ein Glückstag.

Benno mußte bis zum Morgengrauen warten, um die Stadt verlassen zu können, aber er hatte Glück im Feldlager: Der Wachposten, auf den er traf, erinnerte sich, ihn in Mascia gesehen zu haben. Benno hatte sich nach der Belagerung eine Flasche Wein mit ihm geteilt und sich beglückwünschen lassen, daß sein Herr Scala den Garaus gemacht hatte. Infolgedessen verzieh man Benno, daß er nicht die leiseste Ahnung besaß, wie die Parole lautete, die ihm Eintritt ins Lager verschaffte; von Schwachsinnigen erwartet man nicht, daß sie sich an so etwas erinnern können.

»Du suchst deinen Herrn? Er war nicht hier, zumindest nicht, solange ich Wache habe. Kein Mann, den du vermißt, oder? Warum bist du nicht in Viverra geblieben? Einige von uns hatten noch immer keine Gelegenheit, uns dort ein bißchen zu vergnügen.«

Dem Gebrumm, das der zweite wachhabende Soldat von sich gab, entnahm Benno, daß die Männer enttäuscht und daher äußerst ungehalten waren. Man hatte sie nach dem Sieg über Mascia um ihren verdienten triumphalen Einzug in die Stadt gebracht, ja, ihnen war dank dieses gräßlichen Betbruders, der angeblich sogar in der Kathedrale gegen sie gewettert hatte, nicht einmal eine angemessene Begrüßung zuteil geworden. Gewiß würde niemand eine Gelegenheit ausschlagen, im Jenseits gebührend empfangen zu werden, und folglich waren alle damit beschäftigt gewesen, sich die Absolution für die läßlichen Sünden zu holen, die sie in Mascia begangen hatten, aber im Grunde hatten alle das Gefühl, daß man Soldaten an der langen

Leine halten sollte. »Wir setzen Tag für Tag unser Leben aufs Spiel, oder? Man braucht Michelotto gar nicht erst zu fragen, ob man sich mal für ein paar Stunden absetzen kann, wenn er sich nicht in Geberlaune befindet. Im Lager wird man schneller aufgeknüpft als im Kampf, hab ich nicht recht?«

Es war klar, daß es gefährlich war, Michelotto Fragen zu stellen. Und sich nach Sigismondos Verbleib zu erkundigen, konnte sogar lebensgefährlich sein. Falls Gatta die Ursache für Sigismondos Verschwinden war, galt es zu bedenken, daß Michelotto seinem Befehlshaber treu ergeben und, auf seine eigene Weise, ebenso furchteinflößend war. Doch wie auch immer, er wußte vermutlich als einziger, was vor sich ging. Benno beschloß, heimlich ans Werk zu gehen.

Er besann sich auf seine eigene Meisterschaft, sich unsichtbar zu machen. Niemand im Feldlager nahm groß Notiz von ihm, als er sich den ganzen Tag lang am Rande verschiedener Gruppen herumdrückte und Männer belauschte, die sich unterhielten oder würfelten, ihnen zusah, wie sie ihre Waffen reinigten, Essensrationen austeilten oder eine Suppe aus allem kochten, dessen sie hatten habhaft werden können. Die Gerüchte, die er überall hörte, bestätigten die Meinung des Wachpostens, doch der Name Sigismondo wurde nur ein einziges Mal in einer rätselhaften Bemerkung von einem Mann erwähnt, der eine soeben von ihm über dem Feuer gebratene Drossel verspeiste. Er sagte, der Mann, der Scala getötet habe, sei gut beraten, sich vorzusehen; von Rechts wegen dürfe es nämlich nur einen Helden von Mascia geben, den Söldnerführer.

Bis zum Einbruch der Nacht hatte sich Benno für eine Heldentat entschieden, die aus der Verzweiflung geboren war. Er wollte versuchen, sich im Schutz der Dunkelheit Michelottos Zelt so weit wie möglich zu nähern. Mit ein wenig Glück würde er vielleicht unbemerkt einer Lagebesprechung zwischen Michelotto und seinen Hauptleuten oder sogar Gatta selbst lauschen können, der dem Zeltlager jeden Tag zu einer anderen Stunde einen unangekündigten Besuch abstattete. Falls Gatta irgend etwas mit Sigismondo angestellt hatte, würde es zur Sprache kommen. Benno verdrängte jeden Gedanken daran, daß Sigismondo tot sein könnte. Irgendwie war er fest überzeugt, daß sein Herr ihm ein Zeichen geschickt hätte, wenn er nicht mehr unter den Lebenden weilte.

Benno hatte während seiner Jahre mit Sigismondo gelernt, daß man nicht auf allen vieren kriechen darf, wenn man sich unauffällig fortbewegen will. Er schlenderte angelegentlich zwischen den Zeltreihen hindurch, ohne den gehetzten, eine Fluchtmöglichkeit suchenden Blick, den er am liebsten aufgesetzt hätte. Dennoch nutzte er die Schatten, die der Mond warf, derselbe Mond, der Sigismondos Arbeit an den Eisenstäben beleuchtete. Er kämpfte gegen seine Angst, nicht vor dem Übernatürlichen, sondern vor natürlichen Mißgeschicken, daß er zum Beispiel über einen Zeltpflock stolpern oder sich in einer Spannschnur verfangen und der Länge nach Michelotto direkt vor die Füße fallen könnte. Für jeden, der von Sigismondos Verschwinden wußte, war Benno eine Mißtrauen erweckende Gestalt. Er hoffte, daß er nicht niesen mußte. Ihm kam überhaupt nicht der Gedanke, daß Biondello bellen könnte; er war ein Hund, der eine sich nähernde Gefahr völlig lautlos zur Kenntnis nahm. Er war auch jetzt stumm und zitterte nur vor Erregung, als Benno Michelottos Zelt entdeckte und sich endlich dicht neben dem Segeltuch auf den Boden kauerte. Die Unterkunft war schmuckloser als Gattas, die oben eine Bogenkante und rotes Seidenfutter aufwies, aber sie war geräumig und hatte blaue und weiße Streifen. Aus dem Innern drangen Stimmen zu Benno herüber. Befand sich Gatta dort drin?

Es war nicht Gatta. Die eine Stimme gehörte einer Frau, die andere vermutlich Michelotto. Die Frau sprach zunehmend lauter, der Mann leise und beschwichtigend. Benno drückte sich

dicht an das Segeltuch und hoffte, daß alle nächtlichen Spazier-
gänger, die eine Fackel trugen, auf dem Hauptweg bleiben
würden. Falls man ihn hier entdeckte, würde man ihn für einen
Spion halten, und das bedeutete Tod durch den Strang.

Enttäuscht mußte er entdecken, daß es sich um einen Streit
unter Liebenden zu handeln schien. Sie war wahrscheinlich eine
Marketenderin, die mit dem Troß reiste – Michelotto hatte
bestimmt das Recht, sich als erster zu bedienen –, und sicher war
es sehr unbesonnen von ihr, derartig aufzubrausen und ihn
anzuschreien. Im Zelt wurde ein Scharren laut, als würden die
beiden miteinander ringen, wobei das Mädchen vor Schmerz
laut aufschrie. Benno dachte, wenn es sich um einen Fall von
Notzucht handelte, wollte er lieber nicht zuhören.

Das war es eindeutig nicht. Das Segeltuch flatterte, als die
Eingangsöffnung zurückgeschlagen wurde, wesentlich näher, als
Benno bemerkt hatte. Ein Mann tauchte im Schatten auf, der
ein Mädchen an den Handgelenken hinter sich herzerrte. Sie
schluchzte immer wieder herzzerreißend auf, unterbrochen von
Vorwürfen. Es war die alte Geschichte: Er habe seit langem nicht
mehr nach ihr geschickt ... sie liebe ihn noch immer, stünde
ihm stets zu Diensten ... sie sei bereit gewesen, alles für ihn zu
tun – war es ihr Fehler, daß die falsche Person die Handschuhe
genommen hatte ...?

Sie stolperte. Michelotto hatte sie an sich gezogen und sie dann
mit aller Kraft weggestoßen. Ein Würgen war zu hören, als
müßte sie sich erbrechen, dann landete sie auf dem Rücken mit
einem Fuß genau an der Stelle, wo Benno geduckt kauerte. Sein
Herz klopfte zum Zerspringen, so laut, daß er meinte, Michelotto müsse es hören. Das Mädchen lag auf dem Boden. Sie war
verzweifelt und wußte, daß man sie abgewiesen hatte, ohne jede
Hoffnung auf einen Sinneswandel. Sie gab keinen Laut von sich.
Michelotto war in sein Zelt zurückgekehrt, hatte die Klappe vor
der Öffnung fallen lassen und schenkte sich nun laut plät-

schernd einen Becher Wein ein. Irgendwo stachelte ein Hund seine Artgenossen zum Bellen an, und Benno spürte, wie Biondello seine Nase aus dem Wams steckte und vorsichtig schnüffelte.

Nach einer Minute merkte Benno, daß etwas Warmes, Feuchtes auf sein Schienbein tropfte. Blut! Der Mond war weitergewandert, und die Wolke hatte sich verzogen. Benno befand sich noch im Schatten, aber das Mädchen nicht. Sie lag auf dem Rücken und starrte mit blicklosen Augen in den Nachthimmel hinauf, und in ihrer Kehle klaffte eine Wunde wie ein zweiter weit aufgerissener Mund.

Fürst Francesco war überrascht, daß er sich in Viverra so großer Beliebtheit erfreute. Die Neuigkeit, daß er aufgefunden war, hatte sich wie ein Lauffeuer verbreitet. Das Volk wußte, daß es um ein Haar seinen künftigen Herrscher eingebüßt hätte, weil er der Welt entsagen wollte, und daß der Palast seither mehrere Suchtrupps ausgeschickt hatte. Seine Abwesenheit, so kurz sie auch gewesen sein mochte, hatte ein Gefühl der Unsicherheit ausgelöst, und sein Anblick beruhigte die Viverraner nun. Sie waren zufrieden, ihn zurückzuhaben – wie sie hofften, für immer. Sie flehten ihn geradezu an, zu bleiben, und hofften insgeheim, Bruder Ambrogios Einfluß im Palast möge schwinden. Die vier Männer, die sich in Gattas Begleitung befanden, und Gattas furchteinflößende Gestalt selbst waren erforderlich, um zu verhindern, daß der Pöbel ihn vor Begeisterung in arge Bedrängnis brachte, bevor er die Palasttore erreichte. Es war wirklich rundum ein befriedigendes Erlebnis.

Die Familie hieß ihn willkommen wie den verlorenen Sohn. Francesco überfiel der Gedanke, daß er sich während seines kurzen Versuchs, ein Eremitendasein zu führen, ohne zu zögern an der Nahrung eines Schweins vergriffen hätte. Nun wurden Wein und alle möglichen Köstlichkeiten aufgetischt, seine Mutter umarmte ihn mit Tränen in den Augen, was für ihn einem Wunder gleichkam, und seine Großmutter mußte von der Kammerfrau gestützt werden, da sie einer Ohnmacht nahe schien. Kaum hatte er einen Becher Wein getrunken, ein Stärkungsmittel, das er nach der jüngsten Aufregung dringend brauchte, als sein Vater kam.

»Mein Sohn!« Fürst Scipione bot einen seltsamen Anblick mit seinem blauen Auge, das nach Entzünden von Bruder Columbas Scheiterhaufen durch einen herumfliegenden Gegenstand vom Schreibtisch verursacht worden war und inzwischen eine Färbung aus Burgunderrot und Ockergelb angenommen hatte, die sehr gut zu seinem Gewand paßte. »Mein lieber Junge, du bist zurück!«

Er drückte Francesco inbrünstig an sich, was beide überraschte. Als Vater war der Fürst immer geistesabwesend bis zur Vernachlässigung gewesen, aber sein Unfall hatte in ihm ein Gefühl für die eigene Vergänglichkeit geweckt, die er jetzt wesentlich stärker empfand als während seiner vorhergehenden Erkrankung. Aber die Zukunft Viverras war ihm wiedergeschenkt worden. Als er seinen Sohn nach der Umarmung auf Armeslänge von sich hielt und betrachtete, entdeckte er, daß dieser die Kutte eines Franziskanermönchs trug. »Hast du ein Gelübde abgelegt?« fragte er unmutig.

Als Antwort riß Francesco mit seinem Sinn fürs Theatralische, den er schon vorher bewiesen hatte, Umhang und Kapuze herunter und schlüpfte aus dem Habit, so daß dieser, nur mit dem Strick um die Leibesmitte gehalten, auf den Boden herunterhing. »Ich habe kein Gelübde abgelegt, Vater. Ich bin zurückgekehrt, um meine Pflichten zu erfüllen, die ich Euch und Viverra gegenüber habe.«

Es folgten weitere Umarmungen und Tränen. Die Fürstin Isotta begann gerade, wieder zu ihrer üblichen Ruhe und Gelassenheit zurückzufinden, aber sie berührte zärtlich das Gesicht ihres Sohnes. Die Mitglieder des Hofstaates, die zugeschaut hatten, waren ebenfalls in Tränen aufgelöst. Ein Hofstaat braucht schließlich einen Hof mit allem Drum und Dran, und sie hatten sich schon bang gefragt, was aus ihnen werden sollte, falls der Fürst – wie es so oft geschah – eines plötzlichen Todes sterben sollte, ohne einen Erben, der seine Nachfolge antrat. Nicht wenige hatten überlegt, ob sie sich vielleicht an den Gedanken gewöhnen mußten, daß ein Söldnerführer künftig das Fürstentum regierte. Mehr als einmal war den Stadtstaaten in ihrer Umgebung ein solches Los beschieden gewesen. Als sie Beifall klatschten und sich die Augen wischten, musterten sie verstohlen Gattas Gesicht, um zu sehen, wie er die Rückkehr des Erben von Viverra aufnahm.

Außergewöhnlich schien, daß Gatta den jungen Fürsten eigenhändig nach Viverra gebracht hatte. Einige Höflinge hätten Kopf und Kragen gewettet, daß Francesco in einer geschlossenen Holzkiste zurückkehren würde, falls Gatta ihn zuerst finden sollte; nun galt es, die Angelegenheit noch einmal gründlich zu überdenken. Zweifellos hatte Gatta andere, verschlagenere Pläne. Im Augenblick wurde er gerade von Fürst Scipione umarmt, der dem Finder seines Sohnes dankbar war, während Francesco erklärte, wie er dahin gekommen war, wo man ihn aufgefunden hatte.

»Ich hatte eine Vision, der ich folgte.«

Die Gesichter wurden lang. Visionen waren gut und schön für einen Mönch, aber für einen künftigen Herrscher wenig ratsam. Francesco, mit glühendem Gesicht, wandte sich zu Gatta um, der mit verschränkten Armen auf die Enthüllung wartete.

»Ich hatte diese Vision außerhalb der Stadt, hoch oben auf einem Hügel. Es handelte sich um eine Gestalt von unbeschreiblicher Lieblichkeit.« Er hielt inne und fügte hastig hinzu: »Ihr Schleier wurde von einem Windhauch einen Moment lang beiseite geweht. Es war für mich wie eine Offenbarung. Ich folgte dieser Lichtgestalt in die Stadt, in das Haus Ridolfi.«

»In mein Haus? Meine Tochter?« Gatta schien starr vor Staunen. Im Raum herrschte verblüfftes Schweigen.

»Wer immer sie auch sein mag«, wandte sich Francesco an seinen Vater, »ich werde mich keiner anderen vermählen. Ich gelobe bei allen Heiligen, ich gelobe bei meinem Namenspatron, dem heiligen Franz von Assisi, daß ich sie heiraten werde oder keine.«

Die Erschütterung war genauso nachhaltig wie diejenige in der alten Burg gewesen war. Die Fürstinmutter mußte fortwährend von ihren Frauen gestützt werden, und der Fürst selbst konnte sich einen Blick tiefsten Unmuts nicht entsagen, der für seinen Heerführer nicht gerade schmeichelhaft war. In seinen Gedanken tauchte übergroß die Frage auf, was denn nun aus der Tochter des Herzogs von Scioggia werden sollte, mit der Francesco so gut wie verlobt war. Die Geschenke waren bereits ausgetauscht worden ... Er stellte fest, daß er einige dieser Gedanken laut geäußert hatte. Fürstin Isotta büßte ihre gelassene Miene kaum ein, und Gatta zuckte die Achseln und hob abwehrend die gespreizten Hände, als wolle er jeden Gedanken an eine mögliche Verwandtschaft mit dem hochherrschaftlichen Haus weit von sich weisen. Der Fürst versuchte, seine Fassung wiederzugewinnen; er stellte scharfsinnig fest, daß er die Wahl hatte, entweder seinen Heerführer oder einen möglichen Verbündeten in Scioggia vor den Kopf zu stoßen, und das zu einem Zeitpunkt, wo er beide dringend brauchte.

»Unmöglich! Das ist unmöglich!« Die Fürstinmutter hatte ihre sieben Sinne wieder beisammen und damit auch die Energie zurückgewonnen, die sie bei Hofe zu einer Größe machte, mit der man rechnen mußte. Sie näherte sich ihrem Enkelsohn mit festem Schritt. »Du kannst seine Tochter nicht zur Gemahlin nehmen.« Sie funkelte Gatta an, als habe ein unverschämter Bauer es gewagt, direkt aus dem Schweinekoben ihr Gemach zu betreten. »Denk an deine Familie! Du würdest dich allerorts zum Gespött machen! Du wirst uns alle ins Verderben stürzen!« Gatta trat einen Schritt auf sie zu und baute sich mit drohendem Gesicht unmittelbar vor ihr auf. Er glich einer Raubkatze, die jeden Augenblick zum Sprung ansetzen konnte, um ihr Opfer in Stücke zu zerreißen.

»*Ihr*, Madame, Ihr werdet Viverra ins Verderben stürzen!«

Er wandte sich um und verließ den Raum, ohne sich zu verbeugen oder um die Erlaubnis zu bitten, sich entfernen zu dürfen. Seine Schritte hallten in der atemlosen Stille wider, die auf seine unverblümte Drohung folgte.

Sigismondo besaß ein nahezu unheimliches Gespür dafür, wo sich Benno aufhielt, auch wenn dieser meinte, er habe sich unauffindbar versteckt. Außerdem wußte er um Bennos Schläue, die jeden überrascht hätte, der Benno nach dem Augenschein beurteilte. Aber keines von beiden hatte ihn in das Feldlager geführt. Es bedurfte keiner genialen Kombinationsgabe – über die Sigismondo ohne Zweifel ebenfalls verfügte –, um sich auszurechnen, daß es einen guten Grund dafür geben muß, wenn man von jemandem auf einen Botengang geschickt wird, der im Kerker endet. Sigismondo begab sich ins Feldlager, um Gatta zu beobachten. Jeder, der einen anderen Menschen dem Hungertod preisgibt, ist es wert, daß man ihm auf die Finger sieht; und überdies hatte der Fürst Sigismondo ursprünglich den Auftrag erteilt, herauszufinden, ob man auf Gattas Treue zählen könne.

Darüber hinaus standen die Chancen gut, Benno dort anzutreffen. Wenn dieser festgestellt hatte, daß sein Herr wie vom Erdboden verschluckt war, würde er sein Gesicht nicht spazierentragen dürfen, denn das hätte gesundheitsschädliche Fragen nach sich gezogen. Ein Feldlager ist ein ebenso guter Ort wie jeder andere auf der Welt, um unerkannt in der Menge unterzutauchen, und der scheinbare Mangel an Verstand würde ihn unter den Soldaten weniger auffallen lassen.

Sigismondo umging das Problem mit der Parole, indem er einem Mann beim Sichern eines Weinfasses half, das von einem offenen Karren herunterzurollen drohte. Für den Wachposten, der sie durchwinkte, war der Mann, der rittlings auf dem Faß hockte und mit düsterer Miene auf ihn hinuntersah, als der

Karren langsam vorbeirumpelte, nichts weiter als ein Bursche mit einem mürrischen Gesicht und einem Hut, der wie ein toter Vogel auf einer abgewetzten Lederkapuze thronte; er erinnerte ihn nicht im mindesten an den Helden von Mascia.

Die Soldaten in der Verpflegungsstelle waren, als der Wagenlenker und Sigismondo die Fässer über Holzplanken vom Karren herunterrollten, mit Hilfsangeboten und dem neuesten Klatsch zur Stelle: Ihr Heerführer war vor einer halben Stunde ins Lager gestürmt, tödlich beleidigt von Fürst Scipione, erzählten diejenigen, die dabeigewesen waren. Er befand sich noch immer mit Michelotto in seinem Zelt und schmiedete Rachepläne.

Der Mann, der die Fässer angeliefert hatte, wollte Sigismondo ein Trinkgeld geben und ihn mit in die Stadt zurücknehmen, doch dieser war auf unerklärliche Weise verschwunden. Es war der erste Mann, der ihm etwas Gutes erwiesen hatte, ohne auf seine Belohnung zu warten.

Der verkappte Wohltäter spazierte indessen durch das Feldlager, auf einer der ordnungsgemäßen breiten Straßen, an Munitionslagern, Biwaks und Zelten entlang. Nach seiner Miene zu urteilen, schien er genau zu wissen, welchen Weg er einschlagen und was er tun mußte, und er wirkte so abweisend, daß selbst die Neugierigen darauf verzichteten, ihn nach seinem Woher und Wohin zu fragen. Niemand würdigte den hochgewachsenen, breitschultrigen Mann mit der schäbigen Kleidung und der unsäglichen Kopfbedeckung überhaupt eines zweiten Blickes, und deshalb erkannte ihn auch niemand.

Es gibt gleichwohl Kreaturen, die sich nicht ausschließlich auf ihre Augen verlassen und deshalb auch nicht durch Kleidung und Auftreten zu täuschen sind. Ein kleiner, schmutziger, einohriger Hund raste durch die auseinanderweichende Traube Soldaten, sprang leichtfüßig über Hindernisse und stürzte sich auf Sigismondo, wobei er wild mit dem Schwanz wedelte. Sigismondo beugte sich hinunter, um ihn zu streicheln, und erwartete, gleich darauf das bekannte, zerknitterte Stiefelpaar zu sehen, das sich vor Mitteilungsdrang platzend vor ihm aufpflanzen würde.

»Tut mir leid, Kamerad. Er ist verrückt nach Knoblauchwurst. Hast du in letzter Zeit eine gegessen?« Bennos Augen sprachen Bände, mehr noch als seine Stiefel: Sie schwammen in Tränen, und seine Stimme klang belegt. Sigismondo nahm Biondello mit beiden Händen auf den Arm, blickte ihn prüfend an und setzte seinen Weg gemächlich fort. Benno trottete neben ihm her. Als einige Männer in der Nähe den Kopf zu ihnen umwandten, antwortete Sigismondo in einer so überzeugenden bäuerlichen Ausdrucksweise, daß er selbst einen Kuhfladen getäuscht hätte.

»Wurst? Meine Gedärme platzen vor lauter Wurst. Ich dachte, du würdest mir deinen Köter als Nachtisch anbieten. Wie ich sehe, hast du dich ja schon über das eine Ohr hergemacht. Komm, ich spendiere dir ein Glas, damit es besser rutscht.«

Benno hatte kaum Zeit für ein zurückhaltendes, zustimmendes Murmeln, als ein Aufruhr auf dem Hauptweg hinter ihnen entstand, Zurufe und Warnungen, Platz zu machen. Als sie beiseite traten, preschte ein Pferd an ihnen vorüber, dampfend und schweißglänzend; der Reiter, der tief über den Sattelknauf gebeugt war, befand sich in kaum besserem Zustand. Gattas Männer folgten neugierig in kleinen Grüppchen. Sigismondo, und folglich auch Benno, schlossen sich den Neugierigen an und liefen hinten mit, bis sie vor Gattas Zelt standen. Benno fragte sich, ob er sich nicht verhört und Sigismondo tatsächlich »Mist!« gemurmelt hatte, obwohl alles, was er roch, Pferdeschweiß war. Er war verwirrt, erst durch die Angst und nun infolge der Erleichterung, und er brauchte eine Minute oder zwei, um seine Gedanken zu ordnen. Er beobachtete, wie man dem erschöpften Boten vom Pferd half und ihn beim Gehen stützte, bevor er an dem venezianischen Sattel erkannte, woher der Mann kam. Die

Nachrichten, die er brachte, waren nicht an den künftigen Fürsten von Viverra gerichtet, sondern an den Heerführer, der mit seiner Soldateska vor den Mauern der Stadt lagerte. Benno nahm auch nicht an, daß der Hohe Rat der mächtigen Republik Venedig dem Fürsten bereits einen Ersatz für den verstorbenen Gesandten geschickt hatte.

Die innen mit roter Seide ausgeschlagenen Türklappen des Zeltes leuchteten in der Sonne, als die Pfosten zur Seite geschoben wurden, um dem venezianischen Boten einen würdevollen Eintritt zu ermöglichen. Die Soldaten, die sich draußen in respektvoller Entfernung zu einem Haufen zusammendrängten, sahen, wie Gatta aufsprang und die Hände zum Willkommensgruß ausstreckte, Michelotto an seiner Seite, der einen Becher Wein einschenkte.

»Scalas Kopf war ein großer Erfolg.« Diesesmal vernahm Benno die Stimmen sehr deutlich. Sigismondo hatte den Kopf zur Seite gedreht, um Biondellos Zunge zu entgehen, die ihm eifrig das Gesicht ableckte. Er lächelte Benno an, der sich vor Freude kaum halten konnte, daß sein Herr, welchen Gefahren auch immer er entronnen sein mochte, heil zurückgekehrt war und die Situation wieder fest im Griff hatte.

Sie hatten einen erstklassigen Ausblick auf die Vorgänge im Zelt, ähnlich wie im Marionettentheater, wo der Mann, der höchstwahrscheinlich für den Mordversuch an Sigismondo verantwortlich zeichnete, gerade den Venezianer empfing. Gatta sah keinen Grund, das Gespräch geheimzuhalten, er verhielt sich genau wie ein Fürst, der eine Gesandtschaft in Anwesenheit seines gesamten Hofstaates empfing. Immer mehr Männer, die gehört hatten, daß sich irgend etwas Aufregendes anbahnte, gesellten sich zu den Zuschauern.

Es war nun schwieriger, dem Gespräch zu lauschen. Keiner der Anwesenden im Zelt redete mit lauter Stimme, und die Zuschauer mußten sich anstrengen, um sich einen Reim auf diese

Art von Taubstummensprache zu machen. Der Bote verneigte sich und holte ein Schreiben hervor, das huldvoll entgegengenommen wurde. Man forderte ihn offenbar auf, Platz zu nehmen und sich mit einem Schluck Wein zu stärken – er saß sehr unbequem nach dem langen Ritt im Sattel –, während Michelotto Gatta die Botschaft vorlas. Dann war der Zeitpunkt der Beratung gekommen, Gatta starrte auf die Zeilen, stellte Fragen, forderte Michelotto mit einer Handbewegung auf, ihm bestimmte Teile noch einmal vorzulesen, setzte sich und begann zu grübeln, während Michelotto lebhaft auf ihn einredete und die wichtigsten Punkte des Schriftstücks noch einmal zu wiederholen schien. Er hatte eine triumphierende Miene aufgesetzt, was Benno in der Vermutung bestärkte, daß in dem Dokument nichts Gutes stand. Er dachte noch immer an die flehentliche Bitte des armen Mädchens, bevor sie getötet worden war.

Im Zelt hatte man anscheinend eine Entscheidung getroffen. Man schickte nach Gattas Schreiber, der herbeieilte, einen jungen Gehilfen im Schlepptau, der das Schreibpult trug. Noch bedeutsamer schien indessen, daß auch der Astrologe im Laufschritt mit einem Folianten voller Zeichnungen erschien, auf dessen Einband die zwölf Tierkreissternbilder in Gold geprägt waren. Michelotto trat gerade vor, als wolle er ihn hereinzerren, da machte sich erneut ein Tumult auf dem Hauptweg bemerkbar, und Michelotto trat vor das Zelt, um nach der Ursache zu sehen. Benno duckte sich, für den Fall, daß Gattas funkelnde Katzenaugen ihn erspähten; er wandte den Kopf um, wie alle Anwesenden, und entdeckte, was ganz sicher keiner erwartet hatte.

Der junge Fürst Francesco ritt auf das Zelt zu; ihm voraus rannte ein gemeiner Soldat, ängstlich darauf bedacht, seinen Befehlshaber von dem unangemeldeten Besuch in Kenntnis zu setzen. Gatta hätte die Warnung zweifellos gut gebrauchen können, wäre sie rechtzeitig erfolgt, aber seine eigenen Augen machten sie überflüssig. Er starrte ins Freie, erhob sich und eilte nach draußen, als der junge Mann vom Pferd stieg.

»Euer Hoheit erweisen mir – uns allen – eine große Ehre!«

Spinne trifft Fliege, dachte Benno. Der Fürst weiß nicht, daß Michelotto die Handschuhe vergiften ließ, die seinem Vater zugedacht waren, aber mit siebzehn sollte er eigentlich wissen, daß man sich nicht so unbedacht in Gattas Hand begibt.

Die Pagen tauchten auf und schlossen die Türklappen des Zeltes. Die Pläne, die man mit dem jungen Mann hatte, sollten unter vier Augen besprochen werden.

Sie mußten nicht lange warten, während sie die schlichte grüne Frontseite beobachteten. Ein Page schlug eine Klappe zurück, und Michelotto trat ins Freie. Soweit die Zuschauer an seinem merkwürdig glühenden Gesicht ablesen konnten, schien er aufgeregt zu sein. Ungeachtet dessen, was im Innern des Zeltes auch vorgehen mochte, es peitschte ihn auf. Er warf einen Blick auf die Männer, die in einiger Entfernung grüppchenweise beisammenstanden, und Benno, der sich hinter einem bewaffneten Mann duckte, sah, daß Sigismondo unter seiner gräßlichen Kopfbedeckung eisern auf den Boden starrte und durch Einknicken in den Knien seine beachtliche Körpergröße verringert hatte.

»Alle Männer voll bewaffnet, mit leichtem Marschgepäck antreten. Sofort.«

Das war wohl zu erwarten gewesen. Gatta würde in Viverra einmarschieren. Mit dem jungen Francesco als Faustpfand hatte er gewiß leichtes Spiel mit dem Fürsten Scipione. Es wird keinen Sinn haben, wenn mein Herr ihn warnt, dachte Benno; selbst er könnte nicht mehr viel tun, um den Lauf des Schicksals zu verhindern. Und dieses brennende Dorf auf dem Weg nach Mascia ... würden sie den Palast brandschatzen? Und was würde aus der Fürstin werden?

Die Grüppchen zerstreuten sich auf Michelottos Armbewegung

344

hin blitzschnell in alle Himmelsrichtungen, und Sigismondo schloß sich ihnen vornübergebeugt und mit schlurfenden Schritten an. Durch das Getümmel der Männer, die hin und her liefen, sich gegenseitig Bemerkungen zuriefen und zu ihren Waffen griffen, und das Schnauben der überraschten Pferde drang eine laute Stimme. Ein Mann hatte seine Hände wie einen Trichter vor den Mund gelegt und brüllte: »Du da!«

Sigismondo wandte den Kopf um, mürrisch, aber folgsam.

»Hol den Karren, Bursche. Beeil dich.«

Den Gehorsam zu verweigern oder gegen den Befehl aufzubegehren, hätte die Aufmerksamkeit auf sie gelenkt. Sigismondo stieß die Deichseln des besagten Karrens nach unten, packte die eine und deutete Benno mit einer Kopfbewegung an, die andere zu nehmen. Sie zogen das rumpelnde Gefährt ein Stück hinter dem Mann her, der sie gerufen hatte, wobei Benno bewußt war, daß Sigismondo den Großteil der Arbeit leistete.

Er ging nun neben Michelotto. Benno spürte, wie ihn eisige Kälte ergriff. Sicher hatte man sie trotz allem erkannt, von den anderen abgesondert, und nun nahte ihr Untergang ...

Der Karren war sicher ein Werkzeug dieses Untergangs. Michelotto und der Mann, der ihnen den Auftrag erteilt hatte, befahlen ihnen, auf einer Lichtung zwischen den Zelten anzuhalten, wo ein mächtiger Querbalken auf Stützstreben, doppelt so hoch wie ein Mann, genagelt worden war. Eine Leiter lehnte dagegen, und ein Mann, der rittlings auf dem Balken saß, zog gerade einen Knoten an einer der vier Schlingen fester, die daran herabhingen. Er machte ein zufriedenes Gesicht, im Gegensatz zu den vier Männern, die unterhalb des Balkens standen, die Hände mit einem Strick auf den Rücken gebunden. Nicht weit entfernt wurde ein Mann, mit bloßem Oberkörper und fluchend, an den Schweif eines Pferdes gebunden, das sich unruhig bewegte und mit den Hufen stampfte, als wisse es, welche Geräusche es von einem solchen Anhängsel erwarten durfte. Ein

weiteres Roß wartete geduldig, mit hängendem Kopf, ange-
schirrt für den Karren. Benno biß sich auf die Lippen und
blinzelte, er rechnete jede Minute damit, ergriffen und gefesselt
zu werden, sobald sich Michelotto umsah und sie entdeckte.
Biondello zitterte in der Ausbuchtung von Bennos Wams.
Michelotto war beschäftigt, zum Glück. Er kehrte ihnen den
Rücken zu und schritt die Reihe der Verurteilten ab. Er sagte zu
jedem, wie es schien, ein paar aufmunternde Worte, wobei er die
Festigkeit der Stricke an den Handgelenken überprüfte, als er
von einem zum anderen ging. Es war klar, daß er das Lager nach
Leitlinien führte, die höchste Ansprüche an den einzelnen stellten, und daß er die Dinge gerne selbst in Augenschein nahm.
Der Mann auf der Leiter war eilends heruntergestiegen und
erstattete ihm ehrerbietig Bericht, während Sigismondo und
Benno mit gesenkten Köpfen damit beschäftigt waren, das Pferd
in die Deichseln zu spannen. Dann ging Sigismondo, ohne
aufgefordert zu werden, um den Karren herum. Er entfernte die
hintere Ladeklappe und dann sich selbst, das Brett dicht vor
seinem Körper hertragend. Dank dieses Schutzschilds gelangte
er bis zu dem dicken, lotrechten Stützpfeiler, der den Querbalken trug. Hier hatte er Michelotto voll im Blick, der gerade eine
Nachlässigkeit am Ende der Reihe entdeckte, da die Handgelenke eines Mannes ihm nicht sicher genug zusammengebunden
waren. Michelotto streifte die Stricke herunter und winkte den
Henker unwirsch beiseite. Er band die Arme des Mannes aufs
neue und sprach zu ihm mit leiser, offenbar ermutigender
Stimme. Benno hielt Michelotto durchaus für fähig, die Haupt-
belustigungen dieses Nachmittags in voller Länge zu genießen.
Er erinnerte sich, wenn auch sehr ungern, an Sigismondos
Bemerkung, daß es lange Zeit dauerte, bis ein Gehängter tot
war, es sei denn, man konnte den Henker bestechen, die Füße
wegzustoßen, während der Körper hin- und herpendelte, um
somit dem Verurteilten schnellstmöglich das Genick zu bre-

chen, oder man war imstande, einen Freund um diesen letzten Dienst zu bitten. Vielleicht wies Michelotto gerade auf diese Möglichkeit hin oder erwähnte, daß dieser Henker unbestechlich sei, denn er beendete den Monolog, indem er seinen Arm beschwichtigend um die Schultern des Verurteilten legte. Als er sich umdrehte, beugte sich Sigismondo hinunter, um die Ladeklappe gegen den senkrechten Pfosten zu lehnen, aber Michelottos Aufmerksamkeit galt den Männern. Sie sammelten sich gerade, abmarschbereit, einige mit frisch geölten Waffen, andere in Prunkuniformen neben ihren Pferden, die auf Hochglanz gestriegelt waren. Die Söldnertruppe zeigte sich von ihrer besten Seite, und Benno fragte sich, warum es nötig war, sich für den Einmarsch in Viverra so in Schale zu werfen. Niemand hatte sich vor der Belagerung von Mascia die Mühe gemacht, sich wie ein Pfingstochse herauszuputzen.

Nach dem Grund mußte man nicht lange suchen. Fanfaren erschallten, laut und triumphierend, und durch die Gasse seiner Männer, die sich langsam öffnete, trabte Gatta, in einen prächtigen, violett gefütterten Umhang gekleidet, auf seinem hochgewachsenen Rappen, dessen ledernes Zaumzeug mit Gold und Silber verbrämt war. Neben ihm ritt Fürst Francesco, keineswegs wie ein Gefangener, in Rehbraun und Grün, eine scharlachrote Feder wehte an seiner Samtkappe. Gatta beugte sich respektvoll zu ihm hinüber und wies mit einer Handbewegung auf das Schauspiel hin, das er gleich zu Gesicht bekommen würde. Das war alles andere als die Vorbereitung zu einem Angriff, sondern vielmehr eine Heerschau.

»Kein Sieg ohne strenge Disziplin, Hoheit«, erklärte Gatta, als er auf den Balken und die Männer wies, die mit hoffnungslosen oder herausfordernden Gesichtern darunter standen. »Ein Mann, der gegen die Gesetze der *condotta* verstößt, ist ebenso unser Feind wie ein Gegner in der Schlacht. Ein Langfinger muß bei uns beweisen, daß er auch einen langen Atem hat, wenn er in der Luft zappelt.« Er lachte, und der Fürst tat es ihm gleich. Es war eher ein trostloses als ein herzloses Lachen, als ob der junge Fürst das Hängen keineswegs als willkommene Abwechslung erachtete. Michelotto, der nun neben dem Pferd stand, das den Karren unter den Querbalken ziehen sollte, war da eindeutig anderer Ansicht.

Der Henker waltete nicht sofort seines Amtes, obwohl man dem Priester auf den Karren geholfen hatte. Ein Wachposten war mit zwei Gefangenen unter strenger Bewachung erschienen und bat Gatta um Vergebung dafür, daß er dessen Aufmerksamkeit auf einen Bericht über eine Entdeckung lenken müsse. Gatta war nach der Explosion für die Sicherheit der alten Burg verantwortlich; seine Männer patrouillierten in den Gängen und behielten die Gefangenen in denjenigen Zellen im Auge, die noch zweckdienlich waren. Sie hatten zwei Männer erwischt, in ebendieser Stunde, die versuchten, das Schloß an der neuen Zelle des jungen Grafen Landucci aufzubrechen. Diese Entdeckung und ihre möglichen Folgen waren für Gattas Männer schwerwiegend genug, um ihrem Befehlshaber unverzüglich Mitteilung zu machen.

Als die beiden Gefangenen vorwärts gestoßen wurden und stolperten, gelang es Benno nur mit Mühe, einen Aufschrei zu unterdrücken. Der eine, ungewöhnlich groß und eckig, starrte Gatta mit haßerfüllten Augen an. Der andere warf seine blonden, fettigen Haarzotteln zurück und schnitt eine Grimasse. Wo steckte der dritte? Benno hätte sich nicht gewundert, wenn Pio während der Explosion aus dem Fenster des Schlosses geflogen wäre. Michelotto war neben Gatta getreten.

»Die Kammerzofe, Michelotto, hat uns erzählt, daß Donato Landucci den Handschuh vergiftet hat, der dem Fürsten zugedacht war und die arme Ginevra das Leben kostete. Diese Männer müssen daher seine Freunde sein, wenn sie versucht haben, seine Zellentür gewaltsam aufzubrechen.«

Als Gatta Michelotto mit seinem Namen ansprach, hatten die beiden Gefangenen jäh den Kopf umgedreht und sich vielsagend angeblickt. Nun, zumindest wissen sie, was sie erwartet, dachte Benno. Gatta grinste zu den beiden hinunter. Sie in die Mangel zu nehmen, würde eine Freude sein, sie zu strafen ein himmlisches Vergnügen.

»Was ist das?« Gatta deutete auf eine Waffe, die von einem der Wachposten herbeigetragen und ihm hinaufgereicht wurde. Es war das altmodische Langschwert, das Fracassa auf seinem Rücken getragen hatte, und er sah ohne seinen ständigen Begleiter ziemlich unvollständig aus, als habe er eines seiner Gliedmaßen verloren. Als Gattas Gefangener lief er Gefahr, noch ein paar weitere einzubüßen.

»Wir werden dafür sorgen, daß diese Diebe zuerst gehängt werden, Hoheit, und dann nehmen wir uns Zeit für diese Verräter. Man hat mir gesagt, es sei der junge Landucci gewesen, der Euren Vater mit den Handschuhen und Eure Mutter mit dem Konfekt zu vergiften versuchte. Er verdient es, bei lebendigem Leibe verbrannt zu werden. Ihr werdet gewiß die Fackel selbst an ihn legen wollen; schließlich hat er so getan, als wäre er Euer Freund.«

Der junge Fürst ließ ein schwaches Lächeln erkennen und ging über die Bemerkung hinweg; er war vielleicht nicht restlos überzeugt oder in diesem Fall weniger auf Rache bedacht, als Gatta annahm.

Gatta nickte Michelotto zu, der zurücktrat, um das Hängen zu überwachen. Der Mann ganz hinten, der als erster an der Reihe war, wurde auf den Karren gehievt, ein unbeholfenes, um sich schlagendes Bündel. Der Priester half ihm hinauf, und die Schlinge wurde um seinen Hals gelegt.

»Euer Gnaden!«

»Keine Gnade, du Hund!« knurrte Gatta und fletschte sein Raubtiergebiß. Der Mann hob in seiner Verzweiflung die Stimme.

»Ein Geheimnis, Hoheit. Nur für Eure Ohren bestimmt. Ich muß es Euch anvertrauen, bevor ich sterbe. Ich flehe Euch an, Hoheit . . .«

Der junge Fürst runzelte die Stirn, und das Pferd tänzelte nervös zur Seite. Michelotto rief munter aus: »Was soll das? Den ganzen Morgen brabbelt er schon von diesem Geheimnis. Über den Vater Eurer Hoheit. Will es partout nicht mit ins Grab nehmen.«

»Dann soll der Schurke in Dreiteufelsnamen reden –« Gatta hob die Hand, als Fürst Francesco sein Pferd nach vorne lenkte.

»Ich höre.«

Gatta verneigte sich und beobachtete ungeduldig den Fürsten, als dieser sein Pferd neben den Karren brachte und sich zu dem Mann in der Schlinge hinunterbeugte, damit dieser ihm sein Geheimnis ins Ohr flüstern konnte.

Plötzlich überschlugen sich die Ereignisse: Sigismondo war hinter dem Karren aufgetaucht und gab dem Pferd des jungen Fürsten mit einer ausladenden Bewegung einen Klaps auf den Hals. Während sich das Tier aufbäumte und kehrtmachte, wurde der Karren nach vorne gerissen, als Michelotto dem Pferd in der Deichsel einen Schlag aufs Hinterteil versetzte. Sigismondo packte mit einem Arm die Schenkel des Verurteilten, als er hinter dem Schweif des Pferdes nach vorne fiel, und trug das Gewicht des Mannes – oder zog er, um ihm das Genick zu brechen? Die Arme des Opfers waren frei. Er versuchte, nach unten und hinten auf Sigismondo einzuschlagen, der mit stählernem Griff seine Handgelenke umspannte. Der junge Fürst drehte sich um seine eigene Achse und beruhigte das Pferd, sein Wams war an einer Seite zerrissen. Nun konnte man sehen, daß der Verurteilte ein Messer in der Hand hielt.

Ein Aufschrei ging durch die Menge, ein tierischer Laut des Entsetzens. Gatta preschte vor, und er hielt Fracassas großes Schwert in der Hand. Wen würde er töten? Der Verurteilte riß sich die Kapuze vom Kopf, und Sigismondo ließ ihn auf den Boden hinunter, tretend und zappelnd.

»Michelotto hat versprochen, mir das Leben zu schenken! Er sagte, ich würde nicht hängen, wenn ich den Fürsten töte!«

Michelotto war näher getreten, schnell und lautlos wie eine Schlange, den Dolch in der Hand. »Lügner! Verräter! Du wagst zu behaupten –«

Der Dolch hob sich, der Verurteilte wich zurück, doch Gatta brachte das große Schwert zwischen die beiden Männer, das klirrend die Schneide aus Michelottos Hand schlug.

»Ich bin hier der Richter. Und ich will mehr darüber hören.«

Michelotto zuckte die Achseln und trat einen Schritt zurück; sein Gesicht spiegelte die Verachtung für die Lügen wider, die sich der Mann noch aus den Fingern saugen würde. Auch Sigismondo hatte sich in dem Augenblick zurückgezogen, als Gatta sich einschaltete. Er war von der Menge verschluckt worden, die begierig nach vorne drängte, um ja kein Wort von der Auseinandersetzung zwischen ihrem Befehlshaber und seinem Stellvertreter zu verpassen. Zwei von ihnen hatten den Mann ergriffen, von dem Michelotto beschuldigt worden war, und die Spitze des Langschwerts war auf seine Brust gerichtet.

»Dein Name?«

»Enzo Scappi.«

»Wie hast du deine Hände freibekommen?«

»*Er* hat sie mir so lose gebunden. Und er hat mir das Messer gegeben.« Die schnelle Kopfbewegung in Richtung Michelotto rief ein ungläubiges Lächeln hervor.

»Kann irgend jemand dies bezeugen?« verlangte Gatta von den Zuschauern zu wissen.

Ein verlegenes Murmeln wurde laut, dann rückte der Henker auf der Leiter mit der Auskunft heraus: »Er hat tatsächlich Scappis Hände neu gebunden. Aber von einem Messer habe ich nichts bemerkt.«

351

Es war höchst unwahrscheinlich, daß Michelotto so ungeschickt war, sich bei der Übergabe des Messers beobachten zu lassen. Das erneute Anlegen der Fesseln war gleichwohl aufschlußreich. Genauso wie die Schwertspitze, die plötzlich auf Michelottos Brustkorb überwechselte, was die Zuschauer veranlaßte, vor Spannung den Atem anzuhalten.

»Eure Antwort?«

Michelotto lächelte ungerührt. Nun hob er die Augenbrauen. »Einem Mann ist jedes Mittel recht, um dem Henker zu entgehen. Warum sollte ich den Tod Seiner Hoheit wünschen?«

»Ihr habt versucht, seinen Vater umzubringen!«

Benno, erschrocken, seine eigene Stimme zu hören, warf einen Blick in alle Himmelsrichtungen, wie alle Anwesenden, um zu sehen, vom wem die kühnen Worte stammten.

»Bringt den Mann her.«

Bennos kleine List war gescheitert. Der Mann neben ihm hatte gemerkt, daß der Ausruf von ihm stammte. Er ergriff seinen Arm und hielt ihn wie eine Waffe vor sich hin, um sich den Weg zu Gattas Steigbügeln zu bahnen. Die Schwertspitze entfernte sich von Michelottos Brust, senkte sich auf Bennos Kehle und lupfte sein Gesicht, bis er gezwungen war, in die furchterregenden Augen zu blicken.

»Was behauptest du da, Schurke?«

»Die vergifteten Handschuhe.« Benno sprach·mit steifem, unbewegtem Kiefer, da er das Kitzeln des Schwertes in seinem Bart verspürte. »Er hat ein Mädchen dazu verleitet, sie in die Kiste im Gemach des Fürsten zu legen.«

»Woher weißt du das?«

»Ich habe gelauscht, als sie es erzählte. Gestern abend.«

»Wo ist das Mädchen?« Michelotto stand reglos da, mit verächtlichem Gesicht, eine Hand nachlässig auf die Hüfte gestützt. »Der Kerl ist schwachsinnig, wie man sieht. Er weiß nicht, was er redet.«

»Das Mädchen, wo ist sie?« Gatta unterstrich seine Worte mit der Schwertspitze, die Blut in Bennos herunterrinnenden Schweiß mischte.

»Er hat ihr die Kehle durchgeschnitten. Sie hat ihm gedroht, alles zu erzählen, und da hat er sie umgebracht.«

Michelotto lachte rauh auf. »Ich soll ein Mädchen umgebracht haben? Vor deinen Augen?«

»Ihr konntet mich nicht sehen. Ich hatte mich im Schatten neben Eurem Zelt versteckt. Ihr habt sie mir unmittelbar vor die Füße geworfen. Seht, da klebt noch ihr Blut.«

»Wo ist die Leiche? Was hat man mit ihr gemacht?«

Hinten, in der Zuschauermenge, wurde eine Stimme laut. »Wir sollten sie mit den Dieben zusammen begraben.«

»Hier ist sie, Gatta. Sie war tatsächlich sein Mädchen.« Die Männer machten Platz, als sich eine dralle Vettel in einem rosafarbenen Gewand, das aus allen Nähten zu platzen drohte, die gefärbten Haare mit einem schwarzen Schleier verhüllt und schweren Goldketten um den Hals nach vorne drängte, gefolgt von einem zaundürren Dämchen in grellem Purpur. Sie schleppten eine Trage aus Weidengeflecht herbei, auf dem sich eine menschliche Gestalt unter einem schmutzigen Tuch abzeichnete. »Pflegte zu jeder Tages- und Nachtzeit in seinem Zelt ein und aus zu gehen. Hat uns den Lebensunterhalt streitig gemacht.« Sie setzte ihr Ende der Trage ab und stand mit verschränkten Armen da, Michelottos abwehrende Haltung nachahmend. »Und das ist alles, was sie sich dafür eingehandelt hat.« Sie beugte sich hinunter und zog mit einem Ruck das Tuch weg.

Sie hatten sie gewaschen und gesäubert, aber eine Leiche mit aufgeschlitzter Kehle wirkt selten anziehend, nicht einmal auf Soldaten, die an den Anblick gewöhnt sind. Ein Murmeln wurde laut, Gatta lenkte sein Pferd näher heran, beugte sich aus dem Sattel hinunter und starrte sie an.

»Ich kenne das Mädchen.« Er sah zu Michelotto hinüber. »Sie wurde zu mir in den Palast gebracht. Sie behauptete, Donato Landucci habe die Handschuhe in den Kasten gelegt.«

»Genau das hat sie mir auch erzählt.« Michelottos Stimme klang unbewegt.

»Genau das trug man ihr auf, zu erzählen.« Sigismondo, der Kopfbedeckung und Kapuze abnahm und sofort an seinem kahlgeschorenen Kopf zu erkennen war, trat aus der Menge vor. »Michelotto versuchte, den Verdacht auf Landucci zu lenken.«

Gattas Pferd gehorchte dem ungewollten Reißen an den Zügeln, indem es rückwärts und seitwärts tänzelte.

»*Ihr!*« Gatta starrte Sigismondo an, als glaube er nicht an einen so kraftvollen, unerschütterlichen Geist oder an seine Fähigkeit, aus dem Kerker zu entfliehen. »Wie kommt Ihr hierher?«

Michelotto stand reglos da, mit weit aufgerissenen Augen.

»Nun, in dem Verlies gab es ein Fenster und eine Mauer. Das wird es gewesen sein, oder das Schlüsselloch.« Sigismondo legte Daumen und Zeigefinger zu einem Ring zusammen und blickte Gatta dadurch an, der jäh auflachte.

»Ich sehe einen Mann vor mir, vor dem nichts sicher ist. Warum wollte Michelotto den Verdacht auf Landucci lenken?«

Sigismondo gab einen Laut von sich, der zwischen einem Hmm und einem Lachen lag. »Warum er sich aller dieser Machenschaften befleißigte? Warum er den Fürsten und seinen Sohn umbringen wollte? Nun, weil sie Euch im Wege standen.«

»Mir im Wege standen?«

Sigismondo zuckte mit den Schultern und wies mit der Hand auf Michelotto. »Euer getreuer Hauptmann, Gatta. Er wollte Euch zum Herrscher von Viverra machen.«

Gatta drehte sich im Sattel um und heftete seine Augen auf Michelotto. Seine Stimme klang sanft. »Ist das wahr?«

Michelotto zögerte nur kurz. Dann verbeugte er sich tief.

»Ihr seid der geborene Herrscher, Gatta. Viverra wartet auf

Euch. Euer Heer wartet auf Euch. Venedig steht auf Eurer Seite.« Er nickte dem jungen Fürsten zu, der wenige Schritte entfernt aufmerksam lauschte. »Noch ist nicht alles verloren.«

Er bückte sich und hob seinen Dolch vom Boden auf, warf ihn in die Luft und fing ihn auf. An seiner Absicht konnte es keinen Zweifel geben: Wenn Gatta unverblümt seine Zustimmung gab, dann würde er den Fürsten Francesco hier und jetzt ins Jenseits befördern, und innerhalb einer Stunde wäre Viverra eingenommen.

Gattas Ton war nachdenklich. »Ihr habt alles getan, was man Euch zur Last legt?«

»Ich habe es für Euch getan, Gatta.« Michelottos Stimme klang triumphierend, ohne Bedauern, Entschuldigung oder Reue, eine Stimme, die eine Belohnung erwartete.

»Für mich.« Gatta sann über die Antwort nach, das Langschwert ruhte quer über seinem Arm. Dann wandte er sich um.

»Bringt den Spitzbuben her.« Er wies mit der Hand auf Fracassa. Die Wachen schleiften Fracassa herbei.

»Du bist Landuccis Gefolgsmann. Der Gefolgsmann eines Verräters, nicht wahr? Was würdest du mit Michelotto machen?«

Fracassa warf die fettigen Zotteln zurück und spie aus, ziemlich genau vor Michelottos Füße. »Ich würde ihn töten. Er hat meiner Mutter und meiner Schwester Gewalt angetan. Tötet ihn!«

Gatta lächelte. Mit einer herrischen Geste gab er Fracassas Wachen ein Zeichen, den Gefangenen loszulassen, und warf ihm das Schwert zu. Fracassa war verdutzt, fing es aber blitzschnell auf. Er ergriff das Heft und nutzte das Gewicht des Schwertes, um dem Hieb Schwung zu verleihen. Als Michelotto einen Schritt zurückwich, eine Hand abwehrend erhoben, ließ er es zwischen Hals und Schulter niedersausen. Blut spritzte hoch und traf Gattas Pferd, das sich daraufhin aufbäumte, mit den Hinterhufen stampfte und erschrocken wieherte.

Benno fiel auf alle viere und erbrach sich auf den Boden. Michelotto war schon in einem Stück übel genug gewesen, zweigeteilt sah er einfach gräßlich aus. Die Stille, die ringsum herrschte, wurde durch einen Aufruhr unterbrochen.

»Ein Hochzeitsgeschenk, Hoheit! Eure Rache.« Gatta brachte sein Pferd, stampfend, schnaubend und mit Blut bespritzt, neben Francescos, der noch immer unfähig schien, seine Augen von dem niedergemetzelten Körper abzuwenden. Fracassa hatte nach dem einen Schlag nicht abgelassen und hieb immer wieder mit dem Schwert auf ihn ein, erregt tänzelnd, während Aldo ihn mit rauher Stimme anspornte und die Zuschauer brüllten. Benommen merkte Francesco, daß die Rufe Gatta galten. Buchstäblich auf einen Schlag hatte die Truppe den Mann verloren, der für all die rigorosen Maßnahmen, die zum geordneten Leben in einem Feldlager gehören, verantwortlich war. Außerdem war Gerechtigkeit geübt worden, und Michelottos schreckliche Bestrafung sollte den jungen Fürsten eigentlich ebenso befriedigen wie sein Heer. Falls dieser Mann zu seinem Schwiegervater avancieren würde, war dies die erste Anzahlung auf Caterinas Mitgift. Er lächelte und blickte fest in die gelben Augen.

»Mein Vater wird überglücklich sein, daß ein weiterer Feind den Tod gefunden hat.«

Gnade, Fürst. Mein Sohn ist unschuldig. Er ist alles, was ich noch habe. Nehmt ihn mir nicht auch noch!«

Die Gräfin Landucci lag vor der Empore auf den Knien. Einige Haarsträhnen hatten sich aus ihrem silbernen Haarnetz gelöst und fielen über ihre Hände, die sie verzweifelt rang. Fürst Scipione, der seine eigenen Hände auf den geschnitzten Lehnen seines Stuhles unruhig hin und her bewegte, betrachtete sie unbehaglich. Sein blauschwarz verfärbtes Auge verlieh ihm, zumindest in den Augen der Gräfin Landucci, die ihn durch einen Tränenschleier anblickte, ein bedrohliches Aussehen. Sie wandte sich verzweifelt der Fürstin zu, die so schön, so kühl in dem Thronsessel neben ihrem Gemahl wirkte, und streckte flehentlich die Hände aus.

»Auch Ihr habt nur einen Sohn. Ich flehe Euch an, Gnade vor Recht ergehen zu lassen, so wie Ihr gewiß darauf hofft, dereinst Gnade vor dem Richterstuhl des Almächtigen zu finden ...«

Ihre Stimme versagte, sie zerfloß in Tränen. Die Fürstin wandte sich ihrem Gemahl zu. Sie spürte die Dringlichkeit dieser Bitte, nachdem sie Francesco beinahe verloren hatten, und zudem konnte sie nicht glauben, daß Donato sie oder den Fürsten hatte vergiften wollen. Die Absichten des liebeskranken Jünglings waren ganz andere gewesen.

Bevor sie den Mund aufmachen konnte oder die Gräfin ihre Stimme wiedergefunden hatte, wurde der Türvorhang am anderen Ende des Audienzsaales beiseite geschoben. Alle Köpfe wandten sich um, sowohl die der Hof- als auch der Ratsmitglieder, als Gatta, der bei jeglicher Zeremonie schnell die Geduld verlor, den Fürsten Francesco vor sich herschob. Die Fürstin widerstand der Versuchung, sich zu erheben und ihren Sohn erleichtert und liebevoll in die Arme zu schließen, den sie zuletzt gesehen hatte, als er Gatta nachstürzte. Das einträchtige Erscheinen der beiden bot Anlaß zu der berechtigten Hoffnung, daß ihr einziger Beschützer ihnen nicht bis in alle Ewigkeit grollte, trotz ihrer persönlichen Anstrengungen, ihn für ihre Sache zu gewinnen. Gattas Miene war undurchdringlich; sein Gesichtsausdruck hätte sowohl ein Lächeln als auch ein tückisches Grinsen sein können. Er näherte sich im Eilschritt dem Fuß der Empore, wobei er Francesco kaum Zeit ließ, seinem Vater die Hand zu küssen.

»Hoheit, ich habe Neuigkeiten für Euch. Euer Feind, der Mann, der Euch vergiften wollte, ist entdeckt und auf mein Geheiß getötet worden.« Gatta stand breitbeinig da und schenkte in seiner Hochstimmung der knienden Frau keine Beachtung, die ihre Schluchzer dämpfte und den Kopf umwandte, um ihn ungläubig anzustarren.

»Mein Feind?« Fürst Scipiones Verblüffung war verständlich. Er war doch inzwischen zwei losgeworden: Carlotti durch eine Explosion, Landucci in einem Handgemenge. Gab es da denn noch einen? Konnte es sein, daß Gatta eigenmächtig den Befehl erteilt hatte, den jungen Donato hinzurichten? Er vermied es, die Gräfin Landucci anzublicken. Das wäre in der Tat eine unselige Nachricht. Sie hatte offenbar den gleichen Gedanken, denn sie sank auf die Fersen zurück und preßte beide Hände vor den Mund.

»Euer geheimer Feind, Hoheit, und der meine. Mein Hauptmann, Michelotto della Casa. Er war es, der veranlaßte, daß die vergifteten Handschuhe in Euer Zimmer gelegt wurden und die arme Ginevra das Leben kosteten –« Gatta mußte innehalten und verzog das Gesicht, als dränge er nur mit größter Anstrengung die Tränen zurück. »Gerade eben erst hat er Eurem Sohn nach dem Leben getrachtet.«

»Francesco!« Die Fürstin sprang jetzt doch auf und blickte in die lächelnden Augen ihres Sohnes. Doch als ihr bewußt wurde, daß er kaum vor ihr stehen würde, wenn der Versuch gelungen wäre, gewann sie ihre Fassung zurück und nahm wieder Platz.

Gatta grinste nun ganz eindeutig. »Hoheit, Euer Sohn befindet sich in Sicherheit, und Michelotto ist tot, ein Verräter, der meine Ehre und die Eure verletzt hat. Wir müssen unseren Blick in die Zukunft richten, auf eine Hochzeit und nicht auf ein Begräbnis.«

Der Fürst war sorgfältig auf diesen Augenblick vorbereitet worden. Während Gattas Abwesenheit hatte eine der nervenaufreibendsten Ratssitzungen seines Lebens stattgefunden. Obwohl sich bei dem Wort Hochzeit all die angespannten, besorgten Gesichter im Raum an den Wirbel erinnerten, den die Fürstinmutter ausgelöst hatte, zauberte der Fürst, der insgeheim die gräßlichen Komplikationen bedachte, Francesco aus den Fängen der Scioggias zu befreien – die Rückgabe der Geschenke und die Kosten der Beschwichtigungspolitik –, ein wohlwollendes Lächeln auf sein Gesicht. Gatta war Viverras Sicherheitsgarantie.

»Mein lieber Ridolfi. Wir sind ganz Eurer Meinung. Bringt Eure Tochter in den Palast, damit wir sie willkommen heißen. Sie wird meinem Sohn in der Schloßkapelle vermählt werden, sobald Ihr es wünscht, und der Ehevertrag wird morgen aufgesetzt.«

Die Fürstin beugte sich anmutig vor. »Viverra soll eine prunkvolle Hochzeit in der Kathedrale erleben.«

Es war, als ob alle Anwesenden einstimmig einen erleichterten Seufzer ausstießen. Durch das Band der Ehe mit der fürstlichen Familie verwandt und kraft des Ansehens, das damit einherging, würde Gatta letztlich nur seine eigenen Interessen schützen. Die Fürstinmutter, deren leidenschaftlicher Angriff gegen Gattas voreilige Schlußfolgerung noch vor kurzer Zeit das gesamte Kartenhaus ins Wanken gebracht hatte, hockte schmollend in ihren Gemächern, außerstande, sich trostsuchend an Bruder Ambrogio zu wenden, der alle weltlichen Werte zu geißeln pflegte.

»Hoheit!« Gräfin Landucci hatte man bei dem ganzen Hochzeitsgerede vergessen. Ihre Gedanken galten noch immer der Hinrichtung. »Mein Sohn ... Ihr habt gehört, daß er unschuldig ist. Er hatte nie die Absicht, Euch zu vergiften. Hat er nicht genug gelitten?« Sie erhob sich. »Er wird Euch Treue schwören, nun, da sein Vater tot ist, und Ihr könnt Euch auf sein Wort verlassen, das könnt Ihr, bei meiner Seele!«

»Ich glaube, sie hat recht.« Sigismondo, hochaufgerichtet und mit ernstem Gesicht, zog aller Augen auf sich, als er näher trat und vor dem Fürsten stehenblieb. »Fragt die Männer, die mehrmals versuchten, ihn zu befreien, und Ihr werdet hören, daß Donato Landucci zu seinem Wort steht.«

Er wandte sich mit einer Geste um. Aldo und Fracassa, die auf Sigismondos Geheiß aus dem Zeltlager in den Palast verbracht worden waren, wurden von den Wachen vorwärts gestoßen. Fracassas Kleider waren noch steif von Michelottos getrocknetem Blut, und die beiden wurden vor dem Fürsten auf die Knie gezwungen. Sigismondo übernahm stillschweigend die Befragung.

»Hattet ihr vor, Donato Landucci zu befreien und seinem Vater zurückzubringen?«

»Zu mir.« Gräfin Landucci streckte die Hand aus, als wolle sie den knienden Mann schützen. »Zu mir. Ich habe den Männern diesen Auftrag erteilt. Ich wußte, daß mein Gemahl einen Racheakt gegen Eure Hoheit plante, und ich fürchtete um das Leben meines Sohnes, als ich dachte, nun sei der Zeitpunkt gekommen.« Sie schluchzte erneut bei dem Gedanken, wie recht sie gehabt hatte.

Fürst Scipione setzte zu einer Erwiderung an, doch dann schwieg er. Wie konnte er einer Frau einen Vorwurf machen, daß sie ihren Ehemann nicht verraten hatte, vor allem einen Ehemann, der nicht davor zurückschreckte, das Leben seines eigenen Sohnes aufs Spiel zu setzen, der als Faustpfand für sein Wohlverhalten zurückgelassen worden war.

Sigismondo stellte ihr ganz ruhig seine Fragen und bat um Auskunft, ohne den Hauch einer Drohung. »Hat Euch Graf Landucci mitgeteilt, als wir ihn holen kamen, daß seine Flucht geplant war?«

»Er war wütend und nannte mich eine Närrin, als ich weinte. Er erklärte mir, Michelotto habe ihm gesagt, er solle alles für die Befreiung vorbereiten –«

Gatta ergriff Sigismondo beim Arm. »Michelotto erzählte mir, Ihr hättet die Flucht geplant. Dafür hättet Ihr den Tod verdient, und für die Ermordung Landuccis. Der Graf mußte sterben, um die Verschwörung zu vertuschen, aber Michelotto war daran beteiligt, wie ich inzwischen weiß, und nicht Ihr.«

Gräfin Landucci schluchzte erneut.

»Mein Diener hat gesehen, wie Michelotto den Grafen Landucci tötete.«

»Dieser Teufel hat mich wieder und wieder belogen. Er ist noch viel zu schnell gestorben.«

Sigismondo deutete auf Fracassa. »Er hat sein Bestes getan ... Er und sein Freund dort drüben versuchten mehr als einmal, den Grafen Donato zu befreien. Vielleicht sollten sie uns erzählen, woran ihre Pläne scheiterten.«

»Weil er nicht mitkommen wollte!« Aldo war ehrlich entrüstet und starrte Sigismondo an, als ob dieser persönlich für solchen Starrsinn verantwortlich sei. »Wir hätten ihn mit Gewalt wegschleifen müssen. Er sagte, er habe sein Wort gegeben.«

»Sein Wort!« Fracassa spie verächtlich durch seine Haarzotteln aus.

Sigismondo wandte sich an den Fürsten und spreizte seine Hände. »Ihr seht, Hoheit, Ihr könnt Euch auf das Wort des jungen Landucci verlassen, wenn er Euch als Euer Vasall den Treueschwur leistet.«

»Vertraut ihm, Vater. Ich bin sicher, Meister Sigismondo sagt die Wahrheit«, drängte nun auch Francesco ihn voller Überzeugung. Weder er noch seine Mutter würden jemals erwähnen, warum Donato in Wirklichkeit in Viverra bleiben wollte. »Er ist mein Freund gewesen, und ich hoffe, er wird wieder mein Freund sein.« Er legte seine Hand auf die seines Vaters. »Sollten nicht Landucci und Viverra in Eintracht miteinander leben? Laßt ihn frei, damit er an meiner Hochzeit teilnehmen kann.«

»Laßt Ihn frei, Hoheit.« Gatta, milde gestimmt angesichts des Gedankens, daß seine geliebte Tochter bald eine fürstliche Ehe eingehen würde, ergriff den knienden Aldo am Kragen und Fracassa an seinen verführerischen Zotteln und zog beide hoch, was einen spitzen Schrei bei Fracassa auslöste. »Und schenkt diesen Männer ebenfalls die Freiheit. Sie waren ihrer Herrin treu ergeben, und ich habe heute eine Lektion über menschliche Treue erhalten. Und davon abgesehen«, er packte Fracassa durch die zottigen Ringellocken blindlings am Ohr, »schulde ich diesem Mann den Henkerslohn. Er soll einen Beutel Gold von mir erhalten.«

Fracassas Quieken verstummte jäh. Der Fürst erhob sich, von Kopf bis Fuß ein Herrscher, und die Fürstin mit ihm.

»Gräfin Landucci, Eure Bitte sei Euch gewährt. Eurem Sohn sei vergeben, unter der Voraussetzung, daß er als Graf Landucci und Vasall einen Treueeid auf Uns und Viverra schwört. Diese Männer sollen Herrn Ridolfi zur Verfügung stehen, dem Grafen von Mascia.«

Als der Fürst die Stufen hinunterschritt, winkte er Sigismondo herbei, der sich ihm mit einer tiefen Verbeugung näherte. Um sie herum wurde das Wispern des Hofstaates laut, der nun tagelang Gesprächsstoff für seinen Klatsch hatte, und des Rates, der monatelang über Zündstoff für lebhafte Debatten verfügte, und Stimmen, die Gatta mit seinem neuen Titel zujubelten. Kein Wunder, daß sich der Fürst in bester Stimmung befand: Seine Feinde, selbst solche, von denen er gar nicht wußte, daß er sie gehabt hatte, waren tot; ein liebenswerter junger Mann wurde aus dem Kerker entlassen und als Vasall angenommen, und der junge Fürst stand kurz vor einer Vermählung, die Viverra vor jedem Angriff zu schützen versprach. Was konnte sich ein Mann mehr wünschen?

Der Fürst bedeutete Sigismondo, näher zu kommen, und flüsterte mit eindringlicher Stimme: »Sucht Doktor Virgilio. Er muß zurückgebracht werden. Ich brauche mehr Gold als jemals zuvor.«

Ich dachte, Doktor Virgilio wäre in die Luft geflogen«, sagte Benno und trottete in der heißen Augustsonne über das Kopfsteinpflaster; er war der Ansicht, sein Herr wurde derzeit viel zu oft um Hilfe bei der Suche nach vermißten Personen gebeten.

»Das scheint jeder zu glauben, außer Fürst Scipione. Mmmm. Er muß es am besten wissen. Er hat mir erzählt, daß er in der besagten Nacht einen Blick in das Laboratorium geworfen hat, nicht lange vor der Explosion, und es war offenbar menschenleer. Alles war weg, außer einigen Büchern, die dem Fürsten gehören, und natürlich den Ingredienzien, die später bewirkt haben, daß der Ort sich in Luft auflöste.«

»Aber warum sollte sich der Doktor aus dem Staub machen? Der Fürst bezahlte ihn gut.«

»Man braucht Gold, um Gold zu erzeugen, verstehst du?«

»Warum hat er dann das Weite gesucht?«

Sigismondo hörte auf, seine gewölbten Hände unter den gemeißelten Löwenkopf zu halten, der an der Ecke stand und als Wasserspeier diente. Er trank und schüttelte die Tropfen von seinem Gesicht. »Hast du Bruder Ambrogio vergessen?«

Einen Moment lang hatte Benno das wirklich. »Der Doktor hatte keine Angst vor Bruder Columba, sondern hat ihm vielmehr die Leviten gelesen.«

»Das ist nicht dasselbe. Würdest du an Ort und Stelle bleiben, um dich von Bruder Ambrogio an den Pranger stellen zu lassen? Früher oder später hätte er getan, was Bruder Columba mißlungen ist. Ich glaube, er ging an jenem Tag ins Laboratorium und drohte Doktor Virgilio mit Gottes, oder, was näher lag, mit dem Strafgericht des Pöbels von Viverra. Nun, und urplötzlich schien es sehr vernünftig, an einem völlig anderen und möglichst weit entfernten Ort nach dem Stein der Weisen zu suchen.«

»Weshalb suchen wir dann hier nach ihm?«

Sigismondo hatte außerhalb eines kleinen Ladens angehalten, den Benno kannte. Es duftete nach frisch gebackenem Brot, und ein Zunftzeichen, ein silberner Mörser, hing über ihren Köpfen. Das Sonnensegel war vor der nächsten Tür aufgestellt, und in seinem Schatten rasierte der Barbier einen hochgewachsenen Mann, der sich seinen Bart offenbar schon seit mehr als einer Woche aufgespart hatte.

»Bist du mit deinen Fragen immer noch nicht am Ende, Benno?« Sigismondo verschwand durch die dunkle Tür der Apotheke. Benno folgte ihm, und Biondello, der hinterhertrippelte, entging mit knapper Not einer Schale Wasser, die der Barbier gerade in hohem Bogen ausleerte.

Im Laden stand ein Mann, den Benno kannte. Leone Leconti, in einem Wams aus lilafarbenem Samt, kaufte gerade Pigmente. Der kurzsichtige Meister Buselli hatte seine Brille beharrlich auf der Nase und gab jede einzelne Bestellung des Künstlers einem runzeligen Gnom durch, der rasch zu einer Schublade oder einem irdenen Gefäß ging, um das von Meister Buselli Gewünschte abzuwiegen und einzupacken. Irgend etwas an diesem Gehilfen kam Benno bekannt vor. Er hatte den kleinen Mann erst vor kurzem gesehen, und zwar in einer brenzligen Situation, aber er konnte sich nicht mehr erinnern, wo.

»Auripigment, Meister Buselli, Rauschgelb. Mir ist das Auripigment ausgegangen. Dieser elende Gehilfe scheint meine Farbstoffe klammheimlich weiterzuveräußern. Deshalb bin ich heute höchstpersönlich gekommen. Wenn es das kostbare Azurblau des Fürsten wäre, hätte ich nicht Gold, um es zu ersetzen, deshalb nehme ich an, der Schurke war nicht so dumm, es zu stehlen.« Er blickte sich um und nickte Sigismondo zu, als er ihn erkannte. »Meister Sigismondo? Ein solches Gesicht vergißt man nicht. Solltet Ihr einmal über ein wenig Muße verfügen, würde ich sehr gerne ein Bildnis von Euch malen. Ich habe nur eine Skizze oder zwei in meinem Buch.«

Er führte nicht weiter aus, daß er plante, Sigismondos Gesicht als Vorlage zu benutzen, mit der wohlüberlegten Ergänzung von zwei Hörnern, spitzen Ohren und einer durch und durch boshaften Miene, als Teufel in dem Auftragsgemälde vom Jüngsten Gericht. Die Leute neigten dazu, solche künstlerischen Freiheiten übelzunehmen, und der Mann wußte möglicherweise nicht zu würdigen, daß es sein grüblerischer Gesichtsausdruck war, den Leconti für den Höllenfürsten als angemessen erachtete.

»Mir fehlt die Muße, Meister Leconti, sonst würde ich Euch gerne Modell sitzen. Ich bin hier, um Auskünfte einzuholen.«

Der Apotheker schien in seinem schäbigen Talar zusammenzuschrumpfen wie eine Schildkröte in ihrem Panzer, als Sigismondo aus dem Schatten trat. Zweifellos erkannte er den Mann wieder, der sein Selbstvertrauen so grausam erschüttert hatte. Und es konnte genausowenig Zweifel geben, daß er sich vor noch schlimmeren Fragen fürchtete. Der Gehilfe, der wieder hoch droben auf einem Hocker hinter ihm thronte, befand sich gerade an einem Fleck, an dem sich das Licht spiegelte. Ihn sprach Sigismondo an.

»Ihr habt für Doktor Virgilio gearbeitet.«

Nun war die Reihe an dem Gnom, ein argwöhnisches Gesicht zu machen, aber Sigismondos Tonfall war friedfertig, beinahe unbeteiligt. »Der Fürst möchte gerne wissen, wohin er verschwunden ist, um ihn wieder in seine Dienste zu nehmen. Kennt Ihr seinen Aufenthaltsort?« Eine kräftige Hand legte ein Goldstück auf die Marmorfliese der Ladentheke, und der Zwerg näherte sich dienstfertig.

»Er hat es mir nicht verraten. Einer von den anderen Gehilfen, den jüngeren, die mit ihm gegangen sind, hat jedoch gesagt, daß die Reise sehr wahrscheinlich nach Deutschland führen würde. Dort gibt es einen Markgrafen, der sich schon seit Jahr und Tag die Finger wundschreibt, um den Goldfisch an die Angel zu bekommen.«

»Wißt Ihr, welche Route er genommen hat?«

Der Gnom, der das Goldstück beobachtete, seine Hand zögernd ausstreckte und wieder zurückzog, schüttelte den Kopf. »Sie wußten es selbst nicht, und ich wage zu behaupten, er hat es ihnen absichtlich nicht gesagt. Bruder Ambrogio hatte angedroht, er würde als Ketzer auf dem Scheiterhaufen brennen, wenn er in Viverra bliebe, und er wollte verständlicherweise nicht, daß sich ihm jemand an die Fersen heftet, um ihn zurückzuholen.« Seine knorrige Hand, verbrannt wie die des Fürsten von Flammen und Säure, schloß sich um die Münze, als Sigismondo sie ihm zuschob.

»Bruder Ambrogio sollte sich vorsehen.« Leconti sammelte seine Päckchen in ein Tuch, unter Mithilfe des Apothekers. »Viverra hat die Nase gestrichen voll von ihm. Seit dieser elende Bruder Columba verschwunden ist, Gott sei es gedankt, und Bruder Ambrogio sterbenskrank darniederliegt, wird hier endlich wieder Frieden einkehren.«

»Bruder Ambrogio ist krank?«

»Er betete gerade in der Kapelle, als der Teufel ihn am linken Arm packte; er stürzte zu Boden und wand sich in wilden Zuckungen.« Leconti lachte höhnisch. Er hatte den Anblick des Gemäldes, das auf dem Scheiterhaufen darauf wartete, verbrannt zu werden, nicht vergessen. »Vielleicht hat Gott ihm etwas über Barmherzigkeit ins rechte Ohr geflüstert.« Er verknotete die vier Ecken des Tuches und nahm das Bündel. »Das wird ihn davon abhalten, im Palast herumzuwandern und seine Nase in Dinge zu stecken, die ihn nichts angehen. Er wollte mir erzählen, wie man malt, und dem Leibarzt des Fürsten, was zur Genesung Seiner Hoheit nach dem Unfall erforderlich sei. Zweifellos wird er dem Haushofmeister erklären, wie dieser das Hauswesen des Fürsten zu beaufsichtigen hat. Soll er doch gehen und den Engeln Ratschläge erteilen, wie sie verhindern, daß ihre Flügel Federn verlieren.«

Er bezahlte Meister Buselli, hob die Hand zum Gruß, um sich von Sigismondo zu verabschieden, und verließ den Laden.

Draußen vor der Apotheke bewies Sigismondo, daß er nicht ganz die Wahrheit gesagt hatte, als er behauptete, keine Muße zu haben: Er beehrte den Barbier mit seinem Besuch. Benno lehnte das Angebot des Barbiergehilfen ab, ihn zur Ader zu lassen, ihm den Kopf zu waschen oder den Bart zu stutzen; er hockte sich auf die Fersen und sah der aufwendigen Behandlung zu, die man nun seinem Herrn angedeihen ließ. Biondello vertrieb sich die Zeit mit dem ergötzlichen Spiel, eine Katze anzuknurren, die sich elegant durch die Gitter eines Balkons zwängte und auf die Straße hinunterspähte.

Der Barbier wetzte das Rasiermesser über Sigismondos Schädel und freute sich, über die jüngsten Begebenheiten in der Stadt schwatzen zu können.

»Dieser Bruder Columba! Manche behaupten, er wäre in einem feurigen Streitwagen gen Himmel gefahren, aber ich glaube, er ist in den Fluß gefallen und predigt den Fischen, solchen Tand wie das Silber auf ihren Schuppen abzulegen. Eine sehr nützliche Erlösung von dem Übel.«

Getreu dem unschuldigen Wohlleben, das Bruder Columba zutiefst mißbilligt hätte, entkorkte er eine Flasche Duftöl und hielt sie Sigismondo unter die Nase. Sie wurde gebilligt, und er träufelte ein paar Tropfen in seine Hände und begann, Sigismondo vom Nacken über den Schädel bis hinunter zu den Kiefermuskeln zu massieren.

»Und was Bruder Ambrogio angeht ... der hatte wohl nicht viel

Glück mit seiner Prophezeiung, stimmt's? Unserem Fürsten geht es besser als je zuvor, und er ist schlau wie ein Fuchs, seinen Sohn mit Gattas Tochter zu vermählen. Es sollte mich nicht wundern, wenn die Hochzeit ein rauschendes Fest und der Wein in Strömen fließen würde. Also, dieser Gatta, das ist ein Bursche –«

Sigismondo riß sich jäh das Handtuch vom Hals, sprang auf, wischte sich den Kopf ab und entlohnte den Mann. Benno stellte fest, daß er schneller in den Palast zurückkehrte, als es seinen eigenen Beinen gefiel. Warum plötzlich die Eile, wenn zuerst jede Menge Zeit für eine Rasur übrig war?

»Der Fürst wird untröstlich sein, wenn er die Sache mit Doktor Virgilio hört«, keuchte er und ging einem ausladenden Mann aus dem Weg, der gezwungen war, Sigismondo Platz zu machen, aber keinen Grund sah, dem Schwachsinnigen auf seinen Fersen die gleiche Ehre zu erweisen. Sigismondos Antwort wurde über die Schulter gemurmelt.

»Wenn wir nicht schnell genug dort sind, wird der Fürst tot sein.«

43 Ein Wunder

Sigismondo war als Beauftragter des Fürsten bekannt, und niemand hielt ihn auf, als er durch den Palast eilte. Benno, der seinen Hund sicher unter dem Arm verwahrt hatte, folgte ihm dicht auf dem Fuß.

Sigismondo stürmte in die Gemächer des Fürsten, bevor der verdutzte Page ihn daran hindern konnte. Der Fürst führte offenbar eine geheime Besprechung mit Bruder Ambrogio, der sich im Augenblick nicht um seine Seele, sondern vielmehr um seinen Leib bemühte. Beide Männer wandten ihre Gesichter zur Tür und boten ein Bild der Überraschung. Bruder Ambrogio stand neben dem Bett, über den sitzenden Fürsten gebeugt, und hielt ihm einen Löffel an den Mund, der geöffnet war wie bei einem Kind, das man füttert.

»Wolltet Ihr gerade dafür sorgen, daß sich Eure Prophezeiung erfüllt, Vater?«

Bruder Ambrogio stand einen Augenblick lang wie erstarrt. Dann verzog er das Gesicht zu einer häßlichen, zuckenden Fratze. Sein Rücken krümmte sich. Er warf den glitzernden Löffel in hohem Bogen beiseite, und seine rechte Hand packte seinen linken Arm. Die Phiole zersplitterte auf dem Boden und setzte eine klebrige Flüssigkeit frei, die sich widerwillig auf dem grauen Marmor ausbreitete. Bruder Ambrogio kippte vornüber auf den Boden, zappelte einen Augenblick und lag dann still.

»Was – was ist das?« Der Fürst sprang auf.

Sigismondo hatte den Mönch erreicht, als sein kurzer Todeskampf beendet war, kniete sich neben ihn und preßte die Finger in die Kuhle zwischen Kiefer und Hals, um seinen

Pulsschlag zu fühlen. »Habt Ihr das Mittel auf dem Löffel genommen?«

»Leider noch nicht. Und jetzt ist alles verschüttet.« Der Fürst warf einen bedauernden Blick auf die goldgelbe Flüssigkeit, die sich Zoll für Zoll seinen Füßen näherte. »Hatte er einen Krampfanfall?« Er bückte sich, um den Mönch an der Schulter zu packen und auf den Rücken zu drehen, und als er ihn herumrollte, sahen alle, daß sich sein Gesicht entkrampft und wieder seinen üblichen, milden Ausdruck angenommen hatte. Die Augen waren aufgerissen und starr, die Lippen geöffnet. Der Fürst bekreuzigte sich, und Sigismondos und Bennos Hände taten es ihm gleich. »Der Herr sei seiner Seele gnädig!«

Benno ließ sich auf ein Knie nieder und setzte Biondello auf den Boden, um seine Hände zum Gebet zu falten. Der kleine Hund schnupperte neugierig an der vergossenen Flüssigkeit, und Sigismondo streckte blitzschnell seinen langen Arm aus, packte ihn am Genick und setzte ihn wieder auf Bennos Schoß.

»Halt ihn davon fern. Es ist Gift.«

»Gift!« Der Fürst richtete sich kerzengerade auf und sah Sigismondo fassungslos an. »Nein, nein, das ist *theriaca antidotos,* auch Theriak genannt. Es sollte mir helfen; es ist ein Mittel, das den Körper von allen Giften reinigt. Es stammt aus Venedig, das Beste, das es gibt. Bruder Ambrogio wollte es mir gerade gegen meine Magenschmerzen verabreichen. Er führt es stets auf seinen Reisen mit sich, als Gegengift bei Schlangenbissen ...«

Die Stimme des Fürsten erstarb, als er Sigismondos Gesichtsausdruck gewahrte.

»Wann traten diese Magenschmerzen erstmals auf, Hoheit?«

»Gestern. Der gute Mönch gab mir morgens einen Schluck Theriak als Stärkungsmittel, denn die Ereignisse haben mich doch sehr mitgenommen; mein Sohn ... der Doktor und das Laboratorium ... die Wirkung der Dämpfe ...«

»Habt Ihr die Dosis erhalten, bevor oder nachdem die Schmerzen begannen, Hoheit?«

»Nun, gleich nach dem Aufstehen. Die Schmerzen fingen gegen Mittag an ...« Er sah auf den Toten hinab; Sigismondo hatte ihm die Augen geschlossen.

Plötzlich tastete der Fürst nach der Lehne seines Stuhles, fand sie und setzte sich. »Warum hat er versucht, mich zu töten? Wie konnte er nur? Er ist ein frommer Mann.«

Sigismondo erhob sich. »Vielleicht um des Himmels willen. Ihr wart erneut dabei, Euch dem vermeintlichen Teufelswerk zuzuwenden, Hoheit, als Ihr Doktor Virgilio suchen ließt. Viverra selbst hatte sich von ihm abgewandt und beschritt erneut, wie er meinte, den Pfad der Sünde; es ist schwer, ein gottgefälliges Leben im Diesseits zu führen. Er hatte vorausgesagt, daß Ihr sterben würdet. Wenn sich diese Prophezeiung erfüllt hätte, wäre Viverra gewiß zu der Überzeugung gelangt, er sei das Sprachrohr Gottes, und so sah er sich auch. Die Stadt wäre wieder zu ihrem reumütigen Zustand zurückgekehrt.«

Plötzlich und völlig unerwartet brach der Fürst in Gelächter aus. »Ihr sagt, daß er mich aus den lautersten Motiven umbringen wollte. Mir scheint, daß mir jeder Tag neue Feinde bringt, an die ich nicht einmal im Traum gedacht hätte.« Er hielt inne, dann sah er auf Bruder Ambrogio. »Meine Mutter wird ihm nachtrauern, aber sie dürfte auch die einzige sein. Erst letzte Woche hielt Viverra ihn für einen Heiligen. Nun werden sie meiner Meinung nach froh sein, daß er nicht mehr unter ihnen weilt.«

»Darf ich Euer Hoheit einen Vorschlag machen?« In der tiefen Stimme schwang Belustigung mit. »Bruder Ambrogio hat Eurer Stadt etwas Gutes tun wollen, und er könnte ihr noch immer dienen. Angenommen, Hoheit würden seinem Orden mitteilen, wie getreu er seinen Predigerpflichten nachgekommen ist, und die Erlaubnis erwirken, ihn in Eurer neuen Kapelle bestatten zu dürfen? Viverra wäre glücklich, ihn als künftigen Schutzpatron willkommen zu heißen. Ich würde Eurer Hoheit sogar empfehlen, vor dem Begräbnis eine Leichenwache aufzustellen; mit einem scharfen Messer kann man sich ausgezeichnet Reliquien verschaffen.«

Fürst Scipione drohte ein Lachkrampf. »Eine hervorragende Idee. Der Heilige Vater soll wissen, daß ich einen Heiligen habe, der Viverra beschützt, und einen allseits gefürchteten Söldnerführer.«

Er hielt jäh inne und griff sich mit der Hand an die Kehle.

»Das Gift – ich habe es gestern eingenommen. Werde ich sterben?« stammelte er.

»Hoheit, dann wärt Ihr jetzt bereits tot. Ihr habt von dem Konfekt gegessen, das von Donato Landucci versehentlich vergiftet wurde. Im Laufe der Zeit wurde Eure Widerstandsfähigkeit gegen das Gift durch den fortlaufenden Verzehr gestärkt. Der Zuckerguß enthielt Arsen und einen giftigen Farbstoff, Auripigment, den Bruder Ambrogio von Leconti gestohlen und in die Mischung gegeben hat.« Sigismondo beugte den Kopf zu der noch immer sich ausbreitenden Lache hinunter, die nach Honig roch. »Man könnte sagen, daß die Fürstin Isotta Euer Leben gerettet hat, weil Donato Landucci in Liebe zu ihr entbrannte.«

Der Fürst war nach dem ausgestandenen Schrecken noch immer sehr blaß. Er schüttelte gedankenvoll den Kopf, außerstande, die Spitzfindigkeiten entsprechend zu würdigen. »Es ist ein Wunder, daß ich lebe, und das ist Euer Werk. Ich werde es Euch nicht vergessen. Als ich von Euren Taten hörte und Männer aussandte, um Euch nach Viverra zu holen, hätte ich nicht gedacht, daß ich Euch eines Tages mein Leben verdanken würde.«

Sigismondo beugte sich über die Hand des Fürsten. Und dabei wußte dieser nicht einmal, daß Sigismondo auch bei der

Vermählung seines Sohnes die Finger im Spiel hatte, dachte Benno.

Die Aufmerksamkeit des Fürsten, wurde von dem frisch geschorenen Schädel abgelenkt, und er wandte sich Biondello zu, der in Bennos Armen ruhte.

»Was für ein netter kleiner Hund. Wie hat er sein Ohr verloren?«

Benno fand es jammerschade, daß er nicht in der Lage gewesen war, sich eine gute Geschichte über Biondellos Ohr auszudenken. Es fehlte bereits, als sie sich erstmals trafen. Er dachte, daß die Erklärung wahrscheinlich nicht sehr lustig war: Vermutlich hatte er das Ohr bei dem gescheiterten Versuch eingebüßt, in dem vom Hunger geplagten Dorf, wo Biondello geboren war, zu Hunde-Fleischpudding verarbeitet zu werden.

»Glaubt Ihr, daß der Fürst jetzt über den Berg ist?«

Sigismondo schenkte sich den letzten Schluck Wein aus dem Krug ein, den Rosaria ihnen mitsamt zwei Bechern gebracht hatte. Es war ein langer Tag gewesen, und Benno hatte heißhungrig die besten Speisen des Gasthauses verschlungen: zwei Schüsseln Kürbissuppe, Ente am Spieß, Kaninchen, in Rosmarin geröstet, und nun genoß er die wundervollen, reifen Pflaumen, deren Saft klebrig in seinen Bart rann.

Unter dem Tisch schlürfte Biondello geräuschvoll eine Schüssel Wasser, das Benno mit einem Spritzer Wein versetzt hatte. Auch Biondello hatte allen Grund zum Feiern. Ihm war ein qualvoller Tod durch Gift erspart geblieben.

»Der Fürst befindet sich auf dem Weg der Genesung, wie ich meine. Gatta wird ihn vor weiteren Feinden beschützen, da sie nun durch Familienbande geeint sind, und seine Gesundheit wird gewiß Fortschritte machen.« Sigismondo grinste. »Ich würde gerne wissen, wonach er jetzt Ausschau zu halten gedenkt, da sich der Stein der Weisen in Deutschland befindet.«

»Schade, daß Doktor Virgilio kein Gold gefunden hat.«

»Der Fürst glaubt, er hat.«

»Waaas? Hat er wirklich?«

»Doktor Virgilio zeigte ihm einen Klumpen Gold, den er gerade erzeugt hatte. Unmittelbar nach der Predigt, die dem Fürsten dringend nahelegte, ihn aus seinen Diensten zu entlassen.«

»Oh! Ihr meint ...«

»Es ist möglich, daß der Doktor das Gold für alle Fälle bereithielt. Das habe ich auch dem Fürsten gesagt.«

»Hat er Euch geglaubt?«

»Anfangs wollte er nicht, aber am Ende ...« Sigismondo zuckte die Achseln. »Er braucht das Gold nicht mehr so dringend, nun, da Gatta einen zwingenden Grund hat, ihm zu dienen, und Caterina vermutlich mit einer märchenhaften Mitgift ausstatten wird. Mmmm – ich mache mir Gedanken über den jungen Francesco. Ganz alleine in Gattas Feldlager zu reiten, war entweder ein sehr schlauer und mutiger Winkelzug, oder unbesonnen und tollkühn. Ich denke, mit Caterina an seiner Seite, mit Donato Landucci als Freund und Verbündetem und mit Gatta im Hintergrund wird er einen guten Herrscher von Viverra abgeben, wenn der Tag kommt. Mittlerweile wird sich Fürst Scipione das Hirn zermartern müssen, wie er ohne die Suche nach dem Stein der Weisen seine Zeit verbringt.«

»Vielleicht verbringt er sie ja mit der Fürstin. Sie war wirklich begeistert von dem Stundenbuch, das er ihr geschenkt hat, nicht wahr?« Benno trank seinen Becher leer, und seine Miene wurde durchtrieben. »Glaubt Ihr, daß sie ....«, er formte aus Daumen und Zeigefinger einer Hand einen Kreis, »... mit Gatta? Der Fürst hätte bestimmt nichts davon bemerkt.«

Sigismondo probierte gerade eine Nachspeise aus kandierten Früchten und Mandeln, die Rosaria auf ihrem Weg durch die Gaststube, um den Schankkellnerinnen auf die Finger zu schauen, nebst einem frisch gefüllten Krug Wein auf den Tisch gestellt hatte. »Mmmm. Falls ja, dann wird sie die Liebschaft sicher abbrechen, da ihr Sohn ja seine Tochter ehelichen soll.

Vielleicht dachte sie, daß er dadurch eher ihrem Mann die Treue halten würde, und möglicherweise war es auch so, zu einem bedrohlichen Zeitpunkt der Geschehnisse. Eigentlich zweifle ich nicht daran, daß ihre Treue in erster Linie Fürst Scipione gilt.«

»Treue, das ist schon eine merkwürdige Sache.« Benno langte mit seiner fettigen, klebrigen Hand in das Mandelgericht. »Dieser Michelotto war Gatta treu ergeben, richtig? Ich finde es eigentlich nicht gerecht, was ihm widerfahren ist. Ich meine, er hatte die ganzen Schererein am Hals, hat versucht, den Fürsten zu ermorden, seinen Sohn umzubringen, die Verschwörung mit Landucci auszuhecken, und das alles nur, damit Gatta Herrscher von Viverra wird.«

»Also, Benno, versuch nie, anderen ungebeten einen Gefallen zu erweisen. Michelotto hielt Gattas Treue gegenüber Fürst Scipione für Schwäche. Er meinte, man müsse ihm helfen, die Stellung zu erringen, die ihm gebührte. Aber Männer wie Gatta mögen es nicht, wenn man ihnen hinter ihrem Rücken etwas Gutes tut. Sie fühlen sich in ihrem Stolz verletzt. Denk daran, wie es Michelotto ergangen ist.«

Benno malte sich gerade wieder aus, wie es Michelotto ergangen war, und er erstickte beinahe an einer Mandel, wovor ihn Sigismondo mit einem Klaps zwischen die Schulterblätter bewahrte. Keuchend erwiderte er: »Und Bruder Ambrogio? Er hat es ebenfalls gut gemeint.«

»Vielleicht ist er vor Schreck gestorben, als er erkannte, was er in Wirklichkeit tat.«

»Hat man ihm nicht trotzdem eine wundervolle Totenmesse gelesen? Was für ein Glück, daß der Bischof soweit genesen war, um sie in der Kathedrale zu halten.« Der Bischof hatte die Totenmesse für Bruder Ambrogio mit großem Ernst zelebriert, aber die Teilnehmer konnten nicht umhin, sich Bemerkungen über den merkwürdigen Freudenschimmer auf seinem Gesicht zuzuflüstern. Die Nachsichtigen schrieben sein verstohlenes, schiefes Lächeln dem kürzlich erlittenen Schlaganfall zu. »Schade, daß wir nicht bis zur Hochzeit bleiben können.« Benno tröstete sich mit einer weiteren Handvoll Mandeln, während Sigismondo seinen Becher wieder mit Wein füllte.

»Nach meinem Geschmack gibt es zu viele, die uns zum Bleiben bewegen möchten. Ich ziehe es vor, unsere Zelte abzubrechen.«

»Ich denke, Euch ist ein kleiner Fehler in Mascia unterlaufen, als Ihr Scala Hals über Kopf weggeschickt habt.« Benno lachte wiehernd über den Witz, und Rosaria kam herüber und schob ihre üppigen Formen zwischen die Tische, die Ellbogen der Gäste munter übersehend. Sie stand breitbeinig da, die Fäuste in die Hüften gestemmt, und sah Sigismondo an.

»Glaubt ja nicht, ich hätte nicht gehört, was Ihr für Heldentaten vollbracht habt, Schätzchen. Die Besucher meiner Schänke berichten mir alles, was in der Stadt vorgeht. Ihr habt angeblich den Fürsten gerettet, in der Fürstin Bett übernachtet und den Segen Bruder Ambrogios empfangen, Friede seiner Asche, bevor er starb; Gatta liebt Euch wie einen Bruder, und Ihr bleibt nicht bis zur Hochzeit, weil Ihr nach Deutschland aufzubrechen gedenkt, um für den Fürsten den Stein der Weisen zurückzuholen, und wenn Ihr damit in Viverra eintrefft, wird man Euch die Hand der Fürstin Emilia antragen –«

»Ist sie nicht erst acht?« unterbrach Benno sie.

Rosaria strich mit den Fingerspitzen über die Narbe an Sigismondos Augenbraue. »Hat Euch die Fürstin vor lauter Liebe auffressen wollen?« Sie warf Benno einen abschätzenden Blick zu, während sie Sigismondos Kopf streichelte. »Glaubst du nicht auch, daß Geduld eine der Tugenden deines Herrn ist? Aber wie ich ihn kenne, wird er nicht auf die Fürstin warten. Hier und jetzt kann er mehr Spaß haben.« Sie drehte sich um und klatschte in die Hände, wobei sie das Getöse des Geschirrklapperns, der Weinkrüge und der Gespräche übertönte.

Ein Mann in Rot und Blau mit scharfgeschnittenen Zügen besaß, wie es sich zeigte, eine Flöte, und Rosarias Mann fürs Grobe holte hinter der Tür eines Verschlags verschämt eine kleine Trommel hervor. Der lange Tisch wurde auf Rosarias Geheiß entfernt, um Platz in der Mitte des Schankraums zu machen, und während die Zecher mit den Bechern anstießen und mit den Füßen den Takt stampften, nahm Rosaria Sigismondo bei der Hand und ging hocherhobenen Hauptes mit ihm zu der freien Fläche hinüber. Sie rief dem Flötenspieler etwas zu, und er nickte und stimmte eine fröhliche, flotte Weise an. Die Trommel, die unter den Händen des Kraftmeiers beinahe verschwand, begleitete mit einem langsamen, kräftigen Doppelschlag die Melodie, und die beiden Tänzer drehten sich im Kreise. Rosarias Gewicht wurde von ihren Füßen leicht und ohne aus dem Takt zu geraten getragen. Sigismondo stand ihr in nichts nach. Erst erfolgten ein paar kurze Schritte auf ihrer, dann auf seiner Seite, mit verschränkten Händen, die Arme hoch über den Köpfen erhoben. Langsam umkreisten sie einander zum dumpfen Schlag der Trommel, mit aufmerksamen Gesichtern, die Welt um sich herum vergessend, und die Schwierigkeit der Tanzschritte schien keine Wirkung auf die Körperhaltung zu haben. Benno beobachtete sie mit offenem Mund; das war eine Seite seines Herrn, die er noch nicht kannte.

Das Ende des Tanzes, ein Trommelwirbel, begleitet von einem ähnlich herausfordernden Stakkato der Füße, trug ihnen den donnernden Beifall der Zecher ein. Benno stampfte begeistert mit den Füßen. Jede Zugabe verweigernd, ging Rosaria dazu über, das Zapfen des Weins zu überwachen, und Sigismondo, lächelnd und mit glänzendem kahlgeschorenen Kopf, nahm wieder Platz und trank einen Schluck von dem Wein, den Benno ihm eingeschenkt hatte.

»Michelotto.«

Eine seltsame Gestalt sprang vor und baute sich vor ihnen auf, die Hände gespreizt auf den Tisch gestützt, den Kopf gesenkt, wobei es den Augen schwerfiel, sich auf einen Punkt zu konzentrieren. Es war Pio.

»Er ist tot. Michelotto ist tot.« Sigismondos Stimme klang gelassen und zuversichtlich.

Pio schüttelte den Kopf, als wolle er einen klaren Gedanken fassen, und versuchte erneut, Sigismondo mit den Augen zu finden; als ihm dies nicht gelang, stolperte er zwischen den Tischen davon. Auf der freien Fläche in der Mitte des Raumes hatten sich inzwischen mehr Tänzer eingefunden; Rosaria, die aus dem rückwärtigen Teil der Schänke herbeieilte, bewahrte Pio davor, unbesonnen zwischen ihnen herumzustolpern, und übergab ihn dem Trommler, ihrem Mann fürs Grobe.

»Schenk ihm keine Beachtung, Schätzchen«, rief sie ihnen zu. »Er hat den Verstand verloren. Kam vor ein paar Tagen aus dem Fluß, wie eine Wasserratte auf zwei Beinen. Ich habe ihm erlaubt, hierzubleiben und das Geschirr zu waschen.«

Benno fragte sich, ob Sigismondos Worte bis zu Pios erschüttertem Gehirn vorgedrungen waren und ob er jemals seine Freunde wiederfinden oder zu Landucci zurückkehren würde. Er sah im Geiste Pio vor sich, wie er sich auf den Heimweg machte, stolpernd und sich den Kopf an allen Hindernissen stoßend, von Wänden bis Wegelagerern. Auf seine Weise war Pio beinahe so unverwüstlich wie Sigismondo.

»Und wohin führt unser Weg? Nach Deutschland?«

Sigismondo hatte Biondello auf den Schoß genommen und fütterte ihn mit einer Scheibe Ente, die mit einem Rest Sauce in seiner Schüssel übriggeblieben war. Er hob fragend die Brauen.

»Deutschland? Warum nicht? Bruder Ambrogios Segen wird uns auf allen Wegen begleiten.«

Historische Romane

(63058)

(63002)

(63072)

(63011)

(63082)

(63010)